Ancien journaliste à *Newsweek*, où il était chargé des affaires russes et moyen-orientales, Robert Littell se consacre entièrement à la littérature depuis les années 1970. Il a notamment publié *Ombres rouges* (1992), *Le Sphinx de Sibérie* (1994), *Légendes* (2005). Sa grande saga de la CIA, *La Compagnie* (2003), disponible en Points, a été adaptée en série télévisée. On lui doit également un document de référence sur Shimon Peres. Robert Littell est considéré comme l'un des meilleurs auteurs de romans d'espionnage. Ses livres sont traduits dans plus de vingt pays et figurent sur les listes de best-sellers dans le monde entier.

Robert Littell

L'HIRONDELLE AVANT L'ORAGE

Le poète et le dictateur

ROMAN

*Traduit de l'anglais (États-Unis)
par Cécile Arnaud*

Éditions Baker Street

TEXTE INTÉGRAL

TITRE ORIGINAL
The Stalin Epigram

ÉDITEUR ORIGINAL
Simon & Schuster, New York

© Robert Littell, 2009

ISBN 978-2-7578-1641-7
(ISBN 978-2-9175-5906-2, 1ʳᵉ publication)

© Éditions Baker Street, 2009, pour la traduction française

À ma muse Stella,
pour qui les étoiles
(en empruntant une image
*d'*Astrophel et Stella *de Philip Sidney, 1591)*
« dansent encore »

L'éditeur tient à remercier les éditions Circé pour leur gracieuse autorisation à reproduire des extraits de leurs traductions françaises de poèmes d'Ossip Mandelstam.

... et chacun effectuera avec son âme, telle l'hirondelle
avant l'orage, un vol indescriptible.

Mandelstam

Je suis seul ; les pharisiens sont maîtres :
Vivre, ce n'est pas franchir un champ.

Extrait du poème interdit *Hamlet*,
de Boris Pasternak, que dans un acte de défi
ses amis lurent à haute voix
lors de ses obsèques en 1960.

Les voix dans ce livre appartiennent à :

Nadejda Yakovlevna Mandelstam, Nadenka pour son mari, le poète Ossip Emilievitch Mandelstam. Elle a trente-quatre ans lorsque nous entendons sa voix pour la première fois, en 1934.

Nikolaï Sidorovitch Vlassik, le garde du corps personnel de Staline et photographe de famille occasionnel. Il est âgé d'environ trente-cinq ans lorsque nous le rencontrons dans la villa de l'écrivain Maxime Gorki.

Fikrit Trofimovitch Shotman, célèbre champion russe d'haltérophilie, âgé de trente-deux ans quand nous croisons sa route. Shotman, originaire d'Azerbaïdjan, a remporté la médaille d'argent aux championnats d'Europe de Vienne en 1932. Il a par la suite arrêté la compétition à cause d'une opération ratée des cartilages du genou. Sa carrière d'haltérophile brisée, il est devenu hercule de cirque.

Anna Andreïevna Akhmatova, née Anna Gorenko, amie intime de Mandelstam et de Pasternak, une poétesse tenue en haute estime, bien que les autorités communistes aient interdit la publication de ses vers au milieu des années vingt. Grande et élancée, elle a été, en 1911, à Paris, la maîtresse du peintre italien encore peu connu à l'époque Amedeo Modigliani, et a posé pour des portraits de nus. Akhmatova, une « poétesse décadente » d'après son père (qui lui avait interdit d'utiliser professionnellement le nom de famille Gorenko), « moitié bonne sœur, moitié catin », selon les chiens de garde bolcheviques de la culture, a quarante-cinq ans quand nous la rencontrons dans ces pages.

Zinaïda Zaitseva-Antonova, une comédienne très jeune et très belle, intime du couple Mandelstam.

Ossip Emilievitch Mandelstam, Ossia pour sa femme Nadejda. La publication de son premier recueil de poésie, *La Pierre*, en 1913, l'a imposé pour beaucoup comme *le* grand poète russe du XXᵉ siècle, un avis que Staline partageait à l'évidence.

Boris Leonidovitch Pasternak, célèbre poète lyrique, âgé de quarante-quatre ans en 1934, fils du peintre Leonid Ossipovitch Pasternak. Son premier recueil de poèmes, publié en 1914, s'intitulait *Le Jumeau dans les nuages*, ce qui peut expliquer pourquoi Staline, qui avait une certaine admiration pour lui, le surnommait *l'habitant des nuages*. Il a fallu des années à Pasternak pour admettre que Staline en personne, et non les tchékistes œuvrant à son insu, était responsable des déportations, des purges et des exécutions.

1

Nadejda Yakovlevna
Samedi 13 janvier 1934

Depuis cette nuit blanche où nos lignes de vie se sont entrelacées pour la première fois, il y aura quinze ans le 1er mai, au Bric-à-brac, un cabaret bohème et un peu miteux de Kiev, j'ai entendu Mandelstam donner d'innombrables lectures publiques, et pourtant le plaisir absolu que me procure sa poésie est demeuré intact. Par moments, l'indescriptible beauté des mots m'émeut aux larmes, ces mots qui acquièrent une nouvelle dimension lorsqu'ils pénètrent la conscience par l'oreille et non par les yeux. Comment puis-je expliquer ce miracle sans avoir l'air d'une épouse pâmée d'admiration, aveuglée par l'amour ? Cet homme nerveux, obstiné, joyeux vivant, cet *homo poeticus* (selon sa propre description, lancée négligemment quand il m'a chipé cette première cigarette au Bric-à-brac, dans une autre vie, semble-t-il), cet amant fébrile (le mien et celui de plusieurs autres) est alors transfiguré – il devient quelqu'un, quelque chose d'autre. (C'est évident, mais permettez-moi de le dire tout de même : lorsqu'il se métamorphose, moi aussi je deviens une autre.) Avec

15

un bras qui fend l'air gauchement, son corps arqué scande la rime, le rythme et les multiples niveaux de sens enfouis dans le texte. La tête rejetée en arrière, la pomme d'Adam clairement sémitique remuant contre la peau fine et presque translucide de sa gorge pâle, il se perd dans ce qu'on appelle la poésie ; il devient le poème. Son apparition au pupitre, au début d'une soirée, suscite en général quelques réactions d'hilarité à peine étouffées dans le public quand il découvre ce personnage méticuleux et en proie au trac, tout de noir vêtu comme s'il se savait condamné. Lors de cette soirée en particulier, il portait son unique costume (un sergé en laine qui gratte, que nous nous étions procuré dans un magasin de devises grâce à des coupons achetés avec un petit héritage que j'avais reçu), une cravate en soie (relique de son voyage à Paris avant la révolution) nouée autour d'un faux col amidonné. Il lit comme seul peut lire le créateur du poème : en marquant une petite pause pour reprendre son souffle – une aspiration inaudible – là où les vers sont coupés, s'infléchissent ou se retournent sur eux-mêmes. Cette pause est essentielle pour comprendre l'impact d'un poème de Mandelstam. J'en ai parlé avec plusieurs de ceux qu'Ossia appelle ses premiers lecteurs (qui écoutent pendant qu'il lit) et les plus avisés d'entre eux s'accordent à dire qu'il semble inventer les vers au fur et à mesure. De sorte que même celui qui connaît déjà le poème a l'impression étrange de l'entendre pour la première fois ; comme si les vers n'existaient pas avant, comme s'ils n'avaient pas été composés, retravaillés, polis, mémorisés, recopiés par mes soins sur du papier pelure et cachés dans des théières, des chaussures et au milieu des sous-vêtements féminins, dans le vain espoir que nos tchékistes, quand ils viendront le chercher, ne puissent pas arrêter son œuvre.

Le vers, la pause, puis le vers suivant qui sort, fraîchement inventé, de ses lèvres exsangues – cela, mes petits chéris, est au cœur d'une récitation de Mandelstam. Pour des raisons qui m'échappent en partie, l'effet est particulièrement remarquable lorsqu'il lit un poème d'amour – et plus saisissant encore quand le poème d'amour en question ne m'est pas adressé, à moi sa meilleure amie, sa sœur d'armes et épouse légitime, mais au plumet d'une comédienne assise sur la chaise pliante à côté de moi, au premier rang de la salle de rédaction miteuse de la *Gazette littéraire*, mon bras charnu passé sous son bras frêle tandis que, du dos du poignet, j'effleure comme par inadvertance la courbe de sa magnifique poitrine.

Au pupitre, Mandelstam se détourna pour boire un peu d'eau avant de réciter le dernier poème de sa lecture. La comédienne, qui utilisait même à la ville son nom de scène, Zinaïda Zaitseva-Antonova, se pencha vers moi, écrasant son sein contre mon poignet.

– Quel poème vient après, Nadejda Yakovlevna ? demanda-t-elle d'une voix haletante et rauque, avec un soupçon d'excitation sexuelle.

– Celui qu'il a composé pour vous, ma chérie. *Regards coupables.*

Mandelstam reposa le verre d'eau.

– *Artisane des regards coupables*, commença-t-il, les petits doigts épais d'une main ouverts au-dessus de son crâne dégarni, ses pupilles ardentes rivées aux yeux de la femme assise à côté de moi.

> *Receleuse d'épaules menues,*
> *Le danger né de l'homme s'ensable...*

Je me penchai vers Zinaïda.

– Soyez gentille, ce soir, lui ordonnai-je. Arrêtez de le provoquer.

– Mais c'est vous que je provoque, répondit-elle dans un murmure, en chatouillant mes jointures avec le bout d'une de ses longues tresses qui retombaient sur ses seins. Vous m'excitez autant que lui.

> *Alors pourquoi, tel un janissaire,*
> *Je chéris la rouge et volatile,*
> *La pauvre demi-lune des lèvres ?*
>
> *Ne sois pas fâchée, ma douce Turque,*
> *Avec toi dans le sac j'entrerai…*

– Dans la Turquie ottomane, dis-je à Zinaïda, effleurant son oreille de mes lèvres, on enfermait les femmes adultères dans des sacs avec leur amant et on les jetait à la mer.

Sans quitter Mandelstam des yeux, et sans presque bouger ses pauvres lèvres rouges et volatiles, elle murmura :

– Oh, ça ne me dérangerait pas de me noyer comme ça.

> *Solide est le seuil où je me tiens.*
> *Tu peux partir. Va-t'en. Reste encore…*

– Solide est le seuil, répéta Zinaïda.

– Solide, en effet, dis-je avec un ricanement.

Les onze autres personnes qui avaient bravé la tempête de neige de janvier pour assister à la lecture applaudirent vigoureusement. Deux ou trois, parmi les

18

plus jeunes, martelèrent le plancher avec la semelle de leurs caoutchoucs. Le rédacteur en chef de la *Gazette littéraire*, un brave type qui avait publié Mandelstam quand on avait encore le droit de publier Mandelstam, était très déçu par la faible fréquentation et l'attribuait à la température glaciale. Même si mon mari s'était fait discret ces dernières années, le rédacteur en chef nous avait assuré qu'il demeurait une icône pour de nombreux amoureux de la poésie. Nous aimions à le croire, mais nous n'en étions plus aussi sûrs qu'à la fin des années vingt, quand une récitation de Mandelstam pouvait remplir une petite salle de concert.

Mandelstam, ayant soudain du mal à respirer (il souffrait parfois de palpitations cardiaques), tangua comme un ivrogne puis fit un pas de côté et, se rattrapant d'une main au pupitre, se plia en deux.

– Il a bu ? me demanda Zinaïda par-dessus le brouhaha.

– Il a bu une demi-bouteille de vin géorgien avant la lecture pour se calmer les nerfs, répondis-je. Mais il n'est pas ivre, si c'est ce que vous pensez. Je n'ai jamais vu Mandelstam s'enivrer d'alcool, seulement de mots.

Debout au fond de la pièce, la directrice éditoriale d'une maison d'édition d'État, surnommée la Mouche (beaucoup pensaient qu'elle renseignait nos tchékistes sur qui disait quoi à ce genre de réunion), s'écria :

– Questions, réponses.

J'agitai un doigt vers mon mari en guise d'avertissement, espérant l'inciter à clore la soirée ici et maintenant ; je craignais que la Mouche ne tente de lui faire dire des choses qui le mettraient en délicatesse avec nos gardiens. À l'époque où son instinct de survie (la mienne autant que la sienne) importait plus que son sens du bien et du mal, il louvoyait. Ce n'était plus le cas. Depuis notre retour de Crimée, quelques mois plus tôt, où nous avions vu de nos yeux des hordes de paysans décharnés et épuisés, victimes de la collectivisation forcée imposée par Staline, qui quémandaient des croûtons de pain dans les gares le long du chemin, Mandelstam ne mâchait plus ses mots. Ces dernières semaines, il s'était mis à citer des vers d'un de ses vieux poèmes de 1931, chaque fois qu'une de ses connaissances passait dans notre cuisine : *Oh, j'aimerais tant entrer dans la danse, causer sans frein, articuler la vérité*. Je vivais dans la crainte qu'il le fasse – j'étais terrifiée à l'idée qu'il puisse répéter en public ce qu'il confiait à des amis intimes en privé : à propos de celui qu'il appelait le montagnard du Kremlin, à propos de l'incapacité totale de la révolution bolchevique à améliorer le sort du peuple, de la Russie devenue un État policier bien pire que sous les détestables tsars, à propos des apparatchiks communistes qui surveillaient les artistes et avaient privé les poètes du droit d'écrire leurs poèmes ennuyeux.

D'un geste poli de la main, Mandelstam donna la parole à cette femme.

– Dites-nous, Ossip Emilievitch, d'après votre expérience, d'où vient la poésie ?

– Si je le savais avec certitude, j'écrirais plus de vers que je ne le fais.

Mandelstam savoura les rires suscités par son commentaire.

– Pour répondre à votre question, reprit-il quand le silence fut revenu, Pasternak affirme que l'artiste n'invente pas les images, mais qu'il les ramasse dans la rue.

– Êtes-vous en train de nous dire que le poète est une sorte d'éboueur ? demanda la Mouche.

– Les déchets représentent le rebut des sociétés capitalistes, fit observer Mandelstam, adressant un sourire un peu narquois à la moucharde par-dessus la tête des spectateurs. Nos républiques socialistes soviétiques ne produisent pas de déchets, ce qui explique le manque d'éboueurs.

Cela aussi provoqua des rires ; un fonctionnaire de la coopérative de la ville de Moscou avait récemment été arrêté, accusé d'avoir saboté le département sanitaire de la capitale en n'embauchant pas suffisamment d'éboueurs.

– Pas de déchets, pas d'éboueurs, acquiesça Zinaïda à voix basse.

À sa façon de prononcer ces mots, j'eus un pincement de jalousie à l'âme ; l'espace d'un battement de paupières, elle avait parlé exactement comme Mandelstam.

– Et Akhmatova ? demanda un jeune poète exalté, assis au rang derrière moi.

– Pour ce qui est d'Akhmatova, répondit Mandelstam, il est inexact de dire qu'elle écrit de la poésie. En réalité, elle la transcrit : elle ouvre un cahier et copie des vers qui, pendant ce qu'elle appelle l'angoisse précédant le chant, ont déjà pris forme dans sa tête. Je l'ai vue mettre des pointillés à la place d'un vers qui ne lui était pas encore venu et rajouter plus tard les mots manquants.

Les yeux fermés, la tête penchée, exposant sa gorge, Mandelstam récita des vers d'Akhmatova, qui comme la plupart de sa poésie récente n'avaient pas été publiés :

Si seulement vous saviez sur quels déchets
Pousse la poésie...

Un cri de colère, une fraîche odeur de goudron,
Une mystérieuse moisissure sur le mur,
Et soudain, les vers résonnent...

– Assez parlé de Pasternak et d'Akhmatova, s'écria
Zinaïda. D'où vient la poésie de Mandelstam, Ossip
Emilievitch ?

Mandelstam la gratifia d'un demi-sourire de conspi-
rateur, comme s'ils avaient déjà arpenté ce terrain
lors des prétendues soirées littéraires qu'ils passaient
ensemble.

– Un poème, répondit-il, commence par une voix à
peine perceptible qui tinte à l'oreille bien avant que les
mots ne se forment. Elle indique que la recherche des
mots perdus a débuté. Mes lèvres remuent en silence,
m'a-t-on dit, jusqu'à ce qu'elles prononcent des mots
ou des phrases sans suite. Petit à petit, cette voix intérieure devient plus distincte et laisse apparaître des uni-
tés de sens ; à ce stade, le poème se met à frapper
comme un poing au carreau. Pour moi, l'écriture poétique a deux phases : lorsque les premiers mots se font
connaître, et lorsque les derniers mots étrangers, enfoncés comme des écharde dans le corps du poème, en
sont chassés par les bons mots.

– À l'entendre, ça a l'air tellement facile, disait
Zinaïda.

Nous attendions dans le hall du rez-de-chaussée que
Mandelstam ait fini de dédicacer des petits recueils de
ses anciens poèmes ou des coupures de journaux où

étaient imprimés des poèmes plus récents (une rareté depuis que nos gardiens avaient décidé que Mandelstam ne contribuait pas à la construction du socialisme).

– Je pourrais écouter la musique intérieure jusqu'à la fonte de l'Arctique, poursuivit Zinaïda avec ce qui me sembla un soupir mélodramatique étudié, sans pour autant parvenir à écrire un seul poème.

– Mandelstam possède un don de Dieu, expliquai-je à la jeune comédienne que nous convoitions tous les deux. On l'a ou on ne l'a pas. Quand on l'a, la musique et les mots vous sont servis sur un plateau.

– C'est vrai ce qu'on raconte, Nadejda, que vous connaissez absolument tous les poèmes qu'il a écrits ?

– Je connais évidemment très bien les quelques recueils qui ont été édités. Mais nos gardiens de la littérature ont pratiquement arrêté de publier les vers de Mandelstam, à quelques rares exceptions près il y a six ans. À la fin des années vingt, il a traversé ce qu'il appelle sa phase sourd-muet, durant laquelle il a purement et simplement cessé d'écrire de la poésie. J'ai dû apprendre par cœur tous les poèmes qu'il a composés depuis – je me les répète chaque jour qui passe. De cette façon, s'il lui arrivait quelque chose, les poèmes pourraient survivre.

– Et si, Dieu vous en garde, il vous arrivait quelque chose à vous aussi ?

La petite persifleuse avait touché un point sensible. Je me demandai si Mandelstam avait abordé le sujet avec elle. Probablement, le connaissant. Confier des secrets intimes à une femme était un moyen infaillible de gagner sa confiance ; de la persuader que vous n'étiez pas violent, afin de l'amener à ce qui, en définitive, est par essence un acte violent.

23

– Vous mettez le doigt sur un sujet délicat entre mon mari et moi, admis-je. (Moi aussi, j'étais capable de partager des secrets intimes pour attirer quelqu'un de l'un ou l'autre sexe dans mon lit.) Mandelstam ne se fait pas beaucoup d'illusions sur sa survie, ou sur celle de son œuvre. Depuis que Staline a décrété que rien ne pouvait être publié qui soit en contradiction avec la ligne du Parti, Mandelstam considère que son sort est scellé. Soyons réalistes : un poète non publié fait autant de bruit qu'un arbre qui tombe dans une forêt déserte où personne ne peut l'entendre. La position de Staline – qui revient à dire : ceux qui ne sont pas avec nous sont contre nous – ne laisse pas de voie médiane pour les gens comme Mandelstam. Vous voyez, ma chère Zinaïda, mon mari a donc autre chose en tête que son legs littéraire quand il m'encourage à consigner ses poèmes dans ma mémoire. Comme nous avons décidé de ne pas avoir d'enfants, il s'est persuadé qu'en faisant de moi la dernière dépositaire de son œuvre, il me donnerait une raison de vouloir survivre.

– Et c'est le cas ?

Je dus hausser les épaules, comme je le fais d'ordinaire pour éviter de répondre aux questions idiotes. Qui peut dire ce qui pousse quelqu'un à s'accrocher à la vie, hormis l'habitude difficile à perdre de respirer, le plaisir éphémère d'un rapport charnel ou l'extrême satisfaction de décevoir les détenteurs du pouvoir qui aimeraient vous voir mort ?

Zinaïda étudia son reflet dans la porte vitrée.

– Si mon mari devait disparaître dans un camp – ils ont arrêté des agronomes dernièrement en réaction aux longues files d'attente devant les boulangeries – ça résoudrait tous mes problèmes.

Elle secoua sa jolie tête afin de suggérer qu'elle n'était pas sérieuse, mais j'en savais assez sur son mariage – son mari avait douze ans de plus qu'elle et s'intéressait peu au théâtre et aux arts – pour comprendre qu'elle ne plaisantait qu'à moitié.

– J'aurais légalement le droit de divorcer et de garder l'appartement, ainsi que mon permis de séjour à Moscou.

Mandelstam arriva avant que j'aie pu éclairer sa lanterne – ces temps-ci, les épouses des ennemis du peuple étaient le plus souvent envoyées en exil avec leurs maris. Lorsqu'elle l'aperçut, Zinaïda arrangea autour de son cou délicat son étole de renard mangée aux mites, de sorte que la tête de l'animal, dont les petits yeux brillants observaient le monde avec une fixité indifférente, reposait sur sa poitrine. Mandelstam, qui n'était pas du genre à ignorer quoi que ce soit qu'il considérait comme sexuellement suggestif, le remarqua aussitôt.

– C'est la première fois, en quarante-trois ans d'existence, que je suis jaloux d'un renard mort, confessa-t-il.

Zinaïda, feignant la gêne, détourna les yeux. (Elle était, ne l'oublions pas, l'artisane – et, devrais-je ajouter, la spécialiste – des regards coupables.) Je remontai le col usé du manteau de ma défunte tante, en fourrure de sconse à en croire mon mari, et ouvris la lourde porte de l'immeuble. Une rafale d'air glacé, chargée de flocons de neige givrés, nous cingla le visage. Mandelstam baissa les oreillettes de sa toque bordée de fourrure.

– Cigarettes, annonça-t-il, et, nous prenant toutes les deux par le bras, il nous emporta dans la rue hivernale de Moscou.

Comme beaucoup d'hommes – ou peut-être devrais-je dire comme la plupart des hommes – Mandelstam traversait la vie lesté d'une cargaison de manies. Il vivait dans l'angoisse de ne plus avoir un jour de muse ou d'érection. Il vivait dans une perpétuelle peur de la peur. Il ne s'inquiétait jamais de savoir d'où viendrait le prochain rouble ou le prochain coupon de devise – présumant simplement que lorsqu'il en aurait besoin, je les lui fournirais comme par magie, ce qui arrivait la plupart du temps. Mais il paniquait à la pensée de se trouver à court de cigarettes au beau milieu de la nuit, lorsque le tintement dans son oreille le réveillait d'un sommeil agité et qu'il passait les heures fébriles précédant l'aube à arpenter les pièces minuscules de l'appartement dont nous avions la chance de disposer, fumant cigarette sur cigarette en attendant l'arrivée de ses expressions et mots décousus. Donc, après avoir chipé deux cigarettes à des spectateurs là-haut et découvert qu'il ne restait que cinq Herzegovina Flors dans son paquet froissé, il agrippa le pommeau blanc de la canne qu'il utilisait depuis qu'il souffrait d'essoufflement et nous entraîna dans une quête folle de cigarettes bon marché. Tête baissée dans la tempête de neige qui nous brûlait les yeux, nous fîmes le tour des cafés et des cantines du quartier, dans l'espoir de mendier, d'emprunter ou d'acheter un paquet de cigarettes. À notre troisième arrêt, en l'occurrence une cantine de nuit pour les conducteurs de tram, cachée dans une ruelle derrière la gare du Kremlin, Mandelstam trouva ce qu'il cherchait (un individu louche, prétendant posséder une licence, vendait à l'unité des cigarettes bulgares qu'il puisait dans une boîte à cigares) ainsi qu'une chose qu'il n'avait pas cherchée : l'humiliation.

– Ossip Emilievitch ! Qu'est-ce qui vous amène ici par une nuit pareille ? C'est le jour de l'An d'après l'ancien calendrier julien. Alors, bonne année, mon ami.

La voix appartenait à un type grossier et pas rasé, tenant salon à deux tables qu'on avait rapprochées l'une de l'autre au fond de l'établissement. Les cinq jeunes femmes autour de lui, qui toutes portaient des manteaux d'hiver matelassés et sirotaient ce que je supposais être de la vodka dans des verres à thé, se tournèrent vers nous, bouche bée, comme si nous étions des vampires échappés d'un cimetière. À la façon dont Mandelstam salua son interlocuteur, levant à moitié sa canne, je devinai qu'il n'était pas sûr de son identité ; il avait souvent du mal à mettre des noms sur des visages quand les gens n'étaient pas dans leur environnement habituel.

– Bonjour, Ougor-Jitkine, m'écriai-je.

Et je vis mon mari hocher la tête, soulagé, en reconnaissant l'homme.

– Ougor-Jitkine, enfin ! s'exclama-t-il en se détournant du vendeur de cigarettes bulgares. Ça fait des semaines que je laisse des messages à votre secrétaire.

– C'est toujours la folie à cette période de l'année, grommela Ougor-Jitkine, comme si ça allait excuser son absence de réponse. Mille et une choses à faire, mille et une personnes à voir…

Deux ou trois mois plus tôt, Pasternak avait appris à Mandelstam que l'éditeur Ougor-Jitkine achetait, contre monnaie sonnante et trébuchante, des manuscrits originaux pour la bibliothèque du Fonds littéraire nouvellement créé. Les seuls manuscrits de poèmes non publiés (et, d'après nos chiens de garde littéraires, impubliables) que possédait mon mari avaient été copiés par moi, et il n'aurait pas accepté de s'en séparer, même si quelqu'un avait eu l'imprudence de les vouloir. Nous avions désespérément besoin d'argent – on ne me proposait plus de traductions depuis que

Mandelstam était devenu *persona non grata* dans le milieu littéraire, et nous avions honte de solliciter Pasternak ou Akhmatova pour un nouveau prêt que nous n'avions aucun espoir de rembourser. Aussi avions-nous eu l'idée de fabriquer un manuscrit que Mandelstam pourrait faire passer pour un original et vendre. Penché sur notre petite table de cuisine recouverte de lino, un croûton de pain glissé sous l'un des pieds pour la stabiliser, il avait recopié dans un cahier d'écolier tous les poèmes de l'édition originale, à couverture verte, de *La Pierre*, son premier recueil publié. La tâche lui avait pris presque deux jours. Donner au manuscrit un aspect authentique avait viré chez nous à l'obsession. Mandelstam s'était remémoré ou avait inventé des versions antérieures de certains poèmes, et avait rempli les pages de mots et de vers biffés. Lorsqu'il avait eu terminé, nous avions feuilleté le cahier à tour de rôle pour l'écorner, puis, afin de le vieillir encore, nous l'avions cuit à feu doux dans le four d'un voisin jusqu'à ce que le papier jaunisse et devienne cassant. Prenant le projet très à cœur, Mandelstam était allé jusqu'à inscrire d'énigmatiques commentaires personnels et une recette de bortsch polonais (une référence assez lourde au fait qu'il était né à Varsovie) sur les pages vierges. Le produit fini avait été enveloppé avec soin dans une page d'un journal de 1913 que j'avais dérobé à la bibliothèque universitaire et livré en main propre par Mandelstam à la secrétaire d'Ougor-Jitkine, qui avait accepté de le remettre à son patron dès qu'il reviendrait à Moscou.

– Venez boire au Nouvel An avec nous, disait Ougor-Jitkine, désignant des chaises vides au bout des deux tables.

Il espérait à l'évidence éviter le sujet du manuscrit original de *La Pierre*.

– Les filles et moi…, commença-t-il – les femmes à sa table, réputées être ses protégées, comptaient sur la considérable influence d'Ougor-Jitkine pour faire publier leurs nouvelles, poèmes ou pièces de théâtre ; ce qu'elles lui accordaient en échange alimentait la conversation de plus d'un dîner moscovite. Les filles et moi avons autre chose à fêter que le Nouvel An julien. Écoutez, Ossip Emilievitch, c'est un grand événement dans l'histoire soviétique ! Nous venons de voir notre premier film parlant. Vous avez sûrement lu le formidable compte rendu dans la *Pravda* – certains sont persuadés que Staline l'a rédigé lui-même puisqu'on sait qu'il a admiré le film. Je parle de *Tchapaïev*, des frères Vassiliev. Il est tiré du roman de Fourmanov sur le héros de la guerre civile Vassily Tchapaïev.

Le visage du Mandelstam-qui-ne-louvoyait-plus s'assombrit. Je savais ce qui allait suivre et tentai d'intercepter son regard pour l'arrêter. Raté.

– Le problème avec les films soviétiques, muets ou parlants, déclara-t-il, adoptant un accent géorgien exagéré censé rappeler la façon dont Staline parlait le russe, c'est qu'ils sont très riches de détails et très pauvres en idées, mais il est vrai que la propagande n'a pas besoin d'idées.

Mandelstam aurait aussi bien pu asperger Ougor-Jitkine et sa cour d'eau glacée de la Moskova.

– Qu'est-ce qu'il raconte ? demanda l'une des filles d'une voix blanche.

– Il suggère que les réalisateurs soviétiques sont des propagandistes, dit une autre.

– Ça m'a tout l'air d'une prise de position antisoviétique, fit remarquer une troisième, jetant un froid.

Fouillant dans ses poches, Mandelstam en sortit le reçu que lui avait donné la secrétaire pour « Un manuscrit original de l'édition de 1913 de *La Pierre* ».

Il traversa la salle, passant devant les conducteurs de tram et les receveurs, qui buvaient de la bière éventée pour se donner du courage avant leur service de nuit, et plaqua le reçu sur la table devant Ougor-Jitkine.

– J'avais l'intention de reprendre contact avec vous à ce propos, dit ce dernier.

– Avez-vous regardé mon manuscrit ?

– La valeur d'un manuscrit dépend du poids de l'auteur. Franchement, de l'avis général, vous êtes un poète mineur. Je crains qu'il ne vaille pas plus de deux cents roubles.

– Deux cents roubles !

La main tremblant de rage, Mandelstam abattit sa canne sur la table. Les tasses à thé valsèrent. Deux des filles se levèrent d'un bond, apeurées. Ougor-Jitkine pâlit.

– *La Pierre*, martela Mandelstam en frappant le plateau de la table du bout métallique de sa canne, est un classique de la poésie russe du XXe siècle, c'est du moins ce qu'ont écrit les critiques à l'époque de sa publication. Vous payez cinq fois plus que ça pour la merde de…

Mandelstam cita un auteur dont la pièce en trois actes, glorifiant le rôle de Staline dans la guerre civile, faisait salle comble à Moscou.

Ma grande amie la poétesse Anna Akhmatova prétend qu'il y a dans la vie des moments tellement cruciaux que, l'espace d'une seconde, la terre semble s'arrêter de tourner. Ce moment fut tel dans la vie d'Ossip Mandelstam.

– Qui êtes-vous ? demanda une des filles. Qui est-il ?

Je retins mon souffle. Mandelstam redressa le menton.

– Je suis le poète Mandelstam.

– Il n'y a pas de poète répondant à ce nom, déclara une autre. Autrefois, il y a très longtemps, il y a eu un poète qui s'appelait Mandelstam…

– Je croyais que Mandelstam était mort, reprit la première fille.

La terre recommença à tourner sur son axe, mais les choses ne seraient plus jamais les mêmes.

– Deux cents roubles, répéta Ougor-Jitkine, décidé à ne pas perdre la face devant ses protégées. C'est à prendre ou à laisser.

Mon mari fit quelques pas vers la porte, avant de se retourner vers l'éditeur.

– Vous êtes la preuve vivante que le caractère d'un homme est inscrit sur son visage, déclara Mandelstam d'un ton si aimable qu'Ougor-Jitkine ne se rendit même pas compte qu'il se faisait insulter. Auriez-vous des cigarettes, par hasard ?

Ougor-Jitkine prit les deux paquets entamés sur la table et les lui tendit.

– Bonne année quand même, dit-il.

Je vis mon mari hocher la tête, comme s'il reconnaissait quelque chose qu'il n'aimait pas en lui-même.

– J'accepte les deux cents roubles, annonça-t-il.

– Passez demain matin, dit Ougor-Jitkine, réprimant difficilement un sourire. Ma secrétaire tiendra une enveloppe à votre disposition.

Donnant un coup de pied dans un tas de neige, à l'extérieur de la cantine, Mandelstam eut un rire qui sonnait faux.

– Mandelstam mort ! dit-il, sans chercher à cacher l'angoisse dans sa voix.

Les mots qui sortirent alors de sa bouche semblaient portés par de petits tourbillons d'haleine gelée.

– Mort-mais-pas-encore-enterré.

Je peux vous dire que je frissonnai, non pas à cause du froid mordant, mais d'un pressentiment terrifiant. Qu'entendait-il donc par *Mort, mais pas encore enterré* ?

Zinaïda demanda l'heure. Même s'il ne portait jamais de montre, Mandelstam savait toujours précisément quelle heure il était, à une ou deux minutes près.

– Il est onze heures vingt – trop tard pour rentrer à votre appartement. Vous devez venir passer la nuit chez nous.

Je la pris par le coude.

– Nous n'accepterons aucun refus, ma petite chérie.

– Vous le devez au poète que je suis, dit Mandelstam avec une certaine frénésie. Rien ne dépend plus de l'érotisme que la poésie.

– Dans ce cas, dit-elle en faisant la moue, je vais être obligée de dire…

Mon mari, je le voyais, était pendu à ses lèvres ; la perspective d'une rencontre charnelle avec cette splendide créature avait chassé de son esprit tout ce qui lui était arrivé ce soir-là.

– Je vais être obligée de dire oui.

Marchant tous les trois d'un même pas, nous nous dirigeâmes vers la maison Herzen, où se trouvait notre appartement.

– Je l'ai bien eu, cet idiot d'Ougor-Jitkine, hein ? dit Mandelstam, dont le moral remontait en flèche. Deux cents roubles pour un manuscrit contrefait. Allez, Aida. Allez, Nadenka. Si je ne peux plus publier de poésie, je suis au moins capable de produire de faux manuscrits jusqu'à l'assèchement de tous les puits d'encre en Russie.

La rue Nachtchokine était toute verglacée et, nous tenant par le bras, nous fîmes semblant de patiner sur les trente derniers mètres nous séparant de l'immeuble des écrivains. Le hall d'entrée de notre aile empestait l'odeur rance de l'insecticide utilisé pour tuer les punaises. Nous riions comme des fous en ouvrant la porte de notre appartement du rez-de-chaussée et, jetant nos manteaux par terre, nous nous vautrâmes, le souffle court, sur le sofa défoncé du salon. On entendait le tic-tac de l'horloge suisse, avec son lourd poids pendant au bout de sa chaîne, dans la cuisine. Sous la fenêtre, le radiateur que j'avais repeint en rouge-rose sifflait et rotait comme un être humain. Quelqu'un tira une chasse d'eau au-dessus de nos têtes, l'eau cascada dans les tuyaux à l'intérieur des murs, mais rien ne pouvait ternir notre humeur. Le téléphone se mit à sonner dans son alcôve au bout du couloir et persista jusqu'à ce qu'un des locataires aille répondre et hurle :

– Lifchitz, Piotr Semionovitch, ta femme voudrait dire un mot à ta maîtresse.

Ce qui nous fit pouffer de rire comme des écoliers.

Quand j'eus repris mon souffle, je fis remarquer que les relations sexuelles n'allaient jamais sans complications dans notre paradis socialiste.

Mandelstam posa trois épais verres à eau sur notre table basse improvisée (une vieille valise décorée de vignettes de Heidelberg, où il avait passé un semestre en 1910), y versa la fin de la bouteille de *khvanchkara* géorgienne, puis leva son verre.

– Je propose de boire à la santé de ceux à qui nous devons notre vie heureuse.

– Non, buvons plutôt à notre santé à nous trois, suggérai-je.

– À nous trois ! s'exclama Zinaïda.

– Bon, alors à nous trois, acquiesça joyeusement mon mari.

Nous trinquâmes et bûmes.

– Trois est un chiffre porte-bonheur, dit Mandelstam, dénouant sa cravate en léchant la fin du vin rouge sur ses lèvres.

Et il se lança dans un monologue pompeux (que j'avais déjà entendu) sur le fait que la révolution bolchevique avait eu autant de conséquences sexuelles que sociales et politiques.

– Dans les années vingt, dit-il à notre invitée, la pratique du *ménage à trois*[1] s'est largement répandue dans les milieux intellectuels. Personne n'a oublié la relation d'Ossip et Lili Brik avec Maïakovski. Chostakovitch et Nina Varzar avaient un mariage ouvert. À une époque, Akhmatova a vécu avec la très belle Olga Soudeikina et le compositeur Arthur Lourié.

C'est moi qui fournis les détails croustillants.

– Elle racontait qu'elles ne parvenaient jamais à savoir de laquelle il était amoureux, si bien qu'elles l'aimaient, lui, et s'aimaient l'une l'autre.

– Je parle en nos deux noms, n'est-ce pas, Nadenka, reprit Mandelstam, quand je dis que nous considérons un mariage à trois comme une forteresse qu'aucun étranger ne peut conquérir ?

– Exprime-t-il fidèlement votre opinion ? me demanda Zinaïda.

1. Tous les mots et expressions en italiques suivis d'un astérisque sont en français dans le texte *(N.d.T.)*.

34

– Oui, répondis-je. Il me semble que dans ce pays mort, où rien ne peut renaître, le *ménage à trois* est la citadelle idéale.

– Vous n'avez jamais considéré aucune de ses conquêtes comme une menace ? insista Zinaïda.

J'échangeai un regard avec mon mari.

– La première fois où nos chemins se sont croisés, dans un cabaret de Kiev, nous étions comme des navires voguant dans la nuit, jusqu'à ce que, comme il l'a décrit plus tard, je le percute. Peu après notre rencontre, Mandelstam et moi avons été séparés par la guerre civile. J'avais votre âge à l'époque, et il me manquait terriblement. Il s'est retrouvé à Saint-Pétersbourg, où il a eu une aventure de trois mois avec Olga Arbenina. Ce n'est pas à elle que j'en ai voulu – je peux comprendre que n'importe quelle femme soit attirée par Mandelstam. Non, j'étais en colère contre lui. Lorsqu'il a commencé à la fréquenter, lui et moi étions intimes. Il m'appelait sa sœur et me tutoyait. Mais quand il s'est mis à m'écrire après avoir rencontré Arbenina, il est repassé au vouvoiement, et j'ai compris qu'il allait falloir rebâtir notre relation depuis le début.

– Qu'avez-vous fait ? demanda Zinaïda, en nous regardant avidement l'un après l'autre.

– La réponse est aussi évidente que le grain de beauté sur votre menton, dit Mandelstam. On a recommencé de zéro.

Et il ajouta, plus à mon intention qu'à celle de Zinaïda :

– Aimer une troisième personne n'est pas sans risque.

Zinaïda voulut alors savoir si nous avions jamais été près de rompre.

– Il y a eu cet écrivain barbu, au milieu des années vingt, admis-je.

– Oh, dites-moi qui c'était !

Je ne pus m'empêcher de sourire à ce souvenir.

– Son nom de famille commence par un T, je ne vous en dirai pas plus. À cette période, je me rebellais contre l'idée que mon mari se faisait du couple – il attendait que je lui abandonne ma vie, que je renonce à moi-même pour devenir une partie de lui. En guise de rébellion, je suis tombée follement amoureuse de T. Mais heureusement, je suis revenue à la raison.

Zinaïda se tourna vers Mandelstam.

– Vous attendez-vous toujours à ce que Nadejda abandonne sa vie pour devenir une partie de vous ?

– Nous avons entre-temps trouvé un terrain d'entente, répondit-il.

– Racontez-moi votre première expérience de *ménage à trois**. Étiez-vous nerveux ? Étiez-vous… inhibés ?

– En ce qui me concerne, dit Mandelstam, le baptême du feu a eu lieu avec deux sœurs qui jouaient dans des films…

Là, je trouvai qu'il dépassait les bornes, même si nous étions tous deux en pleine manœuvre de séduction.

– Il ment comme un arracheur de dents ! m'écriai-je. Avant de me rencontrer, il ignorait tout de ces choses-là. Bon sang, il se déshabillait dans le noir ! C'est moi qui l'ai initié.

– Mais vous ne répondez pas à ma question, Nadejda Yakovlevna. Étiez-vous inhibée, la première fois ?

– La première fois, tout le monde est intimidé, ma chère petite. Vous, vous avez la chance de nous avoir pour vous montrer le chemin.

Zinaïda écrasa un pli de ma longue jupe entre ses doigts et m'attira plus près.

– J'avoue que je suis gênée, dit-elle doucement, les joues en feu, les yeux brillants.

– J'en fais mon affaire, dit Mandelstam avec impatience (les préliminaires prenaient plus de temps qu'il ne l'avait prévu). Enlevez vos vêtements et nous allons tous trois passer dans la chambre pour entamer une conversation qui ne nécessite aucune connaissance du matérialisme dialectique.

Je défis les premiers boutons de son corsage et, le bout des doigts posé sur ses seins, je l'embrassai délicatement sur les lèvres. Après avoir retiré sa veste et son faux col, Mandelstam lui prit la main pour la guider vers la petite chambre.

– Certains poètes anglais, lui dit-il, croyaient qu'un homme perdait un jour de vie par éjaculation.

– Cela signifie-t-il que la femme gagne un jour ? s'enquit Zinaïda avec une innocence feinte.

– Non, répondit malicieusement Mandelstam, sauf si elle avale.

Les épaules menues de Zinaïda furent secouées d'un rire silencieux.

– Ça m'embêterait de prolonger ma vie aux dépens de la vôtre.

– Ne vous tracassez pas pour ça, fis-je remarquer en les suivant dans la chambre.

Je m'abstins d'ajouter : c'étaient les poèmes qui ne louvoyaient plus, et non pas les orgasmes avec cette séduisante néréide, qui risquaient de briser la ligne de vie de Mandelstam. Sans parler de la mienne. Lorsque nous avions fait irruption dans l'appartement un peu plus tôt, j'avais immédiatement détecté ce qui avait échappé à mon mari, trop ensorcelé par le parfum de rose de Zinaïda : l'arôme froid du tabac fort que seuls fument les hommes. Et j'avais remarqué, comme je le

37

devais, que le cendrier de verre, sur le rebord de la fenêtre, était plein de mégots. Je n'avais pas le cœur de gâcher le banquet épicurien de Mandelstam en lui apprenant que nous avions eu des visiteurs. Pour quelques heures, au moins, il allait oublier la souffrance de ne plus être publié, la honte de lire ses poèmes devant onze personnes, l'humiliation du « autrefois, il y a très longtemps, il y a eu un poète qui s'appelait Mandelstam ».

Notre Père qui êtes aux cieux, tant qu'il a encore une muse et une érection, faites que le soleil oublie tout simplement de se lever demain matin. Amen.

2

Le célèbre Maxime Gorki en personne, vêtu d'un pardessus beige ceinturé au col d'astrakan et l'air aussi empesé qu'un Russe blanc devenu portier d'un cabaret de Pigalle, patrouillait devant le portique quand j'arrivai dans la Packard du service.

– Vous devez être Vlassik, s'exclama-t-il d'une voix perçante, se précipitant pour m'ouvrir la portière avant que mon chauffeur ait eu le temps de contourner l'automobile pour le faire lui-même.

– À votre service, répliquai-je en lui adressant un sourire pincé censé signifier le contraire.

Nikolaï Sidorovitch Vlassik était au service d'un seul homme, le *caïd* du Kremlin que nous appelions le *khoziayin* – une expression géorgienne signifiant chef de famille, même si la famille en question s'étendait de la Baltique à la mer Noire, de la calotte glacière arctique à l'océan Pacifique. Gorki, les cheveux pommadés, une fine moustache en guidon de vélo dégoulinant de sa lèvre supérieure, m'emmena dans le vestibule tape-à-l'œil de sa villa Art nouveau. Un immense tableau, représentant une femme nue et décharnée en train de pique-niquer au bord d'une rivière avec deux messieurs tout habillés, couvrait un mur entier. Une version plus petite de la même peinture se reflétait dans le miroir au cadre d'acier sur le mur opposé.

– Ce n'est pas tous les jours que je reçois le camarade Staline chez moi, déclara Gorki, jetant son pardessus dans les bras ouverts d'un domestique. Par où commençons-nous ?

Je ne peux pas dire que j'appréciais beaucoup la villa, la femme nue ou Gorki, que j'avais vu de loin à des réceptions au Kremlin quand on exhibait le « plus grand écrivain russe » (comme l'avait qualifié la *Pravda* en relatant la rencontre entre Gorki et Budd Schulberg, un jeune auteur américain) lors d'événements culturels. Je n'avais rien lu de lui, pas même *Le Canal de la mer blanche*, et je n'en avais pas l'intention. (De toute façon, je n'avais guère le temps de lire ; mes devoirs officiels en tant que garde du corps personnel, factotum et, à l'occasion, photographe de famille du *khoziayin* me laissaient à peine mes soirées libres pour honorer mes concubines.) D'après le dossier remis par le vice-président de la Tcheka, Genrikh Yagoda, Alekseï Maksimovitch Pechkov, dit Gorki, faisait partie des « végétariens » (selon la délicieuse expression, très désobligeante, de mon patron, pour distinguer les révolutionnaires timorés des « bouffeurs de viande rouge ») qui avaient abandonné Lénine dès les premières difficultés au début des années vingt. Il avait vécu un temps à l'étranger avec une fameuse beauté de l'époque, Moura Budberg, l'ancienne maîtresse du consul général anglais à Moscou au moment de la révolution ; Yagoda m'avait dit qu'il la soupçonnait d'espionnage, mais sans parvenir à savoir pour qui. Le *khoziayin*, pour des raisons qui me dépassent, avait réussi à convaincre Gorki d'abandonner son somptueux exil italien à la fin des années vingt en lui offrant cette villa du mont Lénine, autrefois propriété du millionnaire Riabouchinsky, ainsi que deux datchas, la première près de celle de Staline dans les environs de Moscou, l'autre en Crimée – deux splendeurs qui faisaient baver d'envie les visiteurs, d'après ce que je m'étais laissé dire. Et, comme si ça ne suffisait pas, le patron avait barré d'un trait de plume le nom de Nijni Novgorod, la ville natale de l'écrivain sur la Volga, pour la rebaptiser Gorki. (À en croire la rumeur, Yagoda avait été furieux que la ville n'ait pas pris son nom, puisqu'il en était aussi originaire.) Pas étonnant que Gorki soit revenu dans la mère patrie ! Dieu m'en est témoin, j'envisagerais sérieusement de m'installer en Amérique si le *khoziayin* de Washington, cet immonde capitaliste Franklin Roosevelt, acceptait de rebaptiser Chicago Vlassikgrad.

Yusis, le Lituanien qui travaillait pour le *khoziayin* depuis aussi longtemps que moi, voire plus, apparut derrière moi avec mon chauffeur, un Ossète des montagnes de Géorgie ; en parlant de bouffeurs de viande rouge, l'Ossète avait été gardien de prison tsariste dans sa jeunesse. Je leur fis signe d'aller inspecter la maison et, la main posée sur le petit pistolet allemand dans la poche de leur veste de cuir, ils partirent chacun d'un côté pour explorer la villa de fond en comble.

– On va commencer par la liste des invités, dis-je à Gorki.

Le bruit de nos pas résonna sur les murs carrelés alors que nous descendions quelques marches pour rejoindre la grande salle de réception où mon patron rencontrerait les écrivains. Elle était ornée de miroirs et décorée d'une rangée de vases chinois.

Agité, Gorki rajusta ses fausses dents.

– Mais la liste des invités a déjà été examinée par le secrétariat du camarade Staline.

– Je suis à la tête du détachement de sécurité du *khoziayin*, informai-je celui qui avait été l'ami de Lénine par temps calme avant de quitter le navire à la vue du sang. C'est moi qui suis responsable de sa sécurité en dernier ressort. La liste, s'il vous plaît. Et même si ça ne vous plaît pas.

Je suis un homme bien baraqué qui s'entretient en faisant des pompes tous les matins et se déplace avec l'agilité d'une personne deux fois plus légère ; on a dit de moi que j'étais capable de traverser une pièce sans faire craquer la moindre lame de parquet. Rudoyer les végétariens est ma façon de me mettre en appétit.

Gorki sortit une liste dactylographiée de la poche de poitrine de son costume européen aux revers ridiculement larges. M'asseyant sur une chaise en acier et celluloïd, je passai en revue la feuille sur laquelle figuraient trente-huit noms sélectionnés par Gorki et présentés en deux colonnes bien nettes. Je débouchai mon stylo-plume et barrai les noms de trois réalisateurs, de trois romanciers et de deux éditeurs de journaux qui, je le savais, se trouvaient sur la liste noire de Yagoda. Lorsque je rendis la feuille à Gorki, il sembla pris de panique.

– Ces gens ont déjà été invités. Ils vont sonner à ma porte dans trois quarts d'heure.

– Vous n'êtes pas seulement l'hôte, ici, mais aussi le président de l'Union des écrivains. Vous allez vous installer à l'entrée, camarade Gorki. Cochez les noms des invités au fur et à mesure de leur arrivée. Et congédiez ceux dont les noms sont barrés.

– Que diable vais-je bien pouvoir leur dire ?

– C'est votre métier d'inventer des histoires – dites-leur ce qui vous passera par la tête. Assurez-vous seulement qu'ils n'entrent pas. Maintenant, montrez-moi le plan de table.

J'étudiai la feuille qu'il me passa et qui correspondait à la grande table occupant toute la longueur de la salle. Sur le plan de Gorki, le *khoziayin* devait être assis à l'extrémité.

– Le camarade Staline ne préside jamais les réceptions, appris-je à l'écrivain. C'est vous qui serez installé au bout de la table. Il s'assiéra à votre droite, le dos au mur. Informez vos serveurs que je fournirai sa nourriture et sa boisson. S'il désire du thé, je le lui verserai d'une bouteille Thermos.

Barrant des noms que je remplaçais par d'autres, je modifiai le plan de table afin que mon patron soit entouré d'écrivains et d'hommes de presse que je savais être membres du Parti, puis je rendis la feuille à Gorki en même temps qu'une fiche en papier kraft de la Tcheka sur laquelle avait été dactylographié le nom de trois de ses domestiques.

– Donnez-leur leur après-midi, ordonnai-je au grand écrivain. On ne veut pas les voir autour du *khoziayin*.

Gorki observa la fiche, incrédule, et l'espace d'un instant je me dis qu'il avait peut-être plus de cran que ne lui en accordaient ses détracteurs.

– Ces gens, lâcha-t-il, sont à mon service depuis mon retour en Russie…

Je lançai un coup d'œil impatient à ma montre.

– Ils ont des noms israélites, camarade Gorki, dis-je, pensant que ce serait une explication suffisante.

– Des noms israélites ! Certains camarades parmi les plus proches de Staline sont d'origine juive : Zinoviev, Kamenev, Kaganovitch, et même votre tchékiste

Genrikh Yagoda. Lénine lui-même passait pour avoir du sang juif…

Je l'interrompis.

– Le grand traître Bronstein-Trostki est israélite. Nous craignons qu'il essaie d'assassiner le *khoziayin* avec l'aide de la conspiration sioniste internationale.

Gorki parut consterné.

– Inviter le *khoziayin* à rencontrer des auteurs sous mon toit se révèle beaucoup plus compliqué que je ne l'avais imaginé quand Staline a lancé l'idée.

Les premiers écrivains et éditeurs de journaux, arrivés en voiture personnelle, en taxi ou à pied, se présentèrent au moment où les cloches de la tour du Kremlin sonnaient midi, de l'autre côté du fleuve. Je vis la silhouette voûtée de Yusis, juste derrière la porte d'entrée, qui scrutait les invités de son regard froid, alors qu'ils retiraient leurs manteaux et les posaient sur les tables installées à cet effet dans le vestibule. Gorki parlementait avec deux hommes à la porte et levait les mains dans un geste d'impuissance en les éconduisant. Mon chauffeur ossète s'était posté devant les portes battantes qui séparaient la salle de réception de la cuisine. Après avoir surveillé un moment le déroulement des opérations, j'allai à l'entrée de service, dans la buanderie à côté de la cuisine, qui donnait sur une petite allée de terre. À midi et demi, une Rolls Royce de 1911 aux ailes arrondies tourna au coin et vint s'arrêter à l'arrière de la villa. À chaque extrémité de l'allée, j'aperçus des soldats, armés de fusils à baïonnette, qui en bloquaient l'accès. Deux des hommes de Yagoda, en tenue civile, jaillirent de la voiture. L'un d'eux s'avança vers moi et me salua pendant que l'autre ouvrait la portière arrière de la Rolls. Le *khoziayin* sortit de l'auto, apparemment peu pressé d'aller où il allait ; il détestait les cérémonies

44

publiques et tenait tous les écrivains en piètre estime, à l'exception, peut-être, de Mikhaïl Cholokhov, du poète Pasternak et d'un autre poète dont le nom – juif – m'échappe présentement, dans la mesure où il les considérait comme des carriéristes qui servaient d'abord leurs propres intérêts bien avant de servir la révolution. Mon patron, une casquette d'ouvrier sur la tête et une simple capote militaire jetée sur les épaules, me repéra à la porte et leva la main vers moi. Une cigarette pendait de sa lèvre inférieure. Il s'accorda une dernière bouffée, avant de la jeter dans une poubelle ouverte. (Le camarade Staline, qui veillait à l'image qu'il présentait au monde, s'assurait de ne jamais être vu en public ou photographié en train de fumer une cigarette.) Marchant les pieds en dedans, de cette démarche que les comédiens qui jouaient son personnage sur scène imitaient si habilement, il passa la porte.

– Tout est en ordre, Vlassik ? marmonna-t-il.

Je hochai la tête. J'étais le garde du corps du *khoziayin* depuis la guerre civile. Il me connaissait assez pour savoir que je ne l'aurais pas laissé poser le pied dans une maison si ce n'était pas le cas.

– Quelle est l'humeur du grand Gorki, aujourd'hui ?

– J'ai l'impression qu'il croit vous faire une fleur en vous recevant.

Un rire guttural monta du fond de la gorge du *khoziayin*.

– Connard.

Il se débarrassa de sa capote, qu'un des hommes de Yagoda rattrapa avant qu'elle ne tombe par terre et déposa sur le dossier d'un banc. Dessous, le camarade Staline portait une de ces tuniques rêches de paysan qu'il affectionnait lorsqu'il apparaissait en public et un ample pantalon de lainage, enfoncé, à la mode moujik, dans des bottes de cuir souple aux talons épais pour le faire paraître plus grand. (Lorsqu'il passait en revue les défilés du haut du mausolée de Lénine, il se tenait sur une caisse à lait en bois, afin que sa tête soit à la même hauteur, ou plus haut, que celles des maréchaux et des membres du Politburo autour de lui. Je le sais, parce que c'est moi qui fournissais la caisse.) Je suivis mon patron dans la buanderie et la cuisine et le dépassai pour lui ouvrir les portes battantes menant à la salle de réception. La nouvelle de son arrivée se répandit dans la pièce comme une traînée de poudre. Les conversations se turent. Les écrivains et éditeurs déjà assis à table se levèrent d'un bond. Les autres, qui tournaient en rond en serrant leur petit verre de *pertsovka*, une vodka puissante vieillie avec du poivre, se mirent aussitôt au garde-à-vous, tout à fait comme des lycéens en présence de leur professeur. Mon patron leva la main droite en un salut vague englobant tout le monde. Un Gorki servile émergea de la foule et l'accueillit avec effusion dans la villa que le *khoziayin* lui avait donnée. Le camarade Staline sortit une pipe Dunhill de la poche de sa tunique et remplit soigneusement le foyer avec du tabac qu'il prit dans une blague (je l'avais remplie moi-même en déchirant des Kazbek Papirossi, ses cigarettes préférées). Gorki alluma un briquet argenté et tint la flamme au-dessus du foyer de la pipe tandis que le camarade Staline inspirait pour lui donner vie. Pendant un instant, les deux hommes disparurent dans un nuage de fumée. J'avançai tranquillement entre les groupes d'invités pour me rapprocher du *khoziayin*. Un rayon de soleil, entrant à flots par la lucarne, illumina son visage comme un projecteur, et je fus une nouvelle fois frappé par l'air épuisé du patron. Il avait cinquante-cinq ans et paraissait son âge, mais ses gestes étaient ceux d'un homme plus âgé. Sa moustache, dont Svetlana, sa fille de huit ans, disait qu'elle piquait, retombait comme une pauvre plante assoiffée. Il avait ce qu'on appelait en plaisantant « le teint du Kremlin », à force de travailler quinze heures par jour – sa peau, grêlée par la variole qu'il avait eue étant enfant, avait pris une couleur jaunâtre, maladive. Ses dents cariées, clairement visibles alors qu'il mâchouillait le tuyau de sa pipe, semblaient refléter son déclin physique général.

Aucun des intimes du camarade Staline n'ignorait qu'il menait un combat d'arrière-garde contre un désespoir tenace. Oh, il savait donner le change en public, mais il se réveillait presque tous les matins de mauvaise humeur, après une nuit sans sommeil, et fulminait contre son angine chronique, un élancement dû aux rhumatismes dans son bras difforme ou un mal de dents que le dentiste Shapiro (encore un Juif dont je devais m'inquiéter) n'avait pas réussi à soulager lors de sa visite à la clinique du Kremlin l'après-midi de la veille. Les femmes de son entourage – l'épouse de Molotov, la Juive Polina, et la nouvelle compagne de Boukharine, la belle Anna Larina, âgée de vingt ans – estimaient qu'il ne s'était jamais remis de la mort subite de sa jeune épouse Nadejda, un an et demi plus tôt. Évidemment, personne n'en parlait devant lui, de peur de subir sa légendaire colère géorgienno-ossète, qui pouvait éclater comme une bourrasque d'été, mettant une fin brutale à la conversation ainsi qu'au laissez-passer du Kremlin qui donnait accès à la cour. (Tout le monde s'accordait à dire que l'absence à ses côtés d'une présence féminine contribuait à la dépression du *khoziayin* ; je lui avais moi-même proposé, en passant, de lui présenter une ou plusieurs de mes concubines, mais il avait refusé de manière si brusque que je n'avais plus jamais osé aborder le sujet.) Les hommes proches de Staline – son secrétaire de longue date, son chef de cabinet, certains membres du Politburo et même Yagoda – avaient une autre interprétation. D'après eux, l'obsession du patron pour la collectivisation forcée de la paysannerie était revenue le hanter. Des histoires circulaient au Kremlin, sur des villages ukrainiens abandonnés, des wagons à bestiaux chargés de paysans affamés, de foules déchaînées brûlant les semences et abattant le bétail. Le mot interdit, *famine*, se répandait. Le camarade Staline, l'homme d'acier qui avait tenu bon durant ce coup de poker que nous appelons la Révolution, puis durant l'impitoyable guerre civile qui avait suivi, était-il en train de perdre son sang-froid ? Craignait-il que le chaos qu'il avait déchaîné n'échappe à tout contrôle ? Que le grenier à blé qu'était l'Ukraine soit perdu à jamais pour l'Union des Républiques socialistes soviétiques ? Que ses collègues du Politburo, confrontés à l'effondrement du pouvoir bolchevique, ne complotent derrière son dos pour le dépouiller de son rôle de chef – ou de sa vie ?

Le tabac de cigarette de sa pipe sembla calmer les nerfs du patron. Se calant dans la chaise à la droite de Gorki, il réussit même à discuter froidement avec les écrivains et éditeurs les plus proches de lui.

– C'est une bonne question. Nos livres d'histoire survolent cette période de la vie de Staline parce qu'il serait malséant pour un bolchevik d'attirer l'attention là-dessus, disait-il à un écrivain.

Il s'exprimait dans un russe châtié, teinté d'un fort accent géorgien, et utilisait la troisième personne du singulier comme il aimait le faire lors de ses apparitions publiques.

– Sa mère – Ekaterina, Dieu merci, est encore parfaitement en vie – est une véritable sainte. À cette époque, la famille vivait dans une cabane délabrée derrière une église, à Gori, une ville sinistre et très étendue, perdue dans une région montagneuse de Géorgie, près de la rivière Koura, aux eaux si boueuses que les poissons s'y noyaient. Elle s'efforçait de joindre les deux bouts en tenant la maison d'un prêtre et en faisant la lessive pour des bourgeoises qui habitaient dans les quartiers de la ville disposant de rues pavées et de la collecte des ordures. La dernière fois que Staline a rendu visite à sa mère – vous n'allez pas le croire – elle lui a demandé ce qu'il faisait dans la vie. Staline lui a expliqué qu'il travaillait au Kremlin et participait au gouvernement du pays. Elle a secoué la tête d'un air dépité et répondu qu'il aurait mieux fait de finir le séminaire et de devenir prêtre. Vous imaginez Staline, ce fervent athée, dans la défroque du prêtre !

Le *khoziayin* tapa les talons et le bout de ses bottes par terre en une petite gigue, un signe qu'il commençait à apprécier la conversation. Mon patron aimait beaucoup parler de lui. C'était difficile de le faire démarrer, mais une fois lancé, il était encore plus dur de l'arrêter.

– Quant au très regretté père de Staline, Vissarion, poursuivit-il, c'était un cordonnier, un homme dur à la tâche et un prolétaire modèle, même s'il y a peu de chances qu'il ait connu le sens du mot. Il luttait, dans l'abnégation, pour améliorer le sort de sa femme et de ses enfants. Vissarion, au grand regret de Staline, est mort avant qu'il ait vraiment pu le connaître, mais son père demeure un exemple lumineux de ce qu'un homme doit être. Vous vous interrogiez sur les noms de Staline – enfant, sa mère le surnommait Sosso, qui est un diminutif répandu en Géorgie. Plus tard, quand

Staline a vécu dans la clandestinité et débuté ses activités révolutionnaires, il s'est fait appeler Koba, du nom d'un légendaire bandit du Caucase.

– Et d'où vient le nom de Staline ? demanda un gros éditeur.

Autour de nous, les serveurs servaient aux invités un vin blanc géorgien glacé. Yusis apporta une bouteille qu'il avait prise au hasard dans un carton de la cuisine, la déboucha sous les yeux du patron et remplit son verre à moitié. Le *khoziayin* y trempa les lèvres.

– Koba a commencé à utiliser le nom de Staline en 1913, je crois. Oui, c'est ça, en 1913. Il l'a emprunté à une bolchevik aux joues rouges et à la poitrine généreuse dont il partageait le lit à l'époque. Elle s'appelait Ludmilla Stal. Il a transformé le *Stal* en *Staline*.

– Staline – l'homme d'acier, dit Gorki d'un ton approbateur.

– Magnifique histoire, commenta un éditeur placé en diagonale du camarade Staline. Puis-je la publier dans mon journal ?

Mon patron se hérissa.

– Pas question, répliqua-t-il. Nous, les bolcheviks, nous sommes fiers d'être modestes et décourageons le culte de la personnalité.

Tandis que les serveurs apportaient des plateaux d'argent où s'amoncelaient de hautes piles de petits morceaux de saumon, j'avais chargé Yusis d'aller chercher, dans le coffre de ma Packard, le panier d'osier contenant la nourriture préparée au laboratoire de la Tcheka puis scellée et marquée *Certifié sans éléments empoisonnés*. Le *khoziayin*, qui s'y connaissait très bien en poisons – il m'avait un jour expliqué que l'acide prussique sentait l'amande grillée, la ciguë le nid de rat, l'oléandre le chocolat et l'arsenic un souper en décomposition –, refusait catégoriquement de manger lors des réceptions publiques à moins de rompre lui-même le sceau pour ouvrir le panier. Le contournant, je posai la boîte sur la table. Le camarade Staline fit sauter le plomb d'un ongle taché de nicotine et renifla un *pirojki* froid fourré au porc haché, avant de l'enfourner dans sa bouche.

Au bout de la table, Gorki se leva et tapa son couteau contre une bouteille d'eau minérale.

– Tout le monde parle de Lénine et du léninisme, mais Lénine a disparu depuis longtemps. Je dis, longue vie à Staline et au stalinisme ! s'exclama-t-il en levant haut son verre de vin. Longue vie, force, sagesse et vigueur pour triompher des nombreux ennemis du premier État socialiste sur notre planète.

En une seconde, tous les invités furent debout.

– Au camarade Staline, s'écrièrent-ils en chœur, avant de vider leurs verres.

Staline agita son auriculaire vers Gorki.

– Comment pouvez-vous dire ça ? Lénine était un poing, Staline n'est qu'un petit doigt.

Les invités qui avaient entendu le commentaire applaudirent.

Je fis un tour dans la cuisine pour m'assurer que les domestiques aux noms juifs avaient bien été renvoyés chez eux. Quand je retournai à mon poste près du *khoziayin*, il était en train de raconter une blague ; le patron aurait pu charmer un serpent s'il l'avait décidé.

– Arrêtez-moi si vous l'avez déjà entendue, dit-il aux invités à portée de voix. Alors : un Turc demande à un Serbe pourquoi ils sont toujours en train de faire la guerre. « Pour les pillages, lui répond le Serbe. Nous sommes un peuple pauvre qui espère gagner du butin. Et vous ? » demande le Serbe. « Nous, nous nous battons pour l'honneur et la gloire », répond le Turc. À quoi le Serbe répond – et le *khoziayin* se mit à rire de sa propre plaisanterie – il répond : « Tout le monde se bat pour ce qu'il n'a pas. »

– Tout le monde se bat pour ce qu'il n'a pas, répéta Gorki, et il éclata d'un rire aigu.

Les invités qui entouraient Staline tapèrent sur la table, appréciateurs. Au bout d'un moment, quelqu'un demanda si le *khoziayin* pensait que le communisme soviétique allait s'étendre à d'autres pays industrialisés.

Le camarade Staline était maintenant dans son élément.

– Quand nous, bolcheviks, avons pris le pouvoir, dit-il, plusieurs de nos camarades les plus naïfs pensaient que le soulèvement déclencherait des révolutions dans l'Europe capitaliste – certains ont même suggéré, en ne plaisantant qu'à moitié, de construire une haute tour à la frontière et d'y poster une sentinelle pour guetter la révolution mondiale. Staline, qui croyait en la construction du socialisme dans un seul pays à la fois, en commençant par la Russie, leur répondit que ce projet aurait l'avantage de fournir un emploi permanent à au moins un ouvrier. Enfin, vous voyez ce que je veux dire. Quels pays sont mûrs pour la révolution ? Sûrement pas l'Amérique, où tout le monde est trop occupé à accumuler des richesses ou à s'accrocher à ce qu'ils ont déjà accumulé, pour descendre dans la rue. Les Français ne pensent qu'à manger, à boire et à forniquer. Quant aux Anglais, ils ne peuvent pas se rebeller contre le roi parce que la révolution impliquerait qu'ils ignorent les panneaux interdisant de marcher sur les pelouses.

– Il reste les Allemands, suggéra Gorki.

– Même les enfants savent que les Allemands seraient incapables de prendre d'assaut une gare sans acheter d'abord leurs billets pour accéder au quai, dit le patron avec un sourire narquois.

Les gens autour de Staline, séduits par la jovialité du *khoziayin*, commencèrent à se détendre. Mikhaïl Cholokhov, assis à la gauche de Gorki, voulut savoir si, comme le prétendait la rumeur, le comité central envisageait de rebaptiser Moscou *Stalinodar*.

– Je peux vous révéler – mais ça ne doit pas sortir de cette pièce – que la question a été soulevée et que Staline a refusé purement et simplement.

Cholokhov, un des favoris du camarade Staline, demanda ensuite au patron lequel, d'après lui, était le plus grand art, de la prose, du théâtre ou de la poésie. Staline réfléchit un instant.

– Il est évident que la poésie dépasse les autres arts d'une bonne tête. Staline évoquait justement le sujet l'autre jour avec l'Américain Dos Passos, qui était ici dans le cadre du congrès des écrivains. Dos Passos était d'accord avec ma formulation, et il a cité le romancier anglais Maugham, selon lequel à côté du poète, le meilleur romancier passe pour un morceau de fromage. C'est aussi l'avis de Staline.

Gorki, d'une voix plus haut perchée que d'habitude, intervint :

– Je ne peux pas dire que je sois d'accord...

Le patron tira bruyamment sur sa pipe éteinte.

– Personne ne vous demande d'être d'accord, déclarat-il d'un ton si onctueux que Gorki ne put manquer de comprendre qu'il s'était mis dans une situation délicate.

Le *khoziayin* n'appréciait pas d'être contredit en public ; il m'avait un jour confié que ça frisait le délit.

Quand les serveurs firent le tour de la table pour servir des bols de fruits et de biscuits, le *khoziayin* donna des petits coups sur la table avec sa pipe.

– Camarades écrivains ! s'exclama-t-il.

Toutes les conversations se turent immédiatement.

– Alors : vous vous demandez sûrement pourquoi vous avez été invités à partager l'hospitalité de Gorki en cet après-midi de février. Nous avons jugé utile de vous faire connaître à l'avance, à vous qui comptez parmi les écrivains et hommes de presse les plus importants de Russie, la nouvelle politique culturelle que le Politburo s'apprête à promulguer, en lien avec le Premier Congrès des écrivains soviétiques de toute l'Union. Nous sommes en train de faire évoluer la ligne du Parti, du modernisme à ce que nous appelons le réalisme socialiste. Qu'est-ce que le réalisme socialiste ? C'est l'esthétique qui s'imposera désormais aux arts visuels, au théâtre, au cinéma et à toute forme d'écriture créative. Le réalisme socialiste proclame que l'art ou la culture n'existent pas dans l'abstrait. Tout art et toute culture servent la Révolution et le Parti, ou pas. Le réalisme socialiste affirme que l'art, quel qu'il soit, doit être réaliste dans la forme et socialiste dans le fond – il reconnaît que les écrivains sont des ingénieurs de l'âme humaine et, en tant que tels, qu'ils ont l'obligation morale d'inspirer au prolétariat soviétique des rêves socialistes.

Tout au bout de la longue table, un jeune auteur de nouvelles leva le doigt.

– Vous n'avez pas à demander la permission de parler, lui dit le camarade Staline. Ici, nous sommes tous égaux.

Le jeune homme, au large visage de paysan, gratta nerveusement sa barbe.

– Je voudrais demander au camarade Staline comment un écrivain – suivant l'esthétique imposée du réalisme socialiste – doit traiter le sujet de la collectivisation.

Si nous devons être réalistes dans la forme, nous devons décrire le chaos, la misère…

Le seul bruit dans la villa provenait de l'extérieur – des automobiles qui klaxonnaient avec impatience près d'un chantier de construction en bas de la colline. Le *khoziayin* se pencha en avant pour mieux voir son interlocuteur.

– Quel est votre nom, camarade ?

– Saakadzé, Sergo.

– Saakadzé, Sergo, répondit aimablement le patron. Staline vous remercie de votre intervention. Alors : dans la mesure où la collectivisation des paysans a été un succès cataclysmique, un certain degré de chaos et de misère était inévitable. Lorsqu'un grand pays socialiste entreprend d'éliminer le gaspillage et la pauvreté à grande échelle, des choses arrivent. Vous – les travailleurs culturels qui avez le devoir de justifier la collectivisation auprès des masses – devez peser le chaos et la misère en regard de l'œuvre accomplie, et cela doit entrer dans le portrait *réaliste* que vous faites des événements. La collectivisation est ce qui rend l'industrialisation possible. Ralentir le rythme de la collectivisation paralysera l'industrialisation, en conséquence de quoi nos Républiques socialistes seront à la traîne de l'Occident. Il suffit de se rappeler la vieille Russie – à cause de son retard militaire, culturel, politique, industriel et agricole, elle était systématiquement défaite. Par les empereurs mongols. Par la petite noblesse polono-lituanienne. Par les capitalistes franco-anglais. Camarades, regardons la réalité en face. Nous avons cinquante ans de retard sur les grands pays industrialisés. Et nous avons dix ans pour rattraper ce retard – sous peine de disparaître. Cet Adolphe Hitler a un appétit insatiable – croyez-moi, lorsqu'il aura fini de se gaver à l'Ouest, il se tournera vers l'Est. Nous devons être prêts à l'accueillir avec des armes blanches. Staline et ses collègues du Politburo estiment que nous sommes capables de combler notre retard, avant que n'éclate l'inévitable guerre avec l'Allemagne nazie. Vous ne devez jamais perdre de vue que nous sommes armés de l'irréfutable marxisme scientifique, qui nous permet de prédire l'avenir et de changer le cours de l'histoire. Les capitalistes s'en remettent à des religions qui leur promettent le paradis après la vie terrestre, tandis que nous, nous avons le projet de réaliser le paradis sur terre. Nos ouvriers et nos paysans seront récompensés pour leur travail dans ce monde-ci, et non pas dans un quelconque au-delà.

Mon patron pointa le doigt dans la direction de Saakadzé.

– Vous demandez comment traiter la collectivisation. Inspirez-vous de Mikhaïl Alexandrovitch, ici présent.

Avec un effort, le camarade Staline leva son bras difforme pour montrer Cholokhov, de l'autre côté de la table.

– Prenez modèle sur son roman magistral consacré à la collectivisation, *Terres défrichées*. Staline l'a lu deux fois. Le camarade Cholokhov a réussi à représenter l'aphorisme de Marx sur l'absolue imbécillité de la vie rurale telle qu'elle était organisée sous les tsars.

Gorki hocha vigoureusement la tête.

– Si l'ennemi ne se rend pas, proclama-t-il en regardant les écrivains et éditeurs autour de lui, il devra être exterminé.

– Camarade Gorki, lui dit Staline d'un ton de reproche, personne à part vous n'a soulevé la question de l'extermination.

Gorki pâlit.

– Je me suis laissé emporter par la justesse de notre cause, marmonna-t-il.

Sergo Saakadzé commença à lever la main pour reprendre la parole, puis, comme un enfant pris en faute, la rabaissa aussitôt.

– Camarade Staline, quiconque se tient au courant de ce qui se passe sait que la famine gagne de vastes régions d'Ukraine, et pourtant, d'après la *Pravda*, l'Union soviétique continue à exporter du blé. Pourquoi n'envoyons-nous pas d'urgence des cargaisons de nourriture dans les zones les plus touchées plutôt que de vendre nos céréales à l'Ouest ?

Le *khoziayin* étudia les visages autour de la table.

– Notre camarade est un conteur talentueux, déclarat-il. Il invente une prétendue famine pour nous faire peur.

Son regard aux paupières lourdes tomba sur Saakadzé.

– Qu'est-ce que vous écrivez ? Des fables pour les idiots ? D'où tenez-vous vos informations ?

– Je tiens mes informations de mon père et de ma mère, qui vivent à – il nomma une région d'Ukraine et un village du coin. Je suis né et j'ai grandi dans ce village. Grâce aux politiques égalitaires des bolcheviks, j'ai fini l'école secondaire et j'ai été admis à l'université de Kiev, où j'enseigne aujourd'hui. J'étais déjà membre du Parti avant la mort de Lénine. D'après la loi sur la collectivisation, les koulaks dont les enfants enseignent dans les écoles d'État ne sont pas soumis à la collectivisation forcée. Mes parents ont cependant été victimes de la répression la plus brutale de la part des tchékistes. Alors, je vous demande, camarade Staline, pourquoi mes parents, qui sont de petits propriétaires, ceux que les propagandistes du Parti appellent les koulaks, ont-ils été expropriés et soumis à la collectivisation forcée, contrairement à ce que spécifie la loi ?

Je voyais bien que mon patron était irrité – ses épaules penchaient d'un côté, il avait les pieds posés à plat sur le sol et il mâchonnait le tuyau de sa pipe comme s'il avait hâte de fumer une cigarette.

– Il se trouve que la collectivisation est allée plus vite et mieux qu'on ne s'y était attendu, dit-il enfin. Si bien que nos hommes sur le terrain, étourdis par le succès, ont commis quelques excès – ils ont par erreur pris un petit nombre de paysans moyens pour des koulaks, ont eu recours à l'intimidation pour les obliger à intégrer des fermes collectives, leur ont confisqué leurs semences et leur bétail. Malgré tout, Staline peut vous assurer que la politique générale de collectivisation est la bonne politique au bon moment. Écrivez votre nom et celui de vos père et mère, ainsi que le nom de leur village. Staline demandera à ses services de se renseigner. S'il s'avère que vos parents ont subi des torts, ils seront réparés.

Quelques minutes plus tard, je raccompagnai un *khoziayin* agacé à travers la cuisine et la buanderie, jusqu'à la voiture qui l'attendait. L'un des tchékistes de Yagoda tenait la portière arrière ouverte. Le camarade Staline me tendit le papier sur lequel était inscrit le nom de Saakadzé.

– Au diable sa mère, dit-il à mi-voix, une Kazbek Papirossi détrempée collée à sa lèvre inférieure. Qui a invité ce con ?

– Gorki.

Le *khoziayin* n'était pas content.

– Critiquer la collectivisation ou agiter le spectre de la famine en public est l'équivalent moral du sabotage. Que les Organes de sécurité s'occupent de lui.

3

Comme épouse, Agrippina était aussi bien qu'une autre et mieux que beaucoup, mais quand elle avait quelque chose en tête, il y avait pas moyen de l'en faire démordre.

– Je te connais par cœur, Fikrit. Lorsque tu restes collé à la fenêtre comme ça, à embuer ton reflet avec ton haleine, tu n'écoutes pas un mot de ce que je dis, tu n'es même plus dans la même pièce que moi. Tu es reparti dans tes montagnes d'Azerbaïdjan. Tu dégages des pierres de la rivière derrière le cabanon de ton père et tu les charges dans un char à bœufs, tu plantes tes talons dans le sol et tu tires le bœuf qui tire la charrette pour les hisser tous deux sur la berge.

Elle n'avait pas tort. J'avais le mal du pays ; mais ce n'était pas tant l'air doux de l'Azerbaïdjan ou le chant que chantent les ruisseaux de montagne quand ils cascadent sur les cailloux qui me manquaient ; non, j'avais la nostalgie de ces jours simples où l'on pouvait gagner son pain à la sueur de son front sans avoir peur qu'un type de la ville interprète de travers tout ce qu'on faisait, tout ce qu'on disait.

59

– Rêver que tu retournes en Azerbaïdjan ne te fera pas retourner là-bas, m'a dit Agrippina.

Et alors qu'elle était presque deux fois plus petite que moi et qu'elle pesait deux fois moins lourd, elle m'a saisi fermement le poignet de ses mains minuscules, m'a tiré jusqu'au banc au pied de notre lit et m'a obligé à m'asseoir dessus, avant de s'agenouiller devant moi.

– Écoute-moi bien, Fikrit. Sois très attentif. La cervelle, c'est pas ton point fort, alors concentre-toi sur tout ce que je vais te dire. On va reprendre depuis le début. Avant d'aller se coucher, il faut déterminer ce que tu pourras dire quand ils viendront nous empoisonner la vie avec leurs questions.

– Comment tu peux être sûre qu'ils viendront ?

– Tu as été dénoncé à la réunion de la coopérative du cirque, et par la femme à barbe qui couche avec le tchékiste du bureau principal, par-dessus le marché. Il va forcément écrire un rapport, c'est le boulot des tchékistes. Et les gens à qui il fera son rapport viendront forcément fourrer leur nez par ici. Ça s'est passé comme ça quand ils ont embarqué Dancho, le magicien, pour avoir lancé des fléchettes sur une cible qu'il avait peinte sur une page de magazine. Comment il aurait pu savoir qu'il y avait la photo de Staline de l'autre côté ? Bon, alors, commence avec le championnat d'Europe à Vienne.

– Je te l'ai déjà raconté. J'ai accepté cinquante dollars de l'entraîneur en second de l'équipe américaine pour laisser Hoffman gagner l'épreuve de soulevé de terre. Il détenait déjà le record du monde à deux cent quatre-vingt-quinze kilos, c'est pour ça que j'ai pris son argent. Moi, j'avais jamais pu soulever plus de deux cent quatre-vingt-cinq kilos, donc il était sûr de gagner. Où est le mal ?

– Tu as utilisé les cinquante dollars pour acheter une malle au portier de l'hôtel, qui l'avait trouvée dans la réserve à la cave, où l'avait abandonnée un représentant de commerce parti sans payer sa note.

– Je vois pas pourquoi on a besoin de parler des cinquante dollars, ai-je dit à Agrippina. On peut raconter que la malle allait avec la médaille d'argent que j'avais gagnée au soulevé de terre. Comme un bonus en plus.

– Ça n'explique pas comment une vignette de la tour Eiffel s'est retrouvée sur la malle.

– Je pourrais dire la vérité : que ton demi-frère Arkhip l'a rapportée de Paris, en France, quand l'orchestre de l'Armée rouge, où il est deuxième trompette, est rentré de sa tournée européenne l'été dernier.

– Surtout pas ! Pense à ce qui arriverait à Arkhip si on apprenait qu'il distribuait des vignettes de la tour Eiffel à droite et à gauche. Non, tu réponds que la tour Eiffel était collée sur la malle quand on te l'a donnée à Vienne, et tu dis que tu ne l'as pas remarquée avant qu'on soulève la question à la réunion de la coopérative du cirque hier soir.

– Ça sonne vrai. La malle était couverte de vignettes de toute l'Europe. En plus, même si je l'avais vue, comment j'aurais pu savoir que la tour Eiffel est à Paris, en France ?

– Tu es tellement naïf, Fikrit. Parfois, je me dis que tu n'es jamais sorti du cocon de l'enfance. Parfois, je me dis que tu es resté un bébé. N'importe quel idiot sait que la tour Eiffel est à Paris.

– Je t'avais bien dit qu'il fallait l'arracher, la vignette, quand tu l'as trouvée sur la malle, l'été dernier.

– Ç'aurait été pire. Elle aurait laissé une marque sur la malle. Et la Tcheka s'en serait forcément aperçue. Tu peux être sûr qu'ils ont toutes les vignettes du monde dans leurs dossiers. Le triangle avec la tour Eiffel est sûrement une des plus connues. Ç'aurait paru suspect. Pourquoi, ils se seraient demandé, est-ce qu'il retire la tour Eiffel, si cette vignette est si innocente que ça ?

– Mais j'ai jamais mis les pieds à Paris, en France, ai-je dit. De toute ma vie, je suis jamais allé plus à l'ouest que Vienne, en Autriche. Et je peux le prouver – il suffit de regarder sur mon passeport extérieur pour voir qu'il y a pas de tampon de Paris.

– Fikrit, Fikrit, essaie de considérer les choses de leur point de vue – la vignette est la preuve que tu *veux* aller à Paris, que tu penses qu'il y a là-bas des choses que tu ne trouves pas ici. Tu es bouché, ma parole ? On a des tours partout en Russie. Elles ne sont peut-être pas aussi grandes que celle de Paris, mais toutes les femmes te diront que ce n'est pas la taille qui compte. Dieu du ciel, si seulement il y avait eu l'image d'une tour soviétique sur ta malle, au lieu de cet horrible machin français.

– J'aurais jamais cru que quelqu'un remarquerait la tour Eiffel au milieu de toutes les autres vignettes.

– Oh si, tu te doutais qu'on allait la remarquer, Fikrit. Je te connais comme si je t'avais fait. Tu voulais que les gens du cirque la voient, tu voulais qu'on se dise que le Parti te faisait tellement confiance qu'il t'avait autorisé à aller à Paris, en France. C'est ta vanité qui nous a mis dans ce pétrin.

– Tu exagères, Agrippina. Après tout, c'est qu'une vignette. Et c'est pas comme si je l'avais arrachée pour la cacher. Ça peut jouer en ma faveur. Sans compter que je suis membre du Parti.

– Des membres du Parti ont été purgés par centaines. Et il y a aussi l'histoire du tatouage.

J'avais oublié le tatouage. Je me l'étais fait faire quand ils avaient rebaptisé Tsaritsyne Stalingrad, en l'honneur de la grande victoire du camarade Staline sur les gardes blancs pendant la guerre civile.

– Le visage de Joseph Staline sur mon biceps comptera sûrement plus qu'une vignette sur une malle. Il a été fait par un célèbre artiste tatoueur à Alma-Ata. Il est très ressemblant.

Comme toujours, Agrippina avait un coup d'avance sur moi.

– Arrête de faire l'autruche, Fikrit. Le tatouage est à moitié effacé. Ils pourraient y voir une prise de position politique. Et la marque de brûlure laissée par la corde en plein milieu, quand tu dressais le grand chapiteau à Tiflis, pourrait être vue comme une volonté de le défigurer, ce qui équivaut à du sabotage.

Je devais admettre qu'elle m'inquiétait. J'ai cherché une pincée de *makhorka* dans ma blague en tissu, je l'ai roulée dans un de ces coupons d'emprunt d'État du temps des tsars, qui ne valaient plus rien, et j'ai collé la cigarette d'un coup de langue. Agrippina a pris une allumette et l'a allumée sur l'ongle de son pouce. J'ai laissé la fumée sortir par mes narines pour éviter de me jaunir les dents encore plus.

– Toi aussi, tu as des tatouages qui s'effacent.

C'est tout ce que j'ai trouvé à dire.

– Lénine s'efface, c'est vrai, mais il est caché sous mon soutien-gorge, entre mes seins, et ils n'iront pas chercher par là. Dieu merci, Trotski a presque disparu – quand les clients me demandent qui c'est, je dis toujours que c'est Engels, et comme personne ne se rappelle la tête qu'il avait, ça passe comme une lettre à la poste. Celui de Staline, sur mon ventre, est frais comme une rose. Et moi, je n'ai pas de vignette de la tour Eiffel sur ma valise.

Agrippina s'est mise à sangloter en silence, la tête sur mes genoux, ses larmes mouillant la toile de mon pantalon. Pour la calmer, j'ai frotté la carte de l'Afrique qui commençait à la base de son cou et descendait tout le long de sa colonne vertébrale, mais elle s'est contentée de gémir :

– Qu'est-ce que je vais devenir s'ils t'arrêtent, Fikrit ?

– Tu trouveras un autre mari au cirque pour partager ton lit, lui ai-je répondu. En Azerbaïdjan, quand un homme disparaît pour une raison ou pour une autre, sa femme attend une période convenable puis en prend un autre. C'est tout à fait normal. Il y a pas de honte à en parler, pas de honte à le faire.

Elle a secoué la tête vigoureusement.

– Tu es le premier homme que j'ai connu à aimer mon corps couvert de tatouages, et tu seras sûrement le dernier.

– Je me rappelle la première fois où tu me les as tous montrés, même ceux que le public n'a jamais l'occasion de voir.

Ça a amené un sourire timide sur les lèvres d'Agrippina.

– Moi aussi, je m'en souviens. Oh, j'avais tellement peur. Je me suis déshabillée complètement dans les toilettes, j'ai enfilé une de tes chemises, qui m'arrivait aux genoux, j'ai traversé pieds nus la chambre et je suis montée sur le grand lit pour admirer ton corps magnifique. Puis j'ai respiré un bon coup, j'ai retiré la chemise et écarté grands les bras en m'écriant : et voilà ! Et j'ai su, rien qu'en regardant tes yeux, que tu aimais ce que tu voyais.

– Oh, oui, c'est vrai. J'ai aimé le serpent qui remontait le long de ta cuisse et sa tête qui disparaissait dans tes poils ras. J'ai aimé Lénine, qui regarde entre tes petits seins. J'ai aimé l'Afrique, qui commence avec la Tunisie dans ton cou et finit au cap de Bonne-Espérance juste en bas des reins. J'ai aimé Staline sur ton ventre. J'ai aimé la peinture de *La Joconde* sur une de tes fesses et même Trotski sur l'autre – à l'époque, personne savait que c'était une pomme pourrie qui allait trahir la Révolution. J'ai aimé le slogan soviétique sur l'électricité qui court sur ton bras. J'ai aimé les deux paons, perchés sur tes épaules, et les plumes de leur queue qui chatouillent tes mamelons.

– Fikrit, mon chéri, je t'ai aimé d'autant plus que tu les aimais.

J'ai soudain compris – pourquoi je l'avais pas vu avant ? – qu'on avait pas besoin de se tracasser comme ça à propos d'une vignette sur une malle.

– Écoute, Agrippina, si vraiment ils viennent, on leur montrera la photo du journal où le camarade Staline me serre la main quand j'ai gagné la médaille d'argent à Vienne, en Autriche. C'est pas donné à tout le monde, de serrer la main du camarade Staline en personne. Et au Kremlin, en plus. Il m'a dit que j'avais montré au monde entier que les haltérophiles socialistes sont aussi bons ou même meilleurs que les haltérophiles capitalistes, alors qu'eux, ils le font pour l'argent et que nous, on le fait pour la mère patrie socialiste. Il m'a dit que ma deuxième place à Vienne, en Autriche, était la preuve, s'il en fallait une, de la supériorité du marxisme scientifique.

Je commençais à m'échauffer ; j'en étais presque à espérer que les tchékistes viendraient ici avec leurs questions idiotes pour que je puisse leur sortir mes articles de journaux et mes photos.

– Je leur montrerai l'article qui raconte que le camarade Staline est intervenu personnellement quand les cartilages de mon genou gauche ont lâché, le jour où j'ai soulevé deux cent douze kilos à Vilnius, que grâce à lui j'ai été opéré à la clinique du Kremlin, et que cet Ukrainien, là, le gros qui a la haute main sur le projet du métro de Moscou… comment il s'appelle, déjà ?

– Nikita quelque chose, a dit Agrippina.

– Nikita Khrouchtchev, c'est ça, ai-je dit, très remonté. Il était dans la chambre d'à côté, avec des problèmes de vésicule biliaire ou de calculs du rein, je sais plus bien. Tu imagines, un communiste aussi important que lui à côté d'un haltérophile – quand il a été sur pied, il passait dans ma chambre tous les après-midi pour voir comment j'allais. Un jour, il m'a même défié au bras de fer. Bien sûr, j'aurais pu le battre, mais je l'ai laissé gagner. Les infirmiers ont bien rigolé en nous regardant.

– Ils ont raté l'opération, m'a rappelé Agrippina d'un ton désagréable.

– C'était pas la faute du camarade Staline si les docteurs du Kremlin connaissaient rien au cartilage du genou. Et c'est Nikita Khrouchtchev qui m'a donné l'idée de travailler comme hercule de cirque quand les docteurs m'ont annoncé que je pouvais dire adieu à l'haltérophilie. Tu vois pas, Agrippina, que ces petits tchékistes du coin vont trembler quand ils s'apercevront qu'ils ont affaire à quelqu'un qui a serré la main du camarade Staline et qui a fait le bras de fer avec Nikita Khrouchtchev ? Ils vont bafouiller des excuses, implorer notre pardon et repartir la queue entre les jambes, en refermant la porte si doucement qu'on entendra même pas le bruit de la clenche.

Mes paroles ont dû la rassurer parce qu'elle a glissé dans un sommeil profond. Elle avait la tête posée sur ma cuisse et, comme elle était restée debout une bonne partie de la nuit à s'inquiéter, je n'ai pas eu le cœur de la réveiller quand mon mauvais genou a commencé à m'élancer. Je suis resté assis là, à supporter la douleur pendant je sais pas combien de temps. Il devait être minuit passé quand j'ai entendu une auto s'arrêter dans la rue en bas de notre immeuble, qui était assez éloigné du boulevard circulaire pour qu'on remarque le bruit d'une voiture au beau milieu de la nuit. Au début, je me suis dit que j'avais dû imaginer la chose que je redoutais. Puis j'ai entendu des hommes parler dans la rue, le concierge ouvrir la porte d'entrée et l'ascenseur commencer à monter. Dans ma tête, j'ai imaginé les locataires à chaque palier, qui travaillaient presque tous au cirque comme nous, les yeux grands ouverts dans le noir, l'oreille tendue pour savoir où l'ascenseur allait s'arrêter. On percevait presque leur soupir de soulagement quand il dépassait leur palier. Agrippina et moi, on vivait à l'avant-dernier étage, et je me suis mis à espérer puis à prier pour qu'il s'arrête, s'il vous plaît, mon Dieu, avant d'arriver à notre étage. Mais il s'est pas arrêté. Alors je me suis mis à espérer puis à prier pour qu'il continue jusqu'en haut. Mais il a pas continué. Ensuite j'ai entendu la lourde porte de l'ascenseur s'ouvrir et les hommes descendre le couloir, et je me suis mis à espérer puis à prier pour qu'ils aillent, bon Dieu, frapper à la porte de quelqu'un d'autre. Mais les pas ont continué d'avancer et les hommes se sont arrêtés devant notre porte. Et l'un d'eux a appuyé sur le bouton.

La sonnette, installée haut sur le mur de l'appartement, a retenti. Agrippina s'est réveillée sans savoir ce qui l'avait réveillée. Elle s'est redressée et a frotté ses yeux pleins de sommeil avec ses petits poings.

– Fikrit, je pensais à ces coupons d'emprunt tsariste que tu utilises comme papier à cigarette, a-t-elle dit. On devrait s'en débarrasser avant que les tchékistes ne mettent la main dessus.

La sonnerie a retenti encore ; elle s'arrêtait plus. Agrippina a écarquillé les yeux, terrorisée. Je me suis penché sur elle et j'ai murmuré à son oreille :

– C'est vrai que j'aime ton corps couvert de tatouages. Vivre avec toi, ç'a été comme vivre avec l'art, l'histoire, la nature et la géographie tout en un.

4

J'ai promis à Nadejda d'essayer et je vais le faire. D'après elle, il n'est pas inutile de mettre tout ça par écrit. Donc, par égard pour Nadejda et aussi pour la postérité qui voudra peut-être un jour se pencher sur cette période de cauchemar de l'histoire russe, je vais tenter de rassembler mes souvenirs.

Ce jour-là, Ossip, en gentleman qu'il était, s'était levé avant l'aube et m'attendait sur le quai, à l'arrivée du train de nuit de Saint-Pétersbourg (ne comptez pas sur moi pour appeler la *ville inventée*, selon l'expression de Dostoïevski, par son nom bolchevique, Leningrad). Il serrait dans sa main un petit bouquet de liseron blanc qu'il m'a fourré sous le nez pour m'en faire sentir le parfum. Nous étions, comme toujours, ravis de nous voir, mais par consentement mutuel nous avons contenu notre émotion de peur qu'elle déborde – Ossip m'avait un jour expliqué très sérieusement que la plupart des hommes et certaines femmes ne pleuraient jamais, par crainte d'être incapables de s'arrêter. J'ai trouvé qu'Ossip avait plutôt l'air en forme, tout bien considéré, et je le lui ai dit, mais il a balayé le compliment, si c'en était un, en répliquant qu'il souffrait de plus en plus fréquemment d'essoufflements et de vertiges. Je lui ai demandé s'il avait consulté un médecin et il m'a répondu par un sourire embarrassé, les lèvres serrées. (À cause de ses mauvaises dents, il avait pris l'habitude de sourire sans ouvrir la bouche.) J'ai vu qu'il était très tendu. Nadejda m'avait parlé des mégots de cigarette qu'elle retrouvait régulièrement dans un cendrier quand ils rentraient chez eux. Elle n'avait pas mentionné ces visiteurs indésirables à Ossip, espérant qu'il n'avait pas remarqué les traces de leur présence. Au cours d'une récente conversation téléphonique, il m'avait paru plus déprimé que d'habitude. Lorsque je lui avais demandé ce qui n'allait pas, il m'avait avoué avoir découvert des mégots d'étrangers dans un cendrier ; puisque Nadejda n'avait pas abordé le sujet, il avait supposé qu'elle les prenait pour les siens. Ainsi allait la vie dans notre marais soviétique ces temps-ci. Pas étonnant qu'Ossip ait eu les yeux creusés par le manque de sommeil, le front assombri par l'inquiétude. Il se mordait l'intérieur de la joue davantage que dans mon souvenir. J'ai décidé de ne pas aborder le sujet des mégots s'il ne le faisait pas. Il parlerait de ce qui l'inquiétait s'il en avait envie ; sinon, tant pis.

Nous sommes rentrés à Moscou par le tramway, en prenant garde à ne pas trop en dire, entourés comme nous l'étions par des inconnus. Borisik, ainsi que j'appelais Pasternak, nous attendait dans le petit square face à la maison Herzen. Il était venu voir sa future ex-femme, Evguenia, qui vivait avec leur jeune fils dans l'aile la plus luxueuse de la maison des écrivains, pour régler les détails de leur divorce. Nous l'avons trouvé – avec ses yeux caves au milieu d'un visage tourmenté qui s'illuminait d'un sourire quand on s'y attendait le moins – assis sur un banc, sa veste de costume et son gilet déboutonnés, sa cravate desserrée, son visage émacié tourné vers le soleil, les paupières si serrées que des larmes avaient perlé sous ses cils et roulé sur ses joues. Lorsque je me suis placée entre lui et la lumière, il a immédiatement senti mon ombre. Inquiet, il a ouvert les yeux brusquement. En nous voyant, il s'est levé d'un bond et m'a serrée très fort dans ses bras.

Pasternak et Mandelstam étaient deux de mes meilleurs amis au monde – le temps précieux que nous passions ensemble nous offrait à tous trois une bouffée d'air pur dans ce pays confiné et étouffant qui était le nôtre. Chacune de nos rencontres était d'autant plus intense qu'elle pouvait fort bien être la dernière ; qui sait si nous survivrions jusqu'à la prochaine ? Le fait qu'ils soient des poètes merveilleusement talentueux renforçait encore le lien entre nous dans la mesure où nous partagions une langue commune, une façon de communiquer en messages codés bien cachés sous et entre les mots. Je les admirais énormément tous les deux. Ils n'étaient pas assez sûrs d'eux-mêmes pour être devenus ennuyeux. (C'est cette fragilité, n'est-ce pas, qui attire les femmes ?) Ils ne considéraient pas leur don poétique comme un acquis, sachant, comme nous le savons tous, que ce n'est pas parce qu'on réussit à composer un poème un jour qu'on en composera un autre dans sa vie. À part ça ? Ils se sentaient tous deux une responsabilité constante de dire la vérité dans cette friche de mensonges.

Ils faisaient ressortir ce qu'il y avait de mieux en chacun d'eux et en moi, ce qui n'était pas rien compte tenu de l'époque où nous vivions, et de l'endroit. Lorsque nous réussissions à nous voir tous les trois, nous disparaissions dans un sanctuaire de camaraderie et de connivence qui n'était pas, je suis la première à l'admettre, sans un soupçon de sensualité. (J'avais couché avec l'un d'eux, des années plus tôt, et j'aurais couché avec l'autre s'il me l'avait demandé. Je ne dirai pas lequel ; ce sera mon petit secret.)

Nous avons commencé à déambuler, et j'avançais entre les deux, les regardant tour à tour, heureuse. Peu nous importait la destination, seule comptait notre marche. Au loin, nous distinguions d'énormes grues balançant des boulets géants contre la cathédrale du Christ-Sauveur, que les bolcheviks avaient condamnée à la démolition – Ossip, qui exhumait des métaphores dans les endroits les plus improbables, remarqua la forme de larme des boulets et y vit un signe des temps. À chacun de leurs assauts, le bâtiment vomissait dans le ciel de grandes gerbes de craie et de particules de ciment. Je crois que je portais mon imperméable en caoutchouc à capuche, par peur de la pluie, ainsi que mes bottines noires brillantes. Oui, oui sûrement, parce que j'entends encore Ossip se moquer de ma tenue de scaphandrier. (C'est fou, les détails qui nous reviennent quand on s'aventure sur ce terrain-là.) Borisik était encore sous le charme du nouvel opéra de Chostakovitch, *Lady Macbeth de Mzensk*, qu'il avait vu au Nemirovitch-Stanislavski la veille au soir. Il a pris un plaisir immense à nous lire tout haut la critique inepte qu'il avait déchirée dans une page de la *Pravda*. J'entends encore sa voix mélodieuse à mon oreille.

– « Un flot atroce de sons confus, un chahut de grincements, de hurlements et de fracas. » Ah, et ça, a-t-il dit en frappant le bout de journal du dos de la main. « Antisoviétique. » Allez savoir ce que ça veut dire ! Je vois vaguement où ils veulent en venir avec ce stupide réalisme socialiste, mais bon sang, comment la musique peut-elle être réaliste dans la forme et socialiste dans le fond ?

Secouant la tête d'un air dégoûté, il a ajouté :

– C'est la dictature de la médiocrité, pas la dictature du prolétariat.

Ossip, pour sa part, nous a raconté la visite que lui avait rendue Ehrenbourg, le romancier russe qui avait émigré en Europe au début des années vingt.

– D'un ton qui laissait peu de place à la discussion, Ilya Grigorievitch m'a fait savoir à quel point il admirait la politique progressiste de l'Union soviétique. Bien entendu, je n'ai pas pu laisser passer ça sans réagir.

– Bien entendu, a commenté Borisik en lançant un de ses délicieux sourires.

– Je l'ai vivement critiqué pour faire l'éloge, depuis Paris, de ce que les écrivains, les artistes et les poètes doivent subir ici de plein fouet. Je lui ai expliqué à quel point il est difficile de composer des vers honnêtes dans cette atmosphère, je lui ai dit que je faisais la tournée des salles de rédaction pour trouver en vain quelqu'un qui aurait le cran de publier un poème de Mandelstam.

– Et encore, nos problèmes à nous, qui vivons en ville, ne sont rien à côté de ce qui se passe à la campagne, a lancé Borisik.

– Absolument, a acquiescé Ossip.

Il a fait claquer sa canne contre la grille de métal entourant un immeuble du Parti. Le vacarme nous a mis mal à l'aise, Borisik et moi – nous voulions éviter d'attirer l'attention sur nous.

– Je lui ai décrit notre voyage en train, à Nadejda et moi, quand nous sommes rentrés de Crimée, a poursuivi Ossip. Les corps décharnés empilés comme du petit bois dans des wagons ouverts alignés devant des cimetières improvisés, les côtes saillantes des chevaux qui tiraient les charrues dans les champs. Je lui ai ressorti un vers d'un poème que j'ai écrit il y a quelques années, et qui résume assez bien ce que je pense du pouvoir soviétique. *C'est le siècle chien-loup qui sur moi s'est jeté.* Ehrenbourg cherchait désespérément des yeux la sortie de notre appartement, a dit Ossip d'un ton lugubre. Il n'a pas cru un mot de ce que je racontais.

Nous avons trouvé un banc vide à côté d'un arrêt de tram et nous y sommes assis. Une femme, poussant un enfant dans une poussette, attendait le tram au soleil. Comme elle nous tournait le dos, nous n'avons pas fait attention à elle.

– J'ai l'impression que le monde se referme sur moi, a dit Ossip, les sourcils froncés.

Puis il a ajouté :

– Je suppose que je ne devrais pas me plaindre. J'ai la chance de vivre dans un pays où la poésie compte – on tue des gens parce qu'ils en lisent, parce qu'ils en écrivent.

Ossip venait sans le vouloir de rouvrir de vieilles blessures avec cette référence à mon premier mari, le poète Nikolaï Goumilev, qui avait été fusillé comme contre-révolutionnaire par les bolcheviks en un jour tragique de 1921. Il y avait eu aussi le génial Essenine, qui avait su comme personne de sa génération évoquer la vie des paysans et s'était noyé dans l'alcool avant de se suicider en 1925. Et Maïakovski, aussi brillant qu'insupportable, qui s'était donné la mort en 1930, déçu par la Révolution qu'il avait passionnément défendue. Ossip a dû me voir fermer les yeux.

– Je vous demande pardon, Anna, m'a-t-il dit en me touchant le coude. Je n'avais pas l'intention de…

Je me rappelle avoir répondu :

– Les regrets inutiles me donnent toujours envie de pleurer. Mais je résisterai, de peur de découvrir que je suis incapable de m'arrêter.

Il m'a gratifiée d'un de ses sourires aux lèvres serrées, content de voir que je n'avais pas oublié sa remarque sur les pleurs.

– Que faites-vous, en ce moment, Borisik ? ai-je demandé, espérant amener la conversation sur un terrain plus solide.

– Ma vie est devenue une représentation théâtrale, s'est plaint Pasternak. Je commence à comprendre pourquoi les alcooliques s'enivrent en souhaitant ne plus jamais redevenir sobres. Je suis épuisé, non pas à cause de la dureté des conditions de vie d'aujourd'hui, mais par mon existence en général. Je suis usé par l'impossibilité de changer les choses. Je vis dans la foi et la peine, la foi et la peur, la foi et le travail.

– Quel travail ? a demandé Ossip.

– Oui, dites-nous quel travail ! ai-je insisté.

– Je me suis replongé dans *Hamlet*. Je rêve de le traduire un jour.

– Vous devriez écrire votre propre poésie, Boris, pas traduire celle des autres. Un poème de Pasternak a un effet libérateur sur les autres poètes – il libère la voix, l'esprit, l'imagination. De toute façon, la poésie est justement ce qui se perd à la traduction.

– L'une des nombreuses choses que j'aime chez vous, Ossip – l'une des nombreuses choses que j'adore chez vous –, c'est qu'il vous importe peu de savoir qui a écrit un poème, que ce soit vous ou un autre. Si c'est de la poésie authentique, vous en êtes fier. Contrairement à moi, vous ne connaissez pas l'envie.

Ossip a secoué la tête.

– Je vous envie d'être publié. J'envie les critiques qui paraissent sur vos œuvres.

– Les critiques, parlons-en ! Pas plus tard que la semaine dernière, un magazine littéraire m'a accusé d'être du mauvais côté des barricades de la lutte des classes, de glorifier le passé aux dépens du présent.

Pour le plus grand plaisir d'Ossip, j'ai aussitôt convoqué un tribunal fantoche.

– Boris Leonidovitch Pasternak, que plaidez-vous ?

Borisik a annoncé :

– Je plaiderai la folie, dans les deux sens du terme.

– Peu importe ce qu'il plaide, a dit Ossip, il est manifestement coupable de ce dont on l'accuse. Il ne reste plus qu'à prononcer la sentence qui convient.

– Comme le châtiment n'a pas à être proportionnel au délit, ai-je dit, m'amusant beaucoup, je propose la seule sentence logique.

Et, pour le plus grand plaisir d'Ossip, j'ai cité un vers d'une petite merveille de poème qu'il m'avait autrefois dédié :

– *Et j'irai en forêt chercher la hache qui tranchera ma tête.*

– Une hache ! s'est exclamé Ossip. Là, on entre dans l'état d'esprit bolchevique.

– *Et que, là où est le crime, la grande hache s'abatte*, a proclamé Boris en anglais, citant, nous a-t-il dit, un vers de *Hamlet*.

Nous avons éclaté de rire – j'ai le cœur lourd en me remémorant aujourd'hui la scène, puisque ç'allait être la dernière fois que nous trois avions ri ensemble. D'une certaine façon, le rire a disparu de nos vies en ce jeudi d'avril illuminé de soleil de l'année 1934.

Un tram a remonté la rue à grand fracas, des étincelles jaillissant du câble électrique au-dessus, et s'est arrêté devant nous dans un crissement de métal. J'ai fait signe au machiniste que nous ne montions pas. Pas plus, d'ailleurs, que la femme à la poussette.

– Ceux qui n'attendent pas le tram, camarades, ne devraient pas s'asseoir aux arrêts de tram.

Refermant ses portes, il a redémarré et est reparti le long de la rue.

Borisik a grommelé :

– Qu'est-ce qui cloche entre nous et l'ordre nouveau, pour que nous ne réussissions même pas à assimiler le règlement du tram /ay ?

– Ça m'arrive tout le temps, ai-je dit. Vous pensez vraiment qu'il y a une règle réservant l'usage de ces bancs aux voyageurs du tramway ?

– Pourquoi pas ? a fait remarquer Ossip, irrité. Il y a des règles pour tout le reste, à commencer par l'écriture poétique.

– D'après l'article de la *Pravda*, a dit Borisik, Staline en personne a énoncé les nouvelles normes lors d'une réunion avec des écrivains dans la villa de Gorki.

– Le réalisme socialiste me donne envie de vomir, ai-je dit.

– Il ne vous aura pas échappé qu'aucun de nous n'a été invité à cette réunion entre Staline et les soi-disant *ingénieurs de l'âme humaine*, a dit Borisik. Qu'est-ce que vous en pensez ?

Ossip nous a alors étonnés en déclarant :

– Staline nous faisait un grand compliment. Avec son instinct paysan pour discerner le vrai du faux, il ne nous met pas dans le même sac que ces écrivains-ingénieurs.

Je n'étais pas sûre qu'Ossip plaisantait.

– Vous pensez vraiment qu'il est capable de distinguer l'art authentique de celui qui ne l'est pas ?

– Le montagnard du Kremlin, comme j'ai décidé de l'appeler, fait sûrement la différence entre le poète, le dramaturge ou le compositeur qui accepte de produire la monodie obligée à la gloire éternelle de Staline, et ceux qui, pour des raisons morales ou esthétiques, s'y refusent. D'expérience, je parierais qu'Iossif Vissario-novitch Djougachvili, pour utiliser son nom géorgien, possède assez de bon sens paysan pour s'apercevoir que la monodie pondue sur commande n'a pas de valeur artistique ; et qu'il ne peut justement pas obtenir celles qui lui sont nécessaires s'il veut que sa légende survive à son corps physique.

Nous nous sommes remis à marcher. J'ai vu la femme à la poussette à quelques pas derrière nous.

– Nous avons de la compagnie, ai-je chuchoté.

Borisik a jeté un regard par-dessus son épaule, souri à la femme qui lui a rendu son sourire.

– Vous devenez paranoïaque, m'a-t-il dit. Elle profite du soleil, comme nous.

– Revenons-en à *Hamlet*, ai-je suggéré. Borisik, expliquez-nous, s'il vous plaît, ce qui vous y ramène inlassablement, une année après l'autre.

Ossip non plus ne comprenait pas la fascination de Borisik.

– Tolstoï a parfaitement analysé la question, a-t-il dit avec impatience. *Hamlet* n'est guère plus qu'une vulgaire histoire de vengeance païenne. L'intrigue est assez simple – un prince danois cherche toujours plus de preuves que son oncle a assassiné son père parce qu'il ne peut se résoudre à agir ; il ne peut se résoudre à se venger alors même qu'il dispose de cette preuve. C'est l'histoire de quelqu'un qui ne supporte pas sa lâcheté et y échappe en se réfugiant dans la folie.

– Non, non, ce n'est pas du tout ce que j'y lis, a protesté Borisik. Hamlet n'est pas fou ; il feint la folie pour justifier son incapacité à agir à l'encontre de sa vraie nature.

Il s'est alors produit quelque chose qu'avec le recul je décrirais aujourd'hui ainsi : il m'a semblé que la terre s'était arrêtée de tourner l'espace d'un instant.

Laissez-moi un moment pour rassembler mes idées.

J'ai raconté jusqu'ici plus ou moins précisément ce qui s'est passé. Mais lorsque la terre s'est figée, le temps s'est figé aussi : la scène s'étant déroulée au rythme de l'érosion des montagnes, je suis capable de la reconstruire avec une précision absolue. Ossip s'est immobilisé si brusquement que la femme à la poussette a dû faire un écart pour l'éviter. Borisik et moi l'avons regardé avec curiosité, puis nous nous sommes regardés tous les deux avant de revenir à Ossip. Nous avions l'impression qu'il se libérait d'un grand poids. Sa respiration est devenue aussi calme que les souffles d'air qu'on s'attend à trouver dans l'œil d'un cyclone.

– C'est donc cela, a-t-il dit, plus pour lui-même qu'à notre intention.

Et, oubliant ses dents gâtées, il a esquissé un vrai sourire.

Borisik et moi étions perplexes.

– Quoi ? ai-je demandé.

– Mais cela remet tout en perspective, a déclaré Ossip. Hamlet feint la folie pour justifier son incapacité à agir. Moi, je feins d'être sain d'esprit pour justifier mon incapacité à agir, dans la mesure où aucune personne saine d'esprit ne ferait ce que je dois faire.

Ossip n'a pas pu manquer de remarquer mon regard d'incompréhension.

– Que devez-vous faire ? ai-je demandé.

Borisik, qui possédait un sixième sens pour les choses de l'esprit, a répondu très doucement :

– Il a repoussé le moment d'affronter son montagnard du Kremlin. Ce qu'il se sent le devoir de faire l'oblige à agir contre sa nature profonde, puisque les poètes ne se salissent pas les mains avec la politique.

Alors, comme si un barrage avait cédé, un torrent de mots s'est déversé des lèvres d'Ossip.

– Au début, Dieu nous pardonne, beaucoup d'entre nous partageaient la vision optimiste de Maïakovski sur la révolution – les bolcheviks semblaient avoir une dimension morale, une soif d'améliorer le sort des masses. Mais nous n'avions pas prévu que le montagnard du Kremlin escaladerait les corps de ses collègues pour atteindre avant eux le haut de la pyramide. À côté de Staline, Caligula, César Borgia et Ivan le Terrible ont l'air d'humanistes.

J'ai vu Borisik secouer la tête avec inquiétude.

– Rien ne prouve que Staline est au courant de ce qui se passe ! Ce peut être Yagoda qui est derrière la collectivisation forcée, la famine et les arrestations de masse. La Tcheka a toujours agi comme un État dans l'État.

– Nous avons déjà eu cette conversation, a protesté Ossip, manifestement exaspéré. Que faudra-t-il pour vous convaincre que j'ai raison, Boris ? Une photo de Staline en première page de la *Pravda*, le revolver fumant au poing ? *Quelque chose est pourri dans ces républiques socialistes soviétiques !* Il est au courant, bon sang. Il est derrière toutes les arrestations, toutes les exécutions, toutes les déportations en Sibérie. Rien ne se passe sans son accord dans ce *jardin où le chiendent monte en graine* – votre expression, Boris, sortie des lèvres de Hamlet qui feint la folie. Rien de rien !

Si je ferme les yeux et que je retiens mon souffle, j'entends encore Boris réciter les vers en anglais :

– *C'est un jardin / Où le chiendent monte en graine ; une proliférante et grossière nature.*

Ossip était si avide de s'expliquer qu'il butait presque sur les mots.

– La terreur rouge n'est pas née d'hier, elle a commencé dès que cette pauvre Fanny Kaplan a tenté d'assassiner Lénine en 1923 – cette nuit-là, l'ordre, contresigné par Staline, a été donné d'exécuter des prisonniers blancs par milliers. Il n'a pas cessé, depuis, de tuer l'espoir, de nous pousser toujours plus profond dans un nouvel âge de glace. Il faut l'arrêter avant qu'il ne perde tout contrôle et qu'un million et demi de personnes ne se noient dans les larmes.

Agité de tressaillements, Ossip a récité quelques vers d'un de ses vieux poèmes que j'ai reconnu :

– *Mais tu as l'échine brisée, Mon beau, mon pitoyable siècle !* Ma chère Anna, mon cher Boris, je me confie à vous parce que vous seuls, entre tous, me comprendrez. Je sais comment m'y prendre pour le détruire ! Il suffit d'une étincelle. Nous avons entendu des physiciens s'interroger sur le pouvoir explosif enfermé dans l'atome. Je crois profondément au postulat selon lequel le noyau d'un poème renferme lui aussi un pouvoir explosif. Je suis capable de libérer ce pouvoir, je peux déclencher l'explosion si je réussis à abandonner ma raison, si je deviens assez fou, dans les deux sens du terme, pour laisser éclater le cri de révolte coincé au fond de ma gorge.

Ossip m'a regardée intensément.

– Crier, c'est comme pleurer – une fois qu'on commence, on risque de ne plus pouvoir s'arrêter.

Je n'en croyais pas mes oreilles.

– Vous vous proposez de détruire Staline avec un poème !

– Un poème explosant d'une vérité dont l'écho se propagera à travers le pays comme les ondulations créées par une pierre, lancée dans l'eau stagnante. Quelque chose d'aussi direct que « Le roi est nu ». Les paysans acclameront sa chute avec des prières d'action de grâce. Le Parti déclarera un jour férié national. Les Komsomols chanteront mes vers en allant remplir leurs quotas. Lors des rassemblements au Bolchoï, les ouvriers les crieront de toutes les loges et de tous les balcons. Les jeunes que la peur a fait vieillir avant l'âge danseront de joie dans les rues. Ce sera la fin de Staline.

– Il vous tuera, a dit simplement Borisik.

– Les exécutions me terrifient, a admis Ossip, surtout la mienne.

Borisik a cité une autre expression tirée de *Hamlet*, selon laquelle « la peur garantit la sécurité ». Ossip a secoué la tête, irrité.

– Il n'y a pas de sécurité dans un jardin où le chiendent monte en graine. Et puis qu'importe – le but est de sauver la Russie, pas moi.

Je commençais à m'inquiéter. Me retournant vers Borisik, je l'ai saisi par le revers de sa veste.

– Ne restez pas planté là comme un idiot, bon Dieu. Faites-lui entendre raison.

J'ai cette image gravée dans ma mémoire, de ces deux hommes chers à mon cœur se regardant dans les yeux pendant une éternité, même si ce n'était en fait qu'un instant fugitif. Puis Borisik, cet homme à femmes incorrigible, qui n'était pas particulièrement démonstratif avec ses amis de sexe masculin, a fait quelque chose que je ne l'avais jamais vu faire avant : avançant avec une maladresse exquise, il a passé ses grands bras

autour d'Ossip et l'a attiré dans ce qu'on peut seulement décrire comme une étreinte amoureuse.

– Croyez-moi, je vous en dissuaderais si je le pouvais, a dit Borisik du ton habituellement réservé aux
oraisons funèbres.

Ossip paraissait en état d'exaltation. Il avait les joues
en feu et ses doigts tremblaient.

– Vous deux, ainsi que Nadejda, serez mes premiers
lecteurs, a-t-il promis.

Borisik nous a pris tous deux par le bras et nous
sommes repartis. Je me suis rendu compte qu'Ossip
avançait d'un pas plus souple, presque comme si la
marche n'était plus aussi importante que la destination.
Nous n'avons plus rien dit pendant un moment. Je me
souviens que c'est Boris qui, le premier, a rompu le
silence.

– Si c'était possible, je ferais reculer les aiguilles de
l'horloge.

– Jusqu'où ? ai-je demandé.

– Je retournerais à l'époque où Ossip feignait d'être
sain d'esprit pour justifier son incapacité à agir.

– Moi, je remonterais beaucoup plus loin, a déclaré
Ossip avec passion. Je retournerais au temps où les bolcheviks n'avaient pas encore tordu le bras de la littérature russe jusqu'à le déboîter.

J'avais la douloureuse impression qu'il allait replonger dans les regrets inutiles. J'ai supplié Ossip – mon
Dieu, quand j'y pense aujourd'hui, mon sang se glace
dans mes veines –, je l'ai supplié de peser avec soin les
conséquences de ses actes.

– La dernière chose dont la Russie ait besoin, lui
ai-je dit, est la mort d'un poète de plus.

5

Fikrit Shotman
Mardi 1ᵉʳ mai 1934

À travers les planches clouées sur l'étroite fenêtre tout en haut du mur de ma cellule, j'entendais les cornes, les sifflets, les timbales et les trombones dans les rues autour de la Loubianka. J'imaginais la foule des ouvriers, certains agitant la bannière de leur usine ou de leur coopérative, d'autres portant des petits enfants sur leurs épaules, qui affluaient en grandes rivières vers la place Rouge pour défiler devant le mausolée de Lénine. On célébrait le dix-septième 1ᵉʳ mai depuis que la glorieuse révolution bolchevique avait entraîné la Russie sur le chemin du communisme. Le long de la route, des gardes repéraient ceux qui arrivaient plus à marcher après avoir bu un coup de trop, et ils les emmenaient vers les camions pleins de paille, garés dans les petites rues, pour qu'ils dessoûlent. Les travailleurs de mon cirque collectif marchaient sûrement au milieu de la foule – comme on est obligés de participer, Agrippina devait y être aussi, si elle était pas en prison comme moi. L'une des funambules marchait sur un câble que des machinistes tenaient bien tendu au-dessus de leurs têtes, se servant de l'emblème de la faucille et du marteau comme balancier. Ah, j'aurais tellement voulu participer au défilé – je ferais des grands signes au camarade Staline, là-haut sur la tombe de Lénine, dans l'espoir qu'il me reconnaîtrait, qu'il me montrerait du doigt à ses camarades du Politburo, qu'il joindrait les mains et les agiterait pour prouver au monde entier qu'il avait pas oublié l'haltérophile qui avait rapporté la médaille d'argent à Moscou en 1932, après les championnats d'Europe à Vienne, en Autriche.

– La ferme, a dit mon compagnon de cellule à travers ses lèvres encroûtées de sang séché, comme si le bruit de la rue provenait d'un haut-parleur.

Il était déjà dans la cellule quand j'étais arrivé, il y avait à peu près quatre semaines, accroupi comme un animal sauvage dans un coin, son pantalon et sa chemise en loques, ses pieds nus (moins quelques ongles) plantés dans une mare de sa propre pisse. À chaque interrogatoire, on le battait comme plâtre et on le rebalançait dans la cellule encore plus amoché qu'avant. Il avait une épaule démise, toutes les dents de devant arrachées sauf une, le poignet droit qui pendait mollement, et sûrement plusieurs côtes cassées vu les grimaces qu'il faisait quand il toussait en crachant du sang. Son nez était plus qu'une masse de chair ensanglantée qui suintait du pus. J'étais sûr que ce prisonnier était un dangereux criminel qui méritait une punition sévère. Comme ça me plaisait pas du tout de partager une cellule avec une crapule pareille, je me suis plaint à mon interrogateur la première fois qu'on m'a emmené à l'interrogatoire. Il a glissé un papier et un crayon vers moi sur la table en me disant de mettre ça par écrit. Comme j'avais pas envie de montrer que je savais ni lire ni écrire, j'avais repoussé la feuille et marmonné que je voulais pas lui faire perdre son temps avec une bêtise.

Qu'est-ce que ça me faisait d'être arrêté ? J'avais pas peur, si c'est ce que vous croyez. Pourquoi j'aurais eu peur ? J'avais pas violé la loi, j'étais pas un saboteur, ni un assassin ni un espion pour les services secrets anglais. J'étais un membre du Parti depuis très longtemps ; j'avais pas payé ma cotisation pendant deux mois au début de l'année (le cirque était en tournée en Asie centrale à ce moment-là) mais j'avais remboursé ma dette dès qu'on était revenus à Moscou, plus les dix pour cent d'amende à cause du retard. Vous êtes pas obligés de me croire sur parole : j'ai un reçu qui le prouve. D'accord, ça m'a vexé de me faire arrêter devant tous mes voisins (qui écoutaient derrière leur porte et regardaient par les fenêtres). Tout le monde, au cirque, allait savoir que la milice avait embarqué l'hercule, et comme en général les gens pensent qu'il y a pas de fumée sans feu, tout le monde allait me croire coupable de *quelque chose*. J'imagine déjà leur tête gênée quand je reviendrai au cirque en agitant une lettre tapée à la machine, signée et tamponnée par le procureur, reconnaissant que l'arrestation de Shotman Fikrit était une regrettable erreur bureaucratique. Ils auront tellement honte qu'ils oseront même pas me regarder dans les yeux en me serrant la main. Certains tchékistes allaient sûrement se faire taper sur les doigts. Qui sait, je recevrais peut-être un télégramme du camarade Staline en personne s'excusant pour tout tracas que les Organes auraient pu nous causer, à moi et à ma famille.

J'essaie de pas penser à l'arrestation parce que c'est Agrippina qui a souffert le plus. Elle sanglotait si fort qu'elle en avait le hoquet. Entre les sanglots et les hoquets, elle essayait de convaincre les six miliciens (on m'a dit que, d'habitude, la Tcheka en envoie quatre, mais c'est vrai que je suis champion d'haltérophilie) qu'ils faisaient une énorme erreur, alors qu'ils m'emmenaient dans le couloir vers l'ascenseur.

– On va juste lui poser quelques questions, ma petite dame, a grommelé celui qui avait un tic nerveux, exaspéré. Il sera de retour au lit avec vous et vos tatouages avant que le matelas ait eu le temps de refroidir.

Comme on finit souvent par prendre ses désirs pour la réalité, je l'ai cru.

– Garde mon déjeuner au chaud, ai-je crié d'un ton joyeux à Agrippina au moment où la porte de l'ascenseur se refermait – mais c'était une lourde porte, et quand elle a claqué j'ai eu l'impression qu'on m'enfermait dans une prison ; toute ma joie a disparu comme un de ces lapins blancs dans le chapeau de M. Dancho.

J'ai entendu Agrippina brailler mon nom quand l'ascenseur a commencé sa longue descente vers ce qui allait être un cauchemar. Une fois dehors, on m'a poussé dans une fourgonnette de boulanger qui sentait pas le pain, seulement la puanteur de la sueur humaine.

Ils m'ont pris la large ceinture que j'avais rapportée de Sofia, en Bulgarie, et mes lacets, dans une petite pièce qui donnait sur la cour à l'arrière de la Loubianka, en plus de tout ce que j'avais sur moi, à commencer par ma montre tchèque, qui était censée donner le jour du mois mais se trompait toujours. On m'a fait signer une liste de mes possessions, et j'ai posé soigneusement ma marque sur la ligne qu'on me désignait. Pendant les huit ou neuf premiers jours, j'ai réussi à garder la notion du temps qui passait en gravant un trait pour chaque jour sur une grosse pierre du mur de ma cellule avec un kopeck qu'ils avaient oublié lorsqu'ils avaient fouillé mes poches à mon arrivée. Mais en revenant dans ma cellule un matin après une nuit entière d'interrogatoire – on savait que c'était le matin quand les geôliers glissaient un gâteau sec et une jolie tasse en porcelaine remplie de thé tiède au goût d'iode par le judas dans la porte – j'avais découvert que quelqu'un avait rajouté des traits sur le mur pour m'embrouiller.

Il m'a fallu du temps pour adresser la parole à mon compagnon de cellule. C'était la première fois que j'étais en présence d'un ennemi du peuple et je voulais pas être contaminé en discutant avec lui. Quand il était pas parti à l'interrogatoire, il passait ses heures de veille à lécher ses plaies – je dis bien lécher, comme un chat se lèche la patte puis la frotte sur ses parties du corps. J'en ai déduit qu'il avait des origines paysannes parce que, en Azerbaïdjan, tout le monde sait que la salive est un remède contre les plaies, les bleus, les verrues et tout ça. Après je sais pas combien de jours dans la cellule, j'ai commencé à regretter qu'ils lui aient pas juste collé une balle pour abréger ses souffrances. J'ai donc pris mon courage à deux mains pour lui parler.

– Alors, vous êtes coupable de quoi, camarade ? lui ai-je demandé.

Ouvrant son seul œil qui était pas tout gonflé, il m'a regardé à travers la cellule humide, éclairée par une ampoule électrique éblouissante pendue au plafond, hors de notre portée.

– Qu'est-ce qui vous fait croire que je suis coupable de quoi que ce soit ?

– Vous seriez pas là sinon. Vous seriez pas dans cet état-là si vous étiez innocent.

Il a voulu rire mais n'a réussi qu'à baver.

– J'ai commis l'erreur de soulever la question de la collectivisation en face du camarade Staline lors d'une réunion publique.

– Vous avez rencontré personnellement le camarade Staline !

Et, sans attendre de réponse, je lui ai raconté que Staline m'avait serré la main quand j'avais gagné la médaille d'argent à Vienne, en Autriche, deux ans plus tôt.

– C'est vous, l'haltérophile azerbaïdjanais qui est devenu hercule de cirque, m'a-t-il dit. Je me souviens que la *Pravda* a parlé de vous. Je suis Sergo – il m'a peut-être donné son patronyme ou son nom de famille, mais vu le triste état de sa bouche, c'était dur de comprendre ce qu'il disait et je l'ai pas saisi.

– Et vous, vous êtes coupable de quoi ?

– Je suis coupable de rien du tout, un fait qui sera établi quand les roues de la justice socialiste auront eu la possibilité de tourner.

– Si vous n'êtes pas coupable, qu'est-ce que vous faites ici ?

– On m'a dénoncé parce que j'avais une vignette de la tour Eiffel collée sur ma malle. Au cas où vous connaîtriez pas cette tour, il se trouve qu'elle est à Paris, en France.

– Je parierais un quignon de pain que votre interrogateur est le célèbre Kristoforovitch.

– Comment vous le savez ?

– Parce que c'est aussi le mien. J'écris des nouvelles. Kristoforovitch est le spécialiste maison des dossiers culturels. En tant qu'artiste de cirque, vous rentrez dans la catégorie de la culture.

– Il m'a tout l'air d'un honnête bolchevik – la première chose qu'il m'a demandée, c'est si j'étais bien traité.

– Honnête, tu parles, a ricané Sego. Avant d'en avoir fini avec vous, il vous aura convaincu que vous êtes coupable de quelque chose.

J'étais emprisonné depuis six jours, d'après les traits que j'avais gravés dans le mur, quand trois geôliers sont arrivés devant la porte de ma cellule (Sergo n'avait droit qu'à un, mais n'oublions pas que je suis champion d'haltérophilie). Ça s'est passé tard dans la journée ; j'avais donné à Sergo sa soupe, un fin gruau d'épluchures de patates et de choux dans un bol en porcelaine, ensuite je m'étais allongé sur ma couverture pour essayer de dormir.

– Shotman, Fikrit, a appelé l'un des gardiens, comme s'il était pas capable de faire la différence entre Sergo, le saboteur, et un respectable citoyen soviétique.

Me tenant le pantalon pour l'empêcher de me tomber sur les chevilles, je les ai suivis dans le couloir en traînant les pieds. On est passés devant une rangée de cellules avec des chiffres peints dessus, jusqu'à un monte-charge ouvert aux parois capitonnées, et nous voilà partis, trois étages plus haut si j'ai bien compté, jusqu'à un palier qu'on se serait plus attendu à trouver dans un immeuble de bureau chic que dans une prison. Il y avait un long couloir bien éclairé avec un tapis usé tout du long et de belles portes en bois avec des numéros en cuivre dessus. Les gardiens, qui avaient des chaussures à semelles de crêpe, faisaient tinter leurs clés en marchant, et quand ils ont entendu un autre gardien arriver dans l'autre sens en faisant tinter ses clés, ils m'ont collé ma chemise sur la tête et m'ont retourné pour me plaquer, le nez au mur. Dès que l'autre garde est passé avec son prisonnier, on est repartis. Arrivés devant la porte vingt-trois, les gardes ont frappé deux coups, l'ont ouverte et m'ont poussé à l'intérieur.

Je me suis retrouvé dans une immense pièce d'angle, avec des fenêtres donnant sur deux côtés ; les épais rideaux plissés étaient fermés pour maintenir Moscou dehors. De puissants projecteurs, comme ceux qu'on utilise pour les attractions au cirque, étaient fixés à des rails au plafond et dirigés sur mon visage, ce qui m'a fait monter les larmes aux yeux. Un homme pas très grand et pas très épais était assis sur une chaise pivotante en bois, derrière une longue table étroite. Il portait un tablier de boucher en cuir, couvert de taches sombres, au-dessus d'une espèce d'uniforme. Il avait les cheveux couleur de ciment, coupés court à la militaire. Pour se protéger les yeux des projecteurs, il portait une visière de couleur comme celle que mettait le caissier dans notre cirque quand il comptait la recette de la soirée. En clignant des yeux, je distinguais une énorme photo du camarade Staline sur le mur derrière lui. Il se tenait en haut du mausolée de Lénine, sur la place Rouge, dominant les camarades qui l'entouraient, la main droite levée haut pour saluer la personne qui regardait la photo, c'est-à-dire moi.

J'ai dû attendre un bon quart d'heure, passant d'un pied sans lacet sur l'autre, avant que l'homme au tablier de boucher lève les yeux.

– Je suis Kristoforovitch, m'a-t-il dit si doucement que j'ai dû tendre l'oreille pour l'entendre. Des réclamations sur la façon dont vous êtes traité ?

– Je suis bien traité, votre honneur, sauf pour le thé qui a goût d'iode.

– Notre service médical a établi que quelques gouttes de teinture d'iode diluées dans le thé pouvaient empêcher la diarrhée, les problèmes digestifs et même le psoriasis. J'ai entendu dire que le camarade Staline lui-même prenait une dose quotidienne de teinture d'iode. Si vous n'avez pas d'autres réclamations…

– Je suis pas content de devoir partager une cellule avec un saboteur.

C'est à ce moment-là qu'il a poussé papier et crayon à travers la table pour que je puisse écrire ma plainte, ce que j'ai pas fait pour des raisons déjà expliquées.

Kristoforovitch a fait signe du doigt et les trois gardes m'ont fait traverser la pièce et m'ont attaché les poignets et les chevilles à des fers scellés dans le mur. J'ai vu du sang séché, et même des croûtes sur l'une des menottes, et je me suis dit que Sergo et d'autres criminels avaient dû être attachés aux mêmes fers. Ça me gênait pas plus que ça d'être enchaîné au mur – après tout, je suis un homme imposant et Kristoforovitch n'était pas encore convaincu de mon innocence. Comment il aurait pu l'être, alors qu'on venait juste de se rencontrer ? Remontant ses lunettes à monture ronde en métal, comme en portent les gens importants, il s'est plongé dans la lecture d'une pile de dossiers sur son bureau. Il a pas levé les yeux et m'a pas dit un mot pendant ce qui a dû durer plusieurs heures. J'ai fait passer le temps en le regardant du coin de l'œil. Il avait la tête de quelqu'un qui souffre d'insomnie – il avait les paupières à moitié fermées, son grand front était barré de ce qu'Agrippina appelait des rides de migraine et il se mordillait la lèvre inférieure avec les dents du haut. Tout bien considéré, il me rappelait nos trapézistes, qui faisaient les cent pas derrière le chapiteau, le regard inquiet, avant de jaillir par l'ouverture à rabat pour saluer le public, leurs sourires nerveux cachant leur peur de rater leur numéro. Je me suis demandé si quelqu'un dans la position de Kristoforovitch avait besoin de s'inquiéter de réussir son numéro. Je me suis demandé comment ses supérieurs mesuraient s'il faisait bien ou pas. Je me suis demandé s'il avait une famille – une femme et des enfants, des frères et sœurs, des oncles et tantes – et s'ils savaient ce qu'il faisait pour gagner sa vie. Je me suis demandé si les interrogateurs étaient capables de laisser leur boulot derrière eux au bureau et de discuter avec leurs amis et voisins, comme moi je discutais avec mes amis et voisins, ou s'ils devaient toujours être sur leurs gardes, à peser chaque mot, chaque geste, en cherchant des preuves de sabotage. C'était peut-être ça qui l'empêchait de dormir la nuit. Je me suis demandé s'il partait en vacances dans les hôtels réservés aux Organes sur la mer Noire, s'il se dorait au soleil sur les plages de galets au pied des falaises, nageait dans les vagues et mangeait dans les cantines collectives où les serveurs essayaient de deviner l'importance des clients sans uniformes pour savoir à qui servir les meilleurs morceaux de viande.

Le camarade interrogateur a pianoté des doigts sur son buvard. Par moments, il ouvrait son stylo-plume et écrivait quelque chose dans un dossier. J'entendais sa plume gratter le papier. Ce bruit me rassurait – quelqu'un comme Kristoforovitch, qui sait lire et écrire, était forcément capable de soupeser les preuves avec soin et de se rendre compte que Shotman, Fikrit, avait rien à faire en prison. À un moment, au petit matin, une dame trapue, portant un tablier blanc de cuisinière et les cheveux recouverts d'un foulard blanc, a apporté une table roulante dans la pièce et déposé deux assiettes de nourriture sur la table, plus des serviettes blanches en tissu, des fourchettes, des couteaux, des verres et un pichet de bière. J'ai essayé de deviner pour qui était la deuxième assiette. Kristoforovitch a fourré le coin d'une serviette sous son col et attaqué la nourriture de bon appétit.

L'odeur de bifteck et d'oignons frits m'est montée à la tête.

Lorsqu'il a eu fini de manger, Kristoforovitch a roté derrière sa main, ce qui m'a fait penser qu'il venait de l'intelligentsia et pas de la classe ouvrière. Sortant un dossier d'un tiroir, il l'a lu en reprenant de la bière. Enfin, il m'a regardé et dit :

– Shotman, Fikrit Trofimovitch ?

– Lui-même en personne, votre honneur.

– Il est écrit ici que vous êtes membre du Parti depuis 1928.

– J'ai prêté serment le 27 décembre, votre honneur, mais la liste pour cette année-là était déjà fermée si bien que j'ai dû attendre qu'elle soit rouverte, ce qui est arrivé en février 28.

– Vous considérez-vous comme un bon communiste ?

J'ai hoché la tête avec vigueur.

– À votre avis, qu'est-ce que le communisme ?

Je m'attendais pas à une question pareille. Je sais pas grand-chose sur Marx et Lénine, et sur la dictature du prolétariat, sans parler du matérialisme dialectrique, mais j'ai eu l'idée de répondre :

– Je suis pas absolument certain de savoir ce qu'est le communisme, camarade interrogateur, mais je suis sûr de le reconnaître quand je le verrai.

– Fermez les yeux. Allez-y. C'est ça. Maintenant, décrivez-moi, s'il vous plaît, ce que vous voyez quand vous voyez le communisme.

– Je vois un pays où tout le monde est sûr que demain sera mieux qu'aujourd'hui. Attention, je dis pas que c'est pas bien aujourd'hui, je dis que ce sera encore mieux demain. Je vois un pays où tout le monde – tous les ouvriers des usines, tous les paysans des fermes collectives – vit la même bonne vie que dans notre cirque. On est payés au nombre de représentations même s'il y a le blizzard et que personne achète de billet. Quand on a travaillé trois ans au cirque et qu'on est marié, ce que je suis, on a droit à vingt-quatre mètres carrés dans un de ces nouveaux immeubles qui se construisent autour du boulevard circulaire. Le cirque a sa propre cordonnerie, sa propre blanchisserie et un ferronnier qui fabrique presque toutes les pièces de rechange dont on a besoin pour les camions. On a une infirmière diplômée qui dit qu'elle sait mettre au monde des bébés, même si on l'a pas encore vue à l'œuvre. On fait trois vrais repas par jour chez nous ou sur la route, on boit de la bière le week-end et de la vodka le jour de notre fête.

J'ai eu une soudaine inspiration :

– Le communisme, c'est quand tout marche si bien qu'on a plus besoin de la Tcheka pour s'assurer que ça marche. Le communisme, camarade interrogateur, c'est là où vous vous retrouvez sans travail.

Une seconde, j'ai eu peur d'avoir dépassé les bornes, mais Kristoforovitch a hoché la tête comme s'il approuvait ma réponse.

– J'ai une autre question à vous poser, Shotman. Diriez-vous que vous suivez les ordres du Parti ?

– À la lettre, votre honneur. Demandez à mon responsable de quartier. Demandez au représentant de la Tcheka à notre comité du cirque. Si le Parti dit « saute », je saute.

– Dans ce cas, le Parti vous ordonne de me dire de quoi vous êtes coupable. Cela me fera gagner beaucoup de temps et vous épargnera beaucoup d'ennuis. À l'Ouest, on prétend que le temps, c'est de l'argent, ce qui est une drôle de manière de voir les choses. Pour moi, le temps est une denrée à répartir, tant à chaque prisonnier, de manière à remplir le quota. Vous avez l'air surpris. Oui, j'ai un quota à remplir, comme un ouvrier d'usine. On attend de moi que je produise un certain nombre de confessions par mois. Votre confession volontaire me donnera plus de temps pour extorquer les aveux des saboteurs qui veulent détruire le communisme, mais n'avoueront pas sans que je les y force un peu.

Kristoforovitch a montré la deuxième assiette de nourriture.

– Dès que vous aurez signé des aveux, ce bifteck sera pour vous. Le steak et la bière, ainsi qu'une nuit entière de sommeil ininterrompu, seront la récompense de votre coopération.

Je suis le premier à reconnaître que mon cerveau fonctionne lentement. Mais il fonctionne. Et voilà ce que je me disais : si le Parti, me sachant innocent, jugeait utile que je plaide coupable, je le ferais évidemment sur-le-champ. Mais si le Parti me croyait vraiment coupable et voulait que je le confirme en plaidant coupable, je voyais pas comment je pourrais obéir. Ce serait faire du Parti, que je vénérais, le complice d'un mensonge. Comme j'étais pas sûr de pouvoir bien expliquer tout ça à Kristoforovitch, j'ai répondu :

– Je serais ravi de vous dire de quoi je suis coupable si j'arrivais à comprendre ce que j'ai fait de mal.

– Laissez-moi vous aider, Shotman.

C'est à ce moment-là que Kristoforovitch m'a demandé la même chose que Sergo dans la cellule.

– Si vous n'êtes pas coupable, expliquez-moi ce que vous faites ici.

– Je suis ici par erreur.

– Parlons clair. Vous, qui êtes membre du Parti depuis 1928, le croyez capable de commettre des erreurs ?

– Le Parti est humain comme tout le monde, camarade interrogateur. En arrêtant des ennemis du peuple par milliers, même par dizaines de milliers, les Organes sont bien obligés de faire une erreur innocente de temps en temps.

D'une main, Kristoforovitch s'est mouché dans la serviette de lin, ce qui m'a fait penser qu'en fin de compte il devait pas venir de l'intelligentsia. Il a inspecté le résultat et, apparemment satisfait d'y trouver aucun signe de maladie, il a reporté son attention sur moi.

– Tous les prisonniers commencent cet interrogatoire en prétendant que les Organes de sécurité ont commis une terrible erreur, m'a-t-il expliqué patiemment. J'ai reçu un client plus tôt pour le thé. Il était typographe dans le journal de province qui a publié l'article sur l'accueil triomphal qu'a fait Staline aux aviateurs soviétiques sous le titre « Mort aux traîtres trotskistes », et celui sur le procès de saboteurs koulaks avec la légende « Vive les héros du ciel ». Il a nié l'accusation de sabotage et a attribué l'inversion des titres à une erreur innocente. Le tribunal sommaire a interprété son refus obstiné d'admettre sa culpabilité comme la preuve de cette culpabilité, et je n'ai pas pu le sauver de la peine maximale. Il sera fusillé – le camarade interrogateur a pris un gros réveil sur sa table et s'est mis à le remonter – sous peu. Normalement, c'est moi qui fais le sale boulot. Je mets un point d'honneur à finir ce que j'ai commencé ; si un prisonnier dont j'ai conduit l'interrogatoire est condamné à mort, je ne laisse pas un étranger s'en charger, je l'accompagne au sous-sol et je tire la balle moi-même. C'est ce qu'on pourrait appeler l'éthique professionnelle. Comme j'ai déjà procédé à deux exécutions aujourd'hui, dont celui d'un magicien de votre cirque qui avait transformé une photo de Staline en cible de fléchettes, mon assistant a proposé de me remplacer. Alors, vous croyez toujours être ici à cause d'une erreur innocente ?

Agrippina a passé des années à faire entrer dans ma petite tête que si je n'avais rien d'intelligent à dire, mieux valait me taire. C'est donc ce que j'ai fait. Kristoforovitch a haussé les épaules et secoué la tête comme s'il était triste. Il a soulevé le combiné du téléphone et dit très doucement :

– Apportez-la.

L'un des gardiens qui m'avait escorté de ma cellule est entré avec un chariot de déménageur et ma malle posée dessus. Il a penché le chariot pour faire glisser la malle par terre entre moi, toujours enchaîné au mur, et Kristoforovitch, assis à sa table. J'ai vu que la vignette de la tour Eiffel était entourée d'un cercle de peinture rouge.

Après avoir fait signe au gardien de s'en aller, le camarade interrogateur a fait le tour de la table et s'est hissé dessus, tendant ses petites jambes pour que le bout de ses pieds touche le sol.

– Parlons de cette vignette de la tour Eiffel, a-t-il proposé aimablement.

– J'ai rien à cacher, ai-je dit. La première chose à savoir, c'est que c'est pas moi qui l'ai collée sur la malle. Elle était déjà dessus quand je l'ai eue. Je l'avais même pas remarquée avant que la femme à barbe soulève le sujet à la réunion de la coopérative du cirque. La deuxième chose à savoir – je me creusais la cervelle pour essayer de me rappeler ce qu'Agrippina voulait que je dise – c'est que, personnellement, je pense que les tours soviétiques sont dix fois mieux que cette stupide tour de Paris, en France, qui ressemble à un jeu de construction géant. Franchement, il suffit de regarder cette tour Eiffel pour voir qu'elle est affreuse.

– Vous êtes déjà allé à Paris ?

– Jamais. Vous pouvez vérifier sur mon passeport extérieur, il y a pas de tampon de Paris, en France.

– Les espions disposent de moyens de passer les frontières sans faire tamponner leur passeport.

– Pourquoi je voudrais aller à Paris, en France ? Là-bas, il y a rien que des ouvriers au chômage, des prisons, des queues devant les boulangeries et des policiers capitalistes qui tiennent à l'écart les pauvres prolétaires sans abri, pour pas déranger les sales capitalistes qui les exploitent.

– Moi non plus, je ne suis jamais allé à Paris, mais je me suis laissé dire qu'ils avaient de larges avenues et de beaux musées remplis d'œuvres d'art.

– Il y a rien à Paris qu'on puisse pas trouver dans les villes et les musées soviétiques, camarade interrogateur. Prenez la peinture de *La Joconde*, par exemple…

– Où avez-vous vu le tableau de *La Joconde* ?

– Quelque part dans un livre.

Kristoforovitch a souri d'un drôle d'air.

– *La Joconde* se trouve justement à Paris.

J'ai eu du mal à avaler ma salive.

– Je confonds peut-être avec une autre peinture, ici en Russie, ai-je dit d'une petite voix.

– Continuons. Lorsque la femme à barbe a attiré votre attention sur la vignette de la tour Eiffel, pourquoi ne l'avez-vous pas arrachée ?

Pour la première fois depuis le début de l'interrogatoire, je me sentais en terrain sûr.

– Le fait que je l'ai pas arrachée doit sûrement jouer en ma faveur, camarade interrogateur. Ça montre que j'ai rien à cacher.

Kristoforovitch s'est mordu la lèvre inférieure jusqu'au sang, puis a passé la langue dessus.

– Nul n'est besoin d'être un interrogateur très expérimenté pour affirmer le contraire, Shotman. S'il s'agissait vraiment d'une vignette inoffensive qui avait atterri sur votre malle à votre insu, vous l'auriez immédiatement arrachée. Le fait que vous ne l'ayez pas fait vous incrimine. Ça ne peut signifier qu'une chose : cette vignette de la tour Eiffel est un signe secret d'appartenance à un complot trotskiste contre la loi bolchevique et l'ordre socialiste. Je suis obligé de rédiger une note à l'intention des Organes de sécurité : nous allons devoir chercher des vignettes de la tour Eiffel sur les malles et les valises d'autres suspects de trahison.

Quand j'y repense, il m'est presque impossible de dire avec certitude quand ce premier interrogatoire a fini et quand le deuxième, le troisième et le quatrième ont commencé. Ou même combien il y a eu d'interrogatoires en tout. Dans ma tête, tous se mélangent en un long cauchemar, entrecoupé d'allers et retours dans le monte-charge, de thé au goût d'iode, des cris d'agonie de Sergo quand on le jetait dans la cellule et qu'il s'effondrait dans sa pisse et son vomi. Je me rappelle clairement qu'à certains moments j'arrivais à traverser le couloir tout seul, alors que d'autres fois on devait me traîner jusqu'à la pièce d'angle aux rideaux plissés, puis m'en ramener. Je crois, mais j'en suis pas complètement sûr, qu'ils ont commencé à me frapper pour obtenir des aveux au troisième ou au quatrième interrogatoire. Ça s'est passé comme ça : je me rappelle que le camarade interrogateur a ouvert le tiroir du haut de ma malle et en a sorti une poignée de mes coupons d'emprunt tsariste sans valeur. Je me rappelle qu'il a levé les yeux vers moi et qu'il m'a donné des petites gifles au visage avec. Je me rappelle qu'il m'a demandé :

– Alors, dites-moi, Shotman, vous vous attendez à ce que les capitalistes reprennent bientôt le pouvoir en Russie soviétique ?

– Personnellement, je monterais sur les barricades s'ils essayaient, ai-je dit.

– Dans ce cas, comment expliquez-vous la présence de ces coupons d'emprunt tsariste dans votre malle ?

– Je vous demande de me croire, camarade interrogateur, si je vous dis que les coupons appartenaient au demi-frère de ma mère, qui possédait une petite usine à Bakou du temps de la révolution – il employait dix ou douze israélites à coudre des bandes de gros-grain dans les chapeaux. Le demi-frère de ma mère a acheté les coupons par jeu après la chute du tsar, quand on les vendait pour presque rien. Il voulait en tapisser les toilettes à l'arrière de sa maison, mais il a été accusé d'être un exploiteur capitaliste et a fini devant un peloton d'exécution des gardes rouges avant d'avoir eu le temps de le faire. Ma mère a retrouvé les coupons dans une boîte à chaussures en vidant les placards de son demi-frère. Quand elle a su qu'ils valaient rien, elle a commencé à s'en servir pour allumer le feu. Je regrette de pas l'avoir laissée faire, mais je les ai pris pour me rouler mes cigarettes.

– Vous me prenez pour un idiot, Shotman ? Vous voulez me faire croire que vous avez gardé ces coupons pour les utiliser comme papier à cigarettes ?

– C'est la vérité vraie, votre honneur. Ils ont la bonne taille et la bonne forme, et ils brûlent lentement. Si j'avais un peu de ma *makhorka*, je vous montrerais.

Kristoforovitch est retourné à sa table et a pris une feuille de papier dans ce qui devait être mon dossier.

– Dans votre première demande d'adhésion au Parti, il n'est indiqué nulle part que votre oncle a été fusillé par les gardes rouges. Nous devons donc ajouter la falsification de dossiers officiels à la liste de vos crimes.

– C'était pas mon oncle, camarade interrogateur. C'était mon demi-oncle. Le formulaire d'adhésion parlait de parents directs. En plus, il vivait à Bakou, alors que nous, on habitait dans les montagnes. Je l'ai pratiquement jamais vu. Je le reconnaîtrais même pas si je le croisais dans la rue.

– Comment pourriez-vous le croiser dans la rue s'il est mort ?

– Je voulais juste dire… je dors pas beaucoup, camarade interrogateur, alors il m'arrive de me mélanger.

– Vous mélangez innocence et culpabilité, a-t-il dit avec tellement de conviction que je me suis demandé s'il savait pas quelque chose que j'ignorais.

Pas longtemps après, le plus grand des gardiens, un Ouzbek avec le nez cassé et les longs favoris d'un lutteur de foire, est entré dans le bureau d'angle du camarade interrogateur. On s'est mesurés du regard pendant quelques secondes. J'étais sûr de pouvoir le battre à une épreuve de force, malgré mon genou abîmé. L'Ouzbek, qui était apparemment un professionnel, a vérifié que mes chevilles et mes poignets étaient bien attachés aux fers dans le mur. Kristoforovitch a sorti une chaussette d'homme, et l'Ouzbek s'est mis à la remplir de sable qu'il prenait dans la caisse rouge anti-incendie avec une louche en bois. Une fois la chaussette à moitié pleine, il a fermé la partie remplie avec un bout de ficelle et a testé sa résistance dans sa paume. Satisfait, il a levé les yeux vers le camarade interrogateur qui s'était réinstallé à sa table et, la serviette coincée sous le menton, mangeait son souper. Une deuxième assiette, pleine de saucisses au chou, m'attendait si je signals des aveux. Retirant un nerf coincé entre ses dents avec un ongle, ce qui m'a convaincu qu'en fait il venait bien de la classe ouvrière, Kristoforovitch a hoché la tête. Le lutteur, si c'est bien ce qu'il était avant de travailler pour les Organes, s'est avancé vers moi et m'a doucement fait pivoter la tête de manière que ma joue droite soit collée au mur. Il existe une règle non écrite entre les hommes très costauds comme l'Ouzbek et moi : on ne doit pas utiliser sa force pour blesser quelqu'un si on peut l'éviter, mais si on peut pas l'éviter, on doit l'utiliser avec respect. Voilà pourquoi l'Ouzbek m'a donné son nom.

– Islam Issa.

Je lui ai donné le mien :

– Fikrit Shotman.

Il a resserré sa prise sur mon menton.

– Dis-moi quand tu es prêt.

– Fais ce que tu dois faire pour gagner ta croûte, lui ai-je répondu.

Il m'a maintenu la tête contre le mur de sa grosse main et s'est mis à me cogner l'intérieur de l'oreille gauche avec la chaussette pleine de sable.

Je suis pas aussi bête que l'affirment certains, que je nommerai pas. J'y ai vu un bon signe, même un signe positif – le fait qu'ils utilisent une chaussette pleine de sable, et pas une brique, et qu'ils se concentrent sur l'intérieur de mon oreille signifiait qu'ils voulaient pas m'amocher. Et ça signifiait que, sans aveux de ma part, ils étaient pas sûrs de pouvoir prouver que j'avais commis un crime, et qu'ils seraient donc bien obligés de me laisser repartir chez moi retrouver Agrippina. Ça les dérangeait pas d'amocher Sergo, vous me suivez ? Ce qui voulait dire qu'ils le croyaient coupable, mais pouvaient pas exclure que je sois innocent comme l'enfant Jésus, même si je serais jamais allé le dire tout haut parce que, comme ils nous l'enfoncent dans le crâne aux réunions du Parti, l'orthodoxe russe, c'est l'opium du peuple ou un truc comme ça.

Ils ont continué à me battre pendant les interrogatoires suivants et j'ai commencé à devenir sourd de l'oreille gauche. Ça a débuté par un tintement terrible. J'ai essayé d'oublier la douleur en me représentant, l'un après l'autre, tous les tatouages d'Agrippina – le serpent qui montait le long de sa cuisse, la carte de l'Afrique, les visages de Lénine et de Staline et de celui qu'elle appelait Engels, même si j'étais dans le secret et savais que c'était le traître Trotski, la peinture de *La Joconde*, même si elle était à Paris, en France, et pas en Russie, les deux paons, chacun perché sur l'une de ses petites épaules. Ça a marché pendant un moment, puis les élancements ont commencé à brouiller les tatouages au point que je les distinguais plus clairement. Plus ils me frappaient, plus le tintement s'éloignait ; on aurait dit qu'il venait d'une autre pièce, puis d'un autre étage de la prison. Après ça, il est plus resté que de l'irritation dans mon oreille, de l'irritation et du silence. Et, à travers le brouillard de douleur atroce, je me suis soudain avisé qu'ils allaient pas pouvoir s'attaquer à l'autre oreille s'ils voulaient que j'entende leurs questions. J'ai aussi compris qu'être sourd d'une oreille présente des avantages auxquels le camarade interrogateur avait sûrement jamais pensé – j'allais pouvoir dormir avec ma bonne oreille collée à ma couverture sur le sol de la cellule, sans entendre les gémissements de Sergo toute la journée.

De temps en temps, l'Ouzbek s'approchait des rideaux bien fermés pour fumer une cigarette pendant que le camarade interrogateur revenait vers moi avec ses questions. Il voulait connaître la signification politique de la cicatrice qui barrait le visage du camarade Staline sur le tatouage de mon biceps. Quand je lui ai expliqué que je m'étais brûlé avec une corde alors qu'on hissait le chapiteau à Tiflis, il a éclaté de rire.

– Vous avez une explication pour tout, ce qui, d'après mon expérience, est un signe irréfutable de culpabilité.

– Je vous raconte ce qui s'est vraiment passé.

– Et qu'avez-vous à dire sur les cinquante dollars américains que vous avez acceptés pour laisser l'haltérophile Hoffman gagner la médaille d'or aux championnats d'Europe de 1932 ? Vous ne vous doutiez pas que nous étions au courant, n'est-ce pas ? Réveillez-vous, Shotman, nous savons tout ce qu'il faut savoir sur vous.

Kristoforovitch ne m'a même pas laissé la chance de nier son accusation.

– Les tchékistes qui vous surveillaient à Vienne ont rédigé un rapport. Vous avez eu de la chance ce coup-là : la photo montrant Staline en train de vous serrer la main lors de la réception au Kremlin a paru dans les journaux avant qu'on ait pu vous arrêter. Mais nous savons que vous étiez déjà à la solde des Américains en 1932. Quand vous ont-ils contacté pour la première fois ? Quel genre de codes secrets ont-ils utilisé pour communiquer avec vous quand vous êtes revenu à Moscou ?

À ce moment-là, il a ouvert d'un geste théâtral un autre tiroir de ma malle et en a sorti l'exemplaire du magazine américain *Strength and Health* que Bob Hoffman m'avait donné à Vienne, en Autriche. La voix dégoulinante de mépris, Kristoforovitch a lu tout haut, dans ce qui ressemblait à de l'américain, la dédicace écrite par Bob Hoffman. Il a pas eu besoin de traduire : je la connaissais par cœur. *À Fikrit Shotman, qui a décroché l'argent en soulevant dix kilos de moins que moi au soulevé de terre à Vienne, le 27 décembre 1932.* C'est signé : *Votre ami Bob Hoffman, médaillé d'or.*

N'importe quel imbécile peut se rendre compte qu'il y a un message secret caché quelque part. Épargnez-vous des douleurs inutiles et dites-nous ce que ça signifie, Shotman. Nos experts en cryptographie le décoderont de toute façon.

L'Ouzbek a écrasé sa cigarette dans la caisse anti-incendie avant de revenir vers moi en cognant la chaussette pleine de sable dans sa paume. Le camarade interrogateur m'a fait pivoter la tête pour pouvoir me parler dans ma bonne oreille.

– Je n'ai pas besoin de vous rappeler que Trotski était à New York à l'époque de la première révolution qui a renversé le tsar en 1917. Il était sans nul doute à la solde des Organes de sécurité américains quand il est rentré en Russie pour rejoindre les bolcheviks puis a essayé de prendre le contrôle du Parti après la mort de Lénine. Vous êtes clairement un complice de Trotski et, comme lui, payé par les Américains. Si vous espérez notre clémence, avouez ce que nous savons déjà – vous êtes un membre clé du centre de réserve trotskiste anti-bolchevique basé à Paris.

Et il a ajouté d'un ton triomphal :

– Voilà la signification de la vignette de la tour Eiffel sur votre malle !

C'est sans doute là que j'ai commencé à envisager la possibilité qu'il puisse y avoir un soupçon de vérité dans la version des faits énoncée par le camarade interrogateur. Je me disais qu'il y avait une bonne chance que je sois coupable de quelque chose, même si j'ignorais encore de quoi. Voyons, même l'idiot du village sait qu'il y a pas de fumée sans feu.

6

Couché sur notre matelas, Mandelstam écoutait le chant de sirène de la néréide et, à mon immense soulagement, réussit à résister à son appel, qui l'aurait envoyé se fracasser sur les rochers entourant notre citadelle.

Depuis la lecture de poésie, en cette soirée de janvier, Zinaïda s'était plus ou moins séparée de son agronome de mari. Elle ne s'était pas installée chez nous à proprement parler – elle prenait soin de faire croire qu'elle vivait encore avec son époux, afin de ne pas risquer de perdre ses droits sur leur appartement, voire plus tard son permis de séjour à Moscou. Mais elle avait pris l'habitude de passer deux et parfois trois nuits par semaine chez nous à la maison Herzen, le plus souvent dans notre lit, plus rarement sur un fin matelas dans la petite cuisine, quand mon mari était trop fatigué ou préoccupé par ce que j'appelais avec délicatesse *sa mission montagnarde*.

L'artisane timide des regards coupables, avec ses joues brûlantes et ses orgasmes incendiaires (à moitié

109

étouffés eu égard à la finesse des murs de notre chambre), était devenue une adepte du protocole du *ménage à trois**. Elle s'occupait autant de moi que de mon mari, en partie pour compenser le fait qu'il lui consacrait plus d'attention qu'à moi, et en partie (je m'en flatte) parce qu'elle me trouvait, tout comme je la trouvais, physiquement attirante et sexuellement stimulante. Mandelstam a dit un jour qu'aimer une troisième personne n'est pas sans risque, bien que dans le cas présent le risque ne fût pas qu'il tombât follement, ou même raisonnablement amoureux de Zinaïda. Je peux dire qu'elle était le genre d'animal sexuel dont l'attrait diminue avec le temps. Son intelligence affichée, ses petites manies, son admiration débordante pour le poète ne faisaient déjà plus beaucoup d'effet. Il restait son corps. Et quel corps ! Elle était de ces femmes qui ne se soucient pas d'être convoitées pour lui et lui seul. Et je suis obligée de reconnaître qu'au lit elle maîtrisait certaines techniques habituellement associées aux courtisanes. J'entends par là qu'aucun orifice ne demeura inexploré. Pas un. Mandelstam, envoûté par la nouveauté du délectable corpus à sa disposition et quelque peu intimidé par ce que je pourrais appeler l'exotique *smorgasbord* disposé sur le buffet, avait tendance à oublier que j'étais là en tant que participante, et pas en simple spectatrice. Je suppose que ce phénomène qui voit l'homme se concentrer sur la troisième personne du singulier, à l'exclusion du « tu » de sa vie, est le revers caché de tout triangle amoureux. Je dois penser à échanger mes impressions sur le sujet avec Akhmatova un de ces jours.

Où en étais-je ? Le matin du jour que je me propose de relater, Zinaïda s'étira dans mes bras et, effleurant mon sein d'une main, elle chercha Mandelstam de l'autre. En découvrant le lit vide de son côté, elle se redressa brusquement.

– Avez-vous réussi à dormir un peu ? lui demandai-je.

– Après, oui. Après notre merveilleuse nuit blanche. Mon Dieu, votre mari est insatiable.

Elle fit des yeux le tour de la petite chambre.

– Où est-il passé ?

– Il est debout depuis des heures, dis-je. On l'entend faire les cent pas dans la pièce à côté.

– Est-ce qu'il compose un poème ?

– J'en ai l'impression.

– Pour moi ?

Je dus me retenir de sourire.

– Pas pour vous, non, ma petite chérie. Même s'il vous laissera peut-être lui donner vie, comme il dit, lorsqu'il sera terminé.

Elle-même insatiable, elle se coula de nouveau dans mes bras et se mit à me caresser la peau du bout des doigts.

– Vous avez raison de dire que le corps féminin est beaucoup plus séduisant que celui des hommes, dit-elle, tandis que sa main descendait vers mon bassin. Ce n'est pas un hasard si tous les grands peintres et les grands sculpteurs ont préféré le nu féminin au masculin. Notre peau est plus douce, nos courbes plus arrondies, nos profondeurs sensuelles sont plus difficiles à localiser, mais une fois localisées, elles sont faciles à stimuler. N'est-ce pas, Nadejda ?

Il n'est pas impossible que sur le moment j'aie été incapable d'articuler une réponse.

– J'aime surtout nos seins, poursuivit-elle. Parfois, je caresse les miens pour me rappeler à quel point les femmes sont belles.

– Avez-vous aimé votre agronome comme vous nous aimez, nous ?

– Vous vous moquez de moi, Nadejda, n'est-ce pas ? J'ai épousé le premier homme avec qui j'ai couché, et j'ai couché avec le premier homme que j'ai rencontré possédant un permis de séjour à Moscou. C'était ma chance de quitter l'Oural pour rejoindre la civilisation. Vous m'imaginez, gâchant mes plus belles années dans un théâtre de répertoire, à Perm ?

– Je suis sûre que votre agronome a aussi de bons côtés.

– Oh, oui, sans aucun doute. Il est pourvu de vingt-deux mètres carrés dans un appartement collectif de l'Arbat. Il a un emploi qui lui procure un salaire régulier et la jouissance d'une chambre dans une datcha collective sur la rive inférieure de la Volga pour les vacances, même si ça grouille de gamins au nez qui coule. Mieux encore, il part sur les routes plusieurs semaines d'affilée pour étudier quelles semences sont plus adaptées à tel ou tel climat, ce qui est son domaine d'expertise.

– Quand le chat est parti, les souris dansent, la taquinai-je.

Elle confirma ma remarque avec l'un de ses regards coupables.

– Il rentre toujours trop tôt à la maison. Mon mariage avec mon agronome, qui a cent ans de plus que moi…

– Douze ans, la corrigeai-je.

– Douze années solaires, mais cent années psychiques, insista-t-elle. Mon mariage avec lui a transformé notre appartement moscovite en cage, où l'on mange et l'on défèque à heure fixe tous les jours, où l'on copule à date fixe tous les mois. Je me suis souvent dit que je serais mieux toute seule, mais je n'ai pas eu envie

112

d'abandonner l'appartement ainsi que mon précieux permis de séjour à Moscou, qui sont le prix que je devrais payer pour un divorce. Si besoin était, je crois que je serais capable de tuer pour un permis de séjour. Dites-moi franchement, vous me trouvez cruelle ?

– Nous sommes tous obligés d'accepter des compromissions pour garder la tête hors de l'eau dans ce marais ouvrier. Au fait, j'ai vu votre agronome quand mon mari et moi sommes allés en coulisses le soir où vous jouiez une des sœurs dans *Les Trois Sœurs*. Il n'est pas mal du tout, comme homme.

– Pouvez-vous m'expliquer, très chère Nadejda, pourquoi les femmes comme nous sont attirées par des hommes ? On ne comprend pratiquement rien à ce qui se passe dans leurs têtes folles. Il m'arrive parfois d'avoir un haut-le-cœur en regardant leurs corps. Objectivement, ce sexe qui se balance mollement, telle une trompe d'éléphant, entre leurs jambes poilues, est la partie la plus laide du corps masculin. Et pourtant… pourtant, quand je vois le renflement dans un pantalon d'homme, mon pouls s'accélère. J'ai envie de le toucher, de l'embrasser, de me réchauffer les lèvres avec du thé à la camomille pour l'accepter – ah, Nadejda, pour l'accueillir – dans ma bouche.

Je la sentis frémir entre mes bras.

– Je pourrais jouir rien qu'en y pensant.

– Heureusement pour vous que ce sont les hommes, et non les femmes, qui perdent un jour de leur vie par orgasme, dis-je en plaisantant.

– C'est vrai, acquiesça-t-elle le plus sérieusement du monde. En définitive, c'est tellement mieux pour nous que pour les mâles de notre espèce, vous ne trouvez pas ?

– En parlant de thé, j'en prendrais bien un, dis-je.

– Excellente idée.

Je passai la vieille robe de chambre de Mandelstam sur mes épaules et, pieds nus, j'allai dans la cuisine pour faire chauffer de l'eau sur notre petit fourneau à pétrole. Mandelstam, vêtu de la robe de chambre de soie d'occasion que je lui avais achetée avec l'argent d'une traduction, était tellement absorbé dans les complexités de la composition qu'il ne s'aperçut même pas, je crois, de mon passage. Quand je retournai dans le salon avec un plateau chargé de tasses et d'une théière, je trouvai Zinaïda pelotonnée sur le sofa et enveloppée dans un édredon d'où émergeait une adorable cheville. Déroutée, elle regardait Mandelstam qui arpentait la pièce, quatre grands pas dans un sens, quatre grands pas dans l'autre, tout en tirant frénétiquement sur sa cigarette. Je m'installai à côté d'elle et remplis deux tasses ébréchées auxquelles nous nous réchauffâmes les mains en attendant que le thé refroidisse. Par moments, une mite volait près de la tête de Mandelstam – les murs de la maison Herzen étaient isolés avec du feutre, qui se révélait un vrai nid à insectes. Mandelstam était tellement concentré qu'il était capable de chasser la mite d'un revers de main sans pour autant être conscient de sa présence. Je m'avisai que même si elles se mettaient à beugler, il ne remarquerait pas les nouvelles sirènes antiaériennes qu'on installait autour de Moscou, maintenant que Hitler était au pouvoir en Allemagne. Ses lèvres remuaient, des mots, puis des phrases se formaient. J'entendais presque le poème frapper comme un poing au carreau.

Soudain, Mandelstam s'arrêta et se tourna vers nous comme s'il venait seulement de s'apercevoir que nous étions dans la pièce. Il repéra la mite près de son nez et, émergeant d'une transe, la poursuivit comme si elle était personnellement responsable du trou qu'il avait récemment découvert dans son pull-over. Grimpant sur les meubles, claquant frénétiquement des mains, le grand chasseur de mites parcourut la pièce jusqu'au moment où, victorieux, il leva la paume droite pour nous montrer la petite tache de sang.

– Je crois que je l'ai, s'écria-t-il.

– La mite ? demanda Zinaïda.

– Le poème, répondit Mandelstam. L'épigramme à Staline.

Zinaïda, pensant que Mandelstam avait cédé à ses nombreux amis qui l'imploraient de composer une ode en l'honneur de Staline, parut soulagée.

– Je sais que ça a dû être difficile pour vous, lui dit-elle, mais je crois que vous avez été bien avisé de le faire.

Je passai le bras sous son coude.

– Vous ne comprenez pas, chère enfant. Ossia a sûrement composé un poème très franc, qui ne louvoie pas. Vous et moi serons ses premières lectrices.

Elle parut perplexe.

– Mais on ne peut composer qu'une sorte de poème quand le sujet en est Staline.

Le regard de Mandelstam alla se poser sur le cendrier de verre, sur le rebord de la fenêtre, débordant de mégots dont la plupart étaient les siens, mais pas tous. (Je me demandai s'il avait repéré la cigarette forte, d'une marque que lui-même ne fumait jamais, lorsqu'il était rentré à l'appartement l'après-midi de la veille.) Fermant les yeux, exposant sa gorge pâle, il leva sa paume tachée de sang au-dessus de sa tête et commença à réciter.

Nous vivons sourds à la terre sous nos pieds,
À dix pas personne ne discerne nos paroles.

On entend seulement le montagnard du Kremlin,
Le bourreau et l'assassin de moujiks.

Ses doigts sont gras comme des vers,
Des mots de plomb tombent de ses lèvres.

Sa moustache de cafard nargue,
Et la peau de ses bottes luit.

Autour, une cohue de chefs aux cous de poulet,
Les sous-hommes zélés dont il joue.

Ils hennissent, miaulent, gémissent,
Lui seul tempête et désigne.

Comme des fers à cheval, il forge ses décrets,
Qu'il jette à la tête, à l'œil, à l'aine.

Chaque mise à mort est une fête,
Et vaste est l'appétit de l'Ossète.

Transfiguré, Mandelstam me lança un regard appuyé, une incontestable lueur de triomphe dans les yeux, et je compris enfin ce qu'il avait voulu dire par « Mort, mais pas encore enterré ». En repensant à ce moment crucial de notre existence, je m'interroge : qu'ai-je ressenti exactement ? J'imagine que j'étais excitée, fière et anéantie tout à la fois : excitée par son audace, fière d'être la complice de cet acte de pur défi et anéantie de voir que son instinct de survie – la sienne autant que la mienne – était en effet moribond. Quant à Zinaïda, elle rentra prestement sa cheville sous l'édredon et se tassa contre mon bras.

– Bourreau et assassin de moujiks ! marmonna-t-elle. Mais vous ne pouvez pas me faire une chose pareille, Ossip ! Qu'est-ce qui se passera quand ils apprendront que j'étais présente lorsque vous avez lu ça ? Oh, mon Dieu ! Si ça se trouve, il y a un micro dans le mur. Si ça se trouve, ils enregistrent tout ce qu'on est en train de dire en ce moment ! Nadejda, s'il refuse d'entendre raison, c'est à vous d'agir de manière raisonnable pour deux et de le dissuader de poursuivre cette folie.

Plus elle protestait, plus je le soutenais. Après tout, j'étais sa femme, et elle n'était que la maîtresse occasionnelle.

– Reprenez-vous, Zinaïda. Ossia vous fait le suprême honneur de vous choisir comme l'une de ses premières lectrices. Seuls quelques élus connaîtront l'existence de cette épigramme. Quoi qu'il arrive, soyez sûre que ni lui ni moi ne révélerons jamais que vous l'avez entendue.

Mandelstam tomba à genoux devant nous.

– Zinaïda, vous ne devez pas souffler mot de tout ça à quiconque. S'ils le découvrent, ça pourrait me coûter la vie.

Elle hocha la tête d'un air misérable.

– Nadenka apprendra par cœur cette épigramme, comme elle l'a fait avec tous mes poèmes. Mais j'ai décidé que vous deviez l'apprendre aussi. S'il nous arrive quelque chose, le poème doit absolument survivre.

Zinaïda resserra plus étroitement l'édredon contre son corps nu, comme si cela pouvait la protéger d'une requête gênante.

– Répétez les vers après moi, toutes les deux, dit fermement Mandelstam. *Nous vivons sourds à la terre sous nos pieds, À dix pas personne ne discerne nos paroles...*

– Nous vivons sourds à la terre sous nos pieds, À dix pas personne ne discerne nos paroles...

– *On entend seulement le montagnard du Kremlin, Le bourreau et l'assassin de moujiks...*

– On entend seulement le montagnard du Kremlin, Le bourreau et l'assassin de moujiks...

Ayant appris par cœur les vers de Mandelstam depuis des années, je connaissais d'instinct la rime, le rythme et les multiples niveaux de sens enfouis dans le texte, et savais où placer la petite pause pour reprendre son souffle. Il me fallut peu de temps pour mémoriser les seize vers. Zinaïda avait plus de difficultés. Il devint vite évident qu'elle n'avait pas l'oreille pour la musique intérieure d'un poème de Mandelstam. Elle récitait correctement quatre vers puis se trompait dans la ponctuation, ou même dans l'ordre des mots quand elle les reprenait. Des larmes lui montèrent aux yeux.

– Je déteste être ainsi sur la sellette – je n'arrive pas à retenir les vers comme vous le faites. Je dois les voir écrits pour pouvoir visualiser les mots. C'est comme ça que j'apprends mes rôles au théâtre. Même quand j'étais enfant, je devais écrire les choses pour me les rappeler.

Mon mari et moi échangeâmes un regard.

– Qu'en penses-tu ? me demanda-t-il.

Je haussai les épaules.

– Je jure de le brûler, dit-elle. À ma prochaine visite, je le réciterai sans erreur.

Mandelstam rapporta un papier et un stylo. S'agenouillant devant la valise qu'il utilisa comme bureau, il nota l'épigramme. Zinaïda alla s'habiller dans la chambre et en revint quelques minutes plus tard. Mandelstam relut ce qu'il avait écrit pour être sûr que c'était exactement tel qu'il le souhaitait, puis tendit le papier à Zinaïda. Elle le plia en quatre et le glissa dans son soutien-gorge.

– Je vous suis reconnaissant d'accepter de faire ça, lui dit Mandelstam.

– Je suis contente de faire partie de votre citadelle, répondit nerveusement Zinaïda. Je suis très heureuse d'avoir gagné votre confiance.

– Vous feriez peut-être mieux de partir avant que la conversation ne devienne trop sucrailleuse, suggérai-je.

Je me souviens d'avoir ajouté :

– Et n'oubliez pas de brûler le poème.

Je me rappelle aussi le « comptez sur moi » très assuré de Zinaïda.

Après son départ, je m'habillai et remis de l'ordre dans la chambre. Par la porte ouverte, je voyais Mandelstam assis sur le sofa, le regard rivé au plafond, claquant des mains par moments pour tuer une mite qui s'était aventurée à proximité mortelle de lui.

– Crois-tu que j'aie eu raison ? me demanda-t-il.

– Tu parles de l'épigramme ou de Zinaïda ?

– Des deux.

Je le rejoignis dans le salon et me laissai tomber sur l'accoudoir du sofa. Il posa la main sur ma cheville et nous sourîmes tous deux au même souvenir – lors de notre premier contact intime, le soir de notre rencontre, au Bric-à-brac, à Kiev, il avait commencé sa lente exploration de mon corps par la cheville. C'était une de nos vieilles plaisanteries : Mandelstam, premier et principal fétichiste de la cheville de toute la Russie.

– Pour ce qui est de l'épigramme, dis-je, tu te tortures depuis des mois. Il fallait que ça sorte. Tu dois seulement choisir avec soin ceux que tu mettras dans le secret. Quant à le confier à Zinaïda… c'est une créature inoffensive qui tournera mal quand son corps se flétrira. Pour l'instant, elle est transportée d'être la maîtresse du poète Mandelstam…

Mandelstam s'illumina.

– Il y a donc un poète de ce nom.

Il resserra son étreinte sur ma cheville et leva les yeux vers moi, attendant confirmation.

– Oui, acquiesçai-je avec conviction. Il n'est pas encore mort.

Il était presque midi quand je trouvai enfin le temps d'aller vider le cendrier de verre dans la poubelle juste derrière la porte de la maison Herzen donnant sur la ruelle. C'est là que je tombai sur Boris Pasternak, qui jetait des ordures ménagères après avoir passé la matinée dans une autre aile de la maison avec sa future ex-femme et leur fils. En lui disant que Mandelstam avait bien besoin de réconfort, je l'entraînai presque de force jusqu'à notre appartement. Mon mari rentrait sa chemise dans son pantalon quand il vit Pasternak à la porte, derrière moi. Il poussa un cri de joie.

– Vous restez déjeuner avec nous, dis-je d'autorité. Nous avons du pain, un peu de beurre et deux œufs – je vais bien réussir à m'en procurer un troisième chez un voisin.

Je trouvai l'œuf supplémentaire à la deuxième porte à laquelle je frappai. Lorsque je rentrai dans notre appartement, Mandelstam se tenait au milieu du salon et récitait les derniers vers de son épigramme contre Staline à Pasternak, qui était assis par terre, dos au mur, le visage enfoui dans ses énormes mains. Quand Mandelstam arriva à la fin, Boris resta là, sans bouger un muscle.

– Alors ? demanda Mandelstam avec impatience.

– Alors ? répétai-je, du seuil.

Boris leva les yeux et nous regarda alternativement, d'abord moi puis mon mari.

– Qui est au courant ? demanda-t-il.

– Nous trois, répondit Mandelstam. Et une amie.

– Pouvez-vous faire confiance à cette amie ?

Je répondis de la porte :

– Oui.

Bondissant sur ses pieds, Boris s'avança vers la fenêtre et ferma les volets intérieurs. Puis il se retourna pour nous faire face.

– C'est du suicide, dit-il, les yeux tellement enfoncés qu'on distinguait à peine ses pupilles. Quand vous avez dit que vous alliez laisser éclater le cri coincé au fond de votre gorge, je n'avais pas imaginé une seconde que vous feriez une chose aussi folle.

– La Russie a besoin d'un peu plus de folie et d'un peu moins de raison, fit remarquer Mandelstam.

Boris était tellement absorbé par son angoisse que je doute qu'il l'eût entendu.

– Comment avez-vous pu écrire un tel poème, vous qui êtes juif ? jeta-t-il.

– Vous oubliez que je me suis converti au christianisme pour pouvoir entrer à l'université, répliqua rageusement Mandelstam.

– Staline et les gens qui l'entourent ont beaucoup de points communs avec les tribunaux ecclésiastiques de l'Inquisition espagnole, dit Pasternak. Pour les *calificadores*, un juif qui se convertit reste un juif dans son cœur, dans son âme.

Il était difficile de placer un mot, mais j'y parvins.

– Je vais de nouveau vous réciter le poème, Boris, et vous me direz précisément ce qu'il y a dedans qu'un juif ne devrait pas dire.

– Non, non, je n'ai pas besoin de l'entendre une deuxième fois pour savoir qu'Ossip n'a pas suffisamment réfléchi. Soit il est stupide, soit il est naïf. Je ne veux rien avoir à faire là-dedans.

Mandelstam s'enfonça dans le canapé.

– La poésie se nourrit de naïveté, pas de stupidité, dit-il, apparemment anéanti par la réaction de Pasternak. Vous avez vous-même soutenu que l'art était une prise de risque.

– Moi, j'ai dit ça ? Où ?

Mandelstam esquissa un sourire amer en renvoyant au visage de Pasternak ses propres paroles :

– *On ne peut pas parler d'art comme s'il s'agissait d'un tuyau d'écoulement ou d'un chantier de construction et le réduire à une question technique. Parler de la technique de l'écriture poétique, c'est parler de la technique de création du désastre. Il ne faut pas oublier qu'on doit prendre des risques ; rien n'existe sur terre sans prise de risque.*

Boris marmonna qu'il avait dit ça dans un autre contexte. Il se tourna rageusement vers moi :

– Comment pouvez-vous lui permettre de faire une chose pareille ?

Avant que j'aie pu répondre, Mandelstam dit très doucement :

– Dans la relation qui est la nôtre, je n'ai pas l'habitude de solliciter sa permission, ni elle la mienne.

Boris commençait à m'exaspérer.

– Vous êtes en colère, m'exclamai-je, parce que vous n'avez pas le courage de faire ce que fait Ossia. Vous n'êtes pas le poète qu'il est.

Mandelstam tenta de m'arrêter.

– Nadenka, tu vas trop loin…

Je me rappelle avoir dit :

– Je ne vais pas encore assez loin. Il lui faut comprendre que Mandelstam se doit d'être fidèle à Mandelstam, pas à Pasternak.

Boris paraissait déconcerté.

– Mon cher Ossip, je ne vous reconnais plus. Vous êtes devenu quelqu'un d'autre.

– Quand il devient quelqu'un d'autre, informai-je Boris, sa perplexité me procurant, je l'avoue, une certaine satisfaction, je ne suis jamais loin derrière.

Boris porta la main à son front qu'il massa pour chasser un début de migraine.

– Si vous envisagez vraiment de faire tomber Staline, dit-il à Ossip, rejoignez le combat politique à long terme.

– Je ne suis pas fait pour le combat politique, répliqua mon mari. Je n'ai pas assez de patience pour la stratégie. De nature, je ne suis porté que sur la tactique. Je suis attiré par le geste. Et je crois au pouvoir de la poésie pour déplacer des montagnes, ainsi que le montagnard du Kremlin.

– Au moins, retravaillez votre poème, dit Boris avec une grande émotion, afin qu'il soit voilé, ambigu, qu'il évoque, disons, un personnage historique.

– J'ai fini de louvoyer, Boris. Quelqu'un doit écrire un poème qui dénonce la malfaisance de Staline et qui soit compréhensible par n'importe quel idiot.

Mandelstam, pensant mettre ainsi un terme à la discussion, énonça l'un de ses mantras :

– *Quand, sinon maintenant ? Qui, sinon moi ?*

Secouant la tête d'un mouvement désespéré, Boris se tourna pour partir. À la porte, il hésita.

– Le moins que vous puissiez faire, sinon pour vous-même, du moins par égard pour les amis qui entendront l'épigramme, est de réécrire le deuxième distique. L'histoire du bourreau et assassin de moujiks. Il est d'une franchise dangereuse. Je vous le demande, Ossip.

Mon mari me regarda, croyant que j'allais m'opposer à Pasternak. Je pris une profonde inspiration et tins ma langue. La vérité vidée de sa substance était-elle toujours la vérité ? Seul mon mari pouvait en décider.

Je vis Mandelstam se mordre l'intérieur de la joue en réfléchissant à la question.

Déçu, il rejeta la tête en arrière et dit :

– La version originale comportait deux autres vers que j'ai éliminés parce qu'ils n'étaient pas assez forts, justement. Si ça peut vous rassurer, je supprimerai *le bourreau et l'assassin de moujiks* et reviendrai à la première version.

Il ferma les yeux et récita les vers qu'il allait substituer aux premiers :

Mais lors de la moindre conversation,
C'est du montagnard du Kremlin qu'il s'agit.

– Si vous voulez vraiment me rassurer, dit Boris, détruisez l'épigramme tout entière.

À la simple pensée de ce que mon mari bien-aimé fit alors, mon cœur bat plus vite. Les doigts tremblants, il redressa le menton et répéta les mots qu'il avait jetés à la tête d'Ougor-Jitkine et de ses jeunes amies dans la cantine des conducteurs de tram.

– Je suis le poète Mandelstam.

Je ne pus, hélas, résister à l'envie d'enfoncer le clou.

– Quant à moi, je suis la femme du poète Mandelstam et fière de l'être.

Boris haussa rageusement les épaules en se tournant vers la porte.

– Et ces œufs, vous n'en voulez pas ? demandai-je.

– Comment pouvez-vous penser à la nourriture en un moment pareil ! grommela-t-il. Avec ou sans ces vers sur *l'assassin de moujiks*, cette affaire finira mal. Ils vous ont maltraité ces dernières années, Ossip. Si vous persistez avec cette épigramme, vous saurez au moins pourquoi ils vous maltraitent. Je vous admire en tant que poète. Je vous aime comme un frère. Je vous souhaite une longue vie, Ossip Emilievitch.

Je me souviens d'avoir été frappée par l'air abattu de Mandelstam – il avait compté sur le soutien indéfectible de Pasternak. J'entends encore dans ma tête sa voix s'adressant au poète qui s'en allait :

– Longue vie à vous aussi, Boris Leonidovitch.

7

Zinaïda Zaitseva-Antonova
Lundi 7 mai 1934

Comment ce salaud a-t-il pu me faire ça ? Pour moi, c'est une chose d'en avoir marre de la vie et de vouloir en finir. Arrêtez de jacasser et faites-le. Mais vous n'avez absolument pas le droit d'entraîner les autres dans votre chute. Ce poème à Staline est de la pure folie. Mandelstam a perdu la tête, il déraille, il débloque complètement. Mais c'est sa folie, pas la mienne. Bon sang, je ne suis même pas sûre que ce soit un bon poème. Mais ça ne va pas l'empêcher de le lire à tous ces écrivains ratés qui traînent à la maison Herzen. Mon Dieu, qu'est-ce qui lui prend, de lire un poème pareil à des gens innocents ? Il n'a moralement pas le droit de faire des autres les complices de ce qui est, après tout, son crime. Nous vivons à une époque où, si quelqu'un a vent d'une trahison et ne dénonce pas le saboteur, il en devient un lui-même et se voit soumis au même châtiment que le criminel. Pas besoin d'être un génie pour savoir ce qui va se passer : sur les cinq, dix ou quinze personnes qui entendront le poème, il y en a une ou plusieurs – voire toutes, hormis cette pauvre Nadejda,

127

aveuglée par l'amour – qui vont raisonner comme moi. Mandelstam a du toupet de nous faire risquer d'être considérés comme des traîtres pour avoir seulement écouté son horrible petit poème. En conséquence de quoi, ceux qui l'ont entendu – au moins l'un d'entre eux ou plusieurs, voire tous – vont se protéger de la seule manière possible : en se précipitant au poste de la milice le plus proche et en dénonçant l'auteur du poème avant que quelqu'un d'autre ne le fasse et que la Tcheka ne vienne fouiner par ici en vous demandant d'expliquer pourquoi, je vous prie, en entendant ce poème séditieux, vous n'avez pas dénoncé l'ennemi du peuple qui l'a composé. Et je serais censée faire quoi ? Battre des cils en disant, *Mais de quel poème parlez-vous, camarade milicien ?* À ce moment-là, ils connaîtront le contenu du poème jusqu'à la dernière virgule, ainsi que le nom, l'adresse et le numéro de passeport intérieur de tous ceux qui l'auront entendu. Et ceux qui n'auront pas averti les Organes seront dans la merde jusqu'au cou, comme on dit : en route pour la Sibérie ou, Dieu nous en garde, pire. Et tout ça pour quoi ? Franchement, ce n'est pas comme si ce petit poème de Mandelstam allait changer quoi que ce soit.

Si ce n'est la vie de ceux qui ont eu la malchance de l'entendre.

Ce cher Ossip ne m'a pas vraiment laissé le choix, donc je n'ai pas le sentiment d'avoir trahi sa confiance, non. De plus, il est évident que le pauvre homme essaie de se suicider. En prévenant les Organes, j'ai seulement fait ce que, au fond de lui, il voulait me voir faire.

Est-ce que j'ai eu des scrupules à prolonger ma vie aux dépens de celle de Mandelstam ?

Svoloch – connard ! Vous avez parlé à Nadejda ! Si quelqu'un est coupable d'avoir abrégé la vie de Mandelstam, c'est bien cette garce. Ils vivent une folie à deux. Ils s'entraînent l'un l'autre. Bon Dieu, quels autres mensonges vous a-t-elle racontés sur mon compte ?

8

Anna Andreïevna
Dimanche 13 mai 1934

J'ai compris qu'il se passait quelque chose de grave à l'instant où j'ai porté le combiné à mon oreille. Borisik, la voix brouillée à cause de l'orage magnétique qui perturbait la ligne reliant Saint-Pétersbourg au reste de la Russie, a annoncé :

– Vous devez absolument venir à Moscou toutes affaires cessantes.

Il a dit cela d'une manière qui laissait peu de place à la contestation. Mon cher ami Pasternak réussissait à paraître tout à la fois inquiet et d'un calme absolu ; c'est ce calme absolu qui m'a fait froid dans le dos. J'ai essayé de lui expliquer qu'il m'était difficile de quitter Saint-Pétersbourg maintenant. Lev, mon fils de vingt-deux ans, était ici, et pour une fois, nous qui avions une relation orageuse parlions de ce qui n'allait pas entre nous au lieu de nous quereller parce que j'avais un jour décrit la maternité comme une « joyeuse torture » ; mon troisième mari, l'historien d'art Nikolaï Pounine, avait obtenu un bon pour deux semaines de vacances dans une auberge de jeunesse appartenant à son université sur le lac Ladoga et avait hâte de quitter la ville ; et un éditeur avait accepté de publier mon essai critique sur Pouchkine à condition que je le réduise de moitié, une tâche difficile dans la mesure où j'avais déjà coupé la moitié de la version originale. Borisik a balayé mes excuses, et je commençais à m'énerver quand je l'ai entendu dire :

– Vous ne comprenez pas, Anna. Notre ami commun, que je ne nommerai pas au cas où les Organes enregistreraient cette conversation, a décidé de se tuer.

– De se tuer ? ai-je bêtement répété.

– Vous vous rappelez la conversation que nous avons eue tous les trois, lorsque nous regardions les larmes se fracasser contre la cathédrale du Christ-Sauveur ? Eh bien, il a mis son projet à exécution. J'ai essayé de le convaincre que c'était de la folie, mais, soutenu par sa tête de mule de femme, il m'a affirmé que la Russie avait justement besoin d'un peu moins de raison et d'un peu plus de folie. À mon avis vous êtes la seule à pouvoir l'influencer dans cette affaire. Vous devez venir immédiatement à Moscou et l'arrêter avant que…

Le bruit sur la ligne a couvert la voix de Borisik pendant un moment. Puis j'ai entendu les mots : « regrets inutiles ».

C'est ainsi que j'en suis venue à décevoir mon fils, mon mari et mon éditeur. Mon mari a essayé de me convaincre d'appeler les Mandelstam afin qu'Ossip puisse venir me chercher à la gare, mais je craignais que ce dernier ne me dissuade simplement de faire le déplacement. Comme il était trop tard pour attraper le train du soir et beaucoup trop tôt pour celui du matin, j'ai passé des heures à tourner dans mon lit sans pouvoir trouver le sommeil (après une terrible dispute avec

Nikolaï, qui soutenait qu'Ossip était un adulte responsable, et que s'il avait vraiment décidé de se suicider,
j'avais l'obligation morale de respecter sa décision).
Même quand tout va bien, je suis une voyageuse
anxieuse. Contrairement à Borisik, qui adore sauter
dans le dernier wagon à l'instant où le train démarre, je
préfère arriver très en avance à la gare. Connaissant
mes dispositions, mon mari a persuadé un voisin de
notre quai, qui avait l'usage d'un véhicule de l'administration communale, de nous conduire à la gare Moskov-
ski bien avant l'aube. Dans la salle d'attente, pleine de
voyageurs pelotonnés sur des bancs, Nikolaï a repéré
un téléphone public et m'a de nouveau suggéré d'appeler les Mandelstam. Je n'ai pas protesté, peut-être parce
que j'étais épuisée et ne raisonnais plus clairement. J'ai
appelé l'opératrice intercités et lui ai donné le numéro
du téléphone collectif du couloir du premier étage de la
maison Herzen. Après une longue attente, j'ai entendu
l'appareil sonner à l'autre bout. Comme personne ne
répondait, l'opératrice a voulu raccrocher, mais je lui ai
expliqué qu'il s'agissait d'un téléphone collectif et l'ai
suppliée de patienter encore. Lorsque quelqu'un a fini
par décrocher, j'ai demandé à parler à Mandelstam.
Vous avez vu l'heure ? a répliqué l'homme au bout du
fil. Avant que j'aie pu dire un mot, il m'a informée
qu'il n'y avait pas de Mandelstam vivant à la maison
Herzen. J'ai commencé à répondre qu'il se trompait,
qu'il y avait bel et bien un Mandelstam à la maison
Herzen, mais mon correspondant avait déjà raccroché.

– Qu'est-ce que ça veut dire, pas de Mandelstam
vivant à la maison Herzen ? ai-je demandé à mon mari,
sentant la panique monter dans ma gorge.

– Tu as tort d'essayer de lire entre les lignes, m'a dit
Nikolaï.

133

Mais j'ai vu à son regard que lui aussi retournait les mots comme on retourne des pierres, pour chercher les vers du malheur cachés dessous.

J'avais emporté mon article sur Pouchkine, pensant me distraire en le retravaillant pendant le voyage, mais j'ai fini par somnoler sur mon siège inconfortable de deuxième classe, mon foulard roulé en boule en guise d'oreiller afin que mon oreille, pressée contre la vitre, ne soit pas contusionnée par les cahots du train. Et j'ai fait des rêves si terrifiants que j'ai dû m'obliger à me réveiller pour échapper à l'angoisse qu'ils communiquaient à mon âme.

Pas de Mandelstam vivant à la maison Herzen ! Ceux qui avaient laissé des mégots de cigarette dans le cendrier de Nadejda avaient-ils pris possession du téléphone ? Annonçaient-ils, à la manière des tchékistes, la mort du poète Mandelstam ?

Le soleil disparaissait derrière les toits des isbas quand le train a atteint les banlieues de Moscou, passant devant les premières usines et coopératives dont les entrées voûtées arboraient l'emblème de la faucille et du marteau, puis traversant des faubourgs aux rues non pavées où s'alignaient des logements tout neufs, venus au monde avec une tare de naissance : la laideur. Il faisait nuit quand nous sommes entrés dans la gare Leningradski, sur Komsomolskaïa Plochtchad. J'ai baissé la vitre du compartiment et me suis penchée à l'extérieur pour tenter de repérer un visage familier – Borisik avait dû deviner quel train j'allais prendre et prévenir Ossip, me disais-je, espérais-je. Mais il y avait beaucoup trop de monde sur le quai, qui était mal éclairé. Serrant mon sac de voyage, je me suis frayé un chemin à travers la foule jusqu'au bout du quai ; même si je suis assez grande pour voir par-dessus la tête des gens, j'ai néanmoins grimpé sur un bloc de ciment pour avoir une meilleure vue. Je m'enjoignais de ne pas être déçue si Ossip ne se montrait pas. Il aurait pu avoir un rendez-vous avec un éditeur acceptant de publier un de ses poèmes qui louvoyaient. Il faisait peut-être la tournée des cantines de quartier en quête de cigarettes bon marché.

Ne le voyant pas, je n'ai cependant pas pu m'empê-cher d'être déçue. Borisik n'avait peut-être pas pu le prévenir pour la même raison que moi – *parce qu'il n'y avait pas de Mandelstam vivant à la maison Herzen !*

Je ne saurai jamais comment j'ai réussi à trouver mon chemin jusqu'à la bonne ligne de tramway, l'âme étreinte par un funeste pressentiment, la vue brouillée par des larmes contenues. Peut-être ai-je seulement suivi mon instinct pour aller jusqu'au tram et acheter un ticket à la receveuse à l'arrière, qui m'a indiqué où des-cendre et quelle direction prendre ensuite. Environ qua-rante minutes plus tard, le cœur battant à tout rompre, je me suis retrouvée devant la porte des Mandelstam à la maison Herzen. Je me rappelle avoir levé le poing pour frapper puis avoir reculé, le souffle court, terrifiée à l'idée que personne ne réponde.

Et s'il n'y avait pas de Mandelstam vivant à la mai-son Herzen ?

Puis j'ai tout simplement arrêté de respirer, frappé et tendu l'oreille pour percevoir des bruits de pas. J'ai cru entendre une voix de femme crier *J'arrive* à l'intérieur. Une seconde plus tard, Nadejda était de l'autre côté de la porte fermée et demandait :

– Qui est là ?

J'ai réussi, je ne sais comment, à faire fonctionner mes cordes vocales.

– C'est moi. C'est Anna.

La porte s'est ouverte à la volée et un sourire stupéfait est apparu sur le visage angélique de Nadejda. Comprenant qu'elle ne sourirait pas s'il n'y avait pas de Mandelstam vivant à la maison Herzen, je me suis effondrée dans ses bras.

– Ossip, regarde qui nous rend visite, s'est écriée Nadejda en me conduisant vers leur petite cuisine.

Et il était là, mon cher, très cher Ossip, avec ses bretelles et sa chemise sortant de son pantalon, assis à table en train de boire du thé.

En le voyant, je me suis laissée tomber sur une chaise et, de soulagement, j'ai fondu en larmes.

Quand j'ai été suffisamment calmée pour pouvoir parler, j'ai expliqué que Borisik m'avait convoquée à Moscou. Ossip m'a reproché de ne pas avoir prévenu, pour qu'il puisse venir m'accueillir à la gare, et je leur ai décrit la voix, au téléphone, qui m'avait affirmé qu'il n'y avait pas de Mandelstam vivant à la maison Herzen. Ossip et Nadejda se sont regardés. Ossip a esquissé un sourire sinistre. Nadejda a glissé son bras sous celui de son mari et lui a embrassé l'épaule.

– J'aurais sans doute dû t'en parler, lui a-t-elle dit. Depuis quelques mois, notre appartement est visité par des étrangers pendant notre absence. Je retrouve parfois leurs mégots dans le cendrier.

Je me rappelle m'être exclamée :

– Mais il le sait, Nadejda... il ne vous en a pas parlé pour ne pas vous inquiéter.

Nadejda a regardé Ossip.

– Tu es au courant, pour les mégots ?

Il n'en revenait pas.

– Ne me dis pas que toi aussi, tu les avais remarqués !

Et, avec la mine de deux enfants espiègles découvrant qu'ils partagent un secret, ils se sont mis à rire aux larmes.

– Ce n'est pas un sujet de plaisanterie, ai-je dit.

Ils se sont repris.

– Bien sûr, vous avez raison, Anna, a répondu Nadejda. C'est nerveux.

– On dit que le rire nerveux est très bon pour les intestins, a lancé Ossip.

– Parlons plutôt du poème, ai-je suggéré.

– Vous voulez l'entendre ? m'a demandé Ossip.

Nadejda m'a touché le bras.

– Oh, oui, il faut que vous l'entendiez. Il est magnifique.

J'ai acquiescé d'un signe de tête. Ossip s'est levé, a fourré les pans de sa chemise dans son pantalon et boutonné le bouton du haut. Prenant une profonde inspiration, il a rejeté la tête en arrière et commencé à réciter.

Nous vivons sourds à la terre sous nos pieds,
À dix pas personne ne discerne nos paroles.

Mais lors de la moindre conversation,
C'est du montagnard du Kremlin qu'il s'agit.

Je ne peux pas prétendre avoir reçu l'épigramme comme j'absorbe en général un poème de Mandelstam, c'est-à-dire comme un tout qui, à la première écoute, vous envoûte par son atmosphère et sa musique. Celui-là s'est logé dans ma conscience sous forme d'éclats de mots – des fragments sans lien les uns avec les autres ou avec le tout. C'est ce que j'ai répondu quand Ossip m'a pressée de lui donner mon avis.

– Dans *La Terre vaine*, le poète anglais Eliot affirmait avoir étayé ses ruines de fragments, ai-je dit. Mais vos fragments à vous vont causer votre ruine.

– Comment pouvez-vous réduire mon épigramme à des fragments ? a répliqué Ossip, manifestement mécontent de ma réaction.

Nadejda, comme toujours, a pris sa défense.

– De quels fragments précis parlez-vous ?

En vérité, je m'en voulais énormément de ne pas pouvoir réagir de manière plus positive. Mais Ossip et moi nous connaissions depuis très longtemps – Goumilev, mon défunt mari, Ossip et moi étions déjà camarades de poésie bien avant que Nadejda entre dans sa vie. Et la pierre angulaire de cette camaraderie poétique était l'honnêteté, une honnêteté absolue, voire même brutale. Aussi lui ai-je dit quels fragments s'étaient gravés dans mon esprit :

– *Montagnard du Kremlin… doigts gras comme des vers… moustache de cafard… Sous-hommes zélés…* ah, et le morceau sur la mise à mort qui est une fête pour l'Ossète. Mon Dieu, Ossip, on a vu des gens disparaître dans des prisons pour avoir seulement suggéré que Staline avait une goutte de sang de bandit ossète dans les veines, et qu'il n'était pas un Géorgien pure souche.

Défaisant le bouton du haut de sa chemise, Ossip s'est assis face à moi.

– Vous trouvez que ce n'est pas un bon poème, a-t-il constaté.

Je lui ai pris la main.

– En mettant de côté son audace, je ne pense pas que ce soit un bon poème, non. À l'oreille, il ne sonne même pas comme un poème. Vous n'étiez pas à l'écoute de la musique des mots en le composant. Vous

138

aviez autre chose en tête. C'est un écrit polémique, destiné à apparaître comme une prise de position politique. Ce n'est pas quelque chose que vous inclurez dans vos œuvres complètes si vous les publiez, ou quand vous les publierez.

Ossip a secoué la tête.

– Les décembristes avaient les poèmes politiques de Pouchkine en poche lorsqu'ils se sont soulevés contre le tsar à Saint-Pétersbourg.

Je me souviens que Nadejda s'est écriée :

– Peu importe que ce soit un bon ou un mauvais poème.

– C'est un poème de vérité, qui ne louvoie pas, poursuivit Ossip. C'est un poème purificateur, qui peut permettre à la Russie de faire table rase et de repartir sur des bases saines.

Je me suis sentie obligée de souligner l'évidence.

– S'il est diffusé, il causera votre perte.

– C'est ce qu'a dit Boris, a fait remarquer Nadejda.

– Borisik vous aime, Ossip, tout comme je vous aime. C'est une chose de risquer votre vie pour un poème authentique, mais c'en est une autre de mettre en danger votre vie – ainsi que votre production poétique à venir – pour un texte polémique.

– Nous ne voyons pas les choses comme ça, a dit Nadejda.

Son « nous » m'a fait sourire. Nadejda avait toujours été un peu jalouse de ma relation avec Ossip. En repensant à cette conversation, je crois qu'elle l'utilisait pour affirmer qu'après tout, c'était elle, l'épouse, tandis que j'étais seulement une amie de longue date. La soirée avançait et nous restions là, assis à cette petite table, à tourner en rond. Rien de ce que je trouvais à dire n'avait la moindre influence sur eux. Borisik allait être profondément contrarié d'apprendre que je n'avais pas réussi à ramener Ossip du côté de la raison.

Il devait être près de minuit quand nous avons entendu quelqu'un gratter à la porte de l'appartement.

– C'est sûrement Sergueï Petrovitch, a dit Nadejda, se levant d'un bond, pas mécontente d'avoir un prétexte pour clore la discussion. Il passe à cette heure pour utiliser nos toilettes et pour quémander.

– Quémander quoi ?

– Tout ce qu'on peut avoir à manger. Il dépense tout ce qu'il gagne en alcool, mais il a faim avant d'aller se coucher. Il n'est pas difficile, il accepte n'importe quoi – un œuf, une tasse de *kacha*, une tranche de pain avec ou sans confiture. Même des achards.

– Même des achards, a répété Ossip avec un rire aigre.

Pendant que Nadejda allait ouvrir, Ossip m'a parlé de leur ami et voisin Sergueï Petrovitch, qui vivait dans la moitié sans toilettes de l'appartement de son ex-femme au deuxième étage ; comme ils ne se parlaient plus tous les deux, il était obligé de frapper à différentes portes au cours de la journée pour utiliser les commodités.

– C'est un assez bon poète lyrique, à moitié géorgien par sa mère – il s'est fait renvoyer il y a quelque temps du journal *Komsa*, dont il dirigeait les pages littéraires, pour avoir publié un poème de Mandelstam, donc je me sens une dette envers lui. Il n'a pas retrouvé de travail depuis. Il joint les deux bouts en traduisant un interminable poème épique géorgien. Sous prétexte que c'est géorgien, tout le monde s'imagine que Staline tient à ce projet, si bien que Sergueï touche un traitement mensuel quel que soit le nombre de pages qu'il réussit à rendre.

Nadejda est revenue dans la cuisine, le poète lyrique – à l'haleine chargée d'alcool – titubant derrière elle. Il a pris ma main sur la table et l'a baisée à la française, m'effleurant à peine la peau de ses grosses lèvres.

– *Otchen rad*, a-t-il dit. Rencontrer la célèbre Akhmatova en personne est une sorte d'apothéose, plus gratifiante encore que le sexe, que je n'ai d'ailleurs pas pratiqué depuis des années.

Il a approché un cageot en bois et, le dressant sur un côté, nous a rejoints autour de la table. Serguei Petrovitch était aussi grand que moi, mais maigre comme un clou, ce qui le faisait paraître encore plus grand. Sa longue barbe d'un blanc crasseux gardait les traces de la nourriture qu'il avait pu barboter ici ou là. Il portait un gilet au-dessus d'une chemise blanche tachée, un pantalon informe et des pantoufles de feutre dont il avait coupé le talon parce qu'elles étaient trop petites pour ses grands pieds. Ses lunettes sans branches tenaient par un lacet noué autour de sa tête. Nadejda a poussé vers lui le cornet de papier journal rempli de *kacha*. Serguei Petrovitch a réussi à se courber en deux pour la remercier tout en restant assis.

– Merci, très chers, nous a-t-il dit, mais ce soir, j'ai surtout faim de nourriture pour l'esprit.

Il s'est penché en avant et a observé Ossip d'une manière bizarre.

– Tout le monde ne parle que de ça dans la maison Herzen, vous savez.

J'ai tout de suite trouvé ça louche.

– Tout le monde ne parle que de quoi ? lui ai-je demandé.

Se balançant sur son tabouret de fortune, Serguei regardait Ossip.

– Du poème sur Staline, bien sûr.

– C'est qui, tout le monde ? ai-je insisté.

Je me suis tournée vers Ossip, exaspérée.

– Avez-vous fait circuler une copie de l'épigramme ?

Nadejda a répondu pour lui :

– Elle n'a pas été écrite. Nous ne sommes pas fous.

– À combien de personnes avez-vous lu le poème, Ossip ?

– À deux ou trois dans la maison Herzen, a dit Nadejda. En plus de moi.

Ossip a haussé une épaule d'un mouvement de défi.

– Ma chère Anna, le but est de faire des vagues.

– Combien ?

– Cinq ou six. Sûrement pas plus de six.

– Sept, a corrigé Sergueï Petrovitch. Et si le poète veut bien me faire cet honneur, je serai le numéro huit.

Et c'est ainsi que mon pauvre, naïf et innocent Ossip s'est levé et l'a récité à l'intention de cet immonde pochard. Intégralement. Sans rien omettre, ni *le montagnard du Kremlin*, ni *les doigts gras comme des vers*, ni *la moustache de cafard*, ni *les sous-hommes zélés*, ni ce salaud d'Ossète au vaste appétit, pour qui *chaque mise à mort est une fête*. Mon Dieu, à la lumière de ce qui s'est passé ensuite, le simple souvenir de ce moment me donne la nausée.

Quand Ossip a eu fini, Sergueï Petrovitch est resté silencieux. Puis, inhalant bruyamment une grande bouffée d'air par ses narines palpitantes, il a déclaré, *ex cathedra* :

– C'est véritablement un grand poème, très chers. Cela ne fait aucun doute. Et je suis fier de compter parmi vos premiers lecteurs, Ossip Emilievitch. Sur mon lit de mort, je m'en vanterai encore.

Nadejda m'a lancé un regard de triomphe. Ossip était tellement ému qu'il ne trouvait plus ses mots. Tapotant l'épaule du visiteur, il hochait la tête, plein de reconnaissance.

Sergueï Petrovitch a voulu savoir quand le poème avait été conçu, s'il avait été corrigé, qui, en dehors des huit personnes de la maison Herzen, l'avait entendu et comment chacun de ces premiers lecteurs avait réagi. Ossip, reconnaissons-lui cela, a répondu de manière évasive. Il a fini par se lancer dans une discussion avec son visiteur sur les poètes qui avaient défié les tsars avant la révolution bolchevique. Il a attrapé la théière dans laquelle Nadejda cachait les poèmes qu'elle avait recopiés et a fouillé au milieu d'eux jusqu'à ce qu'il trouve les vers de Blok écrits au dos d'un brouillon de Mandelstam et les lise : *Rien ne changera. Il n'y a pas d'issue.* Encouragé par les compliments de Sergueï Petrovitch, Ossip est allé jusqu'à se comparer à Lermontov, qui avait ouvertement accusé le tsar d'être complice de la mort de Pouchkine et s'était répandu en imprécations contre *les haineux scélérats rassemblés autour du trône en une cohorte cupide.*

Sergueï Petrovitch dodelinait de la tête en un acquiescement obséquieux.

– Les *haineux scélérats* de Lermontov sont les pères spirituels de vos *chefs aux cous de poulet*, de vos *sous-hommes zélés*.

– Je n'avais pas vu les choses ainsi, a commenté Ossip, mais je reconnais qu'il y a du vrai dans ce que vous dites.

Quand j'ai réussi à placer un mot, j'ai demandé à Ossip si, par hasard, il se souvenait des derniers mots de Pouchkine.

Il avait les nerfs à fleur de peau.

– Je suis sûr que vous allez me rafraîchir la mémoire.

C'est ce que j'ai fait.

– Couché sur la banquette, alors qu'il succombait à la blessure par balle reçue pendant le duel avec ce perfide Français d'Anthès, il a dit : *Essayez de vous faire oublier. Allez vivre à la campagne.* Ce que Nadejda et vous devriez être en train de faire, au lieu d'attirer l'attention avec des poèmes politiques.

Je commençais à me demander combien de temps la conversation allait encore se prolonger. N'ayant pratiquement pas fermé l'œil la nuit précédente, j'étais épuisée et j'avais hâte de m'étendre sur le sofa dans la pièce à côté. Si Nadejda goûtait la visite de Sergueï Petrovitch, je voyais bien qu'elle se retenait de bâiller. Au-dessus de nos têtes, l'horloge suisse, avec son lourd poids au bout d'une chaîne, égrenait les secondes aussi lentement et bruyamment que d'habitude. J'ai suggéré que nous passions au salon, pensant que le visiteur comprendrait le message et prendrait congé. J'ai remarqué que Sergueï Petrovitch sortait une grosse montre du gousset de son gilet en me suivant dans le couloir.

– C'est vrai qu'il est tard, a-t-il commenté alors que Nadejda et moi nous effondrions sur le sofa et que les deux hommes apportaient des chaises.

Mais il n'a pas fait mine de s'en aller pour autant.

Fouillant dans une poche, Ossip en a sorti un paquet chiffonné de cigarettes bulgares bon marché. Lorsqu'il s'est aperçu qu'il n'en restait que deux, il s'est levé d'un bond, comme pris de panique.

– Je regrette de devoir mettre un terme à une soirée aussi plaisante, a-t-il dit, mais je dois absolument trouver des cigarettes.

Tel un prestidigitateur, Sergueï Petrovitch a fait apparaître un paquet tout neuf, des Herzegovina Flors qui plus était, et l'a lancé à Ossip.

– Pour vous, a-t-il déclamé d'un ton aussi grandiloquent que s'il lui avait offert du caviar et de la vodka.

– J'ignorais que vous fumiez, a fait remarquer Ossip, examinant le paquet en se rasseyant.

– Je ne fume pas. On me l'a donné en échange de la traduction d'une lettre. Je vous en fais cadeau pour vous remercier de me laisser utiliser vos toilettes.

– Il se fait vraiment tard, a dit Nadejda. Nous devrions peut-être penser à aller nous coucher.

– C'est moi qui vous retiens ? a demandé le visiteur.

Ce n'était pas à moi de répondre, mais je me rappelle avoir laissé échapper un soupir sonore devant un tel sans-gêne. Serguéï Petrovitch a nerveusement regardé l'heure à sa montre.

– Je m'en irai dès que j'aurai appris comment Mandelstam et Akhmatova se sont rencontrés, a-t-il déclaré en me regardant droit dans les yeux. Je veux pouvoir dire que je l'ai entendu de la bouche de l'intéressée.

C'était plus que je n'en pouvais supporter – j'avais atteint les limites de ma patience avec ce poète lyrique aviné.

– Nous nous sommes rencontrés après votre naissance, mais avant que vous commenciez à boire, ai-je rétorqué.

Serguéï Petrovitch a encaissé le coup sans broncher.

– Je ne suis pas vexé, a-t-il dit à Ossip qui, trop bien élevé pour éconduire un hôte, a commencé à décrire notre rencontre en 1911.

Nadejda, qui avait déjà entendu l'histoire cent fois, s'est éclipsée dans la chambre et en est revenue avec l'édredon que j'utilisais quand je dormais chez eux. Mais Serguéï Petrovitch ne semblait toujours pas prêt à partir.

Et nous avons alors découvert pourquoi.

Même si ça fait mal, je dois relater précisément tout ce qui a suivi. La douleur réside dans les détails. Quelqu'un a frappé doucement à la porte de l'appartement. Nadejda a jeté un coup d'œil inquiet à sa petite montre.

– Qui peut bien venir frapper à cette heure ? a-t-elle demandé d'une voix blanche.

Ossip a de nouveau boutonné le premier bouton de sa chemise, presque comme s'il croyait qu'on allait lui reprocher sa tenue négligée.

– *Aide-moi, Seigneur, à franchir cette nuit*, a-t-il murmuré, citant un de ses poèmes que j'avais entendu pour la première fois au début des années trente.

Quiconque était à la porte a toqué plus fort. D'un ton très calme, Ossip a dit à Nadejda :

– Tu y vas, ou dois-je y aller ?

Elle s'est levée. Le sang avait reflué de ses lèvres. Elle m'a lancé un regard pour voir si je pouvais formuler une réponse à la question qu'elle craignait de poser. J'étais trop terrifiée pour essayer. Sergueï Petrovitch a sorti un petit flacon médicinal rempli d'un liquide clair et en a avalé une courte rasade. Il a essuyé sur sa manche les lèvres qui avaient effleuré le dos de ma main quelques heures plus tôt. Puant l'alcool, mais soudain parfaitement sobre, il a dit :

– J'ignorais qu'ils viendraient ce soir, je vous le jure sur la tête de mon ex-femme.

– Qui vient ce soir ? ai-je demandé d'une voix si faible que personne ne m'a entendue.

Nadejda s'est penchée sur son hôte en susurrant :

– Si vous dites un mot à propos de l'épigramme, Sergueï, je vous circoncis avec un couteau de cuisine.

Elle a lissé sa jupe froissée de ses paumes tremblantes et est allée ouvrir la porte.

Lorsqu'elle est revenue, six hommes ont envahi la pièce derrière elle. Cinq d'entre eux portaient les imperméables ceinturés associés à la police secrète. Le sixième, vêtu d'un costume croisé noir, avait les traits d'un corbeau ; j'ai entendu dire que le croassement guttural du corbeau peut ressembler à la parole humaine, mais c'était la première fois que j'en faisais l'expérience. (Ne me demandez pas comment je peux me rappeler ce genre de détails futiles. Sans doute parce que la scène est gravée dans ma mémoire.) L'homme au costume sombre, manifestement l'agent responsable, s'est approché de Sergueï et, baissant les yeux vers lui, a dit :

– J'ai un mandat d'arrêt contre vous.

Considérant que l'arrestation de Mandelstam avait dû être organisée jusque dans les moindres détails, je n'ai pas pu m'empêcher d'esquisser un sourire gêné devant cette méprise. On aurait presque pu avoir pitié de ce collaborateur ivre, envoyé pour s'assurer que l'individu recherché par la Tcheka serait bien là lorsqu'ils viendraient le cueillir aux premières heures du jour, et qui, pendant l'arrestation, jouerait le rôle du témoin civil obligatoire requis par la loi soviétique. Voilà qui expliquait les questions interminables de Sergueï, sans parler du paquet d'Herzegovina Flors dans sa poche.

Ossip s'est levé et s'est adressé à l'officier que j'ai appelé le Corbeau.

– Vous faites erreur, camarade représentant de la loi. Lui, c'est le témoin. Je suis le poète.

– Ossip Mandelstam ?

– Oui, je suis le poète Mandelstam.

– Je suis le camarade Abakoumov. J'ai un mandat d'arrêt contre vous. Vous êtes inculpé au terme de l'article 58, relatif à la propagande antisoviétique et aux activités contre-révolutionnaires.

– Je ne doute pas une seconde que vous soyez en possession d'un mandat. Cependant, me serait-il permis de le voir ?

Le Corbeau a sorti un papier d'une poche intérieure de sa veste. Ossip a parcouru le document.

– Genrikh Yagoda l'a signé en personne, nous a-t-il informés. C'est sûrement un honneur d'être arrêté avec un mandat signé du chef de la Tcheka.

Il a regardé Sergueï Petrovitch, assis, tête basse, les yeux fermés.

– Qu'en pensez-vous, Sergueï ? Serait-ce un effet de l'imagination de considérer cette signature comme une preuve qu'en définitive je ne suis pas un poète mineur ?

L'hôte n'a même pas tenté de répondre. Le Corbeau s'est adressé à Ossip.

– Vous êtes armé ?

À ma surprise, Ossip a hoché la tête.

– Il se trouve que oui.

Le Corbeau a semblé pris de court.

– De quoi êtes-vous armé ? Et où cachez-vous l'arme ?

– Je suis armé du pouvoir explosif enfermé dans le noyau des poèmes. Je cache les poèmes en question dans mon cerveau.

Le Corbeau n'a pas trouvé ça drôle.

– Vous ne devriez pas traiter cette affaire à la légère. L'un de mes hommes va vous accompagner dans votre chambre. Vous êtes autorisé à vous habiller. Vous êtes autorisé à rassembler quelques affaires personnelles dans un sac, dont des sous-vêtements de rechange.

Ossip a suivi un des agents dans la chambre.

– Je veux voir le mandat d'arrêt, a dit Nadejda.

– C'est hors de question. Le mandat d'arrêt est classé secret d'État. La procédure stipule qu'on doit le montrer à l'individu arrêté, pas à n'importe quelle personne présente au moment de l'arrestation.

– Où l'emmenez-vous ? a demandé Nadejda.

– C'est aussi un secret d'État.

– Qui va l'interroger ? Comment se passera l'interrogatoire ?

– Les méthodes d'interrogatoire sont un secret d'État très bien gardé. Cela aiderait nos ennemis de savoir comment ils seront interrogés.

– Tout interrogatoire obéit sûrement à certaines règles.

– Il existe des règles, en effet, a acquiescé le Corbeau, mais elles relèvent du secret d'État.

– Mandelstam est un poète, un intellectuel, s'est écrié Nadejda. Il n'a pas violé la loi.

– Si c'est le cas, il n'a rien à craindre et sera très vite renvoyé chez lui.

Les agents en imperméable se sont dispersés dans l'appartement et se sont mis à fouiller dans les placards, les tiroirs et la penderie du couloir, jetant leur contenu en tas dans un coin de la pièce.

– Pourquoi Yagoda s'intéresse-t-il à un poète qui n'est même pas publié ? ai-je demandé.

Le Corbeau a haussé les épaules.

– Les renseignements qui ont conduit à l'arrestation de Mandelstam sont un secret d'État.

Sans chercher à dissimuler l'ironie dans ma voix, j'ai demandé :

– Y a-t-il quoi que ce soit qui ne soit pas un secret d'État ?

Le Corbeau m'a gratifiée d'un mince sourire.

– La réponse, à l'évidence, est oui. Mais ce qui n'est pas un secret d'État relève du secret d'État.

Ossip est ressorti de la chambre. Il avait enfilé son unique costume et un faux col, et tenait une sacoche qui devait contenir des affaires de toilette et des sous-vêtements de rechange. Il s'est attardé devant la bibliothèque et y a pris le petit exemplaire des œuvres complètes de Pouchkine publiées par Tomachevski. L'agent le lui a arraché des mains et l'a secoué pour s'assurer que rien n'était caché à l'intérieur, avant de le lui rendre. Ossip l'a glissé dans la poche de sa veste.

Nadejda a voulu étreindre son mari, mais l'un des agents s'est interposé. Les lèvres tremblantes, Ossip a récité un vers de son cycle de *Tristia*.

– *La science des adieux, je l'ai apprise, Au cœur des nuits plaintives, tête nue…*

Nadejda, d'une pâleur de mort, a complété la strophe :

– *… Les femmes scrutaient l'horizon en fuite, Au chant des muses, mêlant leurs sanglots.*

Dieu seul sait comment je me suis souvenue des vers de ce même poème :

– *Tout a été. Tout de nouveau arrive. Reconnaître, seul instant doux au cœur !*

Aveuglée par les larmes, je n'ai pas vu Ossip s'en aller. Lorsque la porte d'entrée s'est refermée sur lui, Nadejda et moi sommes tombées dans les bras l'une de l'autre.

Le collaborateur était toujours assis là. L'un des agents lui a tapé sur l'épaule.

– Je vais prendre votre déposition dans la cuisine, a-t-il dit, faisant signe à Sergueï Petrovitch de le suivre.

L'officier et les deux autres agents ont continué de mettre l'appartement sens dessus dessous. Examinant un par un les livres de la bibliothèque, le Corbeau s'est étonné de l'absence de classiques marxistes.

– Mais où sont Marx, Lénine et Staline ? a-t-il demandé.

– C'est sûrement la première fois que vous arrêtez quelqu'un qui n'a pas son exemplaire du *Marxisme et la question nationale*, ai-je dit.

– Le fait de ne pas posséder d'exemplaire du livre de Staline peut jouer contre quelqu'un lors d'un interrogatoire, a répliqué le Corbeau.

J'ignorais s'il plaisantait ou pas. Probablement pas.

La fouille s'est poursuivie jusqu'à l'aube. Pendant tout ce temps, Nadejda et moi sommes restées à les regarder, hébétées, sur le sofa. Ils recherchaient des documents manuscrits – des lettres, des poèmes, voire, comme nous nous en sommes rendu compte, des listes de courses – et pour ça, tous les livres de la bibliothèque ont été secoués un par un. À un moment, on a entendu le collaborateur Sergueï Petrovitch quitter l'appartement. Nadejda lui a crié :

– N'oubliez pas la *kacha* !

S'il l'a entendue, il n'a pas répondu. Peu de temps après, l'agent est revenu de la cuisine avec la théière de Nadejda. Un sourire de triomphe aux lèvres, il a soulevé le couvercle, l'a renversée, et les poèmes que Nadejda avait dissimulés à l'intérieur, copiés sur des bouts de papier très fin, ont voleté jusqu'au sol. Tous les papiers sur lesquels on avait écrit ont été rassemblés dans un sac étiqueté « Propriété de l'État ». Au milieu de la fouille, le plus jeune des agents, un garçon blond aux joues roses, s'est avancé vers nous pour nous proposer un sucre d'orge d'une petite boîte sortie de sa poche. Nous avons refusé toutes les deux.

– Ils ne sont pas empoisonnés, a-t-il dit avec un haussement d'épaules.

Quand j'ai entendu les premiers habitants de la maison Herzen partir travailler, se hâtant dans le couloir pour aller attraper le tram du matin, Nadejda somnolait, la tête posée sur mon épaule, le corps secoué de sanglots étouffés. Vers la fin de la fouille, un agent est sorti de la chambre, chargé d'une pile de chaussures de femme qu'on avait bourrées de papier journal pour préserver leur forme. Nadejda s'est réveillée et m'a saisi le coude. Je savais qu'elle avait copié de nombreux poèmes non publiés d'Ossip dans les marges d'articles de la *Pravda*, avant de froisser les pages et de les cacher dans ses souliers. Voyant que les chaussures étaient fourrées avec du journal, l'agent les a lancées sur le tas de vêtements près de la fenêtre. Nadejda et moi n'avons pas osé nous regarder, de peur que l'expression de nos visages ne nous trahisse.

Lorsqu'il a été temps pour les tchékistes de repartir, le Corbeau a rassemblé le sac ainsi qu'une dizaine de recueils de poésie français et italiens qu'il avait décidé de confisquer.

– Si vous voulez aider Mandelstam, ne parlez à personne de l'arrestation, a-t-il conseillé.

– Son arrestation est-elle un secret d'État ? ai-je demandé.

Le Corbeau m'a lancé un regard de colère.

– Prenez garde, Akhmatova. On peut vous arrêter comme complice.

Là-dessus, ils sont partis.

Je suis allée faire du thé dans la cuisine. Nadejda, qui avait pratiquement cessé de respirer, se tenait immobile sur le sofa quand je suis revenue avec deux tasses et que j'en ai placé une entre ses mains glacées.

– Ce salaud a emporté la *kacha*, ai-je dit, mais je ne crois pas qu'elle m'ait entendue.

– S'ils refusent de dire où ils ont emmené Ossip, comment vais-je faire pour le retrouver ? m'a demandé Nadejda.

Je me suis assise à côté d'elle.

– Il existe un vieux truc, lui ai-je expliqué. Vous allez préparer un petit colis rempli de savon, de chaussettes et ce genre de choses, et l'adresser à Mandelstam, Ossip. Je vais vous accompagner. Ensemble, nous ferons le tour des prisons et attendrons devant le guichet où ils prennent les paquets destinés aux prisonniers. Ils vont vérifier la liste des détenus de la prison : s'il n'est pas là, ils vous renverront. La prison qui acceptera le colis sera celle où il est.

– Comment savez-vous ça, Anna ?

Quand j'y repense, je me rends compte que je reportais sur elle la colère que suscitait en moi l'arrestation d'Ossip. Elle se tourmentait à propos de l'exécution imminente de son mari, une situation malheureusement banale dans notre paradis ouvrier. De mon côté, je risquais de perdre un irremplaçable frère en poésie.

– Dites-vous que j'ai eu une vie moins protégée que la vôtre, ai-je répliqué d'un ton plus aigre qu'il n'aurait dû l'être en ces circonstances.

– Mais ma vie a été tout sauf protégée !

– Votre vie a peut-être été sexuellement non conformiste, mais protégée des réalités politiques. Vous n'avez pas l'air de comprendre – ils arrêtent des gens sans raison maintenant ! Ils se jouent de nous comme de pions. Seul quelqu'un qui n'a aucune conscience de la réalité politique aurait pu encourager Ossip dans cette folie.

– Ce n'est pas vrai. Nous avons envisagé la prison et avons accepté les risques.

J'avais du mal à en croire mes oreilles.

– Vous avez *envisagé* la prison !

Nadejda s'est mise à suffoquer et j'ai dû lui masser le plexus solaire pour qu'elle puisse recommencer à respirer normalement.

– Qu'est-ce que je fais une fois que j'ai découvert où il est ? a-t-elle repris d'une petite voix.

– Nous devons trouver des gens prêts à intervenir en sa faveur, ai-je dit. Je vais prévenir Borisik. Il prendra sûrement contact avec Nikolaï Boukharine. De votre côté, vous devez absolument obtenir un rendez-vous avec Boukharine pour lui expliquer ce qui s'est passé. Il vous a déjà aidés, Ossip et vous, par le passé. Il vous aidera de nouveau s'il le peut. Quoi que vous fassiez, ne parlez pas de l'épigramme contre Staline. Tout ce que vous savez, c'est qu'Ossip a été arrêté.

– Boukharine n'est plus en odeur de sainteté depuis la fin des années vingt…

– Il ne fait plus partie du Politburo, mais Staline lui a laissé un os à ronger, la rédaction en chef des *Izvestia*. On dit qu'il a confiance dans le jugement de Boukharine.

Je ne sais plus combien de temps nous sommes restées assises là, dans un silence engourdi, à boire du thé depuis longtemps refroidi, perdues dans nos pensées ou dans leur absence. Le matin moscovite a inondé la pièce d'une lumière gris ardoise. Je me souviens d'avoir songé à la poétesse Tsvetaïeva – j'avais connu la belle Marina lorsque Ossip et elle avaient eu une brève aventure, avant que les bolcheviks n'entrent en scène. À l'époque de l'arrestation de Mandelstam, elle vivait en exil à Paris et sa poésie circulait sous le manteau dans son pays natal. L'un de ses poèmes, qui m'était parvenu plus tôt cette année-là, parlait de la révolution bolchevique et des *jours fatals d'octobre*. Assise dans la pièce vide, autrefois pleine de vie, d'amour, de rires et de poésie, j'ai soudain entendu les sinistres vers de Tsvetaïeva résonner dans ma tête :

> *– Où sont les cygnes ?*
> *– Ils sont partis, les cygnes.*
> *– Les corbeaux aussi ?*
> *– Ils sont restés, les corbeaux.*

9

Avec le recul, je me rends compte qu'une arrestation est une expérience merveilleusement libératrice – elle vous libère de la terreur de vous faire arrêter. Être libéré de la terreur de se faire arrêter a un revers – cela vous oblige à vous concentrer sur de moindres terreurs : d'où viendra votre prochain repas ou votre prochaine cigarette, qu'arriverait-il si votre muse ou votre érection disparaissaient sans laisser d'adresse, comment ceux que vous aimez survivront-ils si l'État, dans son infinie sagesse, décide qu'ils sont plus utiles en tant que plus proches parents du défunt, quel serait l'effet sur la réputation littéraire du poète si l'on découvrait que la terreur le terrifiait ? Je me concentrais sur les moindres terreurs lorsque l'officier chargé de mon arrestation déposa mon corps en sueur dans l'enceinte de la prison de la Loubianka et demanda à quelqu'un de signer un récépissé. Je n'ai jamais posé les yeux sur le récépissé, mais j'imagine qu'il devait être rédigé (à la Lewis Carroll) un peu comme ceci : *Reçu, un chapelier fou convulsé suite à un empoisonnement au mercure ou par la peur*

d'être envoyé dans la contrée inexplorée d'où, une fois
la borne franchie, nul voyageur ne revient.

Pour être exact, sachez que j'avais déjà été emprisonné, brièvement, en Crimée, pendant la guerre civile. Détenu par les gardes blancs de Wrangel qui raflaient les citoyens sans permis de voyager ou assez d'argent pour monnayer leur sortie de prison, j'avais été relâché quand les Rouges avaient envahi la ville et pendu leurs propres prisonniers à des arbres sur la colline qui la surplombait. Curieusement, j'avais même déjà pénétré à l'intérieur de la brune Loubianka. Voici comment ça s'était passé. Mon frère Evgueni y avait été incarcéré en 1922. Prêt à tout pour le faire libérer, j'avais réussi, par l'entremise d'un ami commun, à voir Nikolaï Ivanovitch Boukharine, une étoile montante au firmament soviétique, que Lénine avait baptisé *l'enfant chéri du Parti*. Malgré ses états de service bolcheviques, Boukharine était un homme cultivé, prêt à aider les artistes quand il le pouvait. Lorsque je l'avais retrouvé dans son appartement de la Deuxième Maison des Soviets, appelé en d'autres temps l'hôtel Métropole, je l'avais assuré de l'innocence totale de mon frère et l'avais supplié d'intervenir. Reposant le balai qu'il utilisait pour écraser d'énormes punaises d'eau, Boukharine avait immédiatement passé un coup de fil au célèbre patron de la Tcheka, le Polonais Félix Djerzinski, et m'avait organisé un rendez-vous. Je garde un souvenir très vif du *commissaire de fer*, ainsi qu'on appelait Djerzinski (derrière son dos, il va sans dire) – son visage semblait avoir été pris dans un étau et il n'arrêtait pas de gratter son élégante barbiche alors qu'il m'interrogeait dans son bureau caverneux à l'un des étages supérieurs de la Loubianka. (Quand j'avais raconté l'entretien à Boukharine, je l'avais fait rire en suggérant que la

barbe de Djerzinski était peut-être infestée de poux.)
Désireux de rendre service à Boukharine, le commissaire de fer avait proposé de libérer mon frère si je me
portais garant de lui. Me porter garant de lui ! Mon
Dieu, quiconque aurait atterri de la planète Mars aurait
pu prendre la Russie pour un pays civilisé. En quelques
heures, Evgueni avait été sorti de sa cellule et libéré ;
quant à moi, j'étais retourné faire les bouquinistes sur
le pont Kouznetski, à quelques pas de la Loubianka.
J'observais l'imposant immeuble de granite qui, à l'origine, avait été le siège d'une compagnie d'assurances,
en essayant d'imaginer ce qui se passait derrière les plis
des grands rideaux de style italien obstruant les fenêtres
de la prison.

C'était un piètre réconfort de penser que j'allais
maintenant le découvrir.

Peu de temps après avoir pénétré dans la Loubianka,
je me retrouvai dans une pièce au sol et aux murs carrelés de blanc comme une morgue.

– Nom, prénom, patronyme ? me cria le garde, un
homme décharné au crâne rasé et à l'haleine fétide.

– Mandelstam, Ossip Emilievitch, criai-je en retour,
comme si je répondais à un sergent instructeur.

– Pourquoi criez-vous ?

– Je crie parce que vous criez.

– Je ne crie pas, rétorqua le sergent instructeur. Je
parle de ma voix normale.

Il vérifia que mon nom correspondait à celui du mandat d'arrêt, puis humidifiant le bout d'un crayon avec sa
langue chargée, il le recopia sur ce qui ressemblait à un
registre de banque.

– Mandelstam, c'est votre vrai nom ?

Je hochai la tête. Sans lever les yeux, il cria :

– Je n'ai pas saisi la réponse à ma question. Mandelstam est-il votre vrai nom ou un pseudonyme ?

– Vrai nom.

– Répondez en phrases complètes, pas par fragments.

– Les fragments sont ce dont j'étaye mes ruines, criai-je.

– Répétez ça.

– Mandelstam est mon vrai nom.

– Profession ?

– Je suis poète.

– Poète n'est pas une profession prolétarienne reconnue par les statuts soviétiques.

J'eus une inspiration.

– Je suis ingénieur des âmes humaines.

Il ne parut pas reconnaître l'expression attribuée à Staline par les journaux.

– Quels services rendez-vous à l'État ? cria-t-il. Qui vous paie pour services rendus ?

– Je compose de la poésie, mais ça fait des années que je n'ai pas été rémunéré pour ce service rendu.

– Rémunéré ?

– Rétribué. Payé.

Il griffonna les mots *Intellectuel* et *Parasite* dans le registre.

– Date de naissance ?

– *Je suis né dans la nuit du 2 au 3 janvier de la suspecte année 91 et les siècles qui m'encerclent me tiennent en prison de feu*, répondis-je, citant un poème que j'avais l'intention d'écrire si je survivais.

Le garde leva les yeux et, sans effort, me gifla le visage.

– Vous ne prenez pas votre arrestation au sérieux, dit-il d'un ton menaçant.

160

– Mais si, mais si, me rappelé-je avoir répondu à travers mes larmes. Je ne m'attends pas à ce que vous compreniez, mais en réalité, je suis soulagé d'avoir été arrêté. Ça me débarrasse d'une angoisse.

– Date de naissance ? cria le garde de cette même voix morne.

– 3 janvier 1891.

– Parlez plus fort.

– Le 3 janvier 1891.

– Lieu de résidence ?

– Maison Herzen, rue Nachtchokine.

Le garde leva de nouveau les yeux.

– Numéro ?

– Je ne me souviens pas du numéro.

Je tressaillis, dans l'attente d'une autre gifle cinglante.

– Nom du plus proche parent à prévenir en cas, probable, de décès et lien de parenté ?

– Nadejda Yakovlevna Mandelstam, épouse.

– Retirez vos bretelles et vos lacets. Videz vos poches.

Il saisit mon volume de Pouchkine et, le tenant par le dos, le secoua puis le fit tomber sur la table.

– Déshabillez-vous.

Quand je fus nu, debout devant lui, il ajouta le mot *Israélite* dans le registre et agita une petite cloche. Une femme entre deux âges, portant d'épaisses lunettes et une blouse blanche, entra côté cour. Pendant que le gardien inspectait mes vêtements sous toutes les coutures, cherchant sûrement des objets figurant sur la liste accrochée à la porte – lames de rasoir, ciseaux à ongles, crayons, lettres ou autres écrits, photos, n'importe quel médicament –, l'aide-soignante, si c'est bien ce qu'elle était, enfila des gants chirurgicaux et inspecta méthodiquement mes cheveux. Elle écarta ensuite mon membre et glissa les doigts dans mes poils pubiens, puis, maniant habilement une spatule, elle visita dans le désordre les principaux orifices de mon corps.

S'ils m'avaient donné le choix, j'aurais encore préféré l'humiliation d'*Autrefois, il y a eu un poète appelé Mandelstam.*

– Pourquoi tremblez-vous ? cria le garde.

– Je suis glacé jusqu'à l'os, criai-je en retour.

– Vous transpiriez en arrivant.

– J'ai un thermostat intégré qui prend en compte mon niveau de peur. Parfois, je transpire, parfois, je tremble.

D'un claquement de doigts, le garde me fit signe de me rhabiller. Le contenu de mes poches fut placé dans une boîte en carton, et on m'ordonna de signer la page du registre où était consignée la liste de ce qu'on m'avait confisqué. Une carte d'identité au nom de Mandelstam, Ossip Emilievitch. Un permis de séjour à Moscou au même nom. Un mouchoir en coton aux bords usés. Une boîte d'allumettes de la marque Komsomolskaïa. Un paquet à moitié vide d'Herzegovina Flors. Du fil dentaire Odessa. Un passe (de la porte d'entrée de la maison Herzen) et une clé (de notre appartement du rez-de-chaussée). Une boîte de cachets de soufre contre les palpitations cardiaques et une fiole de valériane pour me calmer les nerfs et m'aider à dormir. Quarante roubles en billets de banque et vingt kopecks en monnaie. On me remit une couverture de l'armée, une petite serviette et un savon de ménage ainsi qu'un bol en porcelaine si déplacé dans une prison qu'il ne pouvait provenir que de l'élégant service de table utilisé lors des banquets par la compagnie d'assurances au tournant du siècle. Tenant mon pantalon et mon livre de Pouchkine d'une main et traînant les pieds dans mes chaussures sans lacets, je suivis un gardien à travers un labyrinthe de couloirs jusqu'au quartier cellulaire au cœur de la Loubianka. Tous les vingt mètres environ, des portes métalliques s'ouvraient en cliquetant devant nous, un raffut qui prévenait quiconque était à portée d'oreilles qu'une nouvelle âme faisait son entrée dans ce *purgatorio* soviétique.

Désorienté dans ces couloirs en zigzag, je pénétrai sur les terres affolantes de Dante Alighieri, m'attendant presque, à chaque tournant, à croiser Virgile en train de laver mon bien-aimé Dante des souillures de l'enfer, à entendre son magnifique babil enfantin.

> *E consolando, usava l'idioma*
> *Che prima i padri e le madri trastulla ;*
> *… Favoleggiava con la sua famiglia*
> *De' Troiani, di Fiesole, e di Roma.*

Pour finir, on me poussa dans une cellule illuminée par une ampoule électrique aveuglante pendue au plafond. Il y avait une fenêtre, haut dans le mur, mais elle était bouchée par des planches. Je me protégeai les yeux avec mon livre de Pouchkine et distinguai les deux prisonniers déjà à l'intérieur. L'un était accroupi dans un coin, au milieu de ce qui, d'après l'odeur, devait être une mare d'urine et d'excréments, et gémissait en se balançant sur ses pieds nus. L'autre, un vrai géant, était assis sur une couverture, le dos au mur.

– Je crois qu'il est en train de mourir, dit le géant, désignant du menton la silhouette gémissante.

Il tourna la tête de manière que son oreille droite soit orientée vers moi et me demanda :

– Vous êtes coupable de quoi, camarade ?

Je posai mes affaires sur le sol de pierre et, m'asseyant en face de lui sur la couverture pliée, me couvris le nez et la bouche de mon avant-bras.

– Je suis coupable d'être poète, répondis-je. Je suis coupable de ne pas louvoyer.

– La poésie, c'est pas un travail honnête, je trouve, dit le géant, dans la mesure où vous produisez rien que les gens peuvent manger ou porter. Moi, c'est Shotman, Fikrit Trofimovitch. Lui, c'est Sergo. Dieu connaît son nom et son patronyme, mais pas moi.

– Mandelstam, Ossip Emilievitch.

– Enchanté. En tout cas, je suis bien content d'avoir quelqu'un à qui parler. Sergo est plus capable de faire la conversation. Je travaille comme hercule dans un cirque.

– Vous non plus, vous ne produisez rien que les gens puissent manger ou porter.

– Je distrais la classe ouvrière. Vous, vous distrayez l'intelligentsia. On peut pas comparer les deux. J'ai une concubine, c'est la femme tatouée de mon cirque. Ses tatouages, c'est l'art, l'histoire, la nature et la géographie à la fois, et dès que je les ai vus, je suis tombé amoureux d'elle. Et vous ? Vous êtes marié ?

Quand je lui répondis que je l'étais, il me demanda si ma femme avait des tatouages. Quand je répondis non, il secoua la tête.

– Tant pis… elle a peut-être d'autres qualités. Comment vous vous êtes rencontrés ?

Le lui raconter me permit d'oublier l'épreuve présente.

– J'ai pour la première fois posé les yeux sur Nadejda – c'est son nom – dans un cabaret de Kiev appelé le Bric-à-brac. Je l'observais depuis presque une heure

– elle plaisantait avec ses compagnons, riait à leurs blagues, écoutait intensément leurs histoires ; elle brûlait de sensualité. J'étais submergé par le désir de me réchauffer à sa flamme. Tout ce qui m'est venu, c'est de lui demander une cigarette. Elle a levé les yeux, m'a souri, m'en a donné une, et nous ne nous sommes plus quittés depuis. Dites-moi, Fikrit, depuis combien de temps êtes-vous à la Loubianka ?

– J'ai perdu le compte.

– Est-ce qu'il leur arrive d'éteindre la lumière ?

– Jamais.

– Comment peut-on dormir avec cette lumière dans les yeux en permanence ?

– On peut pas, répondit-il. C'est pour ça qu'ils la laissent allumée. Et si on y arrive, le camarade gardien qui nous surveille par le judas tape sur la porte jusqu'à ce qu'on se réveille. Mon interrogateur, un tchékiste avec une grande expérience, et qui a très à cœur les intérêts de ses prisonniers, dit que l'épuisement permet de débarrasser l'esprit de l'illusion bourgeoise d'innocence. Si vous êtes là, c'est que vous êtes coupable de quelque chose. Plus tôt vous aurez identifié votre crime, plus vite on pourra régler votre cas.

Je regardai de nouveau la silhouette accroupie dans le coin.

– S'il est vraiment en train de mourir, pourquoi ne demandez-vous pas une aide médicale ?

Le géant trouva ma suggestion comique.

– Une aide médicale ! Elle est bien bonne. C'est eux qui sont en train de le tuer.

– Pourquoi le tuent-ils ?

– Parce qu'il refuse d'admettre qu'il est coupable.

– Et de quoi est-il coupable ?

– Article 58 : propagande antisoviétique et activité contre-révolutionnaire. Il est coupable de sabotage, il me l'a dit lui-même quand il était encore capable de parler. Il a soulevé la question de la collectivisation devant Staline à une réunion publique.

Fikrit dut voir que je tremblais.

– Vous tracassez pas, Ossip Emilievitch. Ils vous frapperont pas si vous avouez la vérité sans barguigner.

– S'il avoue qu'il est coupable de sabotage, cesseront-ils de le frapper ?

Fikrit s'indigna.

– On est en Union soviétique. La justice socialiste et la loi triomphent toujours. Dès que Sergo aura avoué, ils arrêteront de le battre et le fusilleront.

– Sans procès ?

– Il y aura peut-être un procès secret, même si, d'après la loi, il est pas obligé d'être présent ou d'avoir accès aux preuves retenues contre lui. C'est ce que m'a expliqué le camarade interrogateur. Comme vous pouvez voir, Sergo est pas en état de participer à un procès public.

– Avez-vous admis votre culpabilité ?

– Au début, non, mais pas parce que je voulais leur faire croire que j'étais innocent, ça sûrement pas. J'ai pas avoué, parce que je savais pas de quoi j'étais coupable.

– Vous ont-ils frappé ?

– Oui. Les coups et le fait de pas pouvoir dormir m'ont aidé à voir la vérité. J'ai avoué être un membre d'un centre de réserve trotskiste antibolchevique basé à Paris. Quand le moment viendra de renverser les bolcheviks, les membres de cette conspiration se reconnaî-tront parce qu'on a tous des vignettes de la tour Eiffel sur nos valises ou sur nos malles. La tour Eiffel, au cas où vous sauriez pas, est située à Paris, en France. Pour aggraver mon cas, je conservais des coupons d'emprunt tsariste en attendant le jour où, grâce à Trotski, le capitalisme sera restauré et où je pourrai me faire rembourser.

– Si vous avez admis votre culpabilité, comment se fait-il que vous soyez toujours en prison ?

– Parce que j'ai eu la chance d'être choisi pour un procès public. Ils m'ont promis que ma concubine viendrait pour me voir. Je me doute, d'après votre costume, que vous faites partie de l'intelligentsia – un poète, c'est comme un intellectuel, pas vrai ? –, donc, vous me reconnaissez sûrement pas. Je suis, pardon de le dire, célèbre en Russie parce que j'ai gagné la médaille d'argent aux championnats d'Europe de Vienne, en 1932. Une photo de moi en train de serrer la main du camarade Staline au Kremlin a paru en première page de la *Pravda*. Le camarade interrogateur a promis que j'aurai encore ma photo en une de la *Pravda* quand je donnerai des détails sur la conspiration trotskiste à mon procès. En ce moment, je suis en train d'apprendre les détails par cœur.

Pauvre Sergo – s'il était vraiment en train de mourir, il le faisait au ralenti. Ses gémissements ne cessaient jamais. Même maintenant, quand je repense à cette cellule, j'entends les plaintes de Sergo, j'ai un haut-le-cœur au souvenir de la puanteur émanant de son corps supplicié. Quant à Fikrit, c'était un bon gars, mais une fois qu'il m'eut raconté son enfance en Azerbaïdjan, son exploit à Vienne, son opération du genou ratée et sa vie d'hercule de cirque, nous n'eûmes plus grand-chose à nous dire. Lorsqu'il n'était pas convoqué à l'interrogatoire, il passait d'interminables heures assis, le dos contre le mur de pierre, sa grosse tête enfouie dans ses

167

grandes mains, à répéter à voix haute les aveux qu'il ferait à son procès. J'en saisis des fragments (ils le mèneraient à sa perte !) : comment il avait été recruté en 1932 à Vienne, où on lui avait versé une avance en dollars américains, comment il avait communiqué avec son contact à l'aide d'un code secret caché dans la dédicace inscrite sur la couverture intérieure d'un magazine américain de sports, comment, emporté par sa haine pour l'ordre nouveau, il avait défiguré le visage de Staline tatoué sur son bras. Il y en avait plus, beaucoup plus, mais j'ai oublié le reste depuis longtemps.

J'essayai de garder la notion du temps qui passait, mais pour cela, il fallait conserver l'esprit clair, ce dont j'étais incapable. Les jours se fondaient les uns dans les autres. Je crois, mais je ne peux pas le jurer, qu'on m'emmena à l'interrogatoire après environ quatre jours et quatre nuits dans la cellule, sans jamais dormir plus de quelques minutes d'affilée avant que le camarade gardien, comme l'appelait Fikrit, me réveille, ainsi que tous les autres détenus du quartier cellulaire, en frappant contre la porte métallique avec un marteau de forgeron. Je suis certain, en revanche, qu'ils vinrent me chercher après le repas du soir, qui consistait en une soupe claire renversée dans nos bols en porcelaine. Un gardien costaud se présenta à la porte de la cellule et pointa vers moi ce qui ressemblait à un aiguillon. Fikrit dut deviner où j'allais car il me prodigua des conseils de dernière minute :

– J'ai entendu dire que les poètes avaient à voir avec la culture. Donc, votre interrogateur sera le camarade Kristoforovitch. Il est spécialisé dans les criminels de la culture comme vous. Découvrez de quoi vous êtes coupable et avouez-le, Ossip Emilievitch, et les choses seront beaucoup plus faciles pour vous.

Je me rends compte à présent à quel point il est difficile de reconstruire les quatorze jours que je passai à la Loubianka, dans la mesure où j'étais terrorisé même quand je réussissais à somnoler. Je veux dire par là que mon esprit fonctionnait lentement ; c'était comme si l'ombre d'un doute s'était logée dans mon crâne, de sorte que je n'étais pas sûr de l'ordre dans lequel les choses se déroulaient, ni même si elles se déroulaient vraiment. La meilleure façon de saisir mon état d'esprit est de le comparer à une perte de profondeur dans la perception, une sensation dont j'ai fait l'expérience quelques mois après mon arrestation ; on perçoit les choses avec une lucidité voilée, mais on ne sait pas si elles se trouvent juste là, sous notre nez, ou quelques mètres plus loin ; et on finit par se demander si elles sont vraiment là, ou si ce sont des fragments de l'imagination.

Je suis aujourd'hui encore hanté par des souvenirs spectraux ayant le grain des cauchemars ; celui d'un monte-charge ouvert s'élevant avec une épouvantable lenteur vers un étage supérieur ; de couloirs brillamment éclairés, aux tapis usés qui, comme la porcelaine, semblaient dater du début du siècle, quand l'immeuble était le siège d'une compagnie d'assurances ; du numéro vingt-trois, en cuivre poli, sur une porte de bois poli ; d'une pièce gigantesque avec des projecteurs violents qui brûlaient les yeux dès qu'on franchissait le seuil ; des heures qui sonnaient au loin, à la tour Spasski du Kremlin ; de la silhouette floue d'un homme vêtu d'une espèce d'uniforme et d'un tablier de boucher en cuir, faisant signe au gardien de s'en aller.

J'entendis l'homme, assis face à une énorme photo de Staline, se présenter.

– Kristoforovitch.

Je me vois, me couvrant les yeux de ma paume puis la retirant prestement de peur qu'il prenne le geste pour un salut.

– Mandelstam.

– Asseyez-vous.

Plissant les yeux pour les protéger de la lumière, je me laissai tomber sur un tabouret de bois dont les pieds avant étaient plus courts que ceux de derrière, si bien que je devais faire des efforts pour ne pas glisser.

L'interrogateur m'observa de derrière une montagne de dossiers.

– Des réclamations concernant votre détention ?

Comme je ne répondais pas, il demanda :

– Comment vous sentez-vous ?

– Épuisé.

J'avais l'intention de m'arrêter là mais, confondant un interrogatoire avec un confessionnal, je m'entendis ajouter :

– Épuisé et terrifié.

Laissez-moi interrompre mon récit pour préciser que lorsque j'avais été interviewé autrefois, avant de devenir *poeticus non grata*, les mots et expressions qui m'avaient été attribués dans tel ou tel article publié étaient approximatifs ; un journaliste a une tendance naturelle à filtrer ce qu'on lui dit à travers le prisme de sa syntaxe et de son style, si bien que c'est sa voix qu'on entend, pas la nôtre. J'ai donc conscience que les scènes que je reconstruis de mémoire doivent souffrir du même défaut. Les mots que j'attribue aux autres sont sûrement approximatifs – à l'exception de ce que l'interrogateur Kristoforovitch murmura quand j'avouai avoir peur. Même si je vivais jusqu'à cinquante ans, je n'oublierai jamais sa réponse. En me la rappelant aujourd'hui, j'entends encore son intonation : douce et menaçante, comme le tonnerre lointain qui annonce un orage particulièrement violent. Voici, mot pour mot, ce qu'il me dit :

– L'expérience de la peur est utile au poète – elle peut lui inspirer des vers. Soyez assuré que vous connaîtrez ici la peur dans sa pleine mesure.

J'essayais de décortiquer sa réponse dans l'espoir d'y trouver d'autres sens que le sens évident lorsqu'il me demanda très doucement :

– Avez-vous deviné pourquoi vous êtes ici ?

Je compris, à travers un film d'épuisement, que je devais avancer avec précaution. M'accrochant à la possibilité qu'il ignore l'existence de l'épigramme contre Staline, je m'aventurai dans le champ de mines.

– Est-ce à cause d'un de mes écrits ?

– Bien vu, acquiesça Kristoforovitch avec un rire caverneux.

– C'est forcément mon texte en prose *Entretien sur Dante*.

Mon interrogateur retira sa visière verte et tenta d'aplatir une touffe de cheveux rebelles.

– Ce que vous avez écrit sur Dante n'avait rien de subversif, dit-il.

– Vous connaissez mon essai sur Dante !

– Je connais votre thèse : que pour Dante, l'enfer est décrit comme une prison.

Humidifiant la partie charnue de son pouce, Kristoforovitch feuilleta un épais dossier, trouva la page qu'il cherchait et se mit à lire des phrases que j'avais écrites.

– « *Tous les moyens sont ici mis en œuvre pour combattre l'opacité de ce lieu sans éclairage. Les formes lumineuses percent comme des dents.* » Comme vous allez vous en rendre compte, je connais chaque mot que vous avez écrit. Après votre femme, après la catin Akhmatova, je suis sans doute le meilleur spécialiste de Mandelstam de toute l'Union soviétique.

– Si ce n'est pas mon essai sur Dante, ce doit être un poème qui m'a envoyé dans cet enfer.

Il attendit. Je compris que le silence était un des outils de son métier.

Je tentai de distraire son attention avec des vers d'un vieux poème.

– *Dans le velours noir de la nuit soviétique…*

Il sortit une autre feuille du dossier.

– Année 1920, d'après mes notes. Essayez encore.

– *Qui d'autre vas-tu tuer ? Quel mensonge inventer encore ?*

Mon interrogateur semblait beaucoup apprécier notre joute verbale.

– C'est tiré de votre poème intitulé *1er janvier 1924*. Nous le connaissons depuis le 2 janvier 1924.

À ce moment-là, j'avais commencé à respirer avec difficulté.

– *C'est le siècle chien-loup qui sur moi s'est jeté… et le mensonge a tordu ma bouche.*

À travers la lumière crue, je vis Kristoforovitch secouer tristement la tête.

– Vous approchez. Ça, c'est de 1931.

– *Oh, j'aimerais tant entrer dans la danse, causer sans frein, articuler la vérité.*

– Vous être bloqué sur 1931, même si l'esprit de ce poème-là est plus proche de celui qui vous a conduit jusqu'à notre seuil.

Mon cœur cognait dans ma poitrine alors que je me creusais la tête pour trouver des vers à lui lancer.

– *Sur un sol feutré des paysans faméliques surveillent la porte, qui ne s'ouvre pas.*

– Vous chauffez, Mandelstam. Mai 1933, si je ne me trompe pas. Vous l'avez appelé *Vieille Crimée* quand vous l'avez récité à vos premiers lecteurs.

Puis, semblant se mouvoir au ralenti, Kristoforovitch sortit une feuille volante du dossier et, la plaçant sous la lumière, se mit à lire :

Nous vivons sourds au pays sous nos pieds,
À dix pas personne ne discerne nos paroles,

On entend seulement le montagnard du Kremlin,
Le bourreau et l'assassin de moujiks.

L'espoir ténu de pouvoir sortir vivant de tout ça tomba comme un oiseau atteint d'une balle en plein vol. Des sables mouvants m'aspiraient les pieds. Je distinguais ses yeux braqués sur moi au-dessus de la feuille de papier.

– Ces vers vous disent-ils quelque chose, Mandelstam ?

Comme je ne pouvais pas me résoudre à répondre, il me lança au visage les morceaux les plus savoureux de mon épigramme : *Ses doigts sont gras comme des vers… Sa moustache de cafard nargue… Les sous-hommes zélés dont il joue…* Il récita les deux derniers vers de mémoire :

Chaque mise à mort est une fête,
Et vaste est l'appétit de l'Ossète.

173

Kristoforovitch contourna la table.

– On raconte que vous êtes doué pour l'explication de texte. D'après votre opinion éclairée, qui est ce montagnard du Kremlin ? Qui est l'Ossète au vaste appétit ?

Agrippant la ceinture de mon pantalon avec des doigts devenus gourds, poussant sur mes chaussures sans lacets, plantées à plat sur les sables mouvants pour ne pas glisser du tabouret et risquer l'inévitable suffocation, je levai les yeux vers l'interrogateur penché sur moi. J'avais du mal à le distinguer clairement. Je l'entendis dire :

– Calmez-vous, Mandelstam. Vous deviez savoir où vous mettiez les pieds quand vous avez composé ce poème séditieux et quand vous vous en êtes rengorgé devant vos premiers lecteurs.

Je crois avoir répondu quelque chose comme : « Je suis au-delà du calme, camarade interrogateur, et sans espoir de retour. Je fais l'expérience de la peur dans sa pleine mesure. »

– Excellent. Cela aura l'avantage d'accélérer un processus d'interrogatoire souvent assommant. L'astuce consiste à nous considérer comme deux collaborateurs. J'exerce un métier exténuant. Si vous êtes interrogé pendant toute la nuit, n'oubliez pas que je dois vous interroger toute la nuit. Toute la nuit, toutes les nuits, jusqu'à ce que non seulement vous vous vautriez dans la culpabilité, mais me donniez les noms des gens à qui vous avez lu le poème.

– Comment un criminel culturel comme moi pourrait-il collaborer avec un commissaire culturel ?

– Nous pouvons trouver un terrain d'entente.

– Il n'y a pas de terrain d'entente dans un jardin où le chiendent monte en graine. Il n'y a que deux possibilités, Staline l'a décrété lui-même – soit vous êtes avec nous, soit vous êtes contre nous.

Songeant à Nadenka, j'ajoutai :

– Je crois beaucoup aux terrains d'entente. Si Staline n'en avait laissé ne serait-ce qu'un minuscule, j'aurais sauté sur l'occasion de m'y installer pour y passer les quelques années qu'il me reste.

– De la part de Staline, ce n'était qu'une figure de style, un slogan pour rallier les troupes à la lutte des classes. Ici, dans le sanctuaire de la Loubianka, il y a un terrain d'entente où nous pouvons nous retrouver vous et moi, Mandelstam. Nous, les bolcheviks, ne sommes pas des brutes portées à la destruction pour le plaisir de détruire. Nous sommes des bâtisseurs. Nous tentons ce que personne n'a jamais tenté auparavant : construire le socialisme, et, une fois construit, s'en servir de pierre angulaire pour construire le communisme. La guerre, la pauvreté, l'inégalité, l'exploitation disparaîtront de la surface de la terre, ou du moins de cette partie du monde que nous dirigeons. Connaissez-vous l'œuvre du dramaturge Nikolaï Pogodine ? Au début des années trente, il a écrit une brillante pièce qui résume qui nous sommes et ce que nous faisons. Elle s'appelait *Mon ami*. Staline en personne en a dit du bien. La pièce met en scène la lutte pour construire une vaste usine dans un pays agricole arriéré. Les personnages de Pogodine sont des ouvriers ordinaires qui surmontent d'énormes obstacles et agissent en héros pour bâtir le socialisme. Nous tous, du camarade Staline jusqu'au plus humble tchékiste interrogeant les saboteurs à la Loubianka, sommes des travailleurs ordinaires qui agissent en héros pour essayer de créer un État qui fonctionne pour le bien de tous les citoyens et pas seulement pour la poignée de riches exploiteurs capitalistes possédant les moyens de production. Vous comprenez sûrement que, pour mener à bien ce projet sacré, la première tâche consiste à le protéger des saboteurs de votre espèce.

Kristoforovitch frappa une petite cloche avec sa paume. Le gardien qui m'avait amené apparut à la porte.

– Réfléchissez à ce que je vous ai dit, Mandelstam. Demain soir, nous reprendrons là où nous en sommes restés. Avec un peu de chance, nous trouverons le minuscule terrain d'entente sur lequel nous pourrons collaborer à l'aise.

Voici le deuxième interrogatoire, ou du moins ce que, d'après ma mémoire imparfaite, je considère comme le deuxième interrogatoire. Je me rappelle avoir été de nouveau emmené à travers les longs couloirs jusqu'à la porte portant le numéro vingt-trois. Pour une raison que j'ignore, Kristoforovitch n'était pas encore à son poste derrière la table. J'observai la photo de Staline au mur, à moitié convaincu qu'il allait m'interroger personnellement cette fois, tout en étant conscient d'une peur viscérale qui grossissait en moi comme une tumeur : la peur du poison, de la suffocation, de l'étranglement, de la décapitation. Je dus m'endormir sur le tabouret parce que le gardien donna un coup dans les pieds et je me retrouvai étalé par terre. Je réussis non sans effort à me hisser sur le tabouret. Quand je levai les yeux, je vis que Kristoforovitch m'observait derrière la table.

– Avez-vous cherché le terrain d'entente où le commissaire culturel et le criminel culturel peuvent se retrouver ? demanda-t-il.

Dans un délire de terreur, je me raccrochai à une vétille.

176

– Vous disposez d'une ancienne version de l'épigramme de Staline. La seconde strophe a été révisée. La version finale ne parle plus du *bourreau et assassin de moujiks*.

Kristoforovitch poussa une feuille vierge et un stylo-plume à travers la table. Il me fit signe de rapprocher mon tabouret.

– Écrivez de votre main la version finale du poème, ordonna-t-il.

Tout un tas de scénarios se bousculaient dans ma tête. Les gens qui avaient laissé des mégots dans notre cendrier avaient-ils finalement posé des micros dans les murs de notre appartement ? Avaient-ils enregistré la lecture que j'avais faite de la première version à Nadenka et Zinaïda ? M'avaient-ils entendu proposer de la copier afin que Zinaïda puisse la mémoriser ? L'avaient-ils arrêtée et avaient-ils saisi la pièce à conviction avant que la pauvre fille ait eu le temps de la détruire ? Nadenka et Zinaïda étaient-elles en ce moment même recroquevillées quelque part dans les entrailles de la Loubianka ? Dans ce brouhaha de pensées et d'émotions, une chose me paraissait certaine : le fait que Kristoforovitch possédât l'épigramme originale signifiait que je n'avais plus moyen de sauver ma tête. Mais je pouvais peut-être encore sauver Nadenka et Zinaïda, ainsi que les autres qui l'avaient entendue. Penché sur la table, j'écrivis les vers en intégrant la deuxième strophe révisée.

Mais lors de la moindre conversation,
C'est du montagnard du Kremlin qu'il s'agit.

Kristoforovitch m'arracha des mains la nouvelle version et la lut attentivement. Quand il eut fini, il avait aux lèvres ce qu'on peut décrire comme un sourire suffisant.

– Mais ça change tout, Mandelstam. Sans le *bourreau et assassin de moujiks*, l'ensemble est beaucoup plus tiède. Même s'il nous reste encore la *moustache de cafard*, sans parler de *chaque mise à mort est une fête*. Compte tenu de cette modification, il y a peut-être une lueur d'espoir pour vous si…

C'était un interrogateur subtil. Je ne pus m'empêcher d'admirer son talent lorsqu'il laissa ce *si* en suspens dans l'air entre nous.

– Si ? répétai-je.

Il haussa les épaules.

– Vous devez absolument donner des noms. Si ça peut vous rassurer, soyez sûrs que nous les connaissons déjà – nous savons à qui vous avez lu le poème et nous connaissons leurs différentes réactions. Cependant, le fait que ces preuves viennent de nous sera retenu contre vous. Il vaudrait donc mieux pour vous soulager votre conscience. Si vous désirez vous amender, effacer votre conduite criminelle par votre collaboration, citez des noms.

– Tout homme ayant la chance de posséder un talent poétique a l'obligation sacrée de ne pas trahir ce talent, dis-je.

Kristoforovitch se contenta de sourire.

– Une personne ayant la chance de posséder un talent poétique a l'obligation sacrée de rester parmi les vivants pour exercer ce talent.

L'interrogatoire se poursuivit toute la nuit. Kristoforovitch utilisa tour à tour la cajolerie et la menace. À un moment, il m'informa que Nadenka et Zinaïda avaient été arrêtées comme complices d'un complot visant à renverser Staline et étaient interrogées dans une autre aile de la Loubianka. Il m'accusa de mettre égoïstement leurs vies en danger et de compromettre tous ceux à qui j'avais lu mon épigramme. Exaspéré par mon refus de citer des noms, il appela un Ouzbek gigantesque au nez déformé, qui m'attacha les poignets à des fers scellés dans le mur. De peur, je m'évanouis sur-le-champ. Lorsque je repris connaissance, l'aide-soignante écoutait mon cœur avec un stéthoscope et secouait la tête.

– Si vous ne voulez pas avoir son cadavre sur les bras, je vous conseille de suspendre l'interrogatoire et de le laisser dormir quelques heures, camarade interrogateur.

Je distinguai une aube sang de bœuf s'infiltrer par la fente des rideaux italiens au moment où le gardien vint me chercher pour me ramener à ma cellule. Je franchis la dernière porte métallique pour pénétrer dans mon quartier cellulaire. Le gardien m'abandonna le temps de demander du feu au geôlier. Adossé au mur sur lequel, si incroyable que ça paraisse, on avait accroché des pages de magazine montrant les portraits des généraux vainqueurs de Napoléon, je crus entendre une femme gémir – le bruit passait sous la porte d'une cellule, deux cellules plus loin que la mienne. Et puis, grand Dieu, j'entendis distinctement la voix de Nadenka, qui paraissait essayer de consoler une autre femme. Ce fut une impression fugitive, plus fondée sur les intonations que sur des mots précis. Mais j'aurais reconnu sa voix n'importe où. De retour dans ma cellule, je m'agenouillai près de Fikrit et murmurai dans sa bonne oreille :

– Avez-vous entendu des femmes gémir ?

– Pour sûr, répondit-il. Quand je colle ma bonne oreille contre la pierre du mur, j'entends mon Agrippina pleurer toutes les larmes de son corps, je l'entends répéter, encore et encore, *Fikrit, Fikrit, dans quel pétrin tu nous as mis ?* Quand il était encore capable de parler, Sergo m'a prévenu qu'ils passaient des enregistrements de voix de femmes pour affaiblir notre volonté de résistance. Mais c'est pas un enregistrement. Il y a pas de doute là-dessus – comme moi, elle est prisonnière à la Loubianka.

Je rampai jusqu'à mon coin de la cellule et, recroquevillé en position fœtale, plongeai dans un sommeil si superficiel que le fait de ne pas entendre le gardien marteler la porte me réveillait toutes les quelques minutes. Je rêvai que, somnambule, je traversais les murs, puis j'eus si peur d'y rester coincé que je me forçai à me réveiller, du moins le crus-je. Quand j'urinai dans le pot hygiénique, je ne savais pas si je dormais, si je rêvais que j'étais réveillé ou si je l'étais vraiment. Le bruit de l'urine et la puanteur montant du coin de Sergo me parurent très réels, ce qui laissait supposer que j'étais vraiment réveillé. Voyant que Sergo et Fikrit dormaient profondément, je m'assurai d'un coup d'œil que le judas était bien recouvert du rabat de cuir et m'approchai du mur dans l'intention d'y coller l'oreille. Sur une impulsion, je traversai la paroi de pierre d'un coup d'épaule et me retrouvai dans la cellule voisine. Deux prisonniers, un homme âgé aux fins cheveux gris lui tombant à la clavicule, et un jeune, devenu prématurément chauve, une couverture sur les épaules, jouaient aux échecs sur le sol de ciment avec de minuscules pièces sculptées dans des morceaux de savon.

– Échec, déclara le vieux d'un ton triomphal, ramenant vers lui une tour avec un ongle.

– Ah, répondit son adversaire, je ne l'avais pas anticipé.

Je m'éclaircis la gorge pour attirer leur attention. Tous deux levèrent les yeux.

– Excusez-moi d'interrompre votre partie, dis-je.

– Si vous cherchez les femmes, m'informa le plus jeune, elles sont dans la cellule d'à côté.

Il désigna le mur du fond avec le pouce, auquel il manquait l'ongle. Je voulus le remercier, mais il s'était replongé dans sa partie et se concentrait pour trouver un moyen de dégager son roi.

Je les observai un moment, sans trop savoir comment j'avais pénétré dans cette cellule ou comment j'allais en sortir. Puis, comme si c'était la chose la plus naturelle du monde, je traversai le mur qu'il m'avait montré et me retrouvai dans une cellule plus petite, éclairée par une ampoule si faible qu'on voyait le filament jaune à l'intérieur. Tandis que mes yeux s'accoutumaient à l'opacité de l'obscurité, deux formes lumineuses percèrent comme des dents. Nadenka et Zinaïda étaient assoupies dans les bras l'une de l'autre. Nadenka était vêtue de la même robe que le jour de mon arrestation, Zinaïda de la robe de mousseline blanc cassé qu'elle portait lorsque nous l'avions vue jouer dans *Les Trois Sœurs*. Je tombai à genoux à côté de Nadenka. Elle remua en sentant une présence, ouvrit les yeux et demeura bouche bée de terreur. Je posai un doigt sur ses lèvres pour l'empêcher de crier.

– Comment as-tu fait pour arriver jusqu'ici ? demanda-t-elle.

Je m'entendis répondre :

– Si je te le dis, tu ne me croiras pas, donc je préfère me taire de peur que tu ne me prennes pour un fou. Quand as-tu été arrêtée ?

– Pendant la fouille de notre appartement, ils ont trouvé les poèmes dissimulés dans la théière – cette ordure de Sergueï Petrovitch a dû leur révéler la cachette. Quand ils ont découvert qu'ils étaient de ma main, ils m'ont arrêtée immédiatement.

– Et Anna Andreïevna ?

– Anna était encore dans notre salon quand ils m'ont emmenée. Je ne sais pas ce qui lui est arrivé.

– Quand Zinaïda a-t-elle été arrêtée ?

– Ils ont fouillé son appartement quand elle était au théâtre et ont trouvé l'épigramme – la chère petite se reproche amèrement de ne pas l'avoir détruite. Ils se sont présentés au théâtre et l'ont arrêtée entre deux actes. Comme il n'y avait pas de doublure présente, la représentation a dû être annulée.

Nadenka me prit la main et la pressa contre sa joue. Je sentis les larmes ruisseler de ses yeux.

– Oh, Ossia, qu'allons-nous faire ?

Avec tout ce bruit, Zinaïda remua à son tour et se réveilla. Quand elle me vit, elle éclata en sanglots.

– Jamais je ne me pardonnerai de ne pas avoir détruit l'épigramme, jamais, réussit-elle à dire entre ses larmes.

Une fois passée l'émotion de me découvrir dans sa cellule, Nadenka, fidèle à elle-même, passa aux questions pratiques.

– Est-ce qu'on t'interroge ? demanda-t-elle.

Et sans attendre la réponse, elle ajouta :

– Ce doit être le dénommé Kristoforovitch – il paraît que c'est le commissaire chargé des crimes politiques. T'ont-ils torturé ? Es-tu blessé ?

Je racontai à Nadenka qu'il m'avait lu la version originale de l'épigramme, que j'avais copié la version révisée sans la strophe insultante que Pasternak m'avait demandé de retirer, et qu'on attendait maintenant de moi que j'identifie les personnes qui avaient entendu l'épigramme, ce que j'avais jusqu'ici refusé de faire.

– Mais ils savent sûrement qui a entendu l'épigramme, dit Nadenka.

– Ils ont dû cacher des micros dans vos murs, murmura Zinaïda. Ils ont dû enregistrer tout ce qu'on a dit.

Une horrible pensée lui vint.

– Tout ce qu'on a fait.

Nadenka se tourna vers elle.

– S'ils avaient posé des micros chez nous, ils nous auraient tous les trois arrêtés il y a des mois. Ils auraient fait une descente à la maison Herzen et embarqué Mandelstam le matin même où il nous a lu l'épigramme, pour tuer l'affaire dans l'œuf. Il n'y a jamais eu de microphones, ce qui signifie que nous devons seulement concocter une histoire qu'ils pourront avaler.

Elle me prit la main et, la serrant entre les siennes, dit d'un ton pressant :

– Écoute-moi, Ossia. Tu dois leur donner des noms. Nous devons avoir l'air d'intellectuels naïfs qui ont commis une bourde et sont prêts à faire amende honorable. C'est notre seule chance.

– Comment puis-je impliquer Akhmatova ? Comment puis-je impliquer Pasternak et les autres ?

– Dis que tu as récité l'épigramme sans préciser le sujet. Dis que, comme Pasternak, ils ont tous été horrifiés. Brode là-dessus – toutes les personnes qui ont entendu l'épigramme, sans exception, ont été épouvantées à l'idée de calomnier le grand Staline. Tous, sans exception, ont essayé de te convaincre de la détruire. Ce genre de choses.

Nadenka inclina son front vers le mien.

– Tu peux le faire, Ossia. Tu dois le faire, pour toi-même et pour nous tous. Tu dois leur donner ce qu'ils veulent.

– Nadejda a raison, ajouta Zinaïda d'un ton suppliant. Je vous en prie, coopérez avec les autorités afin que nous puissions reprendre le cours de nos vies.

Aussi citai-je des noms. À bout de nerfs – ce n'est pas tous les jours qu'on traverse les murs – je débitai mes aveux à une telle vitesse que Kristoforovitch eut du mal à suivre. Il appela une sténographe et me demanda de reprendre du début. Puisqu'il voulait des noms, je lui en donnai.

– Nadejda Yakovlevna, meilleure amie, sœur d'armes, épouse, qui affirme, comme Maïakovski, qu'on ne fait pas d'omelette sans casser des œufs, a été la première des onze. Comment a-t-elle réagi ? Elle n'a jamais été aussi près de me flanquer à la porte de la maison. Pure calomnie, s'est-elle écriée, une insulte à l'intelligence de quiconque risquerait de l'entendre parce que le monde entier sait que Staline est *primus inter pares* et exerce le pouvoir dans la collégialité. Zinaïda Zaitseva-Antonova, comédienne, férue de poésie, amie, a été la deuxième à l'entendre. Ça l'a écœurée de voir que j'en étais réduit à calomnier quelqu'un d'aussi brillant et d'aussi modeste que Staline. Pasternak a menacé de mettre un terme à notre longue amitié si je ne détruisais pas cette scandaleuse épigramme. Quant à Akhmatova, j'ai cru qu'elle allait vomir dans le salon lorsqu'elle l'a entendue. Elle m'a affirmé que ce n'était pas un poème mais un texte polémique, une prise de position politique qui en plus manquait sa cible puisque Staline n'avait aucun lien avec l'Ossétie et qu'il était universellement respecté, même par ses opposants politiques, pour sa sincérité et son idéalisme. Idem pour Sergueï Petrovitch, dont le nom de famille m'échappe. Idem pour les six autres qui ont eu le malheur de s'aventurer sur le terrain d'entente que Nadejda et moi avions créé, pour se retrouver les auditeurs captifs d'un poète dérangé. Tous, à commencer par Nadejda, ont soutenu que je ne devrais pas gâcher mon talent, si tant est que j'en aie, à exécuter les ordres infâmes de saboteurs et de contre-révolutionnaires, que je devrais plutôt composer une ode à la gloire de Staline, à son courage pendant la révolution et la guerre civile, à ses succès en tant que bâtisseur du socialisme dans un seul pays, à son commandement brillant qui apporte l'industrialisation et la collectivisation à ce pays arriéré qu'était la Russie. Je me rends compte à présent qu'ils avaient raison et que j'avais tort.

Quand je fus à court de souffle, Kristoforovitch demanda à la sténographe de relire ma confession. Il en copia des parties sur une feuille de papier, puis souligna une phrase, avant de la lire à voix haute.

– ... *à exécuter les ordres infâmes de saboteurs et de contre-révolutionnaires*. Ce sont vos propres mots.

Ne sachant pas exactement où il voulait en venir, je hochai faiblement la tête.

– Ce qui nous amène au cœur du délit, Mandelstam. Qui vous a poussé à composer cette épigramme ? Qui vous a ordonné de la lire au plus grand nombre de gens possible, dans l'espoir que son poison se propagerait...

Il sortit une autre feuille du dossier et lut :

– ... *à travers le pays comme les ondulations créées par une pierre, lancée dans l'eau stagnante.*

Ma bouche dut s'ouvrir toute seule. Kristoforovitch eut un ricanement de satisfaction devant ma surprise.

– Vous reconnaissez vos paroles, je présume. Comme vous l'avez maintenant deviné, la jeune femme qui promenait un enfant dans une poussette derrière vous, ce jour-là, à Moscou, était équipée d'un microphone directionnel et enregistrait tout ce que vous disiez.

Le camarade interrogateur lut l'intitulé de la feuille.

– Transcription de la conversation entre Mandelstam, Pasternak et Akhmatova, jeudi 12 avril 1934. Rue de Moscou. *Le Parti déclarera un jour férié national. Les Komsomols chanteront mes vers* – les vers de votre épigramme infamante – *en allant remplir leurs quotas. Lors des rassemblements au Bolchoï, les ouvriers les crieront de toutes les loges et de tous les balcons. Ce sera la fin de Staline.* À l'évidence, seul quelqu'un appartenant à la superstructure bolchevique a pu vous suggérer comment le Parti, le Komsomol et les délégués à un congrès au théâtre du Bolchoï réagiraient à la chute de Staline. Était-ce Kamenev ou Zinoviev, tous deux exclus du Parti pour trotskisme en 1927 ? Était-ce cet odieux Rykov, qui complote contre Staline depuis la mort de Lénine ? Peut-être était-ce *l'enfant chéri du Parti*, le grand Boukharine, exclu du Politburo pour avoir fait alliance avec les ennemis de Staline qui critiquaient la collectivisation révolutionnaire, par opposition à la collectivisation progressive. Après tout, cela fait déjà bien longtemps que Boukharine vous protège, d'abord en libérant votre frère de prison, puis en vous fournissant des appartements, des cartes d'alimentation et une pension mensuelle pour services rendus à la littérature russe ; il vous a même décroché des contrats pour des ouvrages futurs qui vous ont été payés mais n'ont jamais été publiés. On ne compte plus les services que Boukharine vous a rendus : il a tiré des ficelles pour vous obtenir des permis de voyager en Crimée, il a usé de son influence pour faire paraître plusieurs de vos textes en prose, il vous a même proposé, à vous et à votre femme, des visas pour quitter la Russie au milieu des années vingt, visas que, c'est tout à votre honneur, vous avez refusés. Dommage. Peut-être ne seriez-vous pas là où vous êtes aujourd'hui si vous étiez parti en exil. Boukharine vous a-t-il proposé de le dédommager de toutes ces faveurs en faisant circuler un poème calomniant Staline ? Ou était-ce le traître suprême, Trotski lui-même ? En fait, plus j'y pense, plus je suis convaincu que *les ondulations sur l'eau stagnante* sont tout à fait le genre de formulation susceptible de plaire à l'esprit tordu du Juif Trotski. Nous avons la preuve qu'il a poussé des saboteurs industriels à verser des éclats de verre dans des sacs de farine. Il a ordonné à des mécaniciens de couper du kérosène avec de l'eau. Il a incité des koulaks à abattre leur bétail plutôt que de le livrer aux fermes collectives. Et il n'est pas au-dessus du sabotage intellectuel – encourager un poète crédule à répandre du poison contre Staline comme des *ondulations sur l'eau stagnante*.

– Personne ne m'a poussé, insistai-je. L'idée de dire la vérité est venue de moi.

– Et vous pensez nous faire avaler ça ? Vous êtes un intellectuel. Vous n'avez pas le profil d'un contre-révolutionnaire.

Kristoforovitch consulta un autre rapport figurant dans le dossier.

– Vous vous souvenez, n'est-ce pas, de ce qu'a dit cette fille dans la cantine pour les ouvriers du tram, en janvier dernier ? *Autrefois, il y a longtemps, il y a eu un poète qui s'appelait Mandelstam.* Peut-être qu'à la suite de cette insulte, quelqu'un vous a susurré à l'oreille : *En tant que poète, vous êtes tombé en dessous de l'horizon littéraire. Si vous faites circuler un poème insultant à propos de Staline, votre étoile se remettra à briller – vous serez reconnu comme l'un des grands poètes de Russie.* Qui vous a susurré ça à l'oreille ? Qui a organisé la conspiration ? Seuls des aveux peuvent vous sauver.

– Je n'ai pas composé ce poème pour attirer l'attention. Je ne fais pas partie d'une conspiration. Je suis un poète, pas un comploteur. Je ne saurais pas comment agir au sein d'une conspiration.

– Vous avez été manipulé, Mandelstam, vous devez forcément vous en rendre compte à présent. Vous devez identifier la ou les personnes à l'origine de ce projet contre-révolutionnaire. Vos aveux, les noms que vous donnez, ne valent pas le papier sur lequel ils sont écrits tant que vous ne désignez pas les instigateurs.

Il alla se placer derrière moi et se mit à parler à ma nuque.

– Regardez les ennuis qu'ils vous causent. À vous, à votre femme et à votre maîtresse. À Pasternak, à Akhmatova et à tous les autres. Les traîtres qui vous ont entraîné là-dedans se foutent éperdument de ce qui va vous arriver. Pourquoi protégez-vous ces rebuts de l'humanité ? Vous ne leur devez rien. Sauvez votre peau. Sauvez Nadejda et les autres d'un sort pire que la mort : lente strangulation par pendaison à des cordes courtes, noyade simulée dans des bacs à lessive, suffocation dans une cellule scellée, station debout, nu, pendant des jours d'affilée, par une température inférieure à zéro, ou bien on vous brisera les os, à raison d'un par jour – le sort de Sergo, votre codétenu. Donnez-moi le nom du meneur.

Rassemblant ce qui devait être le dernier lambeau d'indignation dans mon corps tremblant, je dis :

– Vous prétendez être des bâtisseurs, mais vous n'êtes que des tortionnaires.

Le camarade interrogateur en fut profondément offensé.

– Mon pauvre Mandelstam, nous ne sommes pas des tortionnaires. Dans la tradition tchékiste, pour mériter le nom de torture, une procédure doit choquer la conscience.

Je crus trouver le défaut de sa logique.

– Comment une procédure peut-elle choquer la conscience de quelqu'un qui n'en a pas ?

– Vous faites une grossière erreur de calcul, Mandelstam. Nous, les bolcheviks, vivons selon notre conscience. Nous croyons au principe selon lequel la fin justifie les moyens. Comme la fin en question est la construction du communisme, notre conscience nous dicte que tous les moyens, n'importe lesquels, sont justifiés.

Je comprenais ce que cherchait Kristoforovitch – il voulait me faire admettre, comme Fikrit là-bas dans la cellule, que j'étais membre d'un groupe trotskiste anti-bolchevique. Il voulait exhiber le poète Mandelstam à un procès public. Il était évident que ma confession aurait un impact plus grand que celle d'un illettré, médaillé d'argent aux championnats de Vienne de 1932. Mais c'était une chose de citer les noms de ceux qui avaient entendu ma triste petite épigramme, et une autre d'inventer une conspiration risquant d'être ensuite utilisée dans les grands procès qui, d'après la rumeur, se préparaient – celui de Zinoviev et Kamenev, de Boukharine, malgré l'estime dont il jouissait chez la plupart des bolcheviks, de Trotski lui-même, si Staline réussissait à le faire rentrer d'exil, comme Gorki. Aussi m'en tins-je à mon histoire, qui, après tout, était la vérité – non pas que celle-là compte pour beaucoup au *purgatorio*. Le moins qu'on puisse dire est que Kristoforovitch était tenace. Il me faisait penser à un amoureux obstiné qui n'accepte pas qu'on lui dise non et qui est déçu par un oui parce que ça le prive du plaisir de faire plier l'être aimé à sa volonté. Il possédait l'endurance d'un marathonien. Il s'acharna sur moi des heures durant, me promettant la clémence de l'État pour moi et mes proches si je témoignais contre les instigateurs désignés et me menaçant d'être exécuté si je refusais de lui donner ce qu'il voulait – ce dont (je suppose) il avait besoin pour faire avancer sa carrière.

De l'avis de Nadenka, le fait de raconter cet épisode aurait des vertus thérapeutiques, dans la mesure où il éclaire tout ce qui est venu après. Personnellement, je n'en vois pas vraiment l'utilité. Que gagnerais-je à revivre l'exécution ? Je m'étonne, encore aujourd'hui, qu'ils ne m'aient pas fusillé sur-le-champ la nuit de mon arrivée à la Loubianka. Je m'attendais plus ou moins à être abattu chaque fois qu'ils me sortaient de ma cellule – j'avais entendu des rumeurs selon lesquelles on exécutait des prisonniers dans les caves voûtées qui servaient autrefois de pièces de stockage pour la compagnie d'assurances, et je ne recommençais à respirer que quand le monte-charge se mettait à monter. Jusqu'à cette nuit… cette nuit de cauchemar… cette nuit douloureuse où il est descendu.

Je vais maintenant vous raconter mon exécution.

Le lendemain soir, à l'heure où ils venaient habituellement me chercher pour l'interrogatoire, trois brutes que je n'avais jamais vues se présentèrent à la porte de ma cellule. Deux des hommes portaient une chaise en bois ordinaire à laquelle ils attachèrent Sergo avec des ceintures de toile. Le troisième écrasa le talon de sa botte sur mon bol de porcelaine qu'il réduisit en morceaux.

— Vous n'en aurez plus besoin, dit-il pour expliquer son geste.

Me hissant brutalement sur mes pieds, il me tordit les deux bras dans le dos et m'attacha fermement les poignets. Ce brave Fikrit se leva, comme s'il voulait intervenir. Le gardien posa tranquillement la main sur la crosse de son pistolet dans son étui en tissu et dévisagea le géant jusqu'à ce qu'il recule contre le mur. Je crois que je réussis à dire « Merci, Fikrit », même s'il est possible que mes lèvres aient remué sans qu'aucun son n'en sorte. Du bout du pied, je poussai mon volume de Pouchkine vers mon compagnon de cellule.

— Je ne sais pas lire, avoua Fikrit.

— Apprenez, répondis-je. Commencez par Pouchkine. Si un jour vous arrivez à déchiffrer ses mots, vous n'aurez pas besoin de lire autre chose pendant le restant de votre vie.

Les deux gardiens emportèrent Sergo sur la chaise. Je les suivis, poussé par le troisième homme. À la porte, je me retournai et vis à travers mes larmes l'haltérophile géant me dire adieu en se penchant très bas et en grattant le sol de ses articulations à la manière des paysans des montagnes d'Azerbaïdjan.

Notre petit groupe parcourut le couloir et passa plusieurs portes d'acier jusqu'au monte-charge ouvert. Quand nous fûmes tous les cinq à l'intérieur, le gardien

191

tira la manette en arrière – non, non, continuez à enregistrer, je dois juste reprendre mon souffle – et l'ascenseur, mon estomac, mon cœur et ma tête s'enfoncèrent plus profondément dans l'enfer.

Kristoforovitch attendait dans la cave voûtée quand le monte-charge arriva en bas. Il portait le tablier de cuir au-dessus de son uniforme et tenait un revolver de gros calibre. Les gardiens sortirent Sergo du monte-charge et le posèrent au milieu d'un carré de terre recouvert de sciure. Ils me firent m'agenouiller à côté de la chaise. Je vis le camarade interrogateur se mordiller la lèvre inférieure en retirant les cinq énormes balles du revolver. Puis il en remit une avec le pouce et fit tourner le barillet comme s'il s'apprêtait à jouer à la roulette russe. Les trois gardiens reculèrent.

– Qui veut passer le premier ? demanda Kristoforovitch. L'âge avant la beauté ? Le talent avant la médiocrité ? L'intellectuel de la ville avant le péquenot de la campagne ? Alors… ?

J'entendis Sergo cracher des mots de ses lèvres gonflées de pus. Je crois qu'il dit « Mort… à… Staline ». Kristoforovitch interpella les gardiens.

– Il me semble que nous avons ici un candidat impatient de rencontrer son créateur, camarades. Il ne sera pas dit que je n'exauce pas la dernière volonté des condamnés.

Se plaçant derrière la chaise, il tint le revolver à bout de bras, poussa le canon contre la nuque de Sergo et il… il appuya sur la détente. Le percuteur frappa une chambre vide. Sergo laissa échapper un grognement plaintif, presque comme s'il regrettait d'être encore en vie.

– À votre tour, Mandelstam, annonça Kristoforovitch. Vous avez été jugé coupable et condamné à la peine capitale.

– Mais il n'y a pas eu de procès, m'écriai-je.

– Le procès s'est tenu sans vous.

Il pressa le revolver dans ma nuque et appuya sur la détente – encore une chambre vide.

Mes genoux flanchèrent et je basculai, le front dans la sciure. Kristoforovitch me saisit par le col et me redressa puis il se retourna vers Sergo et, visant la nuque, tira de nouveau. Un grondement assourdissant se répercuta à travers les caves voûtées, alors que la chaise et le corps qui y était attaché basculaient sur le côté. Le son revint de tant de directions différentes que je crus qu'on exécutait d'autres prisonniers dans d'autres parties du sous-sol. Des caillots de sang et de matière cérébrale éclaboussèrent ma chemise.

– Vous croyez en quelque chose, Mandelstam ? demanda l'interrogateur en logeant une autre balle dans le revolver, avant de faire tourner le barillet.

Je dus répondre par l'affirmative car il demanda :

– En quoi ?

– Je crois en la poésie.

– La poésie ne va pas vous sauver en cet instant, dit-il.

Et il m'enfonça le revolver dans la nuque. Je sentis la chaleur de l'urine imprégner mon pantalon au moment où – oh, Seigneur – il appuya sur le truc, la détente. J'entendis ce qui devait être le son mat du percuteur frappant l'amorce et je vomis dans la sciure entre mes genoux. Je compris, au bout d'un temps infini, que je devais être en vie puisque je pouvais vomir. Kristoforovitch et les gardiens se mirent à rire, discrètement d'abord, puis de plus en plus fort, jusqu'à ce que leurs gloussements, tel le coup de feu qui avait mis un terme aux souffrances de Sergo, résonnent à travers les caves voûtées.

– Vous avez eu plus de chance que Sergo, réussit à dire Kristoforovitch. Emmenez-le dans sa cellule. On réessaiera une autre nuit.

À quoi je pensais au moment de l'exécution ? On prétend que votre vie repasse alors devant vos yeux. Mais pas dans mon cas, non. Je tentai de faire apparaître une image de ma femme, mais je ne savais plus à quoi elle ressemblait. Malgré mes efforts, impossible non plus d'évoquer une image érotique. Je luttai pour me rappeler un vers, n'importe lequel, d'un de mes poèmes et, n'y parvenant pas, des mots. Rien ne me vint. Je me forçai à retrouver un seul vers de *La Divine Comédie*, sans résultat. J'avais l'esprit vide ; les pensées avaient été repoussées par la peur, comme si, dans les lobes de mon cerveau, les cellules prises de panique s'étaient éparpillées partout pour échapper à l'objet étranger prêt à venir se fracasser contre leur ruche.

Je suis incapable de vous dire ce qui se passa après cette parodie d'exécution. (Je me rends compte maintenant qu'il n'avait pas eu l'intention de me tuer, seulement de me briser.) Il y a des blancs dans l'histoire qu'aucun degré de concentration ne peut me permettre de remplir. Quelque temps après mon retour dans la cellule – une heure ou un jour, je ne saurais le dire – j'essayai de m'ouvrir les veines avec un éclat de porcelaine. Fikrit m'arrêta au moment où j'entamais la peau. Il déchira une bande de tissu dans un pan de ma chemise et banda la plaie qui, bien que superficielle, était très douloureuse. Curieusement, cette douleur devint pour moi une source d'euphorie. Je me souviens que ma mère m'a dit un jour – je m'étais fait piquer par des orties en sortant d'un lac près de Varsovie – que rien ne vous donne autant la sensation d'être en vie que la douleur. Ma mère ne m'imaginait sûrement pas recroque-

194

villé au fond d'une cellule de la Loubianka, ma chemise souillée par la cervelle de Sergo, quand elle m'avait parlé des avantages de la douleur, mais la terrible vérité, c'est que j'étais très heureux d'être en vie.

Je dus rester plusieurs jours dans cet état d'euphorie parce que, si on m'emmena de nouveau à l'interrogatoire ou à mon exécution, je n'en garde aucun souvenir. C'est étrange de voir ce qui remonte à la surface d'un cerveau sous pression. Je me rappelle avoir contemplé mes chaussures un très long moment, m'étonnant de l'absence de lacets. Je me rappelle avoir étudié les morceaux de porcelaine sur le sol de la cellule, en essayant de deviner quel objet avait été cassé. Quand Fikrit me tendit timidement un petit livre, je me souviens de m'être demandé ce qu'un haltérophile illettré faisait avec un exemplaire de Pouchkine. Lorsque je recouvrai mes esprits, ou ce qu'il en restait, j'étais à califourchon sur le tabouret aux pieds avant sciés, dans le bureau de Kristoforovitch. Je n'avais aucune idée du temps écoulé depuis mon exécution. Le camarade interrogateur avait repris ses questions mais, se plaignant de crampes d'estomac, il partit aux toilettes et me laissa seul avec Staline, qui semblait si extraordinairement vivant sur la photo accrochée au mur derrière la table que je m'attendais presque à entendre sa voix. Je restai assis là pendant je ne sais combien de temps, perdu au milieu de cette pièce immense avec ses rideaux plissés aux fenêtres, le réveil et les restes d'un dîner sur la table, à dévisager Staline. Je souscris depuis longtemps à l'idée que, pour le meilleur ou pour le pire, le caractère d'un homme est inscrit sur son visage. Comme la plupart des intellectuels russes, j'ai été fasciné par Staline et me suis longtemps demandé ce qui se cachait derrière le masque. Je me suis imaginé des conversations avec lui au cours desquelles ses confidences m'auraient aidé à comprendre comment il était devenu un paranoïaque actif (selon mon diagnostic, fondé non pas sur des considérations médicales, mais sur mon instinct) persuadé que tout le monde était coupable de quelque chose. À une époque, Pasternak et moi avons passé un temps infini à tourner autour du sujet (j'étais spécialiste en invention de détails biographiques sur la vie de Sosso Djougachvili qui faisaient se tordre de rire Boris). Staline avait-il été marqué par une enfance violente à Gori, par ses exploits de pilleur de banques au profit des bolcheviks, par ses différentes périodes d'exil dans la toundra glacée au sud du cercle arctique, par quelque expérience particulièrement brutale durant la guerre civile, ou par la mort (un suicide, d'après la rumeur) de sa jeune épouse deux ans plus tôt ? J'eus beau scruter le visage de Staline, je n'y trouvai aucune réponse évidente. On ne pouvait pas lire grand-chose sur ses photographies ou ses portraits officiels, parce qu'ils étaient toujours retouchés afin de supprimer les cicatrices de variole, de donner de la couleur à ses joues et de la chaleur à l'ombre de sourire sur ses lèvres. Je regardai autour de moi pour m'assurer que la pièce était vide puis contournai la table pour aller examiner de plus près le visage de Staline. Je n'ai pas honte d'admettre qu'il exerçait sur moi une attirance hypnotique que je n'avais jusqu'ici ressentie qu'avec des membres du sexe faible. Ses yeux réprobateurs me vrillaient du haut du mur. Et soudain, si étrange que ça puisse vous paraître, je me retrouvai aspiré par la photo, à travers elle. Des mots informes tintèrent à mes oreilles. Des vers d'un poème que je n'avais pas encore écrit se mirent à frapper comme un poing au carreau :

Alors chez lui, sans laissez-passer,
Au cœur du Kremlin, voici que j'entre,
La toile des distances déchirée,
Et lourd de ma tête repentante.

J'osai à peine ouvrir les yeux. Lorsque je le fis, je vis que j'errais dans une obscurité qui étouffait tout bruit et se dissipait lentement, tel un épais brouillard matinal. Je découvris alors que j'étais au milieu d'un couloir étroit. Des portraits des généraux vainqueurs de Napoléon étaient suspendus de chaque côté, tous illuminés par une petite lampe accrochée au-dessus de leur cadre doré. Je touchai un mur du bout des doigts. Il était froid et humide. Je sentais la douce épaisseur de la moquette sous mes pieds. Je compris qu'il y avait deux possibilités : soit je n'étais pas en train d'imaginer ce qui se passait, soit j'imaginais que je ne l'imaginais pas. Au bout du couloir, deux hommes en costumes européens ajustés jouaient aux échecs sur une table basse avec de minuscules pièces en argile. Le plus âgé des deux, dont les fins cheveux gris lui tombaient à la clavicule, me parut vaguement familier.

– Mandelstam ? m'appela-t-il en me faisant signe d'approcher.

Je dus avoir l'air surpris car l'autre, plus jeune que le premier et prématurément chauve, répéta la question.

– Vous êtes Mandelstam ?

J'opinai.

– Je n'ai pas de laissez-passer pour le Kremlin, dis-je, espérant m'éviter des soucis en admettant tout de suite mon erreur.

– Qu'est-ce qui vous fait croire que vous êtes au Kremlin ? demanda le plus jeune.

– Les portraits des généraux derrière moi sont connus pour se trouver au Kremlin.

Amusé par mon travail de détective amateur, il sortit un carnet de rendez-vous d'un meuble-classeur et suivit du doigt une liste de noms. Il mit une croix à côté de l'un d'eux.

– Vous n'avez pas besoin de laissez-passer, dit-il. Staline vous attend. Par les doubles portes, là. Pas de courbettes, ni rien de ce genre. Il déteste le protocole. Après tout, il n'est pas un tsar, seulement le Secrétaire général du Parti.

Un homme imposant en qui je reconnus Vlassik, le garde du corps du Kremlin, pour l'avoir vu sur des photographies dans les journaux, ouvrit les portes et fit un pas de côté, sans me quitter des yeux.

– Avancez-vous vers lui comme vous le feriez avec n'importe qui et présentez-vous, m'ordonna-t-il. S'il vous tend la main, serrez-la.

J'entrai et entendis les portes se refermer derrière moi. Joseph Staline était assis au fond de la longue pièce rectangulaire, derrière un énorme bureau couvert de piles de livres. Un mur entier était occupé par des poêles russes très travaillés. Les épais rideaux à la fenêtre, derrière lui, étaient partiellement ouverts, et je distinguai les dômes en forme d'oignons de la cathédrale Saint-Basile, illuminés par les faisceaux anti-aériens, ce qui indiquait que j'étais bien au Kremlin, comme je l'avais supposé. Les seules lumières de la pièce provenaient d'une petite lampe de bureau et d'un lampadaire coudé au-dessus d'un fauteuil. L'homme, appelé le *khoziayin* dans les cercles du Kremlin, vêtu d'une tunique militaire ouverte au col et fumant une cigarette, se leva et contourna son bureau.

– Staline, murmura-t-il.

– Mandelstam, répondis-je.

– Je sais qui vous êtes. Votre réputation vous précède.

Je m'entendis répondre :

– La vôtre vous suit comme un sillage.

Et je regrettai aussitôt mon imprudence. (Ai-je vraiment prononcé ces mots ou aurais-je seulement voulu le faire ?) Ma remarque, si tant est que je la prononçai, irrita le « chef de famille ».

– C'est bien là le problème, dit-il. Les sillages disparaissent avec le temps.

Il baissa les yeux vers mes chaussures.

– Qu'est-il arrivé à vos lacets ?

– Je me pose la même question.

Il haussa les sourcils, apparemment perplexe, et, après un instant d'hésitation, tendit la main d'un geste maladroit. Je la pris tout aussi maladroitement. Il sortit un paquet de Kazbek Papirossi d'une poche de sa tunique et m'offrit une de ses cigarettes au long bout en carton. Un briquet vert-de-gris apparut dans ses doigts courtauds. J'attrapai son poignet et me penchai vers lui pour approcher ma cigarette de la flamme. Staline ne put manquer de remarquer ma main tremblante, mais il eut la discrétion de ne pas faire de commentaire. La bouffée de cigarette, la première depuis mon arrestation, fut bien loin de calmer mes nerfs à vif.

– Parlons, suggéra-t-il.

Il désigna le siège et approcha son fauteuil d'osier au très haut dossier de sorte que nous fûmes face à face, nos genoux se touchant presque.

– De quoi devrions-nous parler ? demandai-je.

– Vous pouvez commencer par m'expliquer pourquoi tous les compositeurs, les peintres, les écrivains et les poètes de Russie sont prêts à dédier une œuvre à Staline, sauf vous.

– Avec tout mon respect, si vous avez les dédicaces de tous les compositeurs, peintres, écrivains et poètes, je ne vois pas pourquoi vous auriez besoin de la mienne.

Staline en chair et en os ne ressemblait pas du tout à ses photographies. Il était beaucoup plus petit que la silhouette montrée par les portraits, presque minuscule. Son bras gauche, visiblement atrophié, pendait, raide, de son épaule voûtée. Il commençait à prendre du ventre. Son visage, couvert de cicatrices de variole et de taches de rousseur, était assez coloré, mais à y regarder de plus près j'eus l'impression qu'il se mettait ce que les femmes appellent du rouge à joues. Ses dents étaient encore plus gâtées que les miennes, il avait le blanc de l'œil jaune et sa moustache était épaissie et noircie par du cirage. Son crâne desséché pelait par endroits. Des poils noirs lui sortaient des narines.

À l'instar du poète Mandelstam dans sa plus récente incarnation, Staline ne louvoyait pas.

– Soyons clairs, Mandelstam : je n'ai pas peur de mourir. J'ai regardé la mort en face des dizaines de fois quand j'étais jeune révolutionnaire, puis commissaire chargé de défendre Tsaritsyne pendant la guerre civile. Non, ce que je crains, ce qui me fait horreur, c'est la disparition de mon sillage après le passage de mon navire. J'ai envoyé des valises entières de roubles à ce charlatan ukrainien appelé Bogomoletz, pour financer ses expériences sur le rajeunissement – il croit, paraît-il, que boire l'eau des glaciers explique la longévité des Géorgiens – mais je ne place pas beaucoup d'espoir dans les potions magiques du professeur. Avec ou sans l'eau des glaciers, le rideau tombera un jour sur ma vie. Et ensuite, quoi ? Toutes ces choses auxquelles on a donné le nom de Staline – les chars, les tracteurs, les cuirassés, les usines – finiront tôt ou tard par disparaître et seront remplacées par de nouveaux chars, de nouveaux tracteurs, de nouveaux cuirassés et de nouvelles usines qui prendront le nom d'un nouveau Secrétaire général. Je me déplace dans une limousine ZIS. Ce sigle, comme vous le savez sans doute, correspond à *Zavod Imeni Stalina* – « Usine portant le nom de Staline ». Lorsque la dernière ZIS finira dans un musée d'antiquités automobiles, les gens auront oublié l'origine de ces initiales. Les rues des villes baptisées d'après Staline, et même les villes comme Stalingrad, retrouveront leur nom d'origine. Alors, je pose la question au poète Mandelstam : où puis-je espérer trouver une lueur de vie après la mort ? La réponse est : si l'immortalité existe, elle réside dans la poésie d'un génie.

Staline enfonça dans mon genou un doigt taché de nicotine.

– Vous êtes un con têtu, Mandelstam. Votre copain Pasternak a écrit un poème, quoique assez médiocre. *Alors, avancez sans fléchir, tant que vous vivez…* Chostakovitch a composé toute une symphonie qu'il a décrite comme la réponse créative à la pertinente critique de Staline, même si j'ai un mal de tête épouvantable quand je suis obligé d'assister au concert entier. (Maintenant que j'y pense, ce connard l'a peut-être fait exprès. Je devrais faire arrêter Chostakovitch pour avoir saboté mon sommeil !) Des milliers de poètes et d'écrivains mineurs célèbrent Staline dans des centaines de langues. Personne en Russie ne publie un livre, un pamphlet, une thèse de philosophie, de philologie, d'astronomie ou de linguistique sans reconnaître sa dette envers Staline. Connaissez-vous la *Chanson de Staline*, de Khatchatourian ?

Il se mit à fredonner les premières mesures de la voix aiguë de l'enfant de chœur qu'il avait été autrefois.

– Enfin, vous voyez.

Le *khoziayin* prit une autre cigarette dans son paquet et l'alluma avec la fin de celle qu'il avait encore aux lèvres, puis emplit ses poumons de fumée.

– Ne commettez pas l'erreur de croire que cette conversation est facile pour moi, Mandelstam. Je n'ai pas l'habitude de demander quoi que ce soit. La plupart du temps, le peu de choses dont j'ai besoin m'est offert. Il semblerait que Staline puisse obtenir tout ce que son cœur désire dans toute la Russie, à l'exception d'un poème de vous. Je vous le demande en face, d'homme à homme : est-ce une situation normale ?

J'étais, je le vois aujourd'hui en repensant à ma rencontre avec Staline, tellement stupéfait par le tour pris par la conversation que je ne trouvais pas les mots pour répondre. Interprétant mon silence comme de l'entêtement, Staline s'agaça.

– Il est rare de croiser un homme qui n'ait pas peur du Secrétaire général dirigeant le Parti et, à travers lui, l'État. En d'autres circonstances, je pourrais admirer cet homme-là. Assurons-nous que vous savez ce qui est en jeu ici, Mandelstam.

Repoussant son fauteuil, il se leva, passa derrière moi et se mit à parler à ma nuque.

– Avez-vous une idée de ce que pèse l'État ?

– Le poids de l'État ?

– Oui, avec toutes ses usines, ses barrages, ses trains, ses avions, ses camions, ses navires et ses chars.

– Personne ne peut calculer le poids de l'État. C'est du domaine des chiffres astronomiques.

– Et croyez-vous qu'un homme puisse résister à la pression de ce poids astronomique ? J'aurai votre poème, Mandelstam. Si, pour une raison ou pour une autre, je ne peux pas l'obtenir, vous serez écrasé sous le poids de l'État.

Sa brutalité me laissa sans voix.

– Je ne suis pas une menace pour le pouvoir soviétique, fut tout ce que je trouvai à dire.

Il contourna mon fauteuil et se tint au-dessus de moi, tirant sur sa cigarette et me dévisageant de ses yeux jaunes furieux.

– Oh, si, vous êtes une menace pour le pouvoir soviétique. Quiconque refuse de se plier à la volonté de Staline risque de se plier à la volonté de ses ennemis. Il n'y a pas de terrain d'entente, pas de compromis possible : celui qui n'adore pas le sol foulé par Staline le profane.

Staline traîna son fauteuil d'osier derrière son bureau et s'y laissa tomber, se perdant un long moment dans ses pensées.

– Alors, quelle est votre réponse, Mandelstam ? Je n'ai pas toute la nuit. Jouerez-vous votre rôle pour assurer l'immortalité du Secrétaire général ?

– Je le ferais si je le pouvais.

Il plissa les yeux, soupçonneux.

– Qu'est-ce que ça veut dire ?

– Même si je composais une pareille ode, elle ne vous serait d'aucune utilité. Je l'écrirais mécaniquement. Je ne vous connais pas assez pour composer un poème si vrai qu'il touche au cœur, ce que doit faire un poème s'il veut survivre à la mort du poète. Pour moi, vous êtes un personnage plus grand que nature, une légende, un mythe, pas un être humain de chair et de sang. Je suis incapable de produire du faux.

– Staline est fait de chair et de sang comme vous.

Il se redressa dans son fauteuil.

– Quel âge avez-vous ?

– Quarante-trois ans.

– Vous paraissez plus vieux. Il se trouve que j'ai treize ans de plus que vous, mais mis à part cette différence d'âge, nous avons beaucoup en commun. Nos pères étaient tous deux dans le commerce du cuir : le vôtre en vendait à Varsovie, le mien était cordonnier en Géorgie. Il n'est pas impossible que mon père ait fabriqué des chaussures avec du cuir fourni par votre père. On a vu des choses plus étranges. En plus, nous partageons un même intérêt pour la poésie. J'ai moi-même écrit des vers romantiques – plusieurs de mes poèmes ont été publiés dans un journal géorgien sous le pseudonyme de Sosselo, avant que je devienne un révolutionnaire à plein temps. Ce n'est pas tout. Ce n'est sûrement pas un hasard si nous avons tous deux épousé des femmes dont le prénom, Nadejda, signifie *Espérance* en russe – nous espérons peut-être des choses différentes, mais nous partageons une inclination à l'espoir. Et, curieusement, vous et moi avons le même prénom. Durant une de mes périodes d'exil, les gens de Solvytchegodsk, dans l'oblast d'Arkhangelsk, se sont mis à m'appeler Ossip, qui est un diminutif populaire de Joseph dans le Nord. J'ai même signé « Ossip le farfelu » des lettres d'amour que j'ai écrites à une écolière de là-bas qui s'appelait Pelaguëa. Il y avait des avantages à être un révolutionnaire, à dévaliser des banques pour financer l'entreprise prolétarienne sacrée : on pouvait tomber toutes les filles.

– Être un poète n'était pas non plus sans avantages, dis-je, mais je vis que, perdu dans sa propre vie, il ne m'avait pas entendu.

– Bon Dieu, quelle époque ! Euphorique. Dangereuse. Et tellement amusante. À Gori, à Tiflis, j'étais le héros local. Dans le Caucase, on me respectait pour ce que j'étais et pas… – il agita la main pour désigner l'enceinte du Kremlin – pour l'endroit où je vivais.

Staline se rappela ma présence.

– Vous avez dit quelque chose ?

– Non.

Il hocha la tête, l'air absent.

– Mon Dieu, ça fait des années que je n'ai pas songé à Pelaguëa. Je me rappelle même son nom de famille, Pelaguëa Onoufrieva. Je dois penser à rédiger une note pour qu'on découvre ce qu'elle est devenue.

Je me dis que j'aurais plus de chances de gagner la confiance de Staline si je pouvais continuer à le faire parler de lui-même.

– L'exil en Sibérie a dû être une expérience pénible, dis-je.

Staline souffla à travers ses lèvres.

– Pénible ? Vous êtes loin du compte. J'ai été banni sept fois, et sept fois j'ai survécu pour revenir en Russie européenne. Je vais vous dire ce qui m'a permis de supporter l'exil : à part de partager ma couche avec des prisonnières pour se réchauffer la nuit, il y avait les livres. La lecture, voilà ce qui m'a fait tenir. Chaque fois qu'un prisonnier mourait, on se battait pour récupérer ses livres. En général, c'est moi qui gagnais. Mon septième exil a pris fin quand j'ai filé à travers le pays jusqu'à Petrograd, après la chute du tsar, pour diriger les bolcheviks jusqu'à ce que Lénine réussisse à traverser l'Allemagne sans encombre pour rentrer de l'étranger. L'hiver sibérien, c'est l'enfer gelé. Essayez d'imaginer votre pisse qui gèle avant de toucher le sol. Essayez de vous imaginer suçant des glaçons de vodka congelée pour vous soûler. Les étés, qui finissaient aussi vite qu'ils avaient commencé, n'étaient pas mieux avec leurs nuées de moustiques. Ah ! Dès que le permafrost commençait à fondre, je rejoignais les autres prisonniers qui se glissaient sous la salle de douche des femmes – quand on voyait des gouttes tomber entre les lattes de bois, on rampait pour se placer juste en dessous et essayer de voir à travers le filet d'eau les femmes nues sous la douche. Et quand on arrivait à garder les yeux ouverts assez longtemps, on distinguait la fente…

– La fente ?

– La fente de l'entrejambe. Le con. La chatte, imbécile. Vous devriez savoir de quoi je parle, Mandelstam. J'ai entendu dire que vous baisiez beaucoup. Le dossier de la Tcheka sur votre femme dit qu'elle est lesbienne à l'occasion, qu'elle et vous avez tous deux une liaison avec une comédienne de théâtre, que parfois vous les regardez, que parfois c'est elle qui vous regarde et que vous le faites parfois *à trois**, à la française. En ce qui me concerne, je n'ai jamais baisé plus d'une femme à la fois, mais ce n'est pas faute d'avoir essayé. J'ai tenté plusieurs fois d'inciter ma Nadejda à faire l'expérience de l'amour libre, dans l'esprit bolchevique, mais malgré toutes ses références révolutionnaires – savez-vous qu'elle dactylographiait les discours de Lénine, avant la révolution ? – elle était trop puritaine pour s'affranchir de la définition bourgeoise du mariage. En ce moment, je baise ma gouvernante, Valetchka. Elle ne connaît que la position du missionnaire, ce qui ne manque pas d'ironie, dans la mesure où je prêche l'évangile selon saint Marx.

Je regardai Staline se servir un verre d'eau puis y ajouter quelques gouttes prises dans une fiole.

– De la teinture d'iode, dit-il. Je ne fais pas confiance aux médecins. Je soigne mes différents maux avec dix gouttes deux fois par jour. Ça fait des merveilles.

Et, grimaçant en anticipant le goût épouvantable, il vida son verre.

– Avec un peu de chance, toutes ces anecdotes vont faire tomber les murs entre nous. Vous allez peut-être commencer à me voir comme un être de chair et de sang, qui vous inspirera un véritable poème à Staline, plutôt que cet infâme petit pamphlet.

Je ne pus qu'acquiescer. Comment exclure la possibilité que, connaissant ces détails intimes de sa vie, je sois capable de fabriquer une ode à Staline pour éviter de me faire écraser par l'État ?

Il orienta la lampe de manière à éclairer une photographie encadrée sur le mur entre nous.

– C'est moi, lors de la procession funéraire de Lénine. Comme vous pouvez le voir, et comme toute la Russie le sait, j'ai été de ceux qui ont porté le cercueil sur leur épaule vers la place Rouge. Le sol était tellement gelé que je craignais à tout moment de glisser, de voir le cercueil tomber, s'ouvrir, et le corps de Lénine rouler par terre. J'étais complètement dévoué à Lénine, cela va sans dire, même si le vieux, comme on l'appelait, pouvait se montrer très con. D'abord, il n'était pas très courageux – pendant que nous autres étions dans les rues de Petrograd à faire la révolution, il est resté caché dans cette école de filles que nous utilisions comme QG. Quand il a enfin trouvé le courage de quitter Smolny, il s'est couvert le visage de bandages pour que personne ne le reconnaisse. Je vais vous confier un secret d'État, Mandelstam. Pour dire la vérité, Lénine n'était pas très léniniste. Oh, il pouvait passer des nuits à faire de grandes théories sur la révolution prolétarienne, mais dès qu'il s'agissait d'appliquer concrètement la théorie, il tergiversait. Son idée du progrès, c'était deux pas en avant, un pas en arrière. Lénine n'avait pas le cran de s'attaquer de front au problème de la paysannerie – pour ça, il a fallu un Staline. L'histoire me rendra justice. La collectivisation, malgré les désagréments causés ici et là à une poignée de paysans, sera mon legs le plus glorieux.

Staline s'était renversé dans son fauteuil. Il tirait de petites bouffées nerveuses sur sa cigarette, apparemment absorbé dans le récit de sa vie.

– Écoutez, j'étais le seul, dans l'entourage immédiat de Lénine, à avoir des origines paysannes, le seul à avoir été un révolutionnaire actif, à avoir dirigé des bataillons de bolcheviks dans les combats de rue, contrairement à ces minables intellectuels de salon. Ce qui faisait de moi un homme à part ; je détonnais dans la superstructure. Pour ce qui était de l'ordre de préséance, personne ne me prenait au sérieux. Eh bien, ils m'ont tous sous-estimé, pas vrai ? C'est ça, le secret de mon ascension jusqu'au sommet. Ils se sont tous laissé endormir par mon accent géorgien, ils se moquaient de mes fautes de russe derrière mon dos, ils m'ont pris pour un rustre tout droit sorti de sa campagne et incapable de survivre dans la grande ville. En définitive, ç'a été un jeu d'enfant de les baiser, tous ces Juifs – Trotski, Kamenev, Zinoviev et même Karl Heinrich Marx, ce Vandale qui a eu la malchance de venir d'une longue lignée de rabbins. Il doit sûrement se retourner dans sa tombe londonienne à la pensée que le mouvement communiste international est dirigé par un homme qui ne comprend même pas toutes ses conneries. J'ai même été plus malin que ce connard de Boukharine qui, lui, comprenait les foutaises de Marx, ou du moins faisait semblant. Comment j'ai fait ? D'abord, j'ai accepté le poste qu'aucun d'eux ne voulait – Secrétaire général du Parti. J'ai fait ce qu'aucun d'eux ne voulait s'abaisser à faire – assumer les corvées quotidiennes sans intérêt. Si bien qu'ils ont continué à théoriser, à planifier, à se rengorger, pendant que je construisais un appareil qui m'était dévoué et que je dirigeais le pays. Et comment j'ai été remercié ? Après la première attaque de Lénine, les vautours qui l'entouraient ont tout fait pour le monter contre moi. Je vais vous confier un autre secret. Quelques jours avant que le vieux y passe, ils l'ont incité à écrire un testament dénonçant Staline en raison – écoutez bien ! – de sa *grossièreté* envers Kroupskaïa, la femme de Lénine. Cette murène m'en voulait parce que j'avais parlé devant elle des liaisons qu'il entretenait avec les filles du pool de secrétaires. Inutile de préciser que j'ai fait disparaître ce soi-disant dernier testament. Je conserve l'original, écrit de la main tremblante de Lénine, dans mon bureau. Vous ne me croyez pas ? Tenez !

Il tira une feuille de papier d'un tiroir et, agitant sa bonne main comme je le fais quand je récite, il se mit à lire :

– *Staline est trop brutal... Je suggère aux camarades de réfléchir à un moyen d'évincer Staline du poste de Secrétaire général... en nommant quelqu'un de plus tolérant, de plus policé, de moins capricieux*, etc. Enfin, vous voyez le truc. Moi, capricieux ! Elle est bien bonne. Quand Lénine a cassé sa pipe, Kroupskaïa a menacé de faire circuler une copie du testament. J'ai dû l'avertir que je désignerais une nouvelle veuve de Lénine si elle l'ouvrait. Soyez sûr que cette vieille sorcière a fermé son clapet.

Un éclat de rire monta du fond de son ventre.

– Ce n'est pas parce qu'elle chie dans les mêmes toilettes que Lénine qu'elle a le droit de me piétiner.

L'un des téléphones posés sur le bureau sonna. Staline décrocha.

– D'accord, dit-il. Bien sûr, qu'ils complotaient pour assassiner Staline. C'est ce que je ferais à leur place. Quant au procès, les débats gagneront en crédibilité si on autorise les journalistes et diplomates étrangers à être témoins des aveux. Au sujet de l'opéra *Eugène Onéguine*, auquel j'ai assisté hier soir, je trouve scandaleux que Tatiana apparaisse sur scène dans son seul déshabillé. Staline ne vous donne pas d'ordre, il exprime seulement une opinion. Où est passée la pudeur bolchevique ? Envoyez un mémorandum au metteur en scène disant qu'on a entendu Staline faire remarquer qu'Ivan le Terrible, un grand et sage tsar, avait frappé sa belle-fille enceinte parce qu'elle était vêtue de manière impudique. Et laissons nos travailleurs culturels en tirer les conclusions qui s'imposent.

Il raccrocha le téléphone et me lança un coup d'œil.

– J'ai perdu le fil de notre conversation.

– Vous parliez des gens qui ont essayé de dresser Lénine contre vous, lui rappelai-je.

– Oui, oui, c'est le prix à payer pour la réussite.

Staline se pencha en avant pour allumer une cigarette avec celle qui finissait de se consumer entre ses lèvres.

– Ils ont essayé de dresser Lénine contre moi et ont failli réussir. Dix ans plus tard, ces mêmes cons ont recommencé, en essayant de dresser ma propre femme contre moi.

Je remarquai que la seule mention de sa femme réveillait en lui de puissantes émotions. Il fronça les sourcils de douleur et plissa les yeux d'irritation.

– Notre mariage n'a pas toujours été une partie de plaisir, comme on dit. Pour commencer, j'avais vingt-deux ans de plus qu'elle et, à ses yeux, j'étais plus une figure paternelle qu'un amant. Elle m'a même quitté une fois, en s'enfuyant à Petrograd avec les enfants, mais je suis allé la chercher et l'ai convaincue de rentrer à la maison. Et puis, au début des années trente, avec la collectivisation en cours et alors que personne ne savait vraiment comment les choses allaient tourner, Boukharine lui a farci la tête d'histoires à dormir debout d'enfants affamés, au ventre gonflé, mendiant dans les gares, d'une famine orchestrée par l'État soviétique qui se répandait en Ukraine, de déportations de masse, d'exécutions sommaires. Quand j'y repense, je me rends compte que Boukharine a empoisonné notre mariage. Nadejda et moi nous disputions violemment. Je parais à ses accusations en citant la remarque de Lénine – non qu'il l'ait mise lui-même en pratique – sur la nécessité d'affamer un peu les paysans. L'important, disait-il, est de ne pas perdre son sang-froid. Les paysans qui résistaient à la collectivisation, qui abattaient leur bétail, leurs chevaux, et détruisaient leurs récoltes, calculaient que nous finirions par perdre notre sang-froid et par les nourrir. Zinoviev, Kamenev, Boukharine et Nadejda perdaient le leur, mais pas moi. J'étais resté ce même Staline qui avait risqué sa peau en dévalisant des banques dans le Caucase, qui avait embarqué de force le commandement bolchevique défaitiste à Tsaritsyne sur une barge et l'avait coulée dans la Volga, noyant tous les traîtres et sauvant la ville des Blancs. Entre Nadejda et moi, la crise a éclaté à un banquet au Kremlin célébrant le quinzième anniversaire de la révolution.

Staline secoua la tête, semblant en plein désarroi.

– La scène a eu lieu il y a dix-huit mois, mais je m'en souviens comme si c'était hier.

– Que s'est-il passé ?

– J'ai compris que Nadejda était de mauvaise humeur à l'instant où j'ai mis une polka sur le gramophone américain. Anastase Mikoyan, mon camarade arménien du Politburo, s'est trémoussé à travers la pièce et a ouvert les bras pour inviter Nadejda à danser, mais elle l'a éconduit de manière insolente. Anastase, qui, avec sa petite moustache à la Hitler, se prend pour un dandy, a haussé les épaules, ignorant l'insulte, et fini par danser avec la femme de Vorochilov, Ekaterina. Nadejda a snobé Beria, mon vieil ami géorgien, le tchékiste qui a nettoyé la Transcaucasie des saboteurs, lorsqu'il a voulu entamer la conversation avec elle – elle a un jour prétendu qu'il avait la réputation d'aimer violer les jeunes athlètes féminines, mais je n'avais aucune raison de croire qu'il s'agissait d'autre chose que de grain à moudre pour le moulin à ragots du Kremlin. J'ai parcouru la pièce, échangeant quelques mots avec Boukharchik, comme j'appelais Boukharine – ça m'amuse de donner des surnoms à tous les gens qui m'entourent. Je l'ai taquiné à propos de la différence d'âge entre lui et Anna Larina, la donzelle qu'il courtisait ouvertement. Je me rappelle lui avoir dit : « Tu m'as surpassé, cette fois », une allusion au fait qu'il baisait une fille encore plus jeune que ne l'était ma Nadejda quand je m'étais mis avec elle. Si magnifique qu'était Anna Larina, elle n'arrivait pas à la cheville de ma femme, qui était particulièrement en beauté le soir du banquet. Elle portait la robe noire, brodée de pétales de roses, que son frère Pavel lui avait rapportée de Berlin. Pour une fois, elle avait soigné sa coiffure et s'était mis une rose thé dans les cheveux. Quand on a eu fini de danser et de chanter des chants géorgiens, on a gagné la longue table chargée de soupières et de plats de poisson et d'agneau salés, ainsi que de bouteilles de vodka couvertes de givre. Je me suis assis au centre de la table, à côté de l'actrice Galina Iegorova, la femme d'un commandant de l'Armée rouge, qu'on avait commodément envoyé diriger un district militaire en Asie centrale. Le soir du banquet, Galina portait une de ces robes au décolleté plongeant qu'on voit dans les magazines français. Vous l'avez déjà vue à l'écran ? Elle ne vaut pas grand-chose comme actrice, mais je suis en mesure de vous assurer qu'elle est sacrément bonne au lit. Nadejda était assise en face de moi et me lançait des regards jaloux chaque fois que mes yeux s'égaraient vers les nichons de Galina. C'est alors que Molotov et Yagoda se sont mis à se vanter du succès vertigineux de notre programme de collectivisation. Lazare Kaganovitch, mon commissaire aux chemins de fer, venait juste de rentrer du Caucase du Nord, où il avait organisé le transport en Sibérie, en wagons à bestiaux, des paysans qui refusaient de rejoindre les fermes collectives. Kasherovitch, ainsi que j'avais surnommé Lazare pour que personne n'oublie ses origines israélites, a sorti un bout de papier de sa poche et s'est mis à débiter des chiffres. *Ukraine : 145 000, Caucase du Nord : 71 000, Volga inférieure : 50 000, Biélorussie : 42 000, Sibérie occidentale : 50 000, Sibérie orientale : 30 000.* J'ai essayé de le faire taire, mais il était trop ivre pour remarquer les regards noirs que je lui adressais. Nadejda l'a interpellé de l'autre côté de la table : *C'est quoi, ces chiffres, Lazare ?* Il avait les yeux vitreux et n'a pas vu venir l'orage. *Enfin, des déportations, que voulez-vous que ce soit ?* a-t-il répondu. J'ai tenté de distraire l'attention de Nadejda en portant un toast. *À la destruction des ennemis du socialisme*, me suis-je écrié en levant mon verre. Tous, autour de la table, m'ont imité. Tous sauf ma Tatochka. Elle est restée assise là, dans un silence rageur, à me fixer de l'autre côté de la table d'un regard chargé de haine. Si, comme disent les paysans, un regard peut tuer, j'aurais trépassé sur-le-champ. *Pourquoi tu ne bois pas ?* ai-je demandé. *Tu es pour ou contre les ennemis du socialisme ?* Lorsqu'elle a détourné les yeux sans répondre, mon tempérament géorgien a pris le dessus et je lui ai lancé une poignée d'épluchures d'orange. *Hé, toi, bois un coup !* ai-je crié. Et Nadejda, m'humiliant devant tout le monde, m'a crié en retour : *Qu'est-ce que c'est que ce « hé, toi » ? J'ai un nom.* Puis elle a ajouté l'affront à l'insulte en se précipitant hors de la salle du banquet. Que pouvais-je faire ? Elle m'avait offensé devant tout le Politburo. Quand je me suis rassis, on aurait entendu une mouche voler. J'ai essayé de faire passer l'incident pour une scène de ménage. *Je suis marié à une idiote*, ai-je dit, en balançant des mégots de cigarette vers la chaise vide, face à moi. *Toutes les femmes sont fêlées* – j'ai fait un geste vers le sexe de l'actrice à côté de moi – *et pour une raison ignorée de Marx lui-même, nous sommes devenus prisonniers de cette fente, nous purgeons une peine à vie.* Yagoda a eu le bon sens de rire, les autres l'ont imité, et bientôt tout le monde s'esclaffait. Tout le monde sauf moi. Je vous ennuie, n'est-ce pas, Mandelstam ? Voulez-vous entendre la suite ou préférez-vous retourner dans votre cellule ?

– Vous ne m'ennuyez pas du tout.

– À la fin de la soirée, j'ai jeté une capote militaire sur mes épaules et emmené Galina dans l'une des Packard à ma datcha de Zoubalovo, dans la banlieue de Moscou. Nous avons passé plusieurs heures désagréables ensemble – elle craignait que Nadejda, dans un accès de jalousie, ne la fasse arrêter. J'ai dû l'assurer que j'étais seul à pouvoir autoriser l'arrestation de quelqu'un dans la superstructure. Pourtant, les dégâts étaient faits. C'est dur de baiser une femme qui n'est pas mouillée de désir, si bien qu'on a fini par jouer au billard. Au petit matin, Vlassik m'a ramené chez moi par les rues désertes de Moscou, pendant que je somnolais sur la banquette arrière. Je me suis réveillé au moment où nous passions la porte Troïtski pour entrer dans l'enceinte du Kremlin. Je me souviens qu'il neigeait un peu. Les empreintes de pas des invités qui avaient quitté le banquet quelques heures plus tôt étaient déjà effacées. On avait laissé une lumière allumée dans le hall à mon intention, mais il n'y avait pas un bruit dans notre appartement du palais Potechni. J'avais accumulé de la colère, c'est vrai. Les mauvaises nouvelles quotidiennes en provenance d'Ukraine mettaient tout le monde à cran. D'après Yagoda, Zinoviev, Kamenev et même Boukharine faisaient courir le bruit que Staline avait échoué – ils m'accusaient d'avoir lancé la dynamique de la collectivisation en pensant que les paysans nous accueilleraient à bras ouverts, mais sans avoir rien prévu pour gérer le chaos dans le cas contraire. La grossièreté avec laquelle Nadejda s'était comportée en public ce soir-là était l'incident de trop. J'ai fait irruption dans sa chambre et l'ai trouvée endormie, toujours vêtue de sa robe noire, dans le petit lit où elle se réfugiait quand elle avait les problèmes féminins qui la tourmentaient depuis son avortement au milieu des années vingt. Me penchant sur le lit, je l'ai secouée pour la réveiller. *Tu es venu t'excuser d'être parti avec cette traînée ?* m'a-t-elle demandé. *C'est toi qui devrais t'excuser d'avoir quitté le souper, et de m'avoir fait honte devant mes collègues,* ai-je rétorqué. *Si tu recommences,* oubyu, *je te tuerai.* Ces mots avaient à peine franchi mes lèvres que je les regrettais. Nadejda était fragile comme de la porcelaine, facilement en proie à des crises d'hystérie et à des périodes de dépression. C'est alors qu'elle a sorti le petit Mauser allemand que Pavel lui avait donné avec la robe noire. Avec un calme étrange, elle a retiré toutes les balles du barillet sauf une et l'a fait tourner de ses longs doigts élégants comme si elle comptait jouer à la roulette russe. *Ne me pousse pas à bout*, l'ai-je mise en garde. Elle a commis l'erreur de se moquer de moi. *Est-ce que tu as réussi à bander avec Galina, ce soir ? Et avec la coiffeuse ? Avec la fille du pool de dactylos, la semaine dernière ? À ta tête, je vois bien que non. Elles vont le raconter à tout le monde, c'est sûr, et tu seras la risée de Moscou. Pour quelqu'un qui se vante de la dureté bolchevique, je te trouve souvent mou. Tiens,* a-t-elle continué en me tendant la crosse du pistolet, *prouve au monde que tu es aussi dur que ton* alter ego, *Ivan le Terrible, qui a tué son propre fils dans un accès de rage.* Et je l'ai prouvé. Dans la tension du moment, j'ai pointé le pistolet sur son cœur, Mandelstam. Je l'ai pointé sur son cœur et j'ai appuyé sur la détente.

— Alors ? demandai-je, osant à peine respirer. Le percuteur est-il tombé sur une balle ?

— Ah... à vous d'imaginer ce que je suis seul à savoir, répondit Staline. Les domestiques ont décou-

216

vert son corps au matin, atteint de *rigor mortis*. Elle avait le visage tuméfié, bien que je n'aie pas le souvenir de l'avoir frappée. Le pistolet et les quatre balles qu'elle avait retirées du barillet étaient posés sur l'oreiller à côté de sa tête. Vlassik a fait venir un médecin qui a accepté de signer un certificat de décès attribuant la mort à une péritonite, ce qui est devenu la version officielle publiée dans la *Pravda*. Mais tout le monde au Kremlin était convaincu qu'elle s'était suicidée.

Les yeux de Staline brillèrent de ce que je pris pour une tristesse inconsolable.

– Elle a brisé ma vie, dit-il si doucement que je dus tendre l'oreille pour saisir ses mots.

L'avais-je bien entendu ? *Elle a brisé ma vie !*

On frappa à la porte. Vlassik, le garde du corps, passa la tête dans l'embrasure.

– J'ai la liste de Yagoda pour cette nuit, dit-il.

D'un mouvement de tête, Staline lui fit signe de s'avancer. Vlassik posa plusieurs feuilles de papier sur le bureau.

– Yagoda et Molotov les ont tous les deux signées, dit-il en débouchant un stylo-plume qu'il offrit au *khoziayin*.

Staline regarda le stylo d'un air soupçonneux.

– Il a été fabriqué en Russie soviétique ? demanda-t-il.

– En Allemagne, répondit Vlassik, mortifié.

Staline plissa les yeux, mécontent. Ignorant le stylo-plume, il choisit un crayon rouge dans son pot à crayons. Puis il suivit du doigt la liste, barrant un nom ici ou là en marmonnant quelque chose comme *pour être efficace, la terreur doit frapper au hasard*, et griffonna *Za – approuvé*, ainsi que son paraphe dans le coin supérieur droit de chaque feuille.

– Qui est Akaki Mgeladzé ? demanda-t-il à un moment.

– C'est l'Abkhaze que vous avez surnommé le Loup.

– Le commissaire que j'ai envoyé remettre de l'ordre en Géorgie ?

– Lui-même.

Staline raya son nom et continua. Il s'enquit de deux autres noms qu'il ne reconnaissait pas. Quand Vlassik lui eut rafraîchi la mémoire, Staline laissa les deux noms sur la liste.

– Qu'avons-nous là ? s'exclama le *khoziayin*. Mandelstam, Ossip Emilievitch.

Il leva le regard vers moi.

– Il vous intéressera de savoir que Yagoda vous a inscrit pour l'exécution. Il a peut-être raison. J'ai lu votre ignoble petite épigramme. En tout état de cause, vous devriez être fusillé pour avoir écrit un mauvais poème.

Tandis que mon cœur s'accélérait, il fit mine de discuter du problème avec son garde du corps.

– Que faire de ce Mandelstam ? D'un côté, je ne veux pas rester dans l'histoire comme celui qui a abrégé la vie d'un poète russe. D'un autre côté, en ayant l'air de tergiverser, je créerais un précédent fâcheux – les gens me prendront pour Lénine. Alors, que faire ? *Exécuter*, ou bien *isoler et préserver* ?

Tirant sur sa cigarette en considérant l'alternative, le *khoziayin*, à mon infini soulagement, raya mon nom d'un trait et apposa ses initiales sur la dernière des pages, avant de les rendre à Vlassik.

– Dites à Yagoda que je n'ai pas encore pris ma décision concernant Mandelstam. Qu'il remette son nom sur la liste de demain soir. Je déciderai à ce moment-là.

– Ce sera tout ? demanda le garde du corps.

– Une dernière chose, dit Staline. Découvrez ce qu'est devenue une fille que j'ai connue autrefois, appelée Pelaguëa Onoufrieva.

10

Zinaïda Zaitseva-Antonova
Lundi 20 mai 1934

Je m'attendais à tout sauf à recevoir une récompense, mais les Organes sont connus pour être généreux avec leurs collaborateurs, ce qui est vu comme un moyen parmi d'autres d'encourager la collaboration. Donc je ne peux pas dire que j'aie été surprise quand le tchékiste m'a coincée dans ma loge, un soir après la répétition, et m'a annoncé : *Nous sommes très désireux de vous exprimer notre gratitude pour votre loyauté envers Staline et la révolution. Ce n'est pas tous les jours que quelqu'un nous fournit une preuve de trahison écrite de la main même du traître.* Le tchékiste a alors énoncé une série de propositions. Un passeport extérieur et une autorisation pour aller à Paris ou à Rome ? De meilleurs rôles dans de plus grands théâtres ? Un mois de vacances tous frais payés dans un des hôtels chic sur la mer Noire fréquentés par la *nomenklatura* ? J'ai gratifié le visiteur d'un de mes regards coupables, comme dit Mandelstam. *Je ne faisais que mon devoir de citoyenne soviétique*, ai-je objecté timidement. *Je ne demande rien.* Le tchékiste, un gentleman d'un certain âge, qui remuait à peine les lèvres en parlant, m'a souri comme si nous partagions un secret. Plusieurs dents en or de sa mâchoire inférieure ont brillé de salive. *L'État peut sûrement faire quelque chose pour vous faciliter la vie*, a-t-il insisté. Son ton réussissait à donner l'impression qu'un nouveau refus de ma part pourrait être mal interprété ; qu'il laisserait penser que je regrettais peut-être d'avoir collaboré la première fois. Honnêtement, je sentais que je n'avais pas le choix. C'est pourquoi j'ai détourné les yeux d'un air embarrassé et admis, de cette voix rauque que les comédiens utilisent sur scène pour signifier qu'ils agissent à contrecœur : *Il y aurait bien une toute petite chose...* Et j'ai soulevé la question délicate du risque auquel j'étais confrontée de perdre mes vingt-deux mètres carrés dans l'appartement collectif de l'Arbat et mon permis de séjour à Moscou si je divorçais. Il a sorti un petit bloc de sa poche pour se faire un pense-bête. *Entamez la procédure de divorce,* m'a-t-il ordonné. *Nous nous chargerons du problème de l'appartement et de votre permis de séjour.* Il s'est levé pour partir. Je l'ai raccompagné à la porte. *Comment vous remercier ?* ai-je demandé. Curieusement, il n'a pas serré la main que je lui tendais. *Inutile de nous remercier,* m'a-t-il dit. *Les Organes mettent un point d'honneur à bien traiter les gens qui travaillent pour eux.* Ses mots m'ont prise de court. Ma réponse est sortie avant que j'aie pu réfléchir à ce que je disais. *Je ne savais pas que je travaillais pour vous.* Il m'a adressé un sourire indulgent, comme on en adresse à un enfant qui dit une grossièreté, et m'a expliqué : *Nous ne sommes pas pour les aventures d'une nuit.*

11

Nadejda Yakovlevna
Mardi 21 mai 1934

Ma chère amie Anna Andreïevna garda sa présence d'esprit jusqu'à ce que je retrouve peu à peu la mienne. Lorsque, des années plus tard, nous reparlâmes de l'arrestation de mon mari, Akhmatova affirma que j'avais pleuré toutes les larmes de mon corps, avant de me mettre à fulminer contre tout et tout le monde : contre Mandelstam pour avoir dit la vérité dans ce marais de mensonges, contre le montagnard du Kremlin pour avoir pris les divagations d'un poète pour un acte contre-révolutionnaire, contre les mites qui nichaient dans le feutre isolant de nos murs, contre le voisin, Sergueï Petrovitch, qui avait montré la théière à la Tcheka, et contre moi-même pour ne pas avoir eu le courage de convaincre mon mari de nous suicider ensemble lorsque j'avais compris qu'il était décidé à diffuser son épigramme. Oui, je me rends compte à présent que nous aurions dû nous donner la mort à l'instant où nous avons entendu le coup tardif frappé à notre porte. Ce fut seulement quand j'eus recouvré mes esprits qu'Anna et moi commençâmes à réfléchir de façon constructive.

Le lendemain de l'arrestation de Mandelstam, nous empaquetâmes des chaussettes, des sous-vêtements, du savon, des cigarettes et deux cents grammes de jambon fumé dans un petit carton et fîmes le tour des prisons de Moscou pour voir laquelle accepterait un colis adressé au prisonnier Mandelstam. Sur la suggestion d'Anna, nous commençâmes par les Boutyrki, où les écrivains et les artistes étaient habituellement emmenés pour y être interrogés. Devant nous dans la file, il y avait deux petites filles, d'environ cinq et sept ans, vêtues de robes amidonnées, qui disaient à quiconque était à portée de voix : *Maman a été arrêtée*. Au bout d'un moment, un soldat sortit par une porte latérale et emmena les fillettes. Derrière nous, une femme fit remarquer à une autre : *Nous devons absolument envoyer nos enfants chez leurs grands-parents avant qu'il ne leur arrive la même chose*. Au bout de deux heures et demie, Akhmatova et moi finîmes par atteindre le guichet, tout ça pour être éconduites par un gardien au visage poupin qui parcourut sa liste et nous annonça qu'il n'y avait ici personne du nom de Mandelstam. Nous allâmes ensuite à la Loubianka. Nous attendîmes pendant presque deux heures sous une pluie fine, serrées sous un parapluie cassé, avant d'arriver au guichet. Là, le gardien de service compara le nom inscrit sur le carton humide avec ceux de sa liste dactylographiée et, sans un mot, l'accepta.

– Au moins, nous savons où il est, dis-je, savourant cette maigre victoire.

– Nous savons aussi qu'il est en vie, ou qu'il l'était quand cette liste a été tapée, dit Anna. Je ne voulais pas vous effrayer lorsque nous avons été renvoyées des Boutyrki, mais ils refusent aussi les paquets en cas de décès du prisonnier.

En y repensant, je me souviens que nous étions toutes les deux étonnées de ne pas avoir été arrêtées comme coconspiratrices, ne serait-ce que parce que notre arrestation leur aurait donné plus de prise sur Mandelstam. J'essayai désespérément d'entrer en contact avec Zinaïda pour m'assurer qu'elle avait bien détruit la seule copie de l'épigramme contre Staline écrite de la main de mon mari, mais la personne qui décrocha le téléphone dans son appartement collectif de l'Arbat répondit qu'elle était rarement là en ce moment. Après avoir rappelé je ne sais pas combien de fois, je réussis à joindre son agronome de mari. Bien entendu, je ne pouvais pas lui demander de but en blanc si elle avait détruit le poème, mais j'appris qu'elle répétait une nouvelle pièce et n'avait donc certainement pas été arrêtée. *Vous tombez mal*, me dit-il. *Nous sommes en train de divorcer et je suis en plein déménagement. Quant à Zinaïda, elle s'est toujours tenue à l'écart de tout ce qui ressemblait à la politique, donc il me paraît absurde de penser qu'elle puisse être détenue par la police. Au contraire même, ils vont lui accorder un permis de séjour à Moscou. Si j'étais vous, je ne me tracasserais pas trop à son sujet.*

Je dois admettre que j'étais immensément soulagée d'apprendre que Zinaïda n'avait pas été arrêtée ; je n'aurais pas pu me regarder en face si notre amitié lui avait causé des soucis avec les autorités.

Pendant que j'essayais (finalement sans succès) de joindre Zinaïda, Anna prit contact avec Boris Pasternak et le mit au courant de l'arrestation de mon mari. Il était rongé de remords à l'idée de ne pas avoir réussi à convaincre Mandelstam de détruire l'épigramme incriminée. *Je ne trouve jamais les mots qu'il faut quand j'en ai besoin*, se reprochait-il. Il promit aussitôt de contacter Nikolaï Boukharine pour voir s'il pouvait faire quoi que ce soit. Il me pressa de faire de même. *Plus nous serons nombreux à lui parler, plus il y aura de chances qu'il accepte de se mouiller pour Ossip.*

– Je dois absolument m'entretenir avec Nikolaï Ivanovitch, dis-je à la secrétaire de Boukharine, une femme maigre appelée Korotkova, que mon mari avait décrite (dans sa *Quatrième prose*) comme « un écureuil grignotant une noisette avec chaque visiteur ».

– Vous êtes pâle comme la mort, dit-elle. Il est arrivé quelque chose ?

Je ne pus que reprendre mon souffle et hocher la tête.

– Mandelstam a été emprisonné à la Loubianka, répondis-je.

Korotkova avait bon cœur. Elle me prit la main et la pressa entre les siennes.

– Nikolaï Ivanovitch a des rendez-vous toute la matinée, mais je vais réussir à vous glisser entre deux.

Et elle me fit entrer entre deux éditeurs qui sortirent du bureau en griffonnant des notes sur des cahiers et une femme attendant d'y pousser un chariot avec les lignes-blocs de la une des *Izvestia* composées à la linotype et serrées dans un cadre de bois. Lorsqu'il m'aperçut, Nikolaï Ivanovitch m'entraîna vers le sofa.

– Pasternak est déjà venu me voir, dit-il d'une voix étouffée. (Craignait-il que des microphones aient été posés dans *ses* murs ?) Qu'a donc fait votre mari, cette fois ? Mandelstam n'a rien écrit de scandaleux, si ?

Boukharine était frêle et portait un bouc roux qui, à une époque plus heureuse, lui donnait l'air d'un dandy. Ces temps-ci il avait l'expression préoccupée d'un homme atteint d'une maladie incurable. Il avait été exclu du Politburo à la fin des années vingt, mais son absence du premier cercle ne semblait pas avoir trop empoisonné ses relations avec Staline, qui l'avait nommé rédacteur en chef des *Izvestia* et lui avait laissé son appartement du Kremlin malgré les frictions occasionnelles entre eux. Cependant, des rumeurs circulaient à Moscou, disant que les jours de Boukharine étaient comptés ; que si Zinoviev et Kamenev passaient en procès, ce que beaucoup voyaient comme une probabilité, plus qu'une possibilité, ils impliqueraient Boukharine pour sauver leur peau, et c'en serait dès lors fini pour lui. J'avais des scrupules à imposer mes problèmes à quelqu'un qui avait déjà plus qu'assez des siens. Mais que pouvais-je faire d'autre ? Il avait encore l'oreille de Staline. S'il voulait bien consentir à lui dire un mot.

– Rien de plus compromettant que les poèmes que vous connaissez déjà, dis-je à Boukharine, déformant la vérité de crainte qu'il n'ose pas lever le petit doigt pour Mandelstam s'il connaissait le contenu de l'épigramme. Je viens vers vous, Nikolaï Ivanovitch, parce que vous êtes mon dernier et mon plus grand espoir.

Je lui racontai alors la vie à laquelle Mandelstam en était réduit : emprunter de l'argent pour joindre les deux bouts, lire ses poèmes en échange de cigarettes, faire la tournée des éditeurs qui, lorsqu'il arrivait à passer le barrage des secrétaires, inventaient telle ou telle excuse pour ne pas publier son travail. Je parlai des palpitations cardiaques qui avaient rendu sa santé fragile. Je lui décrivis même comment il avait fabriqué un exemplaire de *La Pierre* pour le vendre à un éditeur qui achetait des manuscrits originaux pour la nouvelle bibliothèque du Fonds littéraire.

– Vous avez aidé le frère d'Ossia au début des années vingt. Vous devez absolument aider Ossia aujourd'hui, plaidai-je.

Boukharine m'écouta si intensément que la cigarette à sa bouche se consuma et lui brûla les lèvres, si bien qu'il dut la cracher et écraser le mégot sous son talon par terre.

– Les temps ont changé, dit-il. Aujourd'hui, je ne suis même pas sûr de pouvoir m'aider moi-même.

Bien que je me fusse préparée à repartir les mains vides, les larmes me montèrent aux yeux. Il sortit un mouchoir et me le tendit d'un geste maladroit.

– Reprenez-vous, je vous en prie, Nadejda Yakovlevna, dit-il.

Faisant les cent pas dans son immense bureau, il se mit à me bombarder de questions :

– Avez-vous essayé de le voir ?

Je lui expliquai que, grâce à Akhmatova, nous avions découvert qu'il était incarcéré à la Loubianka, mais que rendre visite à un proche en prison était de l'ordre de l'impossible – ce n'était plus autorisé depuis des années. À l'expression de Boukharine, je compris qu'il l'ignorait.

– Selon quel article le retiennent-ils ?

– L'article habituel pour les prisonniers politiques, le 58.

Boukharine pâlit.

– Propagande antisoviétique, activités contre-révolutionnaires – c'est mauvais signe. Si seulement ç'avait pu être une accusation moins grave…

Il laissa sa phrase en suspens, puis me posa une nouvelle question.

– Quel était le grade du tchékiste qui a dirigé l'arrestation d'Ossip ?

– Qu'est-ce que ça change ?

– Plus l'officier procédant à l'arrestation est gradé, plus l'affaire est sérieuse et plus il faut craindre pour le sort du prisonnier.

– Il s'est présenté comme un colonel, répondis-je.

Boukharine secoua la tête, désespéré.

– Le fait qu'ils aient envoyé un colonel n'augure rien de bon. La plupart des prisonniers arrêtés en vertu de l'article 58 le sont par des capitaines ou des commandants, tout au plus.

Le téléphone sonna. Il alla à grands pas vers son bureau et décrocha. Me tournant le dos, baissant la voix, il parla d'un ton pressant dans le combiné. Je crus l'entendre prononcer le nom de Mandelstam.

– Ne m'attends pas pour dîner, je rentrerai tard, dit-il, avant de raccrocher. C'était ma femme, ajouta-t-il à mon intention. Anna Larina est ébranlée par la nouvelle de l'arrestation de Mandelstam, mais elle me supplie de ne pas m'en mêler. Quelqu'un d'aussi connu qu'Ossip Emilievitch ne peut avoir été arrêté à l'insu de Staline. Il est très probable qu'il ait été arrêté sur son ordre. D'après ma femme, il y a assez de différends entre nous sans ajouter Mandelstam à la liste des griefs que Staline nourrit contre moi.

Je me levai et lui rendis son mouchoir.

– Elle a raison, bien sûr, dis-je. C'était malavisé de ma part de vous mettre dans cette situation.

Boukharine me passa un bras autour des épaules et me raccompagna à la porte.

– Nous vivons dans…

Il se creusa la tête pour trouver les mots justes.

– Nous vivons une époque sinistre. Koba, poursuivit-il, appelant Staline par son *nom de guerre** bolche-vique, n'est plus l'homme qu'il était du vivant de Lénine. Il s'imagine entouré d'ennemis potentiels, il souffre de suspicion pathologique, il ne fait confiance à personne, il complote pour dresser les gens les uns contre les autres, pour diviser et liquider. Il a fait alliance avec Zinoviev et Kamenev contre Trotski, puis avec moi contre Zinoviev et Kamenev. Quand je ne lui ai plus été de la moindre utilité, il m'a mis à la porte du Politburo et du Comité central. Croyez-moi, ce sera un miracle si un seul des vieux bolcheviks survit.

– Merci de m'avoir reçue, Nikolaï Ivanovitch.

– Vous avez bien fait de venir, dit-il très vite. Chacun doit faire ce qu'il peut pour affamer la bête. J'aborderai le sujet de l'arrestation de Mandelstam avec Koba.

Je pris sur moi pour ne pas fondre en larmes une fois encore.

– Les mots me manquent, murmurai-je.

Il parvint à esquisser un sourire désolé.

– Espérons tous deux qu'ils ne me manqueront pas à moi.

12

Nikolaï Vlassik
Mercredi 22 mai 1934

On ne peut pas dire qu'on s'appréciait beaucoup, Nikolaï Boukharine, le prétendu *enfant chéri du Parti*, et moi. Il a toujours figuré en tête de ma liste noire, en compagnie de Maxime Gorki, le portier de Pigalle. Son dégoût devant la nécessaire terreur rouge, ses atermoiements face à la collectivisation, sa condescendance à l'égard du *khoziayin*, son arrogance d'intellectuel, tout ça me hérissait le poil. Même Lénine, dans son fameux testament, s'était senti obligé de reconnaître que Boukharine était faible en dialectique. Je n'ai jamais compris pourquoi mon patron supporte ce fils de pute prétentieux. C'était peut-être l'attirance des contraires, comme Yagoda l'avait suggéré un jour – Staline était tout ce que n'était pas Boukharine, c'est-à-dire quelqu'un qui en avait assez dans le ventre pour suivre ses instincts jusqu'au bout, contrairement à ce marxiste de salon sans caractère qui ne voulait pas salir ses ongles manucurés en construisant le socialisme. En fin de compte, je suppose que cette amitié improbable, si c'était vraiment de l'amitié, s'explique par la vieille admiration du *khoziayin* pour le savoir, un penchant qui remonte à la brève période qu'il a passée au séminaire dans sa jeunesse. Encore aujourd'hui, Joseph Vissarionovitch garde une pile de livres sur son bureau et une autre sur sa table de chevet, et je peux vous dire qu'ils ne sont pas là pour décorer. Il arrivait souvent que le patron, souffrant d'insomnie, se tasse dans un fauteuil de lecture et se plonge dans un livre sur les guerres napoléoniennes, la Grèce antique, les shahs de Perse, ou bien *Le Dernier des Mohicans*. Et je le retrouvais dans cette position quand je venais lui apporter des journaux le matin. Je raconte tout ça pour vous expliquer pourquoi, quand Boukharine se présenta dans l'antichambre du bureau secret du camarade Staline – sans avoir pris la peine de téléphoner pour prendre rendez-vous, notez –, j'étais prédisposé à lui mener la vie dure.

– Levez les bras, lui ordonnai-je.

– Que je lève les bras ?

– Quels sont les mots que vous ne comprenez pas là-dedans ? Levez ? Les ? Ou bras ?

– Pourquoi voudrais-je lever les bras ?

– Personne n'entre voir le camarade Staline tant que je ne me suis pas assuré qu'il ne porte pas d'arme.

– Vous n'êtes pas sérieux, Vlassik. Depuis quand suis-je soupçonné de vouloir assassiner Staline ?

– Je suis né sérieux et je le deviens de plus en plus en vieillissant. Soit vous levez les bras, soit vous sortez.

Vexé, Boukharine leva lentement les bras au-dessus de sa tête. Et je le fouillai tout aussi lentement, en commençant par les aisselles et en descendant le long du pantalon jusqu'aux chevilles, avant de remonter par l'intérieur jusqu'à l'entrejambe. Je ne lui épargnai rien. Quand j'eus fini, il entra comme un ouragan dans le bureau du *khoziayin*. Je le suivis à l'intérieur et pris position, dos à la porte, les bras croisés.

– Koba, je proteste avec véhémence contre cette injure, s'écria Boukharine.

Le camarade Staline, assis derrière son bureau, écarta la pile de documents officiels enveloppée de journaux.

– De quelle injure parles-tu ?

– Ton garde du corps a insisté pour me fouiller comme un vulgaire criminel de droit commun, avant de me laisser entrer dans ton bureau, bredouilla-t-il.

Je fréquentais le *khoziayin* depuis suffisamment long-temps pour voir qu'il se retenait de sourire.

– Calme-toi, Boukharchik, dit-il, la pointe de ses moustaches dansant sur ses joues, ses yeux pétillant de gaieté. Ce n'est pas contre toi personnellement. Yagoda a décidé que personne ne pouvait être admis en ma pré-sence sans être soumis à une fouille préalable. J'étais contre cette mesure, mais d'après Yagoda, c'est une précaution nécessaire dans la situation actuelle.

– Quelle situation ? demanda Boukharine.

– On sait que des camarades supposés proches de moi ont fait ouvertement écho à la critique de Trotski sur la collectivisation, ce qui équivaut à une attaque contre l'autorité de Staline.

– Depuis quand est-ce un crime de critiquer une poli-tique ou une autre ?

Sans y être invité, Boukharine se laissa tomber dans le fauteuil sous le lampadaire. Une photo du camarade Staline assis dans ce même fauteuil, un livre ouvert sur les genoux, une pipe à la main, avait été publiée quelques mois plus tôt dans un hebdomadaire popu-laire ; je le sais, parce qu'une de mes concubines l'avait découpée et collée sur sa psyché.

– Juste après la révolution, disait Boukharine, tout le

monde était libre de critiquer Lénine en privé. Le seul interdit était d'aborder publiquement une question – de remettre en cause l'infaillibilité collective du Parti – une fois qu'une politique avait été décidée.

– Je n'ai absolument rien contre les critiques formulées en privé, dit le camarade Staline, tant qu'elles le sont face à moi et non derrière mon dos.

Il alluma une Kazbek Papirossi avec le bout de celle qui se consumait entre ses lèvres.

– Pourquoi est-ce que, chaque fois que je te vois, ça tourne à la querelle ?

– Je n'avais pas l'impression que c'était le cas.

Le *khoziayin* haussa les épaules.

– Tu n'es sûrement pas passé pour comparer le style de commandement de Lénine avec le mien. Qu'est-ce qui t'amène dans mon aile du Kremlin en ce jour pluvieux, Boukharchik ?

Boukharine tira un mouchoir en soie d'une poche de sa veste et s'épongea le front.

– Je veux te parler de l'arrestation du poète Mandelstam.

– Pour ce qui est du cas Mandelstam, je n'ai bien entendu rien à voir avec son arrestation. Yagoda, qui a signé le mandat, m'en a informé après coup. Apparemment, il a été accusé de propagande antisoviétique et d'activités contre-révolutionnaires, d'après l'article 58 du code pénal.

Boukharine se pencha en avant dans le fauteuil.

– Mandelstam est un poète majeur, Koba, un honneur pour la culture soviétique, mais depuis quelque temps, il n'est plus tout à fait… lui-même.

– J'ai cru comprendre qu'il avait reconnu les accusations portées contre lui, dit le *khoziayin* à son visiteur impromptu.

– Pasternak a pris contact avec moi à propos de Mandelstam. Il est bouleversé par ce qui arrive. Mandelstam et lui sont des amis intimes.

La mention du nom de Pasternak prit Staline au dépourvu. Il repoussa son fauteuil et, retirant la cigarette de sa bouche, la leva devant ses yeux et contempla le petit plumet de fumée dérivant vers le plafond. Je savais que mon patron avait une certaine estime pour Pasternak – ça remontait à l'époque du suicide de sa femme, quand la presse regorgeait de lettres de condoléances conventionnelles. C'est moi qui lui avais apporté les journaux le matin où ils avaient annoncé la mort de Nadejda (attribuée, si ma mémoire est bonne, à une péritonite). J'avais trouvé le *khoziayin* de mauvaise humeur ; il n'avait pratiquement pas dormi de la nuit à cause d'une douleur rhumatismale dans son bras difforme. Feuilletant les journaux, il avait lu tout haut les lettres de condoléances convenues, la voix dégoulinante de mépris. *Acceptez l'expression de notre sympathie à la mort de N.S. Alliluieva... une brillante lumière tragiquement éteinte... une camarade qui nous manquera cruellement...* Ce genre de choses. Puis il était tombé sur une courte lettre signée Pasternak, qui avait apparemment refusé d'ajouter son nom au communiqué banal de l'Union des écrivains, préférant publier un message personnel. Le *khoziayin* avait découpé la lettre de Pasternak dans le journal et l'avait gardée sur son sous-main pendant des mois. Si ça se trouve, elle y était encore. Je peux affirmer que la lettre de Pasternak, rédigée comme un télégramme et puant la sincérité, a été la seule expression de condoléances qui a apporté un peu de réconfort à Staline, dans son affliction. Comme il l'a lue à voix haute en ma présence tous les matins pendant des semaines, je me souviens assez bien de ce que disait

Pasternak : *La veille du jour où sa mort fut annoncée, j'avais pensé à Staline, profondément et intensément ; en tant que poète – pour la première fois. Le lendemain, je lus la nouvelle. J'en fus bouleversé, comme si j'avais été présent, vivant à côté de lui, et en avais été témoin. Boris Pasternak.*

Le *khoziayin* se remit à fumer, tirant de petites bouffées nerveuses sur sa cigarette.

– Que dit exactement Pasternak ? demanda-t-il à Boukharine.

– Il était stupéfait d'apprendre l'arrestation de Mandelstam. Il m'a demandé de te dire que dans une querelle entre un poète et un dirigeant politique, le poète, qu'il en sorte mort ou vivant, finit toujours par avoir le dessus. L'histoire, dans l'idée de Pasternak, est du côté du poète.

– L'habitant des nuages peut aller se faire foutre, railla le *khoziayin*, employant le surnom qu'il réservait à Pasternak. On peut compter sur ces rimailleurs pour se serrer les coudes, où que soit la faute.

Malgré tout, le patron était ébranlé, je l'entendais à son ton.

Boukharine, comprenant que l'intervention de Pasternak avait impressionné Staline, enfonça le clou.

– Il prétend que Mandelstam n'est pas dans son état normal. Des années d'humiliation, à ne pas être publié, à devoir mendier ou emprunter de l'argent pour survivre, l'ont rendu fou. Il n'a plus toute sa tête, il n'est plus responsable de ses actes…

Le *khoziayin* interrompit Boukharine.

– Ça t'intéresserait de lire le poème particulier, écrit de sa propre main, qui lui a valu les accusations de propagande antisoviétique ?

Boukharine ne put qu'opiner. Staline sortit une feuille pliée de la poche intérieure de sa tunique et la fit glisser sur le bureau. Boukharine la saisit, la déplia et commença à lire pendant que le *khoziayin*, un sourire de sombre satisfaction aux lèvres, lançait des expressions de mémoire. *Montagnard du Kremlin… assassin de moujiks… doigts gras comme des vers… des mots de plomb… sa moustache de cafard.*

Je savais par Yagoda que Mandelstam avait été arrêté à cause d'un poème scandaleux, mais jusqu'ici je n'avais aucune idée de ce qu'il y avait dedans. Son contenu fit sûrement l'effet d'une bombe à Boukharine aussi. La couleur reflua littéralement de son visage, qui devint blanc comme une poire pelée. Lorsqu'il leva les yeux, il semblait en état de choc.

– Je ne me doutais pas… personne ne m'a dit… Je pensais qu'il s'exprimerait de manière indirecte. On m'avait laissé entendre qu'il n'était pas plus terrible que ce que Mandelstam écrivait d'habitude.

Boukharine se reprit.

– Malgré tout, Koba, ce poème ne fait que confirmer les dires de Pasternak. Aucune personne saine d'esprit n'aurait pu écrire des vers pareils. C'est bien là la preuve de sa folie.

– Pourquoi ?

– Pourquoi ?

– Oui, pourquoi ces vers sont-ils la preuve de sa folie ?

De mon poste d'observation au fond de la pièce, je voyais presque les rouages tourner dans la tête de Boukharine. Il comprenait que ce n'était pas seulement la vie de Mandelstam qui était en jeu, mais aussi la sienne.

– Ces vers sont la preuve de sa folie parce qu'ils sont faux, Koba. Il ne développe pas une argumentation rationnelle que l'on peut réfuter. Il en est réduit à la plus vile calomnie. C'est la preuve qu'il ne raisonne plus clairement, ce qu'on doit voir comme un symptôme de folie.

– Tu as fait une grosse erreur en intervenant dans cette affaire, déclara froidement le *khoziayin*. Je ne l'oublierai pas.

Boukharine, reconnaissons-le, avait du cran.

– Il fut un temps où tu me remerciais d'intervenir, répliqua-t-il. J'ai toujours le revolver que tu m'as donné, portant l'inscription : *Au leader de la révolution prolétarienne N. Boukharine, de J. Staline.*

Mon patron rétorqua rageusement :

– Si tu veux parler de tes anciens mérites, personne ne pourra te les enlever. Mais Trotski en avait aussi. Entre nous, bien peu avaient autant de qualités que lui avant la révolution.

Le *khoziayin* pointa son index sur Boukharine.

– Et ne t'avise pas d'aller répéter ce que je viens de dire.

Il agita sa bonne main pour indiquer que l'entretien était terminé. J'attrapai la poignée et ouvris la porte. Boukharine se leva.

– Tu n'es plus le révolutionnaire que j'ai connu quand nous avons rejoint Lénine dans le combat pour changer le monde, Koba, dit-il. Autrefois, tu étais reconnaissant pour le soutien de tes camarades bolcheviques.

– La reconnaissance est une maladie de chien, répliqua Staline.

Boukharine dévisagea Staline pendant un moment, comme s'il voulait avoir le dernier mot. Puis, secouant la tête d'un air dégoûté, il passa devant moi en toute hâte.

Une fois Boukharine parti, le *khoziayin* me fit signe de fermer la porte.

– Il est rare de voir quelqu'un signer son propre arrêt de mort, fit-il remarquer. Pour Mandelstam : l'emmerdant, c'est que Pasternak a sans doute raison. L'histoire est une chienne, et la chienne est du côté de ces foutus poètes.

Il leva les yeux.

– Appelez Yagoda, Vlassik. Dites-lui de ne pas remettre Mandelstam sur la liste de cette nuit. On va lui coller un « moins douze » – l'éloigner des douze plus grandes villes pendant quelques années. Ça lui donnera le temps de guérir de sa folie. Quand il sera redevenu lui-même, on le tuera pour sa raison retrouvée.

Là-dessus, le *khoziayin* – je vais vous raconter ce qui s'est passé et vous laisserai l'interpréter – le *khoziayin* retira sa cigarette de ses lèvres et l'écrasa sur le dos de sa main. C'est un geste que le patron avait dû adopter pendant ses années en Sibérie. Les vrais criminels incarcérés pour meurtre faisaient ça pour impressionner les prisonniers politiques. En regardant la marque de brûlure, mon patron hocha la tête, comme s'il se rappelait des souvenirs. Puis il murmura quelque chose qui me déconcerta sur le moment et que je comprends encore moins aujourd'hui. Il dit :

– Personne n'est innocent, Vlassik. Ni Mandelstam, ni Pasternak, ni cette catin d'Akhmatova, ni Boukharine, même pas vous. Personne.

13

Boris Pasternak
Jeudi 23 mai 1934

Peu de choses me démoralisaient davantage qu'une querelle avec Akhmatova, sans doute parce qu'elle avait raison la plupart du temps – ce dont je ne me rendis compte qu'après qu'elle eut raccroché le téléphone. Pour ajouter à mon sentiment général d'exaspération, je partageais l'ancien appartement de mon père avec six autres familles dont les enfants faisaient un tel chahut dans le couloir qu'on avait du mal à entendre ce que disait son interlocuteur. Imaginez le tableau : j'étais là, dans l'alcôve du téléphone, pieds nus après être sorti à toute vitesse des toilettes collectives pour répondre, mes bretelles me retombant sur les tibias, le combiné serré contre mon oreille, entouré de gamins qui galopaient d'un bout à l'autre du couloir en tapant dans un ballon fait de vieux chiffons retenus par une ficelle, et je hurlais dans le téléphone en suppliant Anna de répéter ce qu'elle venait de dire. Mais bien sûr, elle était déjà passée à un autre argument qui avait peut-être ou peut-être pas à voir avec le précédent. L'arrestation de Mandelstam nous avait tous mis à cran, et Anna se reprochait, me reprochait, reprochait à tous les membres de l'Union des écrivains de ne pas avoir fait notre devoir de poètes, contrairement à Ossip Emilievitch, qui pourrissait en prison pour avoir résisté à la pression à laquelle nous autres nous soumettions tous. *Et quel est, d'après vous, le devoir du poète ?* braillai-je. *Le devoir de vérité*, cria-t-elle en réponse. *On ne peut pas dire beaucoup de vérités depuis la tombe*, répliquai-je, mais elle ne m'entendit probablement pas.

Akhmatova, bien sûr, était engagée dans le combat pour la vérité. Ce que je prisais le plus dans la révolution, à l'époque où je prisais la révolution, c'était son côté moral – j'avais véritablement caressé l'idée que la vie deviendrait meilleure, que l'art serait libre de toucher au cœur des choses, que les artistes pourraient reconnaître leurs désaccords sans cesser de se respecter les uns les autres. (Je me souviens du jour où, après une violente dispute, Maïakovski avait passé son grand bras autour de mes épaules en disant : *Nous sommes vraiment différents, Boris – vous aimez les éclairs dans le ciel, je les aime dans un fer électrique.*) Aujourd'hui, il n'était plus possible de nourrir l'illusion que l'avenir pourrait être meilleur que le présent, ou que le présent était meilleur que le passé. Et cette prise de conscience avait changé ma vie d'artiste. Du plus loin que je m'en souvienne, j'avais voué ma vie à la poésie, c'est-à-dire à l'art le plus proche du langage des signes, de l'écriture codée et autres systèmes sémiotiques. À présent, je tendais à penser que la vie était devenue trop compliquée pour que la poésie lyrique puisse exprimer l'immensité de notre expérience, et que ce que nous avions enduré serait mieux rendu en prose. Je rêvais d'écrire un roman qui scellerait mon œuvre, comme un couvercle sur une boîte. Je rêvais d'écrire un roman qui résoudrait mes incohérences de poète et montrerait comment la révolution russe avait balayé tout ce qui était établi, tout ce qui était stable, tout ce qui avait trait au foyer et à l'ordre. Mais je m'éloigne du sujet : Akhmatova, folle d'inquiétude à propos du sort de notre cher ami Mandelstam, Pasternak tentant de se défendre contre des attaques qui n'avaient jamais été lancées, et tous deux submergés de culpabilité parce que Ossip était à l'intérieur de la Loubianka alors que nous étions dehors.

Quelques heures passèrent. Étendu sur la banquette dans la moitié de l'ancien atelier de mon père que l'on m'avait allouée après qu'il eut été découpé, j'allumais ma cinquième cigarette de la journée, espérant encore pouvoir me limiter à six avant minuit, lorsqu'un de mes voisins cria que j'avais un autre coup de fil. Je supposai qu'Akhmatova me rappelait dans le but de s'excuser pour des choses que ni l'un ni l'autre ne nous rappelions l'avoir entendue prononcer.

– Pasternak ?

– Lui-même.

– Ici Alexander Poskrebychev. Avez-vous un papier et un crayon ?

– Une seconde.

J'ouvris le tiroir et trouvai le bloc à messages et le crayon. Sans savoir pourquoi, je remontai mes bretelles et les fis claquer sur mes épaules.

– Prêt, dis-je dans le combiné.

– Je vais vous donner un numéro de téléphone privé du Kremlin. Composez-le dans trois minutes.

Il énonça le numéro et me le fit répéter pour s'assurer que je l'avais noté correctement. Sans ajouter mot, il raccrocha.

243

Mon cœur battait à tout rompre. Pourquoi le *chef de cabinet** de Staline m'appelait-il ? Et qui trouverais-je au bout du fil quand je composerais le numéro du Kremlin ? Je sortis ma montre de mon pantalon et fixai des yeux l'aiguille des secondes, convaincu qu'elle avançait au ralenti ; qu'à son allure actuelle, un jour durerait quarante-huit heures, ce qui rendrait d'autant plus difficile de se limiter à six cigarettes. Lorsque j'estimai que trois minutes s'étaient écoulées, je composai le numéro. J'étais tellement tendu que je me trompai et dus recommencer. Quelqu'un répondit aussitôt.

– Vous reconnaissez ma voix, Pasternak ?

– Non.

L'homme, à l'autre bout de la ligne, rit doucement.

– Ici Staline. Je veux vous parler de Mandelstam. Je veux que vous sachiez que je n'ai pas autorisé son arrestation.

Les gamins tapaient dans le ballon au bout du couloir et criaient en courant derrière.

– Je ne vous entends pas très bien – il y a des enfants qui jouent dans le couloir. Pouvez-vous répéter ?

Staline haussa la voix.

– Je n'ai pas autorisé l'arrestation de Mandelstam. Quand je l'ai apprise, j'ai été scandalisé. J'appelle pour vous faire savoir que le cas Mandelstam est examiné au plus haut niveau. J'ai le sentiment que tout va bien se passer pour lui.

– Le fait que vous vous intéressiez personnellement à cette affaire va rassurer de nombreux artistes et écrivains, criai-je.

Les enfants étaient partis. J'entendis distinctement Staline dire :

– Mais c'est bien un génie, n'est-ce pas ?

– Ce n'est pas la question.

– Quelle est la question, alors ?

Mon esprit était submergé de possibilités. Finalement, Ossip avait peut-être tort et j'avais peut-être raison. Staline vivait peut-être bien dans une bulle, sans avoir conscience de ce que les tchékistes faisaient dans le monde réel, à l'extérieur du Kremlin. Si seulement quelqu'un pouvait le mettre au courant de la famine, des arrestations, des exécutions, des déportations.

– Joseph Vissarionovitch, je dois absolument vous parler.

– Vous êtes en train de me parler.

– Je veux dire, vous parler en face. D'homme à homme.

Il hésita.

– De quoi voulez-vous parler ?

Je lui dis bêtement la première chose qui me passa par la tête.

– De la vie, de la mort.

Je pressai le combiné aussi fort que je pus contre mon oreille, afin de ne pas manquer sa réponse. Je crus entendre Staline respirer. Puis la ligne fut coupée. J'attendis un instant pour être sûr de ne pas me tromper, en me reprochant amèrement de ne pas avoir su trouver les mots justes ; d'avoir laissé passer une occasion unique, à cause de ma maladresse. Je coupai la communication du doigt, puis portai de nouveau le combiné à mon oreille et attendis la tonalité. Dès que je l'entendis, je composai le numéro du Kremlin. Ça sonna seize fois avant que quelqu'un réponde.

– Joseph Vissarionovitch, m'écriai-je. Je vous supplie de m'accorder un instant pour m'expliquer…

– Ici Poskrebychev.

– Pouvez-vous me passer Staline, s'il vous plaît ?

– Impossible. Il n'est plus à Moscou. Ne rappelez plus ce numéro. Il a été activé pour un appel seulement et n'existera plus quand j'aurai raccroché. Vous comprenez, Pasternak ?

– Non, je ne comprends pas…

La ligne fut de nouveau coupée.

14

Fikrit Shotman
Samedi 25 mai 1934

Depuis Vienne, en Autriche, où, comme je l'ai peut-être déjà dit, j'ai gagné la médaille d'argent en haltéro-philie, j'ai l'habitude des flashs qui m'explosent à la figure. Au vrai, ils me dérangent pas. Ils me font sentir important. Si bien qu'alors que mes coaccusés au procès se couvraient les yeux en entrant dans la salle Octobre, à l'étage de la Maison des Syndicats, j'ai souri et agité le bras pour montrer à tout le monde que, même si je plaidais coupable, j'étais innocent dans la mesure où je savais pas de quoi j'étais coupable avant que Kristo-forovitch me l'apprenne. Avec ses hautes fenêtres, ses rideaux dorés et ses lustres en cristal, c'était la plus belle salle dans laquelle j'avais jamais mis les pieds, mais j'ai pas voulu montrer que j'étais un peu dépassé par les événements. Quand j'ai repéré les trois juges en robe noire, assis sur des trônes à haut dossier sur l'estrade, j'ai levé la main droite et les ai salués à la manière des paysans azerbaïdjanais. À voir leurs grands sourires, ils étaient pas indifférents à mes manières montagnardes. La salle d'audience débordait de spectateurs – il y en avait plus qu'il en venait jamais pour voir le numéro de l'hercule au cirque. J'ai essayé de les compter mais j'ai arrêté en arrivant à cent (ils étaient au moins trois fois plus nombreux). Je savais pas compter plus loin sans l'aide d'Agrippina qui, à ma plus grande joie, était assise au premier rang, protégée par les deux hommes en costume noir installés à ses côtés. Je lui ai fait signe et elle m'a lancé un de ses sourires forcés qu'elle faisait quand elle était vraiment triste. (Elle avait cette idée folle qu'un sourire pouvait aspirer la tristesse qu'on a dans le cœur, tout comme le jus d'oignon peut faire disparaître une verrue sur la plante du pied.) J'ai reconnu huit ou dix visages dans la salle. La femme qui avait noté mes aveux était là, ainsi que d'autres employées que j'avais croisées lorsqu'on m'avait emmené au magasin de vêtements de la Loubianka pour me procurer un costume pour le procès. Kristoforovitch était là, souriant et hochant la tête pour m'encourager. J'ai même aperçu le lutteur Islam Issa appuyé contre un mur près de la galerie aux vitres teintées tout au fond, là où l'orchestre jouait pour les aristocrates avant que la révolution nous débarrasse des aristocrates. Kristoforovitch m'avait confié que le camarade Staline en personne regardait parfois les procès, derrière les vitres teintées. Le camarade interrogateur le savait parce que la femme de ménage avait déclaré avoir vidé des cendriers remplis de ses cigarettes préférées, les Kazbek Papirossi. Les journalistes étrangers étaient assis au bout du rang d'Agrippina. On voyait qu'ils étaient étrangers à cause de leurs vestons à revers et parce qu'ils étaient assis jambes croisées, ce qu'aurait jamais fait un journaliste soviétique qui se respecte dans une occasion officielle comme un procès. Le procureur général Andreï Vychinski, qui (comme tous les écoliers le savaient) avait autrefois partagé avec le camarade Staline les paniers de nourriture fournis par ses riches parents, quand ils étaient en prison tous les deux, était accoudé à la barre semi-circulaire en face de moi, et étudiait des feuilles de papier dans un dossier.

Pour ce qui est de mes coaccusés, on avait jamais été présentés. On nous avait balancés tous les trois ensemble dans la cellule de rétention au sous-sol à peu près une heure avant le début du procès. J'avais jamais entendu leurs noms avant que le procureur général Vychinski les appelle.

– Knud Trifimovitch Ignatiev.

Le petit homme à ma droite, qui portait un costume trop grand et une chemise tachée boutonnée jusqu'au col et avait la moustache taillée exactement comme celle du camarade Vychinski, s'est levé.

– C'est moi, votre honneur, a-t-il dit.

Le camarade Vychinski a lu les accusations retenues contre l'accusé Ignatiev – sabotage, trahison, activités contre-révolutionnaires en violation de l'article 58 du code pénal.

– Que plaidez-vous ?

– Coupable.

– Ayez l'amabilité d'expliquer à la cour, a dit le camarade Vychinski, scrutant l'accusé à travers ses lunettes à monture d'écaille, la voix pleine de mépris, comment un ressortissant russe comme vous se retrouve avec le prénom Knud.

– Ma mère était danoise, mon père russe. On m'a donné le nom de mon grand-père maternel.

Le camarade Vychinski s'est adressé à leurs honneurs les juges.

– Comme vous allez le voir, les liens de l'accusé Igna-tiev avec le Danemark ont un rapport avec les accusa-tions portées contre lui.

Il s'est retourné vers l'accusé, qui s'agrippait à la barre pour garder son équilibre.

– Dans votre position de bibliothécaire en chef du district de Moscou, combien de bibliothèques dirigiez-vous ?

– En plus de la grande bibliothèque Lénine et des quatre bibliothèques universitaires, j'avais la responsa-bilité complète de quarante-sept bibliothèques de quar-tier.

– En tant que directeur de toutes ces bibliothèques, ai-je raison d'affirmer que vous étiez responsable de la destruction des livres considérés comme subversifs ?

– Vous avez raison, camarade procureur général.

– Et comment étiez-vous informé du fait que les autorités compétentes jugeaient certains livres subver-sifs et qu'ils devaient donc être détruits ?

– Toutes les semaines, je recevais une liste dactylo-graphiée du bureau du commissaire aux affaires cultu-relles. Deux fois, j'ai reçu une note du camarade Staline en personne demandant pourquoi tel ou tel livre était encore disponible au grand public.

– Que se passait-il ensuite ?

– Avec une assistante, je faisais le tour des biblio-thèques dans la petite fourgonnette allouée à mon département pour récupérer les ouvrages incriminés. Je me rendais à l'une des décharges de la banlieue de Moscou et surveillais personnellement la destruction des ouvrages incriminés.

– Ils étaient brûlés dans des incinérateurs, c'est exact ?

– C'est exact, camarade procureur général.

– Le 12 mars de cette année, vous avez été arrêté alors que vous supervisiez la destruction d'ouvrages à – le procureur général a penché la tête pour lire quelque chose sur l'acte d'accusation dans le dossier – à la décharge de la région de Yaroslav sur la route Yaroslav. Pouvez-vous dire pourquoi à la cour ?

– Dans les caisses de livres destinés à être détruits se trouvaient dix-sept exemplaires des œuvres complètes de Lénine et huit exemplaires des œuvres complètes de Staline.

Le camarade Vychinski a contourné la barre du procureur général et s'est approché du box des accusés.

– Auriez-vous la bonté de dire à la cour, Knud Trifimovitch Ignatiev, comment vous en êtes arrivé à détruire les textes unanimement admirés du camarade Lénine et du camarade Staline.

– Je suis un membre fondateur du centre de réserve trotskiste antibolchevique basé à Paris. Je suivais les ordres précis que m'avait donnés le fils de Trotski, Sedov, lors d'une réunion à Copenhague, au Danemark, où je m'étais rendu, avec l'autorisation du Parti, pour assister aux obsèques du père de ma mère, le Knud dont on m'a donné le prénom.

Le camarade Vychinski a jeté un nouveau coup d'œil à l'acte d'accusation.

– Cette réunion a eu lieu le 14 février 1934, à 15 h 30, à l'hôtel Bristol. Est-ce exact ?

– Non.

Les gens dans la salle ont retenu leur souffle. Le camarade Vychinski en est resté bouche bée. Les trois juges sur l'estrade se sont entretenus à voix basse. Le camarade procureur général a de nouveau vérifié sa feuille.

– Vous avez avoué, pendant l'interrogatoire, que vous aviez rencontré le fils de Trotski, Sedov, à l'hôtel Bristol. Revenez-vous sur vos aveux, accusé Ignatiev ?

– J'ai en effet décrit ma rencontre avec Sedov dans un hôtel de Copenhague. Je n'ai jamais mentionné le Bristol. Cela a dû être ajouté par la sténographe ou l'interrogateur. Je n'aurais pas pu rencontrer Sedov au Bristol le 14 février 1934, puisque cet hôtel, que je connaissais bien, a été démoli en 1917.

Le camarade Vychinski s'est tourné vers leurs honneurs sur l'estrade.

– L'hôtel où s'est tenue cette rencontre importe peu, inutile de le dire. Le point important, qui a été établi sans aucun doute possible, est que l'accusé Ignatiev a reçu ses ordres de sabotage directement du fils de Trotski, Sedov, dans un hôtel de Copenhague.

Il s'est retourné vers l'accusé.

– Pourquoi Sedov voulait-il que vous détruisiez les textes signés par Lénine et Staline ?

– Je lui ai justement posé la question, a témoigné Ignatiev d'une voix morne. Il m'a dit que purger les bibliothèques de Lénine et Staline était la première phase de la contre-révolution minutieusement planifiée qu'allait lancer Trotski. Il se trouve que j'ai été arrêté avant que le programme de sabotage des bibliothèques puisse fonctionner à plein régime. Staline, vous-même, camarade procureur général, ainsi que d'autres membres de la direction soviétique, devaient être éliminés, avant que nous, trotskistes, ne restaurions le capitalisme en Russie.

Il y eut des cris de colère dans la foule, des « c'est une honte » et des « la mort est trop bonne pour le traître ». Le camarade Vychinski a pris un ton doux.

– Jurez-vous, accusé Ignatiev, que vos aveux sont volontaires, que vous n'avez été soumis à aucune pression d'aucune sorte par les interrogateurs assignés à votre cas ?

– Je le jure.

– Jurez-vous l'exactitude de votre confession volontaire ?

– À l'exception de l'hôtel Bristol, oui.

– Encore une chose, a dit le camarade Vychinski. Soyez aimable d'expliquer à la cour comment les membres du centre de réserve trotskiste antibolchevique basé à Paris étaient censés se reconnaître.

– Le signe de reconnaissance était une tour Eiffel – soit une vignette de la tour Eiffel collée sur une valise ou un porte-documents, soit une épingle en forme de tour Eiffel accrochée au revers d'un veston ou une miniature de la tour Eiffel posée négligemment sur une table ou un buffet dans le bureau ou l'appartement de quelqu'un.

Le camarade Vychinski est retourné à la barre et a pris un autre acte d'accusation dans le dossier.

– Galina Iegorova, a-t-il appelé.

La femme assise entre Ignatiev et moi s'est levée lentement. J'ai deviné qu'elle devait porter la robe qu'elle avait au moment de son arrestation. Je dis ça parce qu'elle était toute froissée, comme le costume d'Ignatiev, et que le bas de la longue jupe était sale comme s'il avait balayé le sol pendant des semaines. En plus, la robe avait un corsage décolleté très antisoviétique, qui faisait injure à la pudeur bolchevique. Si Agrippina s'était présentée dans une tenue pareille, malgré que je l'aime, elle aurait senti le revers de ma main.

– L'accusée Iegorova, épouse du commandant de l'Armée rouge responsable, jusqu'à récemment, d'un district militaire d'Asie centrale, est accusée de calomnies antisoviétiques, de trahison et d'activités contre-révolutionnaires, en violation de l'article 58 du code pénal. Que plaidez-vous ?

Quand j'ai entendu le procureur général prononcer son nom, j'ai compris tout de suite que c'était la dame dont tout le monde parlait à la Loubianka. D'après les ragots de la prison, il y avait une détenue qui était pas seulement une célèbre actrice de cinéma, mais une amie personnelle du camarade Staline. (J'ai pas pu m'empêcher de me demander s'il était assis derrière les vitres teintées au fond de la salle, à la regarder. J'ai pas pu m'empêcher de penser que s'il la regardait, il allait me reconnaître en se souvenant du jour où il m'avait serré la main au Kremlin.) Je me suis rappelé ce qu'Agrippina avait dit quand le directeur de notre cirque avait été arrêté pour avoir piqué dans la caisse de la billetterie : *comment les puissants sont tombés*. C'était manifestement la même chose pour cette pauvre dame qui s'appuyait de tout son poids sur la barre à côté de moi pour s'empêcher de s'écrouler. Elle devait avoir quarante ans, allant sur ses soixante, si vous voyez ce que je veux dire. La peau de son visage était blanche comme celle d'un clown, elle avait un regard apeuré et ses seins tombaient si bas dans son corsage qu'on avait envie de tourner la tête de honte. Elle a cligné des paupières comme si elle avait du mal à distinguer le procureur général et leurs honneurs les juges. Je l'ai entendue répondre, d'une voix rauque :

– Coupable.

L'un des juges est intervenu.

– Vous allez devoir parler plus fort.

– Je plaide coupable des accusations retenues contre moi, a dit la dame un peu plus haut.

Une fois encore, le camarade Vychinski a contourné la barre du procureur et s'est approché de l'accusée.

– Galina Iegorova, le 16 ou autour du 16 mars de cette année, à un cocktail donné pour fêter la fin de votre dernier film, on vous a entendue dire – il a penché la tête vers la feuille qu'il tenait – : *Avec tous les terroristes qui se baladent en liberté dans Moscou en essayant d'assassiner Staline, il est incroyable qu'il soit encore en vie.* Ce sont bien là vos propos ?

– Ils ont été sortis de leur contexte, a-t-elle marmonné.

– C'est le dernier avertissement, a dit le juge. Parlez plus fort ou vous serez inculpée d'outrage à la cour.

– Les mots ont été sortis de leur contexte, votre honneur. Je n'avais pas l'intention de mettre en doute les articles de la *Pravda* concernant les terroristes dont on sait qu'ils opèrent à Moscou ou les procès des terroristes qui ont avoué avoir tenté d'assassiner des membres du pouvoir. Je suggérais seulement qu'avec tous ces terroristes actifs en ville, c'était incroyable, c'est-à-dire miraculeux que, grâce à la vigilance de nos tchékistes, ils n'aient pas réussi à assassiner notre bien-aimé Joseph Vissarionovitch.

Sur l'estrade, les trois juges se sont consultés. Le juge principal s'est adressé à l'accusée.

– Accusée Iegorova, vous ne vous rendez pas service en appelant notre estimé dirigeant par son prénom et son patronyme. En dehors du cercle intime de ses collègues et amis, on l'appelle camarade Staline.

Iegorova a baissé les yeux.

– Je ne commettrai pas la même erreur une seconde fois, votre honneur.

– S'il plaît à la cour, a repris le camarade Vychinski, je vais vous donner comme preuve les aveux signés par le mari d'Iegorova, qui a été arrêté pour haute trahison en janvier et coopère depuis avec son interrogateur.

Le camarade Vychinski a placé un dossier sur la table devant les juges.

– Nous en prenons bonne note, a souligné le juge principal.

Et il a commencé à feuilleter le dossier, passant les pages aux autres juges quand il avait fini de les parcourir.

– Le commandant de l'Armée rouge Iegorov a avoué être un agent du centre de réserve trotskiste antibolchevique basé à Paris, a poursuivi le camarade Vychinski. Il a admis avoir organisé un soulèvement contre-révolutionnaire dans le district militaire d'Asie centrale où il était commandant. Il a aussi mis en cause sa femme, l'accusée Galina Iegorova, dans le complot visant à renverser l'ordre existant et à restaurer le capitalisme sous la direction du traître suprême Léon Trotski.

Le camarade procureur général a essuyé distraitement les verres de ses lunettes avec le bout de sa cravate.

– Soyez aimable de décrire à la cour votre rôle précis dans ce complot contre-révolutionnaire.

– Pourquoi ne le lisez-vous pas plutôt dans les aveux de mon mari ? Mieux encore, pourquoi n'appelez-vous pas mon mari à la barre des témoins pour qu'il décrive lui-même mon rôle ?

Il y a eu un grondement sourd dans le public, en réponse à cet accès d'arrogance de la part de l'accusée. Le camarade Vychinski s'est renfrogné.

– Le commandant Iegorov s'est senti tellement humilié quand son rôle dans la conspiration a été mis en lumière qu'il a tenté de se tuer en se cognant la tête contre le mur en pierre de sa cellule. Il est actuellement soigné pour une grave commotion à la clinique de la Loubianka.

– Les aveux de mon mari lui ont été extorqués sous la torture…

Cette fois, de grands cris d'indignation sont montés du public.

– Calomnie ! a hurlé une femme.

– Diffamation envers nos tchékistes, qui sont les gardiens de la révolution, a crié une autre.

Le juge principal a frappé son marteau sur la table.

– Silence ! a-t-il grondé.

Il s'est adressé à l'accusée Iegorova.

– Vous affirmez que les aveux de votre mari, que nous avons là devant les yeux – datés, portant le cachet officiel de l'interrogateur, signés par lui et par deux témoins, ainsi que par la sténographe –, ont été obtenus sous la contrainte ?

– Je suis absolument sûre que le commandant Iegorov est un staliniste loyal et qu'il n'a jamais été impliqué dans le moindre projet contre-révolutionnaire, a déclaré Iegorova.

Le camarade Vychinski a glissé un doigt entre son col amidonné et son cou.

– Vous avez avoué, au cours de l'interrogatoire, avoir servi de messagère pour le centre de réserve trotskiste antibolchevique basé à Paris. Vous avez avoué avoir été contactée par le fils de Trotski, Sedov, dans un hôtel de Berlin, alors que vous participiez au festival du Film de Berlin en octobre l'année dernière. La cour doit-elle comprendre que vous revenez sur vos aveux ?

– Je maintiens mes aveux. J'ai rencontré Sedov dans un hôtel de Berlin, dont le nom m'échappe. Il m'a donné un paquet de cigarettes allemandes à bout filtre, dont la marque m'échappe. Des instructions visant des actions de sabotage contre-révolutionnaires figuraient à l'intérieur du papier de plusieurs cigarettes, m'a-t-on dit. Sur ordre de Sedov, j'ai traversé la frontière pour rentrer en Union soviétique en transportant le paquet de cigarettes bien en vue dans mon sac de cuir. Quand j'ai quitté la chambre d'hôtel après mon rendez-vous avec Sedov, il a humecté avec la langue le dos d'une vignette de la tour Eiffel et l'a collée sur mon sac comme signe de reconnaissance. Il m'a ordonné de remettre les cigarettes à la personne du bureau de la bibliothèque centrale qui avait la même vignette sur son porte-documents. Cette personne, qui devait transmettre les instructions de sabotage à d'autres membres du centre de réserve trotskiste antibolchevique basé à Paris, s'est avérée être l'accusé Ignatiev. Je n'ai, à aucun moment, donné les cigarettes et les instructions qu'elles contenaient à mon mari, ni à aucun de ses officiers ou amis du district militaire d'Asie centrale. Je le nie catégoriquement.

Le camarade Vychinski a penché la tête de côté.

– Ce que vous venez de raconter à la cour, accusée Iegorova, contredit les aveux que vous avez signés. Vous ne niez pas que c'est bien votre signature qui figure sur la confession certifiée, que j'ai déjà présentée devant cette cour.

– On m'a promis que j'aurais la vie sauve si je mettais en cause mon mari. Dans un moment de faiblesse, j'ai signé les aveux qu'on a placés devant moi. La vérité, c'est que mon mari est totalement innocent. Dieu m'en est témoin, il n'était pas au courant de mes activités contre-révolutionnaires. Ça ne vous suffit pas que j'aie admis ma culpabilité ? Pourquoi vous faut-il nous détruire tous les deux ?

– Votre vie dépend de votre volonté de dire la vérité dans l'affaire du centre de réserve trotskiste antibolchevique basé à Paris, a déclaré le juge principal.

Les forces de l'accusée Iegorova l'ont abandonnée sous mes yeux. Elle est tombée à genoux, le menton posé sur la barre basse. Le soldat posté derrière elle l'a attrapée par les aisselles pour la remettre sur ses pieds. Dans le mouvement, une bretelle de sa robe a glissé, révélant un sein à la vue de tous. Je me suis avancé avant que le soldat derrière moi ait pu réagir (il était deux fois plus petit que moi et aurait eu toutes les peines du monde à me maîtriser si j'avais pas voulu me laisser faire) et j'ai remonté la bretelle sur son épaule.

Le camarade Vychinski, un procureur expérimenté, ne s'est pas laissé démonter.

– J'attire l'attention de la cour sur le fait que, malgré deux confessions écrites, la sienne et celle de son mari, l'accusée Iegorova s'est parjurée pour le protéger ; qu'elle a placé sa loyauté envers son traître de mari devant sa loyauté envers l'État soviétique et la révolution. Les preuves, madame et messieurs les juges, sont accablantes. Les activités contre-révolutionnaires de l'accusé Ignatiev et de l'accusé commandant de l'Armée rouge Iegorov, qui sera jugé au cours d'un procès séparé lorsqu'il sera guéri des blessures à la tête qu'il s'est lui-même infligées, confirment le complot initié par le fils de Trotski, Sedov, et dont les détails ont été transmis à la section de Moscou du centre de réserve trotskiste antibolchevique basé à Paris par l'accusée Iegorova.

Le camarade Vychinski est retourné à la barre du procureur général et a ouvert un nouveau dossier, et j'ai compris que c'était enfin mon tour. Pour mon plus grand plaisir, il a appelé mon nom.

– Fikrit Trofimovitch Shotman.

J'ai vu Agrippina se couvrir les yeux de ses mains. J'ai vu les hommes assis à côté d'elle lui attraper les poignets pour lui écarter les mains du visage. Je lui ai lancé un sourire d'encouragement.

– Présent, ai-je crié d'une voix forte et ferme. Et impatient d'admettre ma culpabilité maintenant que je l'ai comprise.

Et, avant que le camarade procureur général ait eu le temps de tourner une question dans sa bouche, j'ai entamé ma confession. J'ai décrit en détail comment j'avais été recruté à Vienne, en Autriche, en 1932, quand je représentais l'Union soviétique au championnat d'Europe d'haltérophilie, comment j'avais reçu un paiement en dollars américains pour financer mes activités de sabotage, comment j'avais communiqué avec mon contact, un agent secret américain déguisé en haltérophile, en utilisant un code secret caché dans la dédicace inscrite sur la couverture intérieure d'un magazine de sports américain, comment, entraîné par ma haine du nouveau régime, j'avais même défiguré le visage de Staline tatoué sur mon bras. Pour enfoncer le clou, j'ai retiré la veste de mon nouveau costume, déboutonné ma chemise et montré mon bras nu, orientant mon biceps gauche vers la foule pour qu'ils puissent tous voir la brûlure de la corde en travers du tatouage effacé. Au premier rang, Agrippina a détourné la tête, et j'ai aperçu d'énormes larmes couler sur ses jolies joues, mais je savais que je faisais ce que je devais faire. J'avais la promesse du camarade interrogateur Kristoforovitch. Le camarade Vychinski a essayé de m'interrompre pendant que je reboutonnais ma chemise, mais j'ai interrompu son interruption.

– C'est pas tout, ai-je déclaré en renfilant ma veste.

Et j'ai parlé des coupons d'emprunt tsariste sans valeur que je gardais dans ma malle pour le jour où la contre-révolution trotskiste, dont j'étais un fantassin, chasserait les bolcheviks du pouvoir et restaurerait le capitalisme en Russie, et où je pourrais me faire rembourser mes coupons à leur vraie valeur. Quand j'ai repris mon souffle, le camarade procureur général en a profité pour m'interroger sur la signification de la vignette de la tour Eiffel sur ma malle.

– Je suis content que vous posiez la question : j'ai presque failli oublier la tour Eiffel. Laissez-moi vous dire, pour ceux qui ne la connaissent pas, que la tour Eiffel de Paris, en France, arrive pas à la cheville des tours qu'on peut trouver dans notre Union soviétique. D'accord, elles sont peut-être pas aussi hautes que celle de Paris, mais toutes les femmes savent que c'est pas la taille qui compte.

Plusieurs dames se sont mises à pouffer dans la salle, puis se sont arrêtées quand l'un des juges a frappé sur la table avec son marteau en bois. Il m'a fait signe de continuer.

– Quand j'ai été recruté par le centre de réserve trotskiste antibolchevique basé à Paris, pendant les championnats d'Europe à Vienne, en Autriche, on m'a remis la vignette de la tour Eiffel en m'ordonnant de la coller sur ma malle comme signal, pour que les autres conspirateurs du centre de réserve trotskiste antibolchevique basé à Paris puissent me reconnaître comme un membre de cette bande.

De son trône au haut dossier sur l'estrade, le juge principal a alors pris la parole.

– Je dois dire que c'est tout à la faveur de l'accusé Shotman qu'il ait décidé d'avouer pleinement ses crimes. Quiconque a un sou de bon sens peut voir qu'il ne cherche pas à dissimuler ou atténuer sa culpabilité, et cela sera certainement pris en considération au moment de prononcer la sentence.

Je n'ai pas compris ce que le juge entendait par *atténuer*, mais j'ai hoché la tête pour le remercier. La juge assise à la droite du juge principal a levé le doigt.

– Je voudrais demander à l'accusé Shotman quel était son rôle au sein du centre de réserve trotskiste antibolchevique basé à Paris.

– Mon rôle ?

– Qu'étiez-vous supposé faire pour mener la contre-révolution ? a expliqué la juge.

J'ai lancé un coup d'œil à Kristoforovitch pour avoir une idée de ce que je devais répondre – il n'avait jamais soulevé cette question quand on avait répété ma confession – mais il pouvait rien pour moi. J'ai regardé Agrippina, mais elle a évité mon regard. Je me suis tourné vers la juge.

– Eh bien, mon rôle était de saboter. J'ai été engagé comme saboteur.

– Saboter quoi ? a insisté la juge.

J'ai haussé les épaules.

– Avant que mon genou me lâche, j'étais champion d'haltérophilie. Avant mon arrestation, j'étais hercule de cirque. Regardez-moi, vos honneurs. Regardez mes mains. Regardez mes épaules. Je peux saboter tout ce qui doit être saboté.

Le camarade Vychinski est venu à mon secours.

– Il est évident, d'après ses aveux, que l'accusé Shotman était prêt à suivre les ordres de sabotage envoyés par le centre de réserve trotskiste antibolchevique basé

262

à Paris. Il y avait peut-être des instructions précises de Sedov inscrites dans l'une des cigarettes que l'accusée Iegorova a livrées à l'accusé Ignatiev, mais qui n'ont jamais été transmises puisque les deux conspirateurs ont été arrêtés à temps. L'élément important à garder à l'esprit, c'est que l'accusé Shotman était un membre du complot, prêt à exécuter les ordres de sabotage de Sedov lorsqu'il les aurait reçus.

Le juge principal m'a regardé.

– L'accusé Shotman a-t-il quelque chose à ajouter à son témoignage ?

C'est à ce moment-là que j'ai ressorti les mots que Kristoforovitch m'avait fait rentrer dans le crâne.

– Quel que sera mon châtiment, vos honneurs, je le considère comme juste.

J'avais les yeux rivés aux vitres teintées au fond de la salle.

– Nous devons tous avancer derrière le camarade Staline.

Plusieurs personnes – Kristoforovitch, Islam Issa, la dame qui avait écrit mes aveux, plusieurs des employées – se sont mises à taper des mains. D'autres ont suivi jusqu'à ce que toute la salle soit remplie d'applaudissements. Des flashs m'ont éclaté à la figure. J'ai senti le regard d'Agrippina sur moi et j'ai compris que, pour une fois, elle n'aurait pas honte de son Fikrit. Je me suis retourné vers le public et j'ai salué bas, mes jointures grattant le sol du box des prisonniers.

Le reste du procès s'est passé dans le brouillard des discours des avocats de la défense (jusqu'à cet instant, je savais pas qu'on nous avait attribué des avocats), réclamant la peine maximale pour mes coaccusés.

– Ces chiens enragés du capitalisme ont tenté de dépecer, un membre après l'autre, le meilleur de notre patrie soviétique. J'insiste pour qu'on leur fasse ce qu'on fait aux chiens enragés, à savoir les éliminer.

L'avocate désignée pour me défendre s'est levée.

– Fikrit Shotman a exprimé des remords sincères et collaboré pleinement avec les autorités. Pour lui, je demande aux juges de prononcer une peine légère de quatre années de travaux forcés en Extrême-Orient.

Les trois juges ont quitté la salle sous les cris « Mort aux chiens enragés » et « Clémence pour Shotman » montant de la foule. Ils sont revenus vingt minutes plus tard. Le juge principal a lu le verdict. Les accusés Ignatiev et Iegorova ont été condamnés à être fusillés, une sentence à exécuter sur-le-champ. Moi, j'ai pris quatre ans. Dans la salle, Agrippina s'est effondrée dans les bras d'un des hommes en costume noir. À ma droite, l'accusé Ignatiev a envoyé un baiser à une vieille dame avec des béquilles au fond de la salle, avant de tourner le dos pour quitter le box. L'accusée Iegorova s'est évanouie par terre. Les deux soldats ont eu du mal à la relever. Je les ai repoussés d'un coup d'épaule, je l'ai prise dans mes bras comme si c'était une poupée d'enfant, je l'ai ramenée dans la cellule de rétention au sous-sol et, rajustant avec soin sa robe, je l'ai allongée délicatement sur un banc. La dernière fois que je l'ai vue, quand j'ai jeté un coup d'œil par-dessus mon épaule avant de retourner à mon bloc cellulaire, les gardiens essayaient de la ranimer en lui faisant respirer des sels, pour pouvoir l'emmener à son exécution.

15

Nadejda Yakovlevna
Mardi 28 mai 1934

Dans les jours qui suivirent l'arrestation de Mandelstam, je me lançai dans tout un tas d'activités qui me permettaient d'oublier, l'espace d'une heure ou deux, l'angoisse que me causait l'arrestation de Mandelstam. Un jour, je récurai les casseroles et la grille du four à pétrole à la paille de fer jusqu'à m'écorcher les doigts. Une autre fois, j'arpentai le petit salon en écrasant des mites entre mes paumes et en comptabilisant mes prises d'un trait de craie sur un morceau d'ardoise. Je passai un week-end à repriser des vêtements avec des fils de la mauvaise couleur. Un soir, à la lueur de la bougie, je fis des copies des poèmes que nous avions cachés dans mes chaussures et les confiai au frère de Mandelstam, Alexandre, pour les mettre en sûreté. La nuit de l'arrestation de Mandelstam, ils avaient fouillé tous nos livres avant de les remettre n'importe comment sur les étagères. Ce même jour, je décidai d'essayer de les reclasser dans l'ordre qu'ils avaient précédemment, époussetant chaque ouvrage, puis empilant les miens d'un côté et ceux de mon mari de l'autre, avant de les replacer dans la bibliothèque. Il existe une loi de la nature qui veut qu'on ne range jamais des livres sans s'arrêter ici ou là pour les feuilleter, se demander qui a souligné certains passages et pourquoi, qui a gribouillé des notes illisibles dans les marges avec des flèches renvoyant à d'autres paragraphes. Je relus des phrases que j'avais soulignées dans une excellente traduction russe du chef-d'œuvre de Laclos *Les Liaisons dangereuses*. Je retrouvai un autre livre que je croyais avoir prêté et perdu, *Trente-trois monstruosités* de Zinovieva-Annibal, un roman datant du tournant du siècle qui, pour la première fois dans la littérature moderne russe, avait ouvertement décrit l'amour lesbien. Je ne sais plus comment le livre était entré en ma possession, mais je me rappelle quand : j'avais seize ans et j'avais eu un vrai coup de foudre pour une Russe que j'avais rencontrée à Paris au cours d'un voyage avec mes parents. Elle m'avait fait passer des petits mots sur du papier parfumé, dans lesquels elle disait à quel point elle admirait mes yeux pâles et ma peau délicate. Curieusement, je n'arrive même pas à me souvenir du nom de cette fille, bien que cette passion adolescente eût été la plus intense que j'avais connue avant que Mandelstam ne me chipe cette première cigarette au Bric-à-brac. C'était peut-être cette fille qui m'avait donné *Trente-trois monstruosités*. D'un autre côté, ç'aurait tout aussi bien pu être ma mère, l'une des premières femmes de toute la Russie à avoir pu prétendre au titre de médecin – elle avait un côté bohème et aurait été parfaitement capable de laisser le livre sur ma table de chevet pour donner un vernis de sophistication à sa provinciale de fille.

Je feuilletais *Trente-trois monstruosités*, en m'attardant sur les pages qui avaient été cornées à un moment ou à un autre, essayant (en vain) de les lire avec les yeux de la rêveuse de seize ans que j'étais autrefois, quand j'entendis des bruits de pas s'éloigner rapidement dans le couloir du palier. Dans l'entrée, je ne pus que remarquer le papier plié, glissé sous la porte. Mon cœur se mit à cogner dans ma poitrine lorsque je le ramassai. Pendant un instant, je fus trop terrifiée par ce que je risquais d'y trouver pour le déplier. Pasternak m'avait appelée quelques jours plus tôt pour dire qu'il avait appris – en refusant catégoriquement de me dire comment – que Staline s'intéressait personnellement au cas Mandelstam. Pour Pasternak, il s'agissait d'un élément positif, mais je voyais quant à moi la face cachée de cette lune : que Dieu ait pitié de Mandelstam si Staline s'intéressait personnellement à lui. La curiosité fut la plus forte et je dépliai le papier, qui se révéla être une convocation dactylographiée à mon nom, afin que je me présente à la porte de la Loubianka dans la ruelle Fourkassovski, à quatorze heures ce jour-là.

La Loubianka ! Étais-je finalement arrêtée ? Ou était-ce en rapport avec mon mari – allait-on me tendre un certificat de décès et ses effets personnels ? Je me souviens que mes jambes se dérobèrent sous moi et que je m'effondrai ; agenouillée devant le radiateur rouge-rose comme si c'était un objet religieux, je me mis à le prier. *Notre Père qui êtes aux cieux, s'il a encore une muse et une érection, faites que le soleil oublie tout simplement de se lever demain matin. Amen.* Au bout d'un moment, je réussis à rassembler suffisamment mes forces et mes pensées pour me traîner jusqu'au téléphone collectif dans le couloir et composer le numéro de Boukharine aux *Izvestia*. Je tombai sur sa secrétaire, Korotkova.

– Oh, mon Dieu, dit-elle avec un soupir abattu, il m'a formellement interdit de lui passer un appel de vous, madame Mandelstam. Et il ne vous recevra pas si vous venez ici. Il est furieux contre vous – vous avez apparemment mis Nikolaï Ivanovitch dans une position délicate vis-à-vis de son ami du Kremlin. Je crains de ne pouvoir rien faire pour vous.

Dire que j'étais ébranlée serait un euphémisme. Une voisine de la maison Herzen me trouva, assise sur la chaise cassée près du téléphone, le regard rivé au mur.

– Nadejda, avez-vous reçu de mauvaises nouvelles ? me demanda-t-elle.

Je lui tendis la convocation. Elle la lut et commenta :

– Que Dieu vous vienne en aide, je ne le peux pas.

Et elle me fourra le papier dans la main comme s'il était contaminé, avant de battre précipitamment en retraite.

Je me dis que je devrais appeler Akhmatova, mon amie qui avait l'expérience du monde et savait qu'en apportant des colis en prison, on pouvait découvrir où son mari était incarcéré. Je tombai sur Lev, le fils qu'Anna Andreïevna avait eu avec Goumilev, son premier mari, qui promit de demander à sa mère de me rappeler dès son retour du Gastronome. Je restai assise là pendant je ne sais combien de temps avant que le téléphone sonne sous mes doigts. J'arrachai le combiné de son socle. Dieu merci, c'était Akhmatova. Je lui lus aussitôt la convocation. Comme toujours, elle réfléchit soigneusement à la question avant de me donner son avis.

– Je pense que nous pouvons éliminer l'hypothèse selon laquelle ils vous ont convoquée pour vous annoncer sa mort, répondit-elle enfin. D'après ce que je sais, on apprend la mort d'un prisonnier seulement quand on vous renvoie un colis ou une lettre frappé du tampon *Décédé*. Il arrive parfois qu'une âme charitable inscrive la cause du décès, quoique la mort d'un prisonnier, même ceux qui sont fusillés dans les sous-sols de la Loubianka, soit presque toujours attribuée à un arrêt cardiaque. En de rares occasions, les autorités envoient une note officielle précisant la date présumée de la mort du prisonnier.

– S'il est mort, que font-ils du corps ?

– J'ai entendu dire que les prisonniers qui ne sont pas incinérés sont enterrés dans une fosse commune sur le stand de tir de Boutovo dans la banlieue de Moscou, non loin des datchas qu'ils construisent pour les tchékistes. Mais rassurez-vous, Nadejda, il est très improbable qu'ils vous convoquent pour vous annoncer la mort de Mandelstam. Je ne peux pas exclure que vous soyez arrêtée. J'ai cru comprendre qu'ils arrêtent tellement de monde en ce moment qu'ils n'ont pas assez de tchékistes pour aller les chercher. Les prisonniers politiques de moindre importance sont convoqués, afin que la main-d'œuvre tchékiste puisse se consacrer aux plus importants. D'un autre côté, c'est peut-être quelque chose de complètement différent – on ne peut pas abandonner complètement l'espoir que Pasternak ou Boukharine ait réussi à alerter Staline et qu'Ossip écope d'une peine de prison. Si c'est le cas, il importe de voir si la mention *sans droit de correspondance* figure après l'énoncé de la durée de la peine. *Sans droit de correspondance* est l'équivalent de la peine de mort – ça signifie qu'ils coupent le prisonnier de la civilisation parce qu'ils ne s'attendent pas à ce qu'il revienne. Il y a encore une autre possibilité – qu'Ossip soit envoyé en exil ; c'est le fameux *moins douze*. Dans ce cas, ils vous demanderont d'apporter des provisions pour le voyage et des vêtements pour l'hiver... ou pour les hivers à venir, se corrigea-t-elle.

– Je n'aurais jamais imaginé prier pour que Mandelstam soit envoyé en exil, dis-je.

– Ce serait la situation la moins grave, acquiesça-t-elle. Je vais joindre ma voix à la vôtre au cas improbable où il y aurait un Tout-Puissant et qu'il nous écouterait.

– Me permettront-ils de l'accompagner en exil ?

– S'il s'agit bien d'exil, probablement. De plus en plus de femmes partent avec leur mari aujourd'hui. Ça libère des appartements et ça permet d'éloigner les fléaux que nous sommes. À quelle heure devez-vous vous présenter à la Loubianka ?

– À deux heures.

– Très chère Nadejda, je vais camper près du téléphone, m'annonça Akhmatova. Si vous ne m'avez pas appelée à cinq heures, j'informerai Pasternak et nous bombarderons de télégrammes l'Union des écrivains pour exiger de savoir ce qui vous est arrivé.

C'est ainsi que je me retrouvai devant une porte anonyme de la ruelle Fourkassovski, cherchant une sonnette ou un heurtoir sur la porte de bois. Mandelstam aurait sûrement éclaté de rire s'il m'avait vue, tentant de trouver un moyen d'*entrer* dans la Loubianka. Je finis par frapper à la porte avec mon poing. Un jeune tchékiste, portant l'uniforme bleu d'un garde-frontière, l'entrouvrit juste assez pour que je distingue son œil qui me scrutait.

– C'est pour quoi ?

Je glissai la convocation par l'embrasure. Il me referma la porte au nez. Je restai là, à me demander si je devais de nouveau frapper ou attendre. Des femmes qui passaient sur le trottoir, chacune portant une *avoska* pleine d'oranges, me lancèrent des coups d'œil. Avaient-elles conscience qu'il s'agissait de la porte arrière de la terrible prison de la Loubianka ? Au bout d'un moment, la porte se rouvrit, cette fois suffisamment pour que je puisse entrer. J'entendis qu'on la claquait et verrouillait derrière moi. Je dus faire un effort pour ne pas m'effondrer une fois encore.

– Suivez-moi, m'ordonna le garde.

– Où m'emmenez-vous ? demandai-je.

Mais il s'était déjà éloigné et je dus courir pour le rattraper. Nous passâmes une porte donnant sur une cour, montâmes quelques marches, puis pénétrâmes par une autre porte dans une entrée élégante, aux murs ornés de miroirs et au sol carrelé si bien ciré que le bas de ma jupe se reflétait dedans. Un large escalier à rampe d'acajou partait de l'entrée. Le garde me conduisit jusqu'à un grand ascenseur en miroir. Il tendit ma convocation au liftier, un monsieur âgé portant des gants blancs et une tunique bleue avec un galon doré et des boutons de cuivre. Je montai dedans et, par habitude, me regardai dans la glace – mon teint seul aurait suffi à effrayer le diable qui, comme nous le pensions tous, rôdait dans les ténèbres de la Loubianka. Je glissai quelques mèches de cheveux rebelles sous le béret que mes parents m'avaient acheté à Paris quand j'avais seize ans. Je m'avisai qu'il aurait été plus prudent de porter un bonnet russe plutôt qu'un chapeau avec une étiquette française cousue à l'intérieur. L'ascenseur démarra. Je comptai les étages qui passaient. Un. Deux. La cabine s'arrêta au troisième. Le liftier tira avec effort la grille de cuivre, ouvrit la lourde porte et me la tint comme si j'étais une cliente du Ritz.

– Salle vingt-trois, dit-il, désignant d'un signe de tête une porte au bout du couloir.

Je m'engageai dans le corridor brillamment éclairé, au tapis usé, dépassai un monte-charge ouvert aux parois capitonnées puis de belles portes en bois ornées de chiffres en cuivre jusqu'à celle qui portait le numéro vingt-trois. Là, comme si je rendais une visite courtoise à un éditeur désirant faire appel à mes services de traductrice, je tendis la main pour frapper.

Ce que je raconte n'est pas issu du lobe du cerveau où loge la mémoire. Il s'agit d'une pure vision intérieure. Je revis la scène en la décrivant, ou plus précisément, je la vis comme pour la première fois. Lorsqu'il m'arrive de me remémorer ces événements terribles, ils ont l'odeur de la terre devant une tombe fraîchement creusée.

Voici ce que vit mon cœur quand l'homme qui se révéla être l'interrogateur Kristoforovitch ouvrit la porte et, d'un signe de tête, m'invita à entrer. Je vis Joseph Staline qui me regardait sur une énorme photo fixée au mur. Je vis Kristoforovitch me sourire bêtement comme un maître d'hôtel. Je vis un homme qui ressemblait – ressemblait seulement – au poète Mandelstam debout à côté d'un tabouret ridicule aux pieds plus courts devant que derrière, tenant à deux mains la ceinture de son pantalon tire-bouchonné pour l'empêcher de tomber.

Je traversai la pièce en titubant et étreignis son corps, secoué de la tête aux pieds de sanglots silencieux, dans mes bras tremblants.

Je dois ajouter ici qu'il émanait de ses vêtements une puanteur d'urine.

– Comme vous pouvez le voir, madame Mandelstam, votre mari est vivant et en bonne santé, dit l'interrogateur.

Prenant place sur une chaise derrière une grande table, il repoussa un dîner à moitié entamé et fit signe à Mandelstam de s'asseoir. Mon mari s'accrocha à ma main en se laissant tomber sur le tabouret.

– Ils te laissent partir ? demanda-t-il d'une voix qui n'appartenait à personne de ma connaissance.

– Comment ça, *me laisser partir* ?

– Tu as oublié ? Je t'ai rendu visite dans ta cellule, Nadenka. À toi et à Zinaïda.

Il me fit signe de m'accroupir à côté de lui pour que sa bouche se trouve tout près de mon oreille.

– Lorsqu'ils l'ont arrêtée, ils ont arrêté l'épigramme que j'avais copiée pour elle.

– Mon nom, annonça le maître d'hôtel derrière sa table, est Kristoforovitch. J'ai l'honneur d'être l'interrogateur de votre mari. Il est légèrement désorienté, comme vous pouvez le constater, sûrement à cause de l'émotion de vous voir.

Il se tourna vers Mandelstam.

– Votre femme, ainsi que l'amie de votre femme, la comédienne Zinaïda Zaitseva-Antonova, n'ont jamais été mises en détention préventive.

– Vous mentez, évidemment, dit Mandelstam d'une voix qui ressemblait davantage à celle dont je me souvenais. Je les ai vues toutes les deux en prison.

– Il dit la vérité, Ossia. Tu as dû le rêver. Je n'ai pas quitté notre appartement de la maison Herzen pendant ces deux dernières semaines.

Kristoforovitch s'éclaircit la gorge.

– Vous avez été convoquée, m'informa-t-il, afin d'entendre la sentence prononcée contre Mandelstam pour avoir violé l'article 58, qui couvre les délits de propagande antisoviétique et d'activités contre-révolutionnaires.

Le poème de votre mari est un document contre-révolutionnaire sans précédent.

L'interrogateur sortit une feuille de papier du dossier ventru posé sur la table.

– Le camarade Staline a étudié l'affaire personnellement et ordonné aux Organes d'isoler et de préserver le prisonnier. Il est condamné à trois ans d'exil « moins douze ».

– Qu'est-ce que ça veut dire, moins douze ? demanda Mandelstam.

– Ça veut dire que vous n'êtes pas autorisé à résider dans l'un des douze plus grands centres urbains d'Union soviétique, expliqua Kristoforovitch.

Mon mari serra plus fort ma main et se mit à trembler de manière incontrôlable.

– Je ne vais pas être fusillé ?

– Tu ne vas pas être fusillé, lui dis-je. Tu vas vivre pour composer encore des dizaines de beaux poèmes.

– Je ne vais pas être fusillé, répéta-t-il, comme s'il ne m'avait pas entendue.

– Soyez rassuré, vous ne subirez pas la peine capitale, confirma Kristoforovitch.

Il me regarda.

– Souhaitez-vous accompagner votre mari en exil ?

– Non, répondit Mandelstam à ma place.

– Absolument, affirmai-je.

– Décidez-vous, ordonna Kristoforovitch.

– J'ai parfaitement l'intention d'accompagner mon mari en exil.

– Dans ce cas, je vais aller établir les documents nécessaires et vous les rapporterai pour signature.

Il fit le tour de la table et se tint au-dessus de Mandelstam.

– Vu la nature contre-révolutionnaire de votre crime, la sentence représente un incroyable acte de clémence au plus haut niveau. Vous pouvez vous estimer heureux.

Là-dessus, il quitta la pièce en refermant la porte derrière lui.

Les lèvres tremblantes, Mandelstam se mit à parler :

– Prends garde à ce que tu dis, murmurai-je. Ils nous écoutent sûrement.

Et je lançai un coup d'œil vers les murs, geste habituel pour indiquer que des microphones y étaient peut-être installés.

– As-tu nié avoir été arrêtée parce qu'il était dans la pièce ?

– Non. C'est la vérité. Je suis restée à la maison pendant tout ce temps.

– Et Zinaïda ?

– J'ai réussi à lui parler au téléphone après avoir essayé de la joindre pendant des jours et des jours. Elle avait la voix tendue. Je suppose que c'est parce que son mari et elle sont en train de divorcer. Elle m'a assuré qu'elle avait détruit la copie de l'épigramme que tu avais faite pour elle.

Il secoua la tête, en pleine confusion.

– Si elle avait la voix tendue, c'est parce qu'ils ont confisqué sa copie de l'épigramme et qu'elle avait peur de l'avouer. Kristoforovitch me l'a montrée. Il n'y a pas de doute possible – c'était la première version, avant que Pasternak ne m'incite à changer la deuxième strophe. C'était bien mon écriture.

– Je ne comprends pas…

– Moi non plus. Crois-moi, je ne suis pas victime d'hallucinations. Je vous ai rendu visite en prison, à Zinaïda et toi, bon sang.

– Et je te dis que tu l'as imaginé. Mon Dieu, qu'as-tu imaginé d'autre ?

Mandelstam marmonna quelque chose en grec : *Ei kai egnokamen kata sarka Christon.* Je reconnus immédiatement l'expression, car nous avions souvent essayé de déchiffrer ces mots mystérieux de Paul dans la deuxième épître aux Corinthiens. Paul est censé ne jamais avoir croisé le chemin du Christ, et pourtant il écrit *Nous avons connu le Christ selon la chair.* Je ne compris pas où Mandelstam voulait en venir en citant la Bible.

– Essaies-tu de me dire que tu as vu le Christ en prison ? demandai-je.

Il secoua la tête, mécontent, puis regarda la photographie de Joseph Staline sur le mur derrière la table de l'interrogateur.

– Je l'ai vu, lui.

Je ne comprenais toujours pas.

– Staline est venu te voir en prison ?

Ma lenteur commençait à agacer mon mari.

– Pas en prison. Et ce n'est pas lui qui est venu, c'est moi qui suis allé le voir. Je l'ai vu au Kremlin, bien sûr. En chair et en os. Il m'a offert une cigarette. Nous avons parlé. Il m'a raconté beaucoup de choses sur lui-même, notamment – il colla de nouveau les lèvres à mon oreille – notamment qu'il avait tué sa femme au cours d'une dispute. Oh, ce n'était pas entièrement sa faute ; c'est elle qui a fourni le pistolet, qui le lui a fourré dans la main, en le mettant au défi de prouver qu'il était aussi dur qu'Ivan le Terrible. Il a donc visé le cœur et pressé la détente. Au Kremlin, tout le monde est persuadé qu'elle s'est suicidée. Je suis le seul à connaître la vérité.

Je ne sus pas quoi répondre. Était-il possible que Staline ait fait venir mon mari au Kremlin et se soit confié à lui ? S'il s'était confié à lui – s'il avait avoué avoir assassiné sa femme – pourquoi enverrait-il maintenant Mandelstam en exil, où il pourrait raconter cette histoire à qui voudrait l'entendre ? Non, non, la seule explication un tant soit peu sensée était que Mandelstam, au seuil d'une dépression nerveuse, avait imaginé nous avoir vues, Zinaïda et moi, dans une cellule de prison, et avait imaginé sa conversation avec Staline.

– Écoute-moi attentivement, mon chéri, dis-je, en lui chuchotant mon message à l'oreille. Tu ne dois dire à personne que tu as rencontré Staline au Kremlin. Je ne doute pas que ça se soit passé comme tu l'as dit. Mais si tu répands l'histoire sur les circonstances de la mort de sa femme, il te renverra à la Loubianka dans les fers. Tu comprends ce que je te dis, Ossia ?

Il massa son beau front avec ses articulations.

– Oui.

– Tu es sûr de comprendre ? répétai-je.

Il hocha lentement la tête.

– Bien. N'en parle plus jamais. Ni à toi-même. Ni à Akhmatova. Ni à Pasternak. Ni à ton frère. Ni même à moi.

– Je n'en parlerai plus jamais, dit-il d'une petite voix.

– Nous devons laisser le passé derrière nous et nous concentrer sur l'avenir.

– L'avenir est-il devant ou derrière nous ?

L'espace d'un instant, je crus que Mandelstam était redevenu lui-même et faisait une remarque caustique, et poétique aussi. Puis je me reculai sur mes talons et vis ses yeux écarquillés, avides d'obtenir la réponse à la question qu'il venait de poser.

– L'avenir, répondis-je, est devant nous.

Mandelstam accueillit cette précision d'un nouveau lent hochement de tête.

Le maître d'hôtel revint dans la pièce, apportant des formulaires à signer en trois exemplaires. Je griffonnai mon nom en bas de chaque page sans me donner la peine de les lire. Qu'aurais-je pu perdre encore qu'on ne m'eût déjà pris ? Utilisant le bord de sa table en guise de règle, Kristoforovitch déchira un morceau de papier et nota le nom d'une gare, le numéro de la voie et l'horaire du train.

– Mandelstam va être envoyé en exil dans la ville de Tcherdyn, dans le nord de l'Oural, annonça-t-il. Vous avez sept heures pour rassembler les affaires que vous pouvez transporter et rejoindre votre mari dans le wagon.

Alors que je me dirigeais vers la porte – je n'avais pas de temps à perdre si je devais préparer le voyage –, Mandelstam se leva d'un bond.

– Une hirondelle, hurla-t-il, la main qui tenait le pantalon pointée vers les rideaux plissés couvrant la fenêtre.

– Que vois-tu, Ossia ?

– Je vois l'avenir se fracasser contre le flanc d'une montagne.

Je me tournai vers l'interrogateur et me mis à fulminer.

– On a poussé un poète à la folie, m'écriai-je. C'est un outrage grave au gouvernement que vous représentez. On exile un poète en état de démence.

Kristoforovitch demeura indifférent à la folie de Mandelstam et à ma tirade.

– Vous ferez meilleur usage du temps qu'il vous reste avant le départ si vous vous calmez et commencez à vous préparer pour le voyage, me dit-il froidement.

Hélas, les images mentales deviennent floues à ce point du récit. Je crois me souvenir que Mandelstam pleurait quand je m'arrachai à la pièce. Je n'ai aucun souvenir de mon retour à la maison Herzen, pas le moindre. Je ne me rappelle pas avoir appelé Akhmatova, mais je dus le faire parce que, en quelques minutes, plusieurs des jeunes poètes qui vivaient dans les petites chambres du deuxième étage vinrent m'aider à préparer les bagages. Je me rappelle avoir eu l'impression d'être atteinte d'une forte fièvre. Dans cet état délirant, je fourrai les vêtements de mon mari (dont certains empestaient le camphre) dans la valise qui nous servait de table basse, rangeai les miens dans une valise en carton que quelqu'un me donna, je balançai des casseroles, des bols de porcelaine, des ustensiles de cuisine et du linge dans un sac postal en toile et remplis un petit carton avec des livres pris sur les étagères de Mandelstam. Pasternak arriva avec une grosse liasse de roubles retenue par un élastique – disant que la moitié était de sa part, l'autre de la part d'Akhmatova. Semblant plus sombre que d'habitude, il m'embrassa sur le front et disparut. La femme de Boulgakov, Elena Sergueïevna, ne put retenir ses larmes lorsqu'elle frappa à la porte. Elle vida littéralement le contenu de son sac sur la table de la cuisine et m'obligea à accepter jusqu'au dernier rouble qui s'y trouvait. Les femmes de deux éditeurs qui n'avaient pas pu publier Mandelstam vinrent également, l'une avec deux écharpes de laine pour l'hiver, l'autre avec de l'argent. (« Considérez cela comme un prêt », insista-t-elle quand je voulus lui rendre ses roubles.) Deux des jeunes poètes qui avaient passé des soirées autour de notre table de cuisine à écouter

Mandelstam lire tout haut des poèmes de *La Pierre*, son premier recueil, interceptèrent une automobile du gouvernement et offrirent un large pourboire au chauffeur pour qu'il me conduise à la gare. Ils insistèrent pour m'accompagner afin de porter les valises, le sac en toile et le carton de livres. Serrant sur ma poitrine un vieux sac à main rempli de plus d'argent que nous n'en avions possédé depuis des années, suivie par les deux jeunes poètes chargés de nos pitoyables possessions, je parcourus le quai et aperçus mon mari dans un compartiment. Il m'apparut aussi pâle et unidimensionnel qu'un reflet dans la vitrine embuée d'un magasin.

Des images fugaces du voyage vers notre exil à Tcherdyn – il nous fallut deux jours et trois nuits de train puis de bateau pour couvrir les quelque mille cinq cents kilomètres – me traversent l'esprit comme dans ces films de cinéma où la pellicule saute sur les pignons du projecteur. (Akhmatova, citant un poète anglais dont le nom m'échappe, parle souvent des fragments dont nous étayons nos ruines ; ce que je m'apprête à raconter, ce sont les fragments de ma propre ruine.) À l'exception des trois soldats armés, dont l'un demeura posté devant la porte pour éloigner d'autres passagers, Mandelstam et moi eûmes le compartiment et ses six sièges pour nous tout seuls. Le garde le plus âgé, lui aussi prénommé Ossip, était un garçon de la campagne au large visage ouvert qui fredonnait des rondeaux quand il ne me souriait pas. Il allait remplir ma théière d'eau bouillante au samovar du wagon chaque fois que je le lui demandais, de sorte que je pus abreuver mon mari de thé, mais j'avais oublié d'emprunter du sucre à la maison Herzen et il grimaçait à chaque gorgée. Mandelstam passa des heures le front collé à la fenêtre, à embrumer la vitre avec son haleine, les yeux fixés, par-delà son reflet, sur la taïga et les villages qui défilaient, écoutant la voix presque humaine des rails sous les roues du train.

– Tu l'entends ? me demanda-t-il à un moment

Et il déchiffra les mots pour moi : *L'âge avant la beauté ? Le talent avant la médiocrité ? L'intellectuel de la ville avant le péquenot de la campagne ?*

À un autre moment, je me réveillai et m'aperçus qu'il se parlait tout seul. Je me souviens qu'il répétait inlassablement la même chose, quelque chose comme : « Ils veulent m'éloigner de Moscou avant de me fusiller – ils veulent me faire disparaître sans laisser de traces. »

Le soldat Ossip dut l'entendre parce qu'il se tourna vers moi et, souriant toujours, déclara :

– Dites-lui de se calmer, madame. Nous, on ne fusille pas les gens pour avoir écrit des vers, uniquement pour espionnage et sabotage. Ici, c'est pas comme dans les pays bourgeois. Là-bas, on pourrait être pendu pour avoir écrit des choses qui ne leur plaisent pas.

La pellicule saute sur d'autres images. À un moment, pendant cette première nuit, le train s'arrêta sur une voie d'évitement, et nous dûmes rejoindre un wagon ouvert (les gardes passèrent leurs fusils dans leur dos et portèrent nos affaires) sur des rails plus étroits. Mandelstam et moi prîmes place l'un en face de l'autre, sur les bancs de bois, tandis que les gardes s'asseyaient en travers de l'allée et faisaient signe aux autres passagers de rester à l'écart. J'ignore ce que les gens pensaient de ces deux sinistres citadins, dont les valises et autres possessions avaient été hissées dans les casiers à bagages. Nous voyant escortés par des soldats armés, tous évitaient de croiser notre regard – tous sauf une dame d'un certain âge, maigre et élégamment vêtue, qui semblait tout droit sortie des pages d'un roman de Tourgueniev. Oh, mon Dieu, tout me revient. Je n'avais pas pensé à elle depuis des années. Elle était montée dans le wagon à une gare éloignée, habillée de la même manière que ma mère, paix à son âme, à l'occasion des mariages, d'une robe grège au col montant et de gants au crochet, et coiffée d'un petit chapeau de paille. Elle tenait une ombrelle de dentelle sous le bras et un panier de paille fermé à la main. Elle me regarda, regarda les soldats, puis ses yeux revinrent se poser sur moi. Ayant compris que nous étions des prisonniers qu'on emmenait en exil, elle me gratifia du sourire le plus triste qu'on pût s'attendre à voir dans une vie. Elle s'avança vers nous dans l'allée, ignorant les gardes qui lui faisaient signe de s'écarter, ignorant le soldat Ossip qui se leva, la main posée sur la crosse d'un énorme revolver. Elle ouvrit le couvercle de son panier, fouilla sous une étoffe et en sortit deux concombres. Elle en offrit un à mon mari et me tendit l'autre. Mon mari, que cet acte osé de solidarité fit sortir de sa torpeur, se leva et lui baisa la main à la française, ses lèvres exsangues effleurant le gant de la dame. Et, avec une inclinaison courtoise de la tête, cet ange gardien des prisonniers déportés, cette relique d'une Russie agonisante, se retourna et alla s'asseoir à côté d'une famille de paysans au bout du wagon, d'où elle ne me quitta plus des yeux.

Je dus m'assoupir quand je ne fus plus physiquement capable de garder les yeux ouverts. Alors que le train quittait une nouvelle gare perdue, je me réveillai et découvris que la place de la femme était vide à l'autre extrémité du wagon. Aujourd'hui encore, je regrette amèrement de ne pas connaître son nom, bien que, compte tenu de ce qu'elle a fait pour nous, le lui demander l'aurait mise en danger. Mandelstam, de son côté, ne cessait de contempler son reflet dans la vitre. Il était persuadé qu'on allait l'exécuter d'un moment à l'autre et ne voulait pas être pris au dépourvu. La saison des nuits blanches avait commencé et on distinguait des bosquets de bouleaux et de trembles sur les contreforts des montagnes. Je m'endormis de nouveau, mais fus réveillée avant l'aube par l'immobilité du train. Nous nous étions encore arrêtés sur une voie d'évitement, dans une cour de marchandises, pour laisser passer un wagon à bestiaux rouge transportant des prisonniers vers des camps de travail forcé en Sibérie. Les femmes avaient glissé des morceaux de sous-vêtements entre les planches des parois de bois pour que les gens qui apercevraient les wagons comprennent la nature de leur chargement. En imagination, je vois ces lambeaux de tissu voler comme des bannières de régiment dans la pénombre glacée entre la nuit blanche et la lumière de l'aube.

Tard le deuxième jour, tandis que les montagnes de l'Oural s'élevaient comme une tache à l'horizon, le train traversa poussivement une banlieue de maisons de bois d'un étage aux couleurs vives et de petites rues de terre pour arriver à son terminus, une vieille gare avec des portraits géants de Lénine et de Staline collés sur des panneaux d'affichage et *Solikamsk* imprimé au-dessus des portes battantes menant à la salle d'attente. Des haut-parleurs accrochés à des poteaux sur le quai diffusaient un bulletin d'informations : *Les espions, les traîtres et les renégats ont été balayés de la surface de la terre.* Nos trois fidèles gardes nous transportèrent, nos possessions et nous, jusqu'à un camion ouvert garé au coin, à côté des toilettes publiques. On nous ordonna de monter, à Mandelstam et moi, sur des balles de foin au fond et, dans une pétarade de pot d'échappement, le camion prit la direction du nord sur l'unique boulevard de la ville. En quelques minutes, les maisons de bois firent place à une forêt épaisse et la lumière du jour fut remplacée par des ténèbres impénétrables. Peu de temps après, nous nous arrêtâmes dans une clairière et le camion se remplit de bûcherons qui voulaient rejoindre la rivière. L'un d'eux, en particulier, terrifia Mandelstam – un grand gaillard barbu, vêtu d'une chemise rouge sombre et portant une hache à deux lames à l'épaule. Craignant pour sa vie, mon mari se mit à trembler.

– Ils vont me couper la tête, comme du temps de Pierre, dit-il d'une voix haletante.

Je l'attirai contre moi et tentai de le calmer, mais il observait le géant barbu d'un œil plein d'épouvante.

– Attends-toi au pire, dit-il. Fais tout ton possible pour garder ta dignité. Quand ils viendront me chercher, je dois absolument m'enfuir – il est important de s'échapper, ou de mourir en essayant de le faire.

Je me rappelle avoir dit :

– Au moins, s'ils nous tuent, nous n'aurons pas à nous suicider.

Ce qui me valut un rire nerveux de la part de Mandelstam.

– Comment puis-je vivre avec une suicidée professionnelle comme toi à mes côtés ? demanda-t-il.

Ce que je ne dis pas, mais pensais, était : si tu décides de mourir, je n'aurai pas besoin de me tuer, ma vie s'arrêtera d'elle-même.

Je me souviens qu'il prit plusieurs inspirations profondes, ce qui le calma, mais à aucun moment il ne quitta des yeux le bûcheron et sa hache.

Le soleil était couché quand le camion atteignit l'embarcadère branlant sur la Kolva. Même la nuit blanche se perdait dans les ombres de la forêt qui descendait presque jusqu'au bord de l'eau. Les voix des femmes qui chantaient sur la rive opposée résonnaient à travers les bois. Les bûcherons disparurent dans une espèce de baraquement sur un promontoire bas surplombant la rivière. Les trois gardes entassèrent nos bagages sur l'embarcadère et s'assirent, dos aux poteaux, en fumant et en discutant à mi-voix. Je frappai au carreau du petit magasin à côté du baraquement et réussis à acheter quelques boîtes de sardines, une miche de pain et, pour le plus grand plaisir de mon mari, deux paquets de cigarettes turques bon marché. Nous nous installâmes sur la pente herbeuse à côté de l'embarcadère et écoutâmes les sons délicats que fait une rivière la nuit – le murmure de l'eau qui tourbillonne, le plouf des poissons, le coassement des grenouilles. En d'autres circonstances, cela aurait été un agréable interlude. Mandelstam passa la première cigarette turque sous ses narines pour en savourer l'odeur puis la coinça entre ses lèvres et craqua une allumette. Sa main tremblait trop pour pouvoir la porter à sa cigarette, si bien que j'en craquai une autre dont il approcha le visage en me tenant le poignet. Il exhala et se laissa aller dans l'herbe.

– J'ai tenu le poignet de Staline quand il a allumé ma cigarette, dit-il d'un ton distrait.

Dieu seul sait comment je réussis à plaquer un sourire sur mes lèvres. Dans l'obscurité, je vis qu'il me dévisageait comme si j'étais une étrangère.

Peu après minuit, le bateau à vapeur, un vieux vaisseau avec un beaupré en forme de dame nue et une cabine de pilotage de guingois, qui se dressait haut sur

285

le pont supérieur et penchait dans le vent, vint s'amarrer le long des faibles lumières électriques au bout de l'embarcadère. Je trouvai le commissaire dans son bureau donnant sur le couloir central et, puisant dans la petite fortune que j'avais dans mon sac, j'achetai des billets qui nous donnaient droit à une cabine personnelle, et même un cabinet de toilette doté d'une petite baignoire en fer-blanc. Mandelstam n'en crut pas notre chance lorsque le steward déverrouilla la porte et se recula pour nous laisser entrer, presque comme si nous étions des vacanciers en croisière pour Tcherdyn. Nos trois soldats installèrent nos affaires sous les deux lits de la cabine puis partirent chercher la salle réservée aux passagers de l'entrepont. Une odeur de chou cuit émanait de la coquerie au bout de la coursive (Mandelstam se déclara stupéfié par ma maîtrise de la terminologie nautique) et, pour le prix de quelques cigarettes, nous réussîmes à nous faire servir nos repas dans la cabine. Peu après, le hurlement de la sirène du bateau emplit la nuit. Le pont se mit à vibrer sous nos pieds tandis que le vapeur s'éloignait de l'embarcadère et commençait à remonter la rivière vers notre destination.

Je peux dire sans exagérer que nous eûmes tous deux notre première nuit de vrai sommeil depuis des jours, au point que le lendemain matin, en découvrant Mandelstam encore allongé sur sa couchette, j'eus peur. Je le regardai attentivement pour m'assurer qu'il respirait toujours, avant de me glisser sous sa couverture pour le réveiller avec la chaleur de mon corps. Il s'accrocha à moi comme un homme qui se noie à un gilet de sauvetage et je crus sentir – je n'en étais pas sûre, attention, ce n'était qu'une impression – l'humidité des larmes dans mon cou. Ensuite – je rapporte ce détail, ainsi que la douleur qu'il me causa à l'époque ; malgré la douleur que je ressens toujours aujourd'hui – je l'entendis dire :

– Avec un peu de chance, il me restera peut-être une muse.

Avec ou sans votre permission, je vais avancer de plusieurs heures.

Mandelstam, baigné, rasé (par mes soins, alors qu'il était assis dans la baignoire, ses genoux cagneux sortant de l'eau – je ne me sentais pas encore suffisamment rassurée pour le laisser tenir un coupe-chou), revêtu de vêtements sentant le camphre, l'une des nouvelles écharpes de laine autour du cou, prenait l'air sur l'étroit pont supérieur. Il faisait la navette entre la chaise longue où j'étais installée et le gaillard d'avant, son volume de Pouchkine ouvert à la main, mais l'attention rivée sur le rivage.

Et pour cause. Le forfait de Staline contre l'humanité – en forçant les paysans qui avaient survécu à la famine créée de la main de l'homme et aux pelotons d'exécution à entrer dans des fermes collectives – avait déraciné des masses de gens qui s'étaient éparpillés sur ce qui était devenu une terre vaine. Mon mari et moi avions vu des traces de cette calamité en rentrant de Crimée – ce voyage qui avait laissé une marque indélébile sur Mandelstam et l'avait transformé, pour le meilleur ou pour le pire, en diseur de vérité. Des amis, qui avaient voyagé au sud et à l'est de Moscou, nous avaient raconté avoir croisé des survivants cherchant désespérément un village où s'installer ou un lopin de terre à cultiver, tout en essayant d'échapper aux escouades de tchékistes qui ratissaient la campagne. Du pont de notre vapeur, nous voyions à présent les rebuts de la collectivisation camper sur les deux rives de la rivière, ces âmes perdues pelotonnées sous des bâches suspendues aux branches, entourés de cartons et de malles en paille. Des enfants nus jouaient dans l'eau peu profonde, pendant que leurs parents faisaient cuire des morceaux de viande de cheval arrachés à des carcasses sur des feux de charbon de bois. Et mon mari et meilleur ami, l'esprit brouillé, le cerveau rempli d'hallucinations, d'images de la visite qu'il m'avait rendue dans une cellule de la Loubianka et de sa rencontre avec Staline au Kremlin, se tourna vers moi. Pointant un doigt tremblant vers le rivage, il s'écria :

– Regarde, Nadenka – la pénurie est bel et bien répartie entre les paysans !

À la honte éternelle de la Russie, il avait raison. Que dire de cet épisode après toutes ces années ? Si, comme l'affirmait Mandelstam, Staline savait ce que faisaient ses tchékistes, il était sûrement condamné pour l'éternité au cercle de l'enfer où, comme nous le raconte Dante, les feux sont si brûlants qu'on pourrait se rafraîchir le corps avec du verre fondu. Si, comme le soupçonnait Pasternak, Staline n'était pas au courant, il était coupable d'ignorer ce qu'il aurait dû savoir et finirait dans les mêmes enfers.

En milieu d'après-midi, Tcherdyn apparut au détour d'un méandre de la Kolva. La ville, qui s'étendait sur plusieurs collines entourées de forêts, était dominée par le clocher d'une énorme cathédrale qui avait sûrement été transformée en entrepôt par les bolcheviks. Mandelstam se tenait à la proue, la paume sur le postérieur nu du beaupré, pendant que le vapeur tournait dans le courant et glissait doucement vers le quai de ciment où s'entassaient des balles et des cageots attendant d'être emportés vers la civilisation. Des débardeurs attrapèrent les cordages lancés par les matelots, tirèrent les lourdes haussières à travers l'eau et les attachèrent aux bollards. Quand le bateau fut amarré au quai et la passerelle fixée, les trois gardes, portant nos possessions, nous escortèrent jusqu'à une charrette tirée par une jument squelettique et nous suivirent à pied alors que nous franchissions une immense porte pour entrer dans la citadelle au centre de la ville. Le commandant, un ancien soldat de cavalerie, à en juger par ses hautes bottes et sa flamboyante moustache, reboutonnait en hâte les boutons dorés ternis de sa tunique au moment où on nous fit entrer dans son bureau. Il affina les extrémités de sa moustache du bout des doigts.

– Vous devez être les Mandelstam, dit-il. Le télégramme de Moscou ne mentionnait pas de prénom ou de patronyme. Lequel de vous deux est le prisonnier ?

– Je suis le prisonnier, répondit mon mari. Je suis le poète Mandelstam.

– Et je suis Nadejda Yakovlevna, la femme du poète Mandelstam, dis-je, ma fierté dépassant mon ressentiment (que j'avais tendance à refouler) à l'égard de mon mari pour nous avoir mis dans cette situation.

– Très inhabituel, fit observer le commandant, qui ne prit pas la peine de se présenter.

– Qu'est-ce qui est très inhabituel ? m'enquis-je.

– La mention *Isoler et préserver*, à côté du nom Mandelstam sur le télégramme, répondit-il. C'est la première fois que je reçois de telles instructions.

Il regarda Mandelstam droit dans les yeux.

– Qui connaissez-vous au Kremlin ?

Les lèvres de mon mari esquissèrent ce qu'en d'autres circonstances j'aurais pu raisonnablement décrire comme un sourire.

– Staline, répondit-il.

Le commandant échangea un coup d'œil rapide avec son jeune adjoint assis derrière un bureau à l'autre bout de la pièce.

– Vous ne devriez pas plaisanter avec ça, l'avertit-il.

– Qu'est-ce qui vous fait croire que je plaisante ?

Jugeant apparemment plus prudent de changer de sujet, le commandant nous annonça que nous serions logés à l'hôpital du district jusqu'à ce que notre lieu d'exil définitif soit décidé. Ce fut la première indication que Tcherdyn ne serait pour nous qu'une étape. La même charrette nous transporta sur une route sinueuse, pavée de bois refendu, jusqu'à un bâtiment de briques – une ancienne fabrique de saucisses reconvertie, comme nous l'apprîmes, en hôpital. Nos trois gardes nous dirent adieu au portail. Le dénommé Ossip se mit même au garde-à-vous et salua après nous avoir remis aux autorités hospitalières. Une femme corpulente, vêtue d'une blouse blanche souillée, nous emmena dans une grande salle vide au deuxième étage, meublée de deux lits de camp en métal installés perpendiculairement au mur. Comme personne ne nous proposa de nous aider à monter nos bagages, je dus faire plusieurs voyages jusqu'à l'entrée et tout transporter moi-même. Après le départ de nos trois gardes, dont Mandelstam pensait qu'ils avaient ordre de l'exécuter, mon mari se détendit un tout petit peu. Il remarqua un portrait de Lénine qui avait été arraché d'un magazine et punaisé derrière la porte de la salle, et un souvenir lui revint.

– Quand les Rouges ont pris le pouvoir, dit-il, la femme d'un des bolcheviks est passée dans les appartements des écrivains pour accrocher sur nos murs des portraits de Lénine découpés dans des magazines. Elle espérait que cela sauverait l'intelligentsia. Quelle innocence de sa part.

Il secoua la tête.

– Quelle innocence de notre part à tous.

Alors que la nuit tombait sur Tcherdyn, Mandelstam se remit à entendre des voix. Je le compris en voyant ses yeux affolés. Il se persuada d'avoir entendu Akhmatova réciter un vers d'un de ses poèmes – *Ils emmènent mon ombre pour l'interroger* – et en conclut qu'elle avait été arrêtée et fusillée. On nous appela pour le dîner dans le réfectoire du rez-de-chaussée, mais Mandelstam refusa purement et simplement de manger tant que nous n'avions pas fouillé les ravines autour de l'hôpital pour retrouver le cadavre d'Akhmatova. Je le suivis dans les sentiers de terre qui traversaient les bois jusqu'à ce que nous titubions d'épuisement. Alors seulement je pus le ramener, en le poussant et le tirant, dans la salle du deuxième étage et dans son lit de camp. Lorsque je finis par descendre au réfectoire, il n'y avait plus que des restes, mais n'étant pas en position de faire la difficile, comme on dit, je remplis une assiette propre d'un peu de viande pleine de nerfs et de pommes de terre froides et la rapportai à mon mari, qui chipota avec un remarquable manque d'enthousiasme.

J'en arrive à la partie de l'histoire qui me brise le cœur. Revivre cet épisode, c'est un peu comme… un peu comme mourir.

Mandelstam était assis sur son lit, tout habillé, le dos au mur, à écouter avec les yeux, en marmonnant que les bûcherons allaient l'exécuter quand la lune serait suffisamment haute pour qu'ils puissent trouver leur chemin dans la forêt. J'étais résolue à ne pas fermer les yeux avant qu'il s'endorme, mais, rompue de fatigue, je dus m'assoupir. Je fis des rêves terribles, d'alligators arrachant des enfants de l'eau peu profonde au bord de la rivière pendant que leurs parents attisaient les flammes des feux de charbon de bois et retournaient des broches de fortune garnies d'êtres humains morts. Le cauchemar me réveilla en sursaut. Le lit à côté du mien était vide. La porte vitrée donnant sur un petit balcon était ouverte. J'aperçus le poète Mandelstam à la lumière de la lune. Il était à califourchon sur la balustrade, une jambe suspendue dans le vide à deux étages au-dessus du sol, cherchant le courage de sauter. Je murmurai son nom pour ne pas lui faire peur. Il tourna la tête, bouche béante, les orbites assombries par la terreur. Je me précipitai sur lui et attrapai le dos de sa veste, mais il s'en dégagea et plongea dans l'obscurité. Je restai là dans la nuit glaciale, la veste serrée dans la main, le temps que l'image sur ma rétine atteigne mon cerveau. Puis je poussai un hurlement si perçant que des oiseaux affolés s'égaillèrent dans le ciel nocturne.

Je n'ai aucun souvenir d'avoir descendu le large escalier jusqu'au rez-de-chaussée. Je me revois seulement dans le jardin, au pied du mur de l'hôpital, tandis que des silhouettes en sortaient précipitamment, avec des lampes à pétrole. Des gens en blouses blanches dégageaient Mandelstam, qui gémissait de douleur, de la haie où il avait atterri. Ils l'étendirent sur une civière et durent m'écarter pour pouvoir le transporter dans le bâtiment. Je suivis en titubant. Nous nous retrouvâmes dans le bloc opératoire éclairé à la bougie parce qu'on coupait le générateur la nuit pour économiser le fuel. Une femme médecin en robe de chambre, manifestement mécontente d'avoir été réveillée, ordonna aux infirmières de déshabiller Mandelstam. Ses lunettes lui glissant sur le nez, elle examina son épaule et son bras droits, qui étaient de travers et contusionnés.

– Il a eu de la chance, déclara le médecin en palpant mon mari du bout des doigts. Il a l'épaule démise.

Là-dessus, elle attrapa le poignet de Mandelstam et tira d'un coup sec pour remettre l'os en place. Le cri de douleur de Mandelstam fut stoppé net quand il s'évanouit.

Lorsqu'il reprit connaissance, son épaule et son torse avaient été bandés et il était de retour dans son lit, le bras en écharpe, une couverture remontée jusqu'au menton.

– Que s'est-il passé ? demanda-t-il une fois dissipé l'effet du sédatif.

– Tu es tombé, mon cher Ossia. Par chance, tu as atterri dans les haies, ce qui a amorti ta chute. La terre avait été récemment bêchée pour faire un parterre de fleurs. Tu as eu l'épaule démise. D'après le médecin, il faudra quelques semaines avant que tu retrouves l'usage complet de ton bras droit.

Après la tentative de suicide de Mandelstam, je n'ai plus de souvenirs du temps, seulement de la lumière : lumière du jour, nuit blanche, lueur des bougies, clair de lune, lumière des étoiles, même. Les jours s'emboîtaient les uns dans les autres. Les infirmières, touchées par notre malheur, se révélèrent pleines de sollicitude envers nous. Elles changeaient les bandages de mon mari, lui épongeaient les membres, vidaient le bassin et nous montaient les repas du réfectoire pour ne pas m'obliger à le laisser seul dans la salle. Une semaine passa peut-être. Honnêtement, je ne sais pas. Je me souviens en revanche qu'un matin éclaboussé de soleil, deux infirmiers entrèrent dans la salle avec une chaise robuste sur laquelle ils proposèrent de transporter Mandelstam au rez-de-chaussée. Je n'ai jamais compris pourquoi, mais il fut pris de sueurs froides et se mit à secouer vigoureusement la tête. Rien de ce que je pus dire ne réussit à le convaincre de se soumettre à leurs soins. Il finit par descendre l'escalier en s'appuyant sur moi et en grimaçant de douleur à chaque marche. Une fois en bas, on le transporta, ainsi que toutes nos affaires, à l'arrière d'une charrette à bras, que deux jeunes paysans costauds réussirent à manœuvrer le long de la route pavée de bois refendu jusqu'à la citadelle. Le commandant, vêtu cette fois d'une combinaison, nous reçut dans son bureau.

– Je constate que vous avez bel et bien un ami au Kremlin, dit-il en secouant la tête, incrédule. J'ai reçu un télégramme m'informant que vous alliez pouvoir choisir votre lieu d'exil. Ce peut être n'importe où, hormis dans l'une des douze plus grandes villes.

Qui était notre ami au Kremlin ? Pasternak avait-il finalement réussi à convaincre Boukharine d'intervenir ? Le patron de l'Union des écrivains, Maxime Gorki, avait-il perçu des signes de mécontentement chez les poètes et passé le mot à Yagoda ? Staline en personne – il était sûrement à l'origine de l'ordre d'*isoler et préserver* – avait-il estimé que Mandelstam aurait peu de chances de survivre à un hiver près du Cercle arctique ?

Puisqu'on lui donnait le choix, Mandelstam n'hésita pas.

– Voronej, annonça-t-il comme s'il avait anticipé la question.

– Pourquoi Voronej ? demanda le commandant.

Ce choix me surprenait également.

– Pourquoi Voronej, Ossia ?

Mandelstam réfléchit.

– J'ai connu un biologiste à l'université de Tachkent qui était né à Voronej. À l'époque de Pierre le Grand, c'était une ville frontière peuplée d'anciens condamnés. Il m'en a dit du bien. Comme elle est située sur le Don, au sud de Moscou, le climat y sera plus doux qu'ici. Je me souviens d'avoir entendu le biologiste dire que son père y était médecin de prison.

Et, miracle suprême, l'ancien Mandelstam, cet homme nerveux, obstiné, joyeux vivant, cet *homo poeticus*, capable de dénicher un grain d'humour dans la situation la plus sombre, se réincarna dans le bureau du commandant à la citadelle de Tcherdyn. Il me regarda, un léger sourire jouant dans ses yeux, et dit :

– Il n'est pas exclu que nous ayons besoin des services d'un médecin de prison, n'est-ce pas, Nadenka ?

– Bienvenue parmi nous, dis-je.

16

J'adore les trains. Je les adore d'aussi loin que je me souvienne d'avoir des souvenirs. Pour moi, il y a pas de musique plus douce à l'oreille que le sifflement d'un train dans la nuit. Quand j'avais seize ans et que j'étais déjà bien bâti pour mon âge, je rêvais de travailler comme chauffeur de locomotive à vapeur. J'admirais les uniformes des chefs de gare et des conducteurs ; avec leurs casquettes, ils me faisaient penser à des généraux de la glorieuse Armée rouge. Quand je suis devenu haltérophile professionnel et ensuite hercule de cirque, j'ai passé une bonne partie de ma vie sur les routes, mais ce voyage qui a commencé le 23 juin de l'année 1934 a été mon premier en wagon à bestiaux. Si vous pensez ce que je crois, vous vous trompez complètement, parce que voyager dans ce wagon à bestiaux, ç'a été presque comme voyager en première classe, du temps où il y avait une première classe avant la révolution. Que je m'explique. C'est vrai qu'on était serrés, quatre-vingt-treize corps chauds en tout, parmi lesquels sept enfants en route pour la Sibérie avec leurs parents

297

et dix-neuf personnes âgées, dont une qui était paralysée de la taille jusqu'en bas et qu'on devait porter chaque fois qu'on s'arrêtait au milieu de nulle part pour se laver dans les ruisseaux. Ce genre de situation peut vite tourner à la catastrophe, sauf qu'on a eu la chance d'avoir avec nous un prisonnier que tout le monde appelait le professeur, un petit monsieur avec des lunettes rondes et épaisses comme des culs de bouteille et une barbiche en pointe qui me rappelait le tatouage du traître Trotski qu'Agrippina faisait passer pour Engels. Non pas que ça ait de l'importance, mais le professeur était sûrement israélite parce qu'il avait le même nom que ce Juif du Politburo, Kaganovitch. Si ça se trouve, le professeur et le commissaire Locomotive (le surnom de Kaganovitch quand il dirigeait les chemins de fer) étaient peut-être cousins. Le professeur nous a organisés en ce qu'il appelait la coopérative du wagon à bestiaux et c'est grâce à lui que, contrairement à ce qui s'est passé dans les autres wagons du même train, où ils enterraient leurs morts à la va-vite à chaque arrêt, on a fait les dix-neuf jours de voyage entre la gare peu fréquentée de Moscou et le camp de transit de Magadan sans perdre une seule vie. Comme mon gabarit me donnait une autorité naturelle, le professeur m'a nommé responsable des cabinets collectifs, qui consistaient en un trou dans le plancher dans un coin du wagon, autour duquel on avait accroché des châles de femmes pour faire une séparation. J'utilisais un seau en bois rempli de pisse et une gerbe de paille pour nettoyer le trou quand il était souillé par des prisonniers ayant la diarrhée, au point que le professeur en personne m'avait complimenté devant tous les membres de la coopérative à cause de la bonne hygiène du cabinet.

Que je vous en dise plus sur le professeur. C'était un vieux bolchevik qui, comme il nous l'a fièrement raconté, avait participé à la bataille du Palais d'hiver à l'époque de la révolution. Marxiste convaincu, il rassemblait les prisonniers autour de lui dans le wagon le soir et nous donnait des cours sur la dictature du prolétariat, le matérialisme dialectrique ou l'exploitation par la classe capitaliste. Après le cours, le professeur laissait place aux questions. Le soir du premier cours, j'ai levé le doigt et il a hoché la tête dans ma direction.

– Pourquoi on vous envoie en prison ? ai-je demandé.

– Violation de l'article 58, a-t-il répondu en me regardant droit dans les yeux. J'ai été accusé d'appartenir à un groupe trotskiste antisoviétique qui projetait d'assassiner Staline et d'autres membres du Politburo.

Beaucoup dans le wagon à bestiaux, moi y compris, ont accueilli sa réponse avec un grondement de colère. Jamais on avait pensé que ce petit bonhomme avec des touffes de cheveux au-dessus des oreilles et le crâne chauve pouvait être un dangereux criminel.

– Vous étiez coupable ? a demandé une femme au fond du wagon.

– Forcément, ai-je dit, sinon il serait pas en route pour la Sibérie.

– J'étais coupable, a dit le professeur, mais pas de ce dont on m'accusait. J'ai signé une pétition initiée par des étudiants communistes de mon université pour soutenir les critiques de Boukharine visant la collectivisation forcée de l'agriculture. À l'instar de Boukharine, nous n'étions pas contre la collectivisation en soi – l'idée de considérer les paysans comme des ouvriers agricoles recevant des salaires comme les ouvriers d'usine nous paraissait dans la logique de la doctrine marxiste. Mais nous préférions une approche plus progressive – nous aurions attiré les paysans dans des coopératives grâce à de bonnes conditions de logement, cinquante-quatre heures de travail hebdomadaire et une garantie de salaire même en cas de mauvaise récolte. Les autres paysans, voyant à quel point la vie était plus facile dans les coopératives, les auraient rejointes de leur plein gré au lieu d'abattre leur bétail et de détruire leurs cultures en signe de protestation.

Le vieux monsieur paralysé a pris la parole :

– Comment se fait-il qu'après avoir été injustement condamné, vous vous considériez toujours comme un marxiste ?

– C'est avec fierté et avec l'espoir dans l'avenir de la Russie et de toute l'humanité que je m'affirme marxiste et léniniste, a déclaré le professeur. Le progrès n'est pas une ligne droite. Il avance en zigzag pour tenter d'éviter la mentalité matérialiste occidentale qui est indifférente à la souffrance et de trouver la voie spécifiquement russe de la modernité. Chaque zigzag s'accompagne de malheurs inutiles, et même de la mort de vrais partisans. Laissez-moi le dire autrement. Avant l'arrivée des bolcheviks, l'homme était l'*objet* de l'histoire – les chefs tyranniques des institutions religieuses et des empires capitalistes en jouaient comme on tape dans un ballon. Avec l'avènement du communisme, l'homme a discrédité les institutions religieuses et les tyrans capitalistes, et il est devenu le *sujet* de l'histoire. Dans ce wagon à bestiaux, dans ce train en route vers le coin le plus reculé de la Sibérie, je me considère comme un soldat en première ligne de la révolution prolétarienne mondiale. Quelle différence y a-t-il entre jeter les bases du communisme en Russie européenne ou dans la taïga sibérienne ? Camarades, je vais fournir moi-même la réponse à ma question. Il n'y a pas de différence.

Plusieurs femmes se sont mises à applaudir doucement. Puis les hommes ont fait de même, et les applaudissements ont résonné plus fort. Et moi aussi, j'ai commencé à taper des mains, en adoptant le rythme du grincement des roues sur les rails. Bientôt, tout le monde applaudissait et martelait le plancher à cette cadence, et j'ai compris que je considérerais ce voyage dans le wagon à bestiaux comme un des moments forts de ma vie, au même niveau que ma médaille d'argent à Vienne, en Autriche, et que ma poignée de main à Staline.

Pendant que je me lavais les pieds et ma paire de chaussettes de rechange dans une rivière glacée le lendemain après-midi, j'ai entendu une dame dire que le professeur était professeur de quelque chose. D'une matière qui s'appelait la linguistique. La dame a dit qu'il était célèbre pour avoir établi la différence entre les langues et les dialectes – les langues étaient parlées par des peuples avec des armées, les dialectes par des peuples sans. Le professeur était pas mauvais non plus en géographie : notre train avait pas plus tôt démarré qu'il avait tracé la route entre Moscou et Magadan sur la paroi de bois du wagon, et il barrait les villes au fur et à mesure quand il les apercevait par les fentes entre les planches – Nijni Novgorod, Kazan, Ekaterinbourg (là où les bolcheviks avaient exécuté le dernier tsar, et bon débarras), Omsk, Novossibirsk, Irkoutsk.

La première nuit, il a fait la collecte de toute la nourriture, de l'eau et de tous les récipients du wagon, et nommé un comité pour distribuer les rations, à chacun selon ses besoins, c'est-à-dire que les enfants et les vieilles personnes recevraient plus que les prisonniers robustes comme moi. Il a formé un autre comité, composé de paysannes, dont la tâche était de chercher des noix de cèdre et des racines comestibles chaque fois que le train s'arrêtait sur une voie d'évitement et qu'on avait le droit de descendre pour aller remplir les récipients dans un petit ruisseau ou un ru. Parfois, quand on venait de traverser une ville tard le soir, les gardes faisaient glisser la lourde porte et nous balançaient un sac en papier plein de miches de pain. Dans les autres wagons, on entendait les prisonniers jurer et se bagarrer pour mettre la main dessus. Dans notre wagon, le comité des rations se chargeait du sac et distribuait le pain, si bien qu'il durait jusqu'à la ville et le sac suivants.

Certains prisonniers écrivaient des lettres tout seuls, mais pour les illettrés, il y avait le comité du courrier, établi par le professeur et constitué de trois anciens maîtres d'école. Pour commencer, ils ont fait le tour du wagon pour récupérer les pages blanches des livres que les prisonniers avaient emportés avec eux. Remplissant les pages comme on le fait dans les camps de prisonniers, c'est-à-dire en pattes de mouches couvrant chaque centimètre carré du papier, ils rédigeaient des lettres pour les prisonniers qui en étaient incapables. Le nom et l'adresse du destinataire étaient inscrits d'un côté, puis le papier était plié et replié jusqu'à ce qu'on ne voie plus que le nom et l'adresse, et là, on postait la lettre par le trou du cabinet quand on traversait une ville ou un village la nuit. Le professeur nous a raconté qu'il existait une tradition remontant à l'époque des colonies pénitentiaires du tsar, d'après laquelle les paysans qui trouvaient des lettres sur les voies de chemin de fer recopiaient les adresses sur des enveloppes et, comme les timbres coûtaient presque rien, les postaient. Ainsi,

302

la famille et les amis à Moscou recevaient des nouvelles des prisonniers déportés en Sibérie. Personnellement, j'ai pas profité de ce système de courrier parce que je voulais pas que les gens s'imaginent que je savais pas lire et écrire.

Il y avait un autre comité, que le professeur appelait l'équipe de propagande. Je suis pas sûr d'avoir vraiment compris ce qu'il faisait, mais je vais le décrire quand même au cas où quelqu'un comprendrait mieux que moi. Le comité, composé entièrement de femmes de la ville qui étaient membres du Parti, a demandé à toutes les dames d'offrir des bouts de sous-vêtements en coton ou en dentelle. (Une dame, encore vêtue de la robe de bal qu'elle portait le soir de son arrestation, a donné un jupon entier.) Et quand notre train traversait des grandes cités ou même des villes moyennes, ce qui arrivait toujours la nuit, les membres du comité glissaient les morceaux de tissu par les jours entre les planches dans la paroi du wagon, si bien qu'ils flottaient dans le courant d'air provoqué par le mouvement du train. Et quand on avait dépassé la ville ou la cité, on rentrait les morceaux de sous-vêtements et on les cachait jusqu'au centre urbain suivant.

Le comité des enfants créé par le professeur s'occupait de distraire les petits avec des jeux de boutons ou des contes de fées. Mais les adultes, malgré ce que j'appelle les conditions de première classe de notre wagon, étaient plutôt déprimés. Tous sauf votre serviteur, Fikrit Shotman. Je peux dire honnêtement que j'avais hâte de payer ma dette à la société et d'effacer mon ardoise de tromperie et de trahison que le camarade interrogateur avait habilement dévoilée. Pour moi, plus vite j'arriverais au camp de transit, plus vite on m'enverrait dans un *goulag* (un mot entendu dans la bouche des autres prisonniers) pour purger mes crimes contre l'État soviétique. Quatre ans, c'était pas l'éternité. J'étais en vie, en bonne santé et en bonne forme physique, et quand je retrouverais Agrippina et le cirque et que je reprendrais ma vie, je serais plus avisé, mais pas tellement plus vieux. C'était important de considérer ce voyage vers l'est sous un jour positif. Tous mes héros, à commencer par Vladimir Lénine, sans compter le camarade Staline, avaient passé des années en exil et en étaient revenus plus forts grâce à l'expérience. Vous y trompez pas. Je suis pas en train de me comparer à Lénine ou à Staline. Je dis juste qu'après m'être comporté avec dignité à mon procès, j'étais déterminé à me comporter avec dignité dans ma situation actuelle. En un mot, j'étais décidé à laisser le passé à sa place, c'est-à-dire derrière moi.

Notre excitation grandissait à mesure qu'on se rapprochait de Magadan sur la carte tracée à la craie par le professeur. Les cours d'eau dans lesquels on se lavait étaient plus froids, même si des pissenlits jaunes pointaient la tête et que l'été était assez proche pour qu'on puisse le sentir. Le paysage est devenu plus rude, les sous-bois à côté des rails étaient envahis de baies sauvages, les chèvres qui sont descendues s'abreuver au ruisseau où on se lavait avaient de longues griffes recourbées qui n'avaient pas été coupées depuis des années, les villages étaient moins nombreux et plus espacés, on roulait parfois une demi-journée sans voir un champ cultivé ou une trouée dans la forêt. Ce vide me rappelait le désert du Karakoum, près de Khiva au Turkménistan, sauf qu'ici il y avait pas de sable, seulement le permafrost et des montagnes aux sommets encore couverts de neige en juin. En entrant dans la gare de triage de Magadan, j'avais l'œil collé à l'une des fentes entre les planches. J'ai vu des maisons en bois avec des petits potagers. J'ai vu des vaches et des chèvres attachées à des barrières de couleurs vives. J'ai vu une scierie coopérative avec un marteau au-dessus de la porte et un garage de tracteurs avec une faucille au-dessus du hangar. J'ai vu des charrettes de livraison tirées par des bœufs. Bref, j'ai vu ce qui ressemblait à la civilisation prospérer dans cette république socialiste soviétique.

Quand le train s'est arrêté sur une voie de garage, on nous a fait attendre pendant des heures dans le wagon à bestiaux étouffant. Les esprits s'échauffaient. Deux hommes ont failli se bagarrer. Heureusement, le professeur a trouvé les mots pour calmer tout le monde. On entendait des responsables s'occuper des prisonniers dans les wagons de tête. Enfin, la porte du nôtre a été ouverte par des gardes armés, vêtus de vareuses grises ceinturées et de calots Boudionny à visière. Certains tenaient des chiens féroces au bout de laisses courtes. Deux hommes, l'un en uniforme de l'armée, l'autre dans un costume civil froissé, étaient assis à une table sur le quai de bois face à notre porte. Celui qui était en civil a appelé le nom du professeur.

– Kaganovitch, Alter.

Le professeur nous a dit adieu d'un signe de main enjoué. Certaines femmes ont détourné la tête pour cacher leurs larmes. Moi, j'ai détourné la tête pour que personne voie que je pleurais pas. (De là où je viens, dans les montagnes d'Azerbaïdjan, les hommes ne pleurent pas.) Le civil derrière la table a lu un papier d'une voix assez forte pour que tout le monde entende.

– Violation de l'article 58 du code pénal, condamné à vingt ans sans droit de correspondance.

Du wagon à bestiaux, on a vu le professeur tendre sa carte d'identité à l'homme en civil, puis accrocher ce qui ressemblait à un numéro sur le devant de sa chemise, avant de rejoindre les autres prisonniers qui étaient déjà accroupis à l'arrière d'un camion ouvert garé à proximité.

Ça m'a encouragé de le savoir en route pour aller construire le communisme en Sibérie.

Un par un, les camarades prisonniers sautaient sur le quai quand on appelait leur nom et se présentaient devant les hommes assis derrière la table. (Les deux qui avaient failli se bagarrer ont transporté le paralytique quand son tour est venu. L'officier en uniforme de l'armée a paru étonné de se retrouver avec quelqu'un qui avait pris dix ans pour sabotage mais pouvait pas marcher. Le civil a fait un signe de tête vers quelque chose que je ne voyais pas. L'officier a été d'accord et l'homme paralysé a été emmené par là dans une brouette. On l'a plus jamais revu, du moins moi.) Et puis j'ai entendu mon nom. *Shotman, Fikrit.*

– Présent et impatient de commencer à exécuter ma peine, ai-je crié en réponse, ce qui a suscité des rires nerveux chez les prisonniers encore dans le wagon.

J'ai sauté à terre et me suis mis au garde-à-vous devant la table.

– *Zek* SH744239, où sont vos possessions ?

– À part une paire de chaussettes de rechange, j'en ai pas, vos honneurs.

– Que savez-vous faire ?

– J'ai été capable de lever deux cent quatre-vingt-cinq kilos au soulevé de terre – même avec mon genou abîmé, je peux sans doute encore soulever deux cents kilos.

– C'est quoi, le soulevé de terre ?

– Il y a trois techniques en haltérophilie, vos honneurs – il y a la flexion de jambes, le développé couché et le soulevé de terre, ai-je commencé.

L'officier m'a coupé d'un ton impatient.

– Je retire ma question.

Il a dit quelque chose au civil à côté de lui, qui a hoché la tête.

– Qu'est-ce que vous connaissez à l'or, Shotman ? m'a demandé l'officier.

– J'ai pas fait mieux que l'argent, vos honneurs.

Les deux hommes derrière la table ont échangé un coup d'œil.

– Vous avez extrait de l'argent ? m'a demandé le civil.

– J'ai remporté l'argent, vos honneurs. À Vienne, en Autriche, en 1932. C'est ce que j'essayais de vous dire. J'ai décroché l'argent au soulevé de terre, à dix kilos derrière l'Américain Bob Hoffman, qui a gagné l'or. Staline lui-même m'a serré la main au Kremlin quand j'ai rapporté la médaille d'argent à Moscou.

– Je vais répéter ma question, a dit l'officier. Que savez-vous de l'extraction de l'or ?

Je me suis gratté la tête.

– Ce que je sais de l'extraction de l'or tiendrait dans un dé à coudre, ai-je répondu, pensant que mon honnêteté serait appréciée.

Le civil a griffonné quelque chose en bas d'une feuille de papier et m'a tendu un numéro à accrocher sur ma chemise.

– Vous apprendrez tout ce que vous devez savoir sur l'extraction de l'or à la colonie de la Kolyma, m'at-il dit.

Me faisant signe de rejoindre les hommes assis sur un talus derrière le quai, il a appelé le nom suivant.

307

– Alors, vous êtes en route pour le fleuve Kolyma ? a dit le soldat gardant le groupe, au moment où je m'asseyais par terre avec les autres.

– C'est où ? ai-je demandé.

– À neuf jours d'ici, vers le nord, a répondu un prisonnier, un homme de la ville à en juger par ses chaussures à lacets.

Il avait pas l'air ravi.

– Neuf jours en train ? En bateau ? En camion ?

Le soldat, qui mâchait une racine, a souri.

– Neuf jours de marche. Vous y allez à pied. Si vous êtes encore en vie à la fin de votre peine, et à votre place je parierais pas là-dessus, vous reviendrez aussi à pied.

Neuf jours, c'est le temps qu'il nous aurait fallu s'il avait fait beau et si la piste avait été sèche. Mais hélas, c'était pas comme ça. On s'était à peine mis en route que les cieux se sont ouverts et qu'il est tombé plus de pluie que j'aurais cru le ciel capable d'en contenir. Les cinq soldats qui étaient censés nous surveiller, nous les vingt-quatre chercheurs d'or en route pour la Kolyma, nous ont forcés à avancer dans la boue, qui aspirait la semelle de nos bottes à chaque pas comme si un monstre là-dessous essayait de nous dévorer vivants. Il y avait des postes militaires le long du chemin – un condamné qui en avait repris pour cinq ans m'a dit que la Sibérie était un camp de prisonniers géant, mais bien sûr je l'ai pas cru – où on trouvait un abri pour la nuit (si on peut appeler abri une bâche à canon tendue sur des piquets de tente), ainsi qu'une espèce de bouillon de mouton, même si les soldats se réservaient évidemment les morceaux de viande et qu'on s'estimait heureux de récolter la moelle des os. Mais comme c'était plus que ce qu'on avait eu à manger pendant les dix-neuf jours de voyage jusqu'en Sibérie, on aurait dit un festin à côté. La pluie s'est arrêtée le jour où on a atteint la Kolyma, douze jours après avoir quitté Magadan. On s'est éclaboussés dans le courant rapide du fleuve comme des gosses à un pique-nique du Komsomol, puis on s'est allongés, tout nus, sur la berge le temps que nos affaires sèchent au soleil. Le treizième jour, on a eu un coup de veine. Une barge à moteur est passée, en route vers la colonie de la Kolyma pour apporter des victuailles aux mineurs et en rapporter l'or, l'étain et le bois. Nos cinq soldats, qui en avaient assez de crapahuter, ont convaincu le capitaine de nous emmener là-bas à condition qu'on vide l'eau de sa cale. On s'y est donc mis en faisant la chaîne et en se passant des seaux dans un sens et dans l'autre. Dans la barge, une dame faisait la cuisine pour l'équipage. Étant elle-même une ancienne prisonnière, elle nous refilait en douce des portions de riz et de légumes une fois les autres servis. Et le seizième jour, alors que la cale était presque sèche, on a aperçu des pieux de bois sur le rivage et, plus haut, la colonie de la Kolyma. L'arrivée de la barge a été accueillie par le hurlement d'une sirène à manivelle et, au loin, on a vu des gens agiter les bras vers nous du sommet de la colline. Un minuscule officier de l'armée, tenant en laisse un ours brun dressé sur ses pattes arrière, a descendu la colline en marchant en canard. Il portait un pantalon de treillis et la tunique militaire la plus sale que j'avais jamais vue, ouverte en haut et avec des galons de colonel en argent décolorés sur le col. Il s'est avancé jusqu'au quai et a fait main basse sur toute la vodka qui avait remonté le fleuve avec les victuailles, gravant ses initiales dans chaque carton à mesure qu'on les chargeait sur des brouettes en bois pour les monter en haut de la colline. En fait, le colonel était le commandant de la Kolyma. Il a ordonné aux cinq soldats d'aligner les nouveaux prisonniers, puis son ours suivant derrière, il est passé devant nous d'un air important comme un général soviétique inspectant une garde d'honneur. C'est alors que j'ai vu un nombre incroyable de dames, peut-être bien une cinquantaine ou plus, qui dégringolaient la pente vers nous comme si la gravité n'avait plus d'influence sur leurs chevilles. Bientôt, on les a entendues autant qu'on les a vues, jusqu'à ce que le commandant, dérangé dans sa revue du nouveau contingent de prisonniers, crie, *Silence, mesdames !* Leur bavardage s'est arrêté comme quand on soulève du disque l'aiguille du phonographe. Les femmes se sont mises en ligne, à vingt mètres en face de nous. Le colonel s'est retourné vers nous, les prisonniers.

– Écoutez-moi, a-t-il crié. Je vais vous dire comment les choses fonctionnent dans la colonie de la Kolyma. Ici, il n'y a pas de prison, pas de baraquements, seulement des cabanes en rondins taillés à coup de couteau dans la taïga par les premiers prisonniers arrivés dans ces montagnes il y a dix ans. Les soixante-deux femmes alignées devant vous sont des veuves, comme on dit ici, ce qui signifie que l'homme avec qui elles partageaient leur cabane et leur lit a soit cassé sa pipe, soit purgé sa peine et est reparti en Russie européenne. Toutes ces dames ont bien besoin d'un homme pour couper du bois, dépiauter des rennes ou des cochons et leur tenir chaud la nuit, si vous voyez ce que je veux dire. Comme il y a plus de dames qui se cherchent un mari que de prisonniers disponibles, c'est à vous de choisir. Regardez-les bien, prenez celle qui vous plaît le plus et allez vous installer avec elle. Présentez-vous demain matin au travail à l'entrée de la mine, côté montagne, une demi-heure après le lever du soleil. Des questions ?

Un prisonnier, au bout de la rangée, a levé la main.

– Est-ce qu'on peut changer une fois qu'on s'est installé avec une de ces dames ?

Ça a fait rire le colonel.

– Non. Pour éviter que les femmes ne volent les maris des autres, vous devrez vous en tenir à votre choix initial. Vous pourrez toujours quitter la cabane, mais vous n'aurez alors plus d'endroit pour vivre et plus de corps féminin pour vous aider à supporter les dix mois d'hiver quand moins trente est considéré comme une journée chaude.

J'ai repéré Magda à la seconde où elle m'a repéré. Elle faisait une tête de plus que toutes les autres, si bien qu'elle n'avait qu'une tête de moins que moi. On s'est fixés du regard. Je voyais qu'elle me souriait. Les prisonniers commençaient à traverser le désert entre nous et les dames. L'un d'eux s'est aventuré près d'elle, mais elle a levé le bras et l'a écarté d'un revers de poignet. Je suis allé droit vers elle.

– Magda, m'a-t-elle dit.

– Fikrit.

– Kazakh, m'a-t-elle dit.

– Azerbaïdjanais.

– J'ai écopé de dix ans. Contre-révolution, agent de je ne sais pas quel type dont j'avais jamais entendu parler, appelé Litski ou Trotzki ou autre. Encore neuf ans à tirer jusqu'à la fin de ma peine.

– J'ai pris quatre ans. Article 58. Sabotage. Membre clé du centre de réserve trotskiste antibolchevique basé à Paris.

– Tu étais coupable ?

– C'est ce qu'ils ont dit, alors ça doit être vrai.

311

– Es-tu aussi fort que tu en as l'air ? m'a-t-elle demandé.

– Plus encore.

– Pourquoi tu tournes la tête d'un côté, comme ça ?

– Je suis sourd de l'oreille gauche.

Elle l'a accepté d'un hochement de tête.

– Ça ne t'empêche pas de baiser, si ?

– Je suis pas allé avec une femme depuis que je suis devenu sourd, mais je m'attends à aucun problème de ce côté-là.

Magda a ri. Comme ma bonne oreille était tournée vers elle, j'ai entendu qu'elle avait un joli rire.

– Mise à part ma taille, qu'est-ce qui t'a fait me choisir ? m'a-t-elle demandé.

Je devrais expliquer que Magda avait une énorme tignasse de cheveux emmêlés. Elle portait un pantalon de travail d'homme remonté haut à la taille et retenu avec une corde en guise de ceinture ainsi qu'une chemise sans manches qui bâillait sur les côtés, laissant voir sa large poitrine et ses bras nus.

– Le tatouage, ai-je répondu. Je l'ai tout de suite remarqué. J'aime les tatouages sur les dames.

Elle a levé l'avant-bras pour que je puisse mieux voir.

– Il est presque tout décoloré. C'est à ça que ressemblait mon mari avant son arrestation.

– Qu'est-ce qui lui est arrivé ?

Magda a haussé les épaules.

– Je l'ai aperçu dans la cour d'exercice de la prison d'Ayaguz. Il marchait en rond, la main sur l'épaule du prisonnier devant lui. Après, j'ai perdu sa trace. Il pourrait aussi bien être dans un autre camp sur la Kolyma, pour ce que j'en sais.

Elle m'a regardé, la tête penchée, les yeux plissés.

– Tu as une femme, là-bas à la civilisation ?

Je lui ai dit que oui. Je lui ai dit qu'elle s'appelait Agrippina. Qu'elle était la femme tatouée dans le même cirque que moi.

– Ça explique pourquoi tu aimes les tatouages.

– Comment se fait-il que tu sois une veuve de la Kolyma ? lui ai-je demandé.

– L'homme avec qui je partageais une cabane est devenu fou. Il était au début d'une peine de vingt ans quand je suis arrivée ici il y a un an. Il y a deux, trois mois – quel mois on est ?

– En juin.

– C'était en février, donc il y a quatre mois. Le temps passe doucement ici quand on regarde devant, et il file quand on regarde en arrière. En février, comme je disais, il a cassé la glace sur le fleuve avec une pioche, s'est déshabillé et est rentré dans l'eau. Il a pas duré trente secondes. Le temps qu'ils dégotent une gaffe et qu'ils le ressortent, il était raide comme du bois et bleu comme le ciel.

– Alors, tu veux bien me prendre à sa place ? lui ai-je demandé.

– Oui, je te prends, a-t-elle dit.

Glissant son bras sous le mien, elle m'a entraîné vers le haut de la colline.

Et c'est comme ça que j'ai entamé un nouveau chapitre de ma vie. Je sais que certains vont me montrer du doigt pour avoir trompé Agrippina, mais le vieux dicton, *Loin des yeux, loin du cœur*, décrit bien ce qui arrive à quelqu'un dans ma situation. Pour ma défense, j'étais au début d'une peine de quatre ans, j'avais besoin d'un toit au-dessus de ma tête et de la chaleur d'un corps au lit la nuit pour survivre aux hivers dans cet endroit perdu de l'Arctique. C'est pas pour me

313

chercher des excuses, mais vu la façon dont les choses ont tourné, je crois qu'Agrippina aura suivi mon conseil. *En Azerbaïdjan, quand un homme disparaît pour une raison ou pour une autre, sa femme attend une période convenable puis en prend un autre.* Agrippina avait été une bonne épouse pour moi et ferait une bonne épouse pour l'un des machinistes célibataires du cirque qui vivaient dans les appartements collectifs. J'y verrais un exemple de la nature qui suit son cours si elle prenait son fil et son aiguille, raccourcissait mes pantalons, mes chemises et mes vestes (les machinistes sont costauds, mais quand même pas autant que moi) et donnait mes habits à ce nouveau mari, ce que, puisque j'en parle, Magda a fait pour moi, sauf que dans son cas, elle a dû élargir les ceintures et les manches des pantalons matelassés, des vestes et des chemises de son mari suicidé pour qu'ils m'aillent. Elle a même réussi à rallonger ses bottes à semelles de liège pour que je puisse les enfiler.

Ainsi coule la vie. Et qui est Fikrit Shotman pour juger de ce qui est bien et de ce qui est mal à chaque courbe du fleuve ?

Survivre justifie beaucoup de choses qui sinon seraient mal vues.

La cabane de Magda était à l'inverse de Magda. Elle avait une beauté sauvage que certains, qui auraient dû voir plus loin que le bout de leur nez, prenaient pour de la laideur. C'est-à-dire qu'alors qu'elle était elle-même indomptable, avec son caractère bien trempé et ses cheveux impossibles à coiffer qui partaient dans tous les sens, sa cabane, faite de rondins coupés et jointoyés avec de la boue et de la paille, était ordonnée et propre comme un kopeck neuf. Chaque tasse ou assiette en fer-blanc, chaque cuillère en bois était à sa place, et malheur au mari qui les remettait pas où il fallait. Toutes les bûches que je débitais à la hache étaient entassées soigneusement dans un coin à côté de la cheminée et s'emboîtaient comme un puzzle pour que la pile prenne le moins de place possible. Le cabinet derrière la cabane avait un tabouret à quatre pieds percé d'un trou au milieu, un luxe que j'avais pas connu depuis que j'étais allé aux toilettes au Kremlin le jour où j'avais serré la main de Staline. Même le travail à la mine d'or – quatorze heures par jour, six jours par semaine – me remplissait de satisfaction parce que, comme le professeur Kaganovitch de notre wagon à bestiaux, je savais que je contribuais à la construction du communisme. Je travaillais tout au bout d'une galerie d'un kilomètre de long creusée dans le flanc de la montagne, à gratter les veines de la roche de quartz blanc avec une pioche et à enfourner le filon dans des tombereaux qu'on poussait, une fois pleins, sur leurs rails étroits jusqu'à l'entrée de la mine. L'air était impur dans le puits, ce qui nous obligeait à porter des masques à gaz de la grande guerre presque tout le temps. Même sans les masques, on pouvait à peine parler au mineur d'à côté à cause du raffut des pompes qui pompaient l'eau dans la galerie. Magda faisait partie de l'équipe qui vidait les tombereaux de minerai dans des conteneurs à l'entrée de la mine puis actionnait ce qu'ils appelaient les tampons, de lourds broyeurs de fer qui se levaient puis s'abaissaient sur le quartz, le réduisant en petits morceaux que les prisonniers plus âgés passaient au tamis. On plongeait les pépites d'or dans un bain d'acide, les réduisant à des dépôts qui étaient ensuite fondus en lingots de la taille de briques. Quand les deux cents prisonniers qui travaillaient dans la mine produisaient dix lingots ou plus par jour, on avait droit à une double ration pour le dîner, ce qui était une grande source de joie parce que, avec une seule ration, on avait le ventre qui gargouillait de faim. Le jour de la semaine où on travaillait pas à la mine, les prisonniers devaient se rendre au bâtiment commun à côté du bureau du commandant, après le repas de midi, pour écouter l'officier mollasson chargé de l'éducation politique lire tout haut des pages des livres de Staline. L'officier zozotait. Celui qui s'endormait risquait de devoir récurer les latrines du commandant avec une brosse à dents, puis se récurer les dents avec.

S'il existait un mauvais côté à la vie dans la colonie de la Kolyma, c'est que le temps y prenait son temps. Les prisonniers qui purgeaient de longues peines comptaient les mois. Les autres comptaient les jours et les semaines qui leur restaient. Mais qu'on compte en mois, en semaines ou en minutes, les heures s'étiraient. Et moi, je me disais : si on possédait une horloge, une de ces grosses horloges de gare, l'aiguille des secondes tournerait au ralenti autour des chiffres romains. Magda et moi, on avait pas de montre ni d'horloge. Magda avait un joli petit sablier qui se vidait en trois minutes, mais on l'utilisait juste pour faire des œufs à la coque quand on avait des œufs, c'est-à-dire les jours de fête nationale comme l'anniversaire de la révolution bolchevique ou celui de Staline. Tous les jours à la Kolyma commençaient par le beuglement discordant d'un clairon, quand les premières étincelles de lumière apparaissaient derrière les montagnes autour de la colonie. On entendait les hommes tousser et jurer dans les cabanes alentour. Une demi-heure plus tard, on était tous en file devant l'entrée de la mine, où on nous comptait, puis la journée de travail commençait. On avait dix minutes de pause pour le déjeuner, un seau de goulasch froide servie dans les assiettes en fer-blanc qu'on transportait dans une musette quand on entrait dans la galerie. Comme aucun des prisonniers avait de montre (les rares qui en avaient les avaient échangées aux gardiens contre des cigarettes dès leur arrivée), qu'on était à cent mètres à l'intérieur de la montagne et que la seule lumière provenait des lampes de mineur vacillantes, on pouvait que deviner combien d'heures de travail il restait. Et comme le temps tirait en longueur, tout le monde, moi y compris, estimait toujours qu'il était plus tard qu'il était. Mais après avoir vécu quinze jours avec Magda, j'ai découvert qu'elle avait un moyen de faire filer le temps. Je n'invente rien. D'autres prisonniers de la colonie utilisaient aussi le truc de Magda. Si le commandant était au courant, il fermait les yeux. Le secret, c'était le thé. Du thé ordinaire, dans des sachets en tissu avec des caractères chinois. Voilà comment ça marchait. Tous les prisonniers recevaient une ration de deux grammes de thé par jour, si bien que Magda et moi avions quatre grammes par jour, ce qui faisait un peu plus de vingt grammes par semaine, sans compter ce qu'on pouvait acheter avec les quinze roubles par mois d'argent de poche auxquels on avait tous droit. Magda économisait notre thé jusqu'à ce qu'on en ait cent grammes. Quand l'officier qui zozotait en avait assez de lire les livres de Staline, on retournait dans la cabane de Magda. J'allumais un bon gros feu (on avait du bois à volonté) sous une grande marmite pleine d'eau de pluie, jusqu'à ce que la pièce devienne chaude et moite comme dans les bains turcs à Moscou. Ensuite on se déshabillait, on s'asseyait par terre, dos au mur, et on frottait nos corps suants avec de la paille. Pendant que je grignotais une anguille marinée que j'avais attrapée à main nue dans une partie peu profonde de la Kolyma, Magda faisait bouillir notre réserve de thé dans si peu d'eau qu'on obtenait pas plus de deux ou trois petites tasses. Les prisonniers avaient un nom pour le thé ainsi réduit, qui était chargé de ce que Magda appelait le tanin. Ils l'appelaient *chaifir*. Quand on le sirotait lentement, on se mettait à planer, quand on en buvait deux tasses, on entrait en transe et le temps se mettait à filer à la vitesse de la lumière qui perçait entre les monts Kolyma le matin. Sous l'effet du *chaifir*, la deuxième aiguille de l'horloge de gare dans ma tête tournait si vite que j'en avais le vertige, et il semblait qu'une peine de quatre ans serait derrière moi quand je reviendrais sur terre.

Je crois que ça couvre plus ou moins l'essentiel. Sauf votre dernière question. Quelle était la différence entre Agrippina et Magda ? D'abord, c'est difficile de comparer deux dames quand elles sont pas dans la même pièce. La présence de celle qui est présente donne plus de poids à ses qualités. L'absence de celle qui est absente nous rappelle ses défauts. Ce que je peux ajouter, c'est que Magda parlait pas beaucoup, mais que ses mots disaient tout ce qu'il y avait à dire. Elle était maîtresse en son royaume, comme disent les paysans. Et le centre de son royaume, c'était son lit. Elle prenait du plaisir à donner du plaisir. Et je m'arrêterai là parce que je veux pas vous gêner en vous obligeant à écouter des choses qui vous regardent pas.

17

Le voyage a été atroce – quarante-neuf heures interminables, dont trente-six passées dans des wagons
étouffants, remplis de fumée de cigarette et de bourgeois communistes (des apparatchiks partant à Voronej
pour inspecter des entrepôts d'État, diriger des fermes
d'État ou, dans un cas, donner une conférence sur la
contribution colossale de Staline à ce que l'État appelle
le marxisme scientifique), et treize heures à attendre
dans des gares décrépites que passe un train allant dans
la bonne direction. Le pire, c'était la conversation : le
récit, par des compagnons de voyage, de leurs souffrances physiques, allant des furoncles sur le derrière
aux caries en passant par les problèmes gynécologiques
qui resteront non identifiés, du moins par moi. Dans les
dernières rangées de bancs, il y avait un couple escorté
par trois soldats qui avaient fixé des baïonnettes à leurs
fusils avant de les ranger dans le casier à bagages au-
dessus, comme s'il s'agissait de bâtons de ski. L'homme,
pas rasé mais convenablement vêtu d'un costume trois
pièces de facture étrangère et d'une cravate, lisait un

livre. Il avait l'air d'un intellectuel – un professeur qui avait probablement été surpris en train de répéter une blague antisoviétique par l'étudiant de sa classe chargé d'espionner pour la Tcheka. (Je dis ça parce que je connais un cas exactement similaire.) Passant devant le couple en allant aux toilettes du vestibule, j'ai établi un contact visuel avec la femme, assez belle mais rongée par les soucis, les cheveux prématurément blanchis alors qu'elle ne semblait pas encore avoir atteint la cinquantaine. Mon propre mari et mon fils avaient été arrêtés quatre mois plus tôt ; il m'a suffi d'apercevoir le malheur dans les yeux de cette femme pour penser voir mon reflet dans un miroir. Je me suis arrêtée afin de murmurer un mot d'encouragement, mais les soldats m'ont chassée, disant que les prisonniers emmenés en exil avaient interdiction de parler aux citoyens libres des Républiques socialistes soviétiques. La femme, refusant de se laisser intimider, a informé le soldat que c'était son mari, le prisonnier condamné, qu'elle était une femme libre qui l'accompagnait volontairement en exil et pouvait donc parler à qui elle voulait. Le plus âgé des trois soldats, dont les galons de sergent effilochés se détachaient de la manche de sa tunique informe, a levé les sourcils d'un air blasé et lui a giflé la bouche du dos de la main. La bague qu'il portait à un doigt lui a entaillé la joue, d'où a coulé un filet de sang. Le mari a levé les yeux de son livre et j'ai vu des larmes lui monter aux yeux parce qu'il ne pouvait pas protéger son épouse.

La jeune femme aux cheveux blancs reprenait péniblement son souffle.

– Pouvez-vous décrire cela ? m'a-t-elle demandé à voix basse en me regardant intensément.

– Oui, ai-je murmuré, et je me suis juré de le faire un jour.

Je suis restée là, adressant un regard noir au sergent, mais je n'ai pas osé protester de peur qu'il use de son autorité idiote pour m'éjecter du train à la gare suivante. Ce qui aurait placé Ossip Emilievitch, qui m'attendait impatiemment sur le quai à Voronej, un pas plus près du suicide qu'il ne le serait si j'arrivais. Les lettres de Nadejda, me suppliant de venir, étaient sans ambiguïté. Malgré ses efforts herculéens, ce cher Ossip glissait sur une pente dangereuse et s'enfonçait dans la mélancolie et la folie. Ravalant ma fierté, ainsi que mes paroles de dégoût pour le régime, je n'ai donc rien dit. Et je me suis détestée encore plus qu'avant cet incident.

Le train est entré en gare de Voronej un peu avant midi. J'ai traîné mes deux sacs sur le quai – le petit conte-nant des vêtements de rechange et quelques articles de toilette, le plus gros rempli de livres et de cadeaux divers pour les Mandelstam –, scrutant les visages à la recherche d'une tête familière. J'ai alors entendu une voix *derrière moi*, qui m'appelait *Anna Andreïevna !* Je me suis retrou-vée, bouche bée, devant un parfait inconnu.

C'était, bien sûr, le poète Mandelstam.

Le fait que je ne l'aie pas reconnu l'avait manifeste-ment effrayé.

– Chère Anna, j'ai tant changé que ça ? m'a-t-il demandé.

– Ossip ?

– En chair et en os, même si la chair pend sur les os.

J'en suis restée sans voix. Ossip portait un manteau en cuir jaune qui lui descendait aux genoux et une toque de cuir dont les oreillettes étaient remontées. Pas rasé, maigre comme un clou, il avait l'épaule droite tordue vers l'avant et le bras droit raide. Ses dents étaient dans un état épouvantable, ses lèvres bleues et ses joues creusées. Là, debout, respirant à petites bouffées, il faisait au moins vingt ans de plus que ses quarante-quatre ans.

– Ne soyez pas embarrassée, m'a-t-il dit. Il n'y a pas de miroir, où nous vivons, mais j'ai vu mon reflet dans les vitrines. Les premières fois, moi aussi j'ai vu quelqu'un que je n'ai pas reconnu.

Il m'a fourré un petit bouquet de myosotis séchés dans la main.

– Impossible de trouver des fleurs fraîches en février. Vous devrez vous contenter de celles-là.

– Mon très cher Ossip, me suis-je écriée.

Lâchant mes sacs sur le quai, je me suis jetée à son cou. Et je me souviens qu'il a dit – Dieu du ciel, j'entends encore sa voix en ressuscitant ses mots :

– Anna, Anna, je ne suis pas mort, seulement en train de mourir.

Oui. *Seulement en train de mourir.* Je suis absolument certaine qu'il a dit ça.

Heureusement – je dis heureusement, parce que Ossip avait du mal à porter le plus léger de mes deux sacs – les Mandelstam vivaient à proximité de la gare. Nous nous sommes mis en route à une allure d'escargot. Ossip s'était improvisé une canne avec une tringle à rideau en bois terminée par un pommeau, mais il ne semblait pas avoir assez de force dans son bras droit pour s'appuyer dessus. (Dans une lettre, Nadejda m'avait raconté sa chute du deuxième étage d'un hôpital et parlé de son épaule démise, mais comme elle n'avait pas évoqué le sujet depuis plus d'un an, j'avais supposé que la blessure était guérie. Ô combien je me trompais.) Par moments, Ossip s'arrêtait pour reprendre son souffle. De là où nous nous trouvions, je voyais le centre de Voronej, aussi plat qu'une table de café parisien. L'avenue de la Révolution traversait la ville comme une artère. Des rues perpendiculaires et des allées partaient en pente raide de l'avenue et descendaient jusqu'à la rivière gelée qu'Ossip a identifiée comme la Voronej. Inutile de dire qu'aucune des rues qui donnaient sur l'avenue n'était pavée, ce qui ne posait pas de problème l'hiver quand le sol était dur comme la pierre, mais devait être un vrai cauchemar l'été quand la pluie les transformait en coulées de boue. Le domicile des Mandelstam (si un toit de bardeaux de bois gauchi posé en équilibre précaire sur quatre murs branlants peut vraiment être qualifié de domicile), au 4, rue Lineinaïa, se dressait en haut d'une étroite allée pentue où s'alignaient des maisons en planches délabrées qui, à mes yeux de citadine, avaient l'air de s'enfoncer doucement dans leurs minuscules jardins. Il y avait des panneaux de signalisation ferroviaire juste en face de la porte de la maison où ils louaient une chambre à une couturière bienveillante. Comme je n'ai pas tardé à le découvrir, des trains filaient de temps en temps devant les fenêtres. Avec une surprenante agilité, Ossip bondissait alors de sa chaise et se dépêchait d'aller ouvrir la porte pour regarder le train, comme si chaque passage était un repère dans ses heures de veille. Mais j'anticipe.

Nadejda, vous pouvez l'imaginer, était ravie de ma visite. Elle m'a bombardée de questions, sans presque me laisser le temps d'y répondre. Quelles nouvelles avais-je de mon mari et de mon fils, Lev ? (Aucune. Depuis qu'ils avaient été convoqués par les tchékistes, on n'avait plus entendu parler d'eux. Mes télégrammes à l'Union des écrivains et au Comité central étaient demeurés sans réponse.) Combien de temps pouvais-je rester ? (Une semaine ; je craignais de m'éloigner plus longtemps de mon téléphone collectif.) À quoi s'occupait Pasternak en ce moment ? (J'avais arraché des pages des *Izvestia* du mois de janvier de cette année contenant deux poèmes de Pasternak en l'honneur de Staline. J'ai vu Nadejda et Ossip échanger des regards entendus en se passant les poèmes.) Les rumeurs selon lesquelles Zinoviev et Kamenev devaient être jugés cet été-là avaient-elles un fond de vérité ? (Comment diable savoir si une rumeur était vraie ? D'un autre côté, d'après les journaux, ils avaient avoué avoir comploté contre Staline, ce qui tendait à indiquer qu'un grand procès se préparait.) Était-il possible qu'ils aient arrêté tellement de gens que les trains emmenant les prisonniers dans les centres de détention, sans parler des centres eux-mêmes, étaient saturés et que la terreur diminuait ? (Sûrement pas. Comparé à l'année 1934, relativement végétarienne, où les autorités avaient plus ou moins de raisons d'arrêter les gens, aujourd'hui on arrêtait n'importe qui et sans aucun motif. La Tcheka n'avait plus besoin d'accusation, de preuve, ni même d'une dénonciation. C'était presque comme si l'État voulait justement souligner la nature arbitraire des arrestations.)

Ainsi donc, en phrases tronquées, silences évocateurs et larmes contenues, nous nous sommes mis au courant des ruines qu'étaient nos vies. Les Mandelstam avaient divisé la chambre qu'ils louaient en suspendant des couvertures à une corde fixée entre deux murs, pour créer une séparation cachant leur lit étroit. Ils ont insisté pour que je prenne le lit. Dieu seul savait où ils dormaient. La couturière les laissait peut-être utiliser l'ottomane que j'avais aperçue dans l'atelier de couture quand j'avais rencontré leur logeuse. Quoi qu'il en soit, le matin c'était un vrai défilé dans l'entrée – nous trois, la couturière, son fils et même des voisins qui n'avaient pas l'eau courante passaient pour utiliser le seul cabinet de la maison. Peu de temps après mon arrivée, je leur ai donné les livres que j'avais apportés (dont une nouvelle traduction italienne des *Vies parallèles* de Plutarque), les vêtements (un caleçon long et des gants pour Ossip, un ridicule soutien-gorge allemand et des bas de laine épais, montant jusqu'aux cuisses, pour Nadejda), ainsi que les pilules de soufre contre les palpitations cardiaques d'Ossip et les mille roubles (la moitié de ma part, l'autre de la part de Borisik) que j'avais épinglés à mes sous-vêtements pour plus de sûreté. J'ai bien senti qu'Ossip était déçu de découvrir qu'il n'y avait pas de cigarettes dans ce qu'il a appelé sa chaussette du père Noël, mais Nadejda m'avait écrit pour me prévenir que les médecins de la clinique l'exhortaient à arrêter de fumer.

Ossip avait composé plusieurs poèmes de ce qu'il appelait le cycle de Voronej. Il m'en avait envoyé certains par lettre et a pris plaisir à m'en lire d'autres à voix haute maintenant que j'étais là. J'ai retrouvé des facettes de l'ancien Ossip quand il se mettait debout et que, s'appuyant contre le dossier d'une chaise, sa bonne main battant l'air, il récitait des extraits de mémoire.

Ô, s'il pouvait également se faire
Qu'un jour je sois contraint, fuyant sommeil et mort,
Par le feu de l'été et l'aiguillon de l'air
À sentir l'axe du globe, l'axe du globe.

Nadejda a profité de la première occasion où nous nous sommes retrouvées seules pour me dire qu'Ossip, qui était souvent pris d'accès de désespoir, entretenait toujours l'idée d'un suicide conjoint, mais quand il paraissait vouloir sauter le pas, elle le retenait, et quand elle était prête, il lui disait *Pas encore – attendons de voir*. Apparemment, aucun des deux n'avait jamais envisagé sérieusement de se donner la mort seul. Ils avaient vécu en couple, m'a dit Nadejda avec une incontestable fierté, et s'ils devaient en arriver là, ils mourraient en couple. Du côté positif, Ossip montrait de légers signes que son instinct de survie n'avait pas complètement disparu. Il peinait depuis des mois, m'a confié Nadejda, sur une vraie ode à Staline, qui effacerait les insultes qu'il avait adressées au montagnard du Kremlin dans son épigramme et les protégerait, du moins l'espérait-il, d'une arrestation à la fin de sa peine. Lorsque je l'ai accompagné à la polyclinique n° 1, rue Engels, pour voir le laryngologiste le lendemain (les sinus d'Ossip lui causaient du souci), j'ai abordé le sujet de cette ode et il m'en a récité des morceaux à contrecœur. Je ne peux pas prétendre avoir retenu plus de quelques fragments de ce poème peu mémorable.

Je voudrais le nommer – pas Staline : Djougachvili !…
Prends soin du combattant, artiste, sois-en fier…
Il sourit comme quelqu'un qui moissonne…
Sur le mont-tribune, vers les tertres de têtes
Il s'est penché…

Un autre vers épouvantable me revient en mémoire :

Staline du regard a écarté au loin
La montagne…

Mon Dieu, à quoi Ossip en avait-il été réduit ? Les yeux de Staline qui écartaient la montagne ! Voici encore deux vers qui se terminent par une référence au *nom de guerre** de Staline, qui, comme tous les écoliers l'apprennent, vient de *stali* ou acier.

Sincérité du combattant : vérité la plus vraie.
Pour l'amour et l'honneur, pour l'air et pour l'acier.

Je me souviens qu'Ossip s'est immobilisé après avoir récité le dernier vers de l'ode. Perdu dans ses doutes, il a baissé les yeux vers la cathédrale à moitié détruite de Saint-Métrophane, baptisée du nom du saint évêque de Voronej au XVIIe siècle, qui se dressait tel un palais de glace dans le centre-ville plat comme une table de café. Les rues autour de la cathédrale, figées dans la glace, étaient pleines de paysans qui, las de devoir se contenter des miettes après que les bolcheviks eurent réquisitionné les récoltes pour nourrir le prolétariat des villes, avaient fui les fermes collectives. On les distinguait par petits groupes, devant les vitrines des magasins, martelant le sol de leurs pieds pour ne pas geler tout en mendiant des morceaux de pain. Ossip avait sûrement déjà vu ce spectacle, mais il grimaça tout de même par solidarité. Je me rappelle l'avoir entendu dire que, contrairement à ce que les gens affirmaient, le malheur n'aimait pas la compagnie – il préférait être seul. (Je me suis doutée qu'il parlait d'expérience.) Et puis, en une de ces ellipses caractéristiques qui obligeaient ses premiers lecteurs et ses amis à tenter de combler le fossé qu'il avait laissé dans la conversation, il s'est écrié :

– Anna, Anna, quand j'étais plus jeune, la poésie me venait plus facilement et elle était souvent très bonne. Maintenant que je suis plus vieux, elle me vient beaucoup plus lentement, mais parfois elle est meilleure. Quand je lis à voix haute certains poèmes du cycle de Voronej, je n'ai pas à marquer une pause pour reprendre mon souffle afin que mes premiers lecteurs sachent où les vers sont coupés, s'infléchissent ou se retournent. Les mots parlent d'eux-mêmes. Ils n'ont plus besoin du poète. Sauf pour cette… cette Ode à Staline. Ces mots-là sont montés en moi comme de la bile. J'ai l'impression de bafouiller. Je m'enfonce dans un marécage artistique. Qu'ai-je fait ?

Je lui ai répondu qu'on se devait de rester parmi les vivants aussi longtemps qu'il était humainement possible. J'aime à croire que j'ai réussi à le dire avec conviction, même si je n'en ressentais aucune.

– Si je pouvais sauver mon fils, si je pouvais sauver mon mari, ai-je ajouté, mon Dieu, que ne ferais-je pas ! Je pourrais baiser Staline.

– Moi aussi, je baiserais Staline si je le pouvais, m'a-t-il dit.

Et puis il a souri. Oui, Ossip a esquissé un sourire triste. Et il a dit :

– Bien sûr, je n'utilise pas le verbe dans le même sens que vous.

Et nous sommes tombés dans les bras l'un de l'autre, secoués par un fou rire.

Je ne sais plus si c'est le même jour ou le lendemain qu'Ossip, traversant la voie ferrée, s'est baissé pour ramasser un morceau de papier. J'ai commencé à le taquiner – « Vous en êtes donc réduit à récupérer le papier ? » – quand je me suis aperçu qu'il était plié en un petit paquet. Ossip l'a déplié et me l'a montré. Le papier contenait une courte lettre, écrite en tout petit sur une page arrachée à un cahier d'écolier, ainsi qu'un nom et une adresse à Saint-Pétersbourg.

– Les wagons à bestiaux qui passent ici la nuit sont remplis de prisonniers expédiés en Asie centrale, m'a-t-il dit. Écoutez ça.

Accrochant ses lunettes derrière ses oreilles, il s'est mis à lire :

– « Ma très chère et bien-aimée Axinia. Je baise tes mains, je baise tes pieds. Mon procès a pris fin avant que j'aie eu conscience qu'il avait commencé. La cour spéciale de trois hommes a lu tout haut les conclusions de mon interrogateur. J'ai essayé de dire un mot, mais le marteau est retombé pour me faire taire. Les trois juges ont marmonné entre eux, puis celui du milieu a annoncé la sentence – vingt ans de travaux forcés sans droit de correspondance. Si cette lettre, par la volonté de Dieu, arrive jusqu'à toi, tu sauras que les enfants et toi devez survivre sans moi. N'hésite pas à vendre mes deux violons, ainsi que l'archet et ma réserve de résine. Tu devrais tirer un bon prix du violon italien, en particulier. Demande conseil à mon frère pour savoir qui aurait le talent pour en jouer et l'argent pour l'acheter. Donne mes partitions à l'école de musique. Informe mes amis de l'orchestre de ce qui m'arrive. Je regrette amèrement de ne pas avoir commis les crimes dont on m'a accusé. Ton mari aimant qui descendra dans la tombe avec une image de toi sous les paupières. Alexandre. »

Ossip a soigneusement replié le papier. Je le lui ai pris des mains et j'ai mouillé le côté vierge avec les larmes accumulées au coin d'un œil. Je me rappelle avoir pensé : j'apprendrai peut-être le sort de mon mari et de mon fils quand une âme charitable trouvera une lettre lâchée sur les rails. J'ai glissé la page pliée dans le poignet de mon gant pour la rapporter à Saint-Pétersbourg, où je comptais la poster.

– Le musicien a peut-être sans le vouloir trouvé la solution pour faire tomber votre montagnard du Kremlin, ai-je dit. Peut-être devrions-nous tous commettre les crimes dont on va nous accuser.

– Ce serait un moyen comme un autre de se suicider, a dit Ossip.

Quand je repense à ma semaine à Voronej, il me paraît instructif de noter que, même dans la situation d'Ossip, exilé dans une ville « moins douze » pour avoir écrit un poème séditieux, on continuait de faire comme si on vivait une vie normale dans une société civilisée. Tous les matins, l'heure suivant le petit déjeuner était consacrée à la reconstitution de l'œuvre de Mandelstam. Une grande partie avait été confisquée par les tchékistes qui avaient fouillé l'appartement après son arrestation. Les yeux fermés, la tête penchée en arrière, Ossip aidait sa femme à reconstruire les poèmes de mémoire (de temps en temps, j'étais capable de retrouver un fragment manquant) tandis que Nadejda les recopiait d'une écriture minuscule sur du papier à cigarette, un poème par feuille, avant de les cacher chez des écrivains exilés à Voronej. Lorsque sa concentration diminuait, Ossip s'arrêtait pour la journée. Il fourrait joyeusement des pages du journal local entre sa chemise et son pull pour se protéger du froid mordant et insistait pour que je l'accompagne dans son expédition quotidienne dans le centre de Voronej. Pendant ce temps-là, Nadejda rencontrait les rédacteurs en chef de la presse locale qui la payaient une misère pour qu'elle leur donne son avis sur des textes littéraires qu'on leur proposait. Ossip avait été engagé par la radio locale pour écrire des scripts – je me souviens que son préféré s'appelait *Gulliver raconté aux enfants*. Il avait aussi reçu trois cents roubles d'un théâtre pour avoir rédigé les notes du programme d'*Orphée et Eurydice*, de Gluck. Lors de nos équipées en ville, il était toujours à l'affût de cigarettes. Contrairement au bon vieux temps à Moscou où il les achetait ou les chipait par paquets, il considérait comme un triomphe d'en dénicher ne serait-ce qu'une, qu'il fumait, en me faisant jurer le silence, derrière le dos de Nadejda. Il s'arrêtait à la radio et au théâtre, au cas improbable où ils auraient quelque chose à lui faire faire ; il se disait prêt à balayer les rues qui, à Voronej, n'étaient jamais balayées par autre chose que les vents impitoyablement glacés des steppes. Mais ces promenades étaient surtout pour nous prétexte à rattraper le temps perdu. Indifférents à la température hivernale, nous parlions sans discontinuer, jusqu'à en avoir les lèvres engourdies de froid, au point que les mots sortaient sans les *b*, les *m*, les *p* et les *v*. Ossip plaisantait en disant que nous inventions une nouvelle langue, une langue de ventriloques utilisée par les prisonniers afin que les tchékistes spécialistes de la lecture sur les lèvres, les observant avec des jumelles, ne sachent pas qu'ils se parlaient.

Alors que nous arpentions les collines de haut en bas, je n'ai pas pu m'empêcher de remarquer qu'Ossip semblait reconnaître bien peu des personnes que nous croisions. Parfois, un monsieur en manteau d'hiver levait son chapeau dans la direction de mon ami, et Ossip, le regard lointain, hochait vaguement la tête en réponse. Mais quand je m'enquerrais de l'identité du passant – j'étais curieuse de savoir s'il s'agissait de prisonniers politiques ou simplement d'individus vivant à Voronej de leur plein gré – il me répondait invariablement qu'il ne savait pas.

– Je ne connais pas les histoires personnelles des gens que je salue, a-t-il dit.

– Mais vous vous êtes sûrement fait des amis, ici, ai-je insisté.

– En dehors de Nadenka, je n'ai qu'une amie. C'est la prostituée qui vit à côté de chez nous rue Lineinaïa, m'a-t-il expliqué. Quand je me suis rendu compte que personne ne la saluait dans la rue – aucun homme n'aurait voulu être surpris à lever son chapeau devant une prostituée – je me suis mis à lever le mien régulièrement et elle me souriait avec reconnaissance. Et un jour, elle nous a invités à prendre le thé et de la confiture. Comme nous n'avions pas vu l'ombre d'un pot de confiture depuis deux ans, nous avons immédiatement accepté.

Je dois dire tout de suite que cette amitié d'Ossip avec une prostituée m'intriguait. (Était-ce parce que j'avais entendu dire que les bolcheviks me surnommaient *la catin* ?) Au fil des années, j'avais rencontré presque toutes les amoureuses d'Ossip, même celle avec qui il s'était enfui après avoir rencontré Nadejda dans ce cabaret de Kiev, mais je ne l'avais jamais vu, quels que fussent ses désirs, aller avec une femme de mauvaise vie, comme les appelaient les hommes de mauvaise vie.

– Et vous a-t-elle offert ses services ? ai-je demandé avec un sourire narquois.

Ossip, qui s'était arrêté pour reprendre son souffle, a laissé échapper un petit rire.

– Non, elle ne l'a jamais proposé. Et si elle l'avait fait, je n'aurais pas pu accepter. J'attends mon tour dans la longue file qui s'est formée dans une petite rue près de la gare, où ils louent des érections, mais chaque fois que j'arrive au guichet, ils sont en rupture de stock. N'ayez pas l'air choquée, ma chère Anna. J'ai toujours ma muse.

Ossip n'avait pas très envie que je rencontre la prostituée, craignant de la froisser s'il lui amenait une amie pour l'observer comme un poisson dans un bocal. J'ai dû insister pour qu'il cède. Et c'est ainsi que nous nous sommes retrouvés à prendre le thé, comme disent les Anglais, dans le salon de la prostituée, qui s'appelait Varvara Samolova. C'était une sacrée bonne femme. Varvara était arrivée à Voronej en tant que compagne d'un prisonnier politique et, comme il n'avait pas survécu au premier hiver, elle avait commencé à se prostituer pour élever son fils, âgé de quinze ou seize ans. En guise de passe-temps, elle collectionnait des timbres venus du monde entier et représentant des œuvres d'art – peintures, statues, merveilles architecturales. Ossip prétendait que certains de ses clients la payaient en timbres-poste plutôt qu'en roubles, mais j'avais du mal à le croire. Je trouvais assez extraordinaire qu'elle exerce ouvertement son commerce, jusqu'au moment où j'ai appris, par Ossip, que plusieurs membres du comité du Parti local, dont un tchékiste, faisaient régulièrement appel à ses services.

À quoi ressemblait Varvara ? Elle devait avoir une petite trentaine d'années, était délicate comme un bruant des neiges, avait un teint splendide et de longs cheveux roux qui tombaient en mèches mousseuses sur sa poitrine. Elle était vêtue d'une robe qu'elle avait créée elle-même (comme je l'ai appris ensuite) en cousant deux tabliers. La robe avait un profond décolleté au-dessus d'un sous-vêtement de dentelle qui laissait peu de place à l'imagination. Même chez elle, elle portait un chapeau à la mode vissé bien droit sur la tête, du genre qu'on pourrait voir dans un magazine parisien. Il m'a traversé l'esprit qu'elle recevait peut-être ses clients sans rien d'autre que son chapeau, mais il aurait été inconvenant de lui poser la question. Manifestement ravie de découvrir Ossip sur le pas de sa porte, elle est aussitôt allée chercher la confiture dans sa cachette sur une étagère. Elle m'a prise pour une nouvelle arrivée « moins douze » et, comme Ossip ne l'a pas détrompée, elle n'a pas hésité à parler librement en ma présence. Bientôt, elle posait les manuels de son fils sur la table au plateau de verre pour nous montrer les pages où on avait collé un papier épais sur les visages de Trotski, Zinoviev ou Kamenev.

– Mais comment ont-ils su qu'il fallait faire ça ? ai-je demandé.

– À l'école, on apprend aux enfants quels dirigeants sont en disgrâce. Le directeur de l'école reçoit régulièrement des lettres des éditeurs de la Grande Encyclopédie avec des listes d'articles ou d'illustrations à recouvrir ou découper. C'est assez facile pour nous qui vivons à la campagne, parce que nous avons des fourneaux à bois. Ma sœur habite à Moscou – elle passe la moitié de ses journées à découper des articles et des illustrations en petits morceaux pour pouvoir les jeter dans les toilettes.

Ossip s'est demandé tout haut s'il avait été expurgé de tous les livres sur la poésie publiée dans les années vingt et au début des années trente.

– Vous êtes fameux ? lui a demandé la prostituée.

Comme il ne répondait pas, elle s'est tournée vers moi et a répété sa question :

– Vous devez absolument me dire : il est fameux ?

– Il est fameux dans certains cercles. Infâme dans d'autres.

Varvara a balayé mon commentaire d'un geste désobligeant de la main.

– Ça ne prend pas avec moi. Vous jouez avec les mots, ce que je ne fais jamais. Ici, quand on joue avec les mots, on risque d'y laisser la tête. Et pourquoi est-il réputé, alors ?

– Pour se glisser à travers les failles entre les mots, ai-je dit.

Varvara a secoué la tête, pleine d'étonnement.

– On pourrait disparaître dans les failles entre les mots.

Ossip a tendu la main.

– Laissez-moi vous guider à travers les failles, a-t-il dit.

Souriant modestement, Varvara a pris sa main.

Avec la prostituée, j'ai retrouvé un aspect d'Ossip que je pensais disparu en même temps que ses érections. Il se montrait taquin, séducteur même, comme s'il répétait un rôle qu'il n'avait plus l'espoir (d'après lui) de pouvoir jouer. Avec Varvara, il se laissait aller et parlait de choses légères et sans conséquences, comme si tout allait bien. Avec Nadejda, c'était différent. En ma présence, ils n'abordaient qu'avec sérieux des sujets sérieux : quels étaient les avantages et les inconvénients du suicide ; fallait-il dilapider leur maigre réserve de roubles pour acheter une bouteille de vin de Géorgie en mon honneur ; la *mourtsovka* de Nadejda était-elle meilleure quand elle était cuite avec du *kvass* ou à l'eau ferreuse du robinet ; mais si elle était meilleure avec du *kvass*, où diable pouvait-on en trouver ; qui, à Voronej, aurait le plus de chances de leur proposer du travail, à l'un ou à l'autre.

C'est à moi qu'il est revenu de soulever le délicat sujet qu'ils évitaient soigneusement. Je me rappelle l'avoir fait devant des bols de semoule, une heure ou deux avant mon départ. Je me suis éclairci la gorge pour obtenir leur attention.

– Que comptez-vous faire quand vous serez arrivé au terme de votre sentence, l'année prochaine ? ai-je demandé.

Ma question a été accueillie par un silence de plomb.

– Si le silence s'intensifie encore dans la pièce, ai-je lancé, on pourra peut-être entendre l'axe du globe.

Un léger sourire est apparu sur les lèvres de Nadejda lorsqu'elle a cité le vers du cycle de Voronej d'Ossip.

– … *qu'un jour je sois contraint, fuyant sommeil et mort… à sentir l'axe du globe…*

– Alors ? ai-je insisté.

Ossip s'est précipité vers la porte pour regarder passer un train. Il est revenu d'un pas traînant, s'est assis et, le regard fixé sur la fenêtre, a déclaré d'un ton très ferme :

– À la fin de ma sentence, je rentrerai à Moscou et reprendrai ma vie.

Nadejda s'est retournée vers son mari.

– Tu recommenceras à lire tes poèmes aux onze personnes qui braveront la tempête pour aller au bureau de la *Gazette littéraire* ? Tu recommenceras à chiper des cigarettes à des écervelées qui pensent que le poète Mandelstam est sûrement mort ? À fabriquer un manuscrit original de l'édition de 1913 de *La Pierre* pour le vendre au Fonds littéraire ? À passer des nuits d'insomnie à attendre qu'on vienne encore frapper à la porte ?

Ossip a maîtrisé sa colère.

– Ma nouvelle Ode à Staline nous protégera tous les deux d'une arrestation.

Nadejda m'a appelée au secours.

– J'ai rêvé de disparaître si loin dans la campagne que l'État oublierait notre existence, de vivre dans une maison de bois isolée avec des volets sculptés, de voir, au loin, les dômes en oignon d'une petite église de campagne utilisée pour entreposer le foin, de faire pousser des pommes de terre, des choux, des concombres, des betteraves et des navets sur le petit lopin de terre derrière la maison, d'élever des poules et une vache, d'échanger des œufs et du lait contre du pain et des conserves de laitance.

Je me souviens que Nadejda a détourné les yeux, les épaules raidies par l'anxiété. J'ai regardé mon cher ami Ossip.

– Le soir de votre arrestation, en 1934, je vous ai rappelé les derniers mots de Pouchkine. Vous devez vous en souvenir. *Essayez de vous faire oublier. Partez vivre à la campagne.*

– Pouchkine a rendu son dernier soupir en ville, a répliqué Ossip d'un ton irrité. J'ai bien l'intention de suivre son exemple.

– Ce serait de la folie de retourner à Moscou, ai-je dit. Après trois ans d'exil, vous n'avez pratiquement aucune chance d'obtenir un permis de séjour, vous seriez donc obligés de vivre dans l'illégalité. Les villes grouillent de petits fonctionnaires, d'écrivains et d'éditeurs qui pensent acheter leur survie en dénonçant quelqu'un. N'importe qui. Que vous soyez là-bas légalement ou non, il y aura forcément un laquais ambitieux à la Tcheka qui voudra se faire mousser en arrêtant le poète Mandelstam une deuxième fois. Si vous voulez survivre jusqu'à un âge raisonnable…

– Vous n'avez plus d'espoir pour le grand âge ? m'a demandé Ossip avec un sourire espiègle.

337

– Le grand âge, me rappelé-je avoir répondu, n'est pas du domaine du possible.

– Je suis d'accord avec vous, a-t-il admis.

J'ai poursuivi comme si de rien n'était :

– Si vous voulez atteindre un âge raisonnable, si vous voulez que Nadejda survive, vous devez faire profil bas, aller vous réfugier loin de Moscou, dans un endroit où personne ne vous connaît, vous devez cultiver l'anonymat.

– L'anonymat ! s'est exclamé Ossip. Comment vous, entre tous, pouvez-vous me dire une chose pareille, Anna Andreïevna ? Que suggérez-vous au poète Mandelstam – de rejoindre la cohorte de ceux qui, au fil des siècles, ont publié des poèmes signés *anonyme* ?

J'ai bien vu qu'Ossip avait perdu le fil de la conversation, mais ça ne l'a pas empêché de fulminer.

– Oui, oui, vous me suggérez une idée qui me plaît beaucoup. Dès demain matin, nous irons trouver le comité bolchevique de la ville, Nadenka, et nous leur demanderons de changer officiellement notre nom de famille en *Anonyme*. Ossip Emilievitch et Nadejda Yakovlevna Anonyme. C'est ça. Nous irons nous installer dans une cabane d'ermite dans les montagnes et nous élèverons une vache, dont nous utiliserons la bouse pour paver un chemin jusqu'à notre porte le jour où les bolcheviks passeront me féliciter pour la publication de mon Ode à Staline dans la *Pravda* sous le nom Anonyme.

– Calme-toi, a dit Nadejda. Si tu tiens absolument à retourner à Moscou, c'est ce que nous ferons.

Ossip a rempli ses poumons d'air. Petit à petit, sa respiration est devenue plus régulière. Et il a récité un vers que j'ai immédiatement reconnu comme appartenant à un de ses poèmes du cycle de Voronej qu'il m'avait envoyé par la poste.

– *C'est peut-être le début de la folie.*

– Si c'est le début de la folie, ai-je dit, vous pouvez cesser de feindre d'être sain d'esprit.

Avait-il reconnu cette remarque, sortie de ses lèvres lors de cette mémorable conversation avec Pasternak, il y avait de cela une éternité ? Rien dans ses yeux ne permettait de le dire. Il m'a regardée bizarrement, un peu comme s'il pouvait voir à travers moi.

– Il m'est arrivé une chose étrange en allant vous chercher à la gare, m'a-t-il dit. Je me suis arrêté pour reprendre mon souffle place Petrovski à côté de la statue de Pierre le Grand tenant une ancre à bout de bras. L'espace d'un moment terrifiant, j'ai oublié qui j'étais et ce que je faisais là, assis au bord d'une fontaine remplie non pas d'eau mais d'ordures, les yeux levés vers la statue que j'appelle Pierre l'Ancre. J'ai été sauvé par un vers d'un de mes poèmes de Voronej qui m'a traversé l'esprit. *Quelle est cette rue ? C'est la rue de Mandelstam...* Mon nom m'est alors revenu, et avec lui le souvenir que j'allais retrouver mon amie la plus chère au monde après Nadenka.

J'ai répété le vers pour le mémoriser.

– *Quelle est cette rue ? C'est la rue de Mandelstam...*

C'est Nadejda qui m'a accompagnée à la gare cet après-midi-là. Ossip avait de nouveau des palpitations cardiaques ; il avait pris plusieurs pilules de soufre, qui ne lui avaient procuré aucun soulagement, et il se sentait trop faible pour me raccompagner plus loin que la porte. Nous nous sommes étreints, aucun de nous n'étant persuadé qu'on se reverrait. Je commençais à descendre les marches quand j'ai entendu Ossip me donner des instructions d'une voix chargée d'anxiété. Il m'a ordonné d'aller directement au Comité central, dès que mon train arriverait à Moscou, pour leur dire qu'il dépérissait à Voronej sous l'effet de la faim et de la dépression, qu'il avait une lettre de la polyclinique n° 1 certifiant qu'il souffrait de cardiomyopathie, d'artériosclérose et de schizophrénie.

– Comment voulez-vous que j'aille voir le Comité central ? me suis-je écriée. Je n'ai pas de laissez-passer. Ils ne me laisseront même pas franchir la porte.

Ossip n'a pas voulu entendre parler d'un refus.

– Dites que vous venez de la part du poète Mandelstam et les portes s'ouvriront, a-t-il répondu, les paupières agitées d'un tic. Ils seront tous avides de vous écouter.

À la gare, Nadejda et moi avons regardé le long train couvert de poussière s'approcher lentement du quai. Des enfants ont sauté à bord afin de réserver des places pour les voyageurs plus âgés encombrés de bagages. Nadejda m'a fourré dans les mains des betteraves au vinaigre, enveloppées de papier journal, puis elle a haussé les épaules dans un accès de désespoir.

– Je me suis mise à prier, m'a-t-elle annoncé. Je prie Dieu tous les soirs quand je monte dans le lit étroit à côté de mon mari.

J'ai dû lui demander pour quoi elle priait parce qu'elle a répondu :

– Je prie, *Mon Dieu qui, d'après ce que je vois autour de moi, n'existez sûrement pas, tant que mon bien-aimé Ossia a encore une muse, faites en sorte que le soleil oublie de se lever demain matin. Amen.*

– Amen, ai-je répété.

Non, je n'ai pas beaucoup de souvenirs du voyage de retour à Saint-Pétersbourg. Il a eu un début et un terminus, mais pas de milieu. Dans un état second, j'ai changé de train, me suis battue pour trouver des places assises et me suis endormie en serrant mon sac contre moi afin de ne pas me faire voler. À un moment, au cours du trajet, j'ai griffonné quatre vers au dos d'une enveloppe, que j'ai conservée jusqu'à aujourd'hui. Je n'ai pas besoin de trouver l'enveloppe pour vous citer les vers. Ils sont restés dans ma mémoire, gravés dans mon esprit.

Mais dans la chambre du poète en disgrâce,
La terreur et la Muse sont de service à tour de rôle,
Vient une nuit
Qui ne sait rien de l'aurore.

18

Du point de vue de l'État, notre bannissement « moins douze » à Voronej prit fin il y a moins d'un an – à quinze heures quinze le 16 mai 1937 pour être précis – quand un tchékiste aux traits tirés et à la moustache cirée (qui était d'ailleurs un client de la charmante prostituée vivant à côté) signa et tamponna un document officiel certifiant que Mandelstam avait purgé sa peine et que nous étions libres de vivre où le cœur nous en disait en Union soviétique. Il y avait un vice caché : nous avions besoin d'un permis de séjour, et la seule ville de Russie soviétique pour laquelle nous en avions un était Voronej.

Ce qui signifiait que, pour le poète Mandelstam, pour son épouse légitime, l'exil était supposé durer la vie entière.

Nous étions pourtant déterminés à partir. (Où et comment, Dieu seul le savait.) Nous commençâmes par nous délester de l'excès de bagages accumulés depuis notre arrivée à Voronej : des seaux, un pot de chambre, une poêle à frire, un fer à repasser, un petit réchaud à pétrole avec un seul brûleur, une lampe à pétrole, un matelas bosselé, une collection de couvertures et d'édredons abondamment rapiécés et un carton rempli d'assiettes et de soucoupes ébréchées. Nous léguâmes une partie du butin à notre couturière, une partie à un couple d'exilés tout juste arrivés que Mandelstam trouva en train d'errer rue Lineinaïa cherchant désespérément une chambre à louer. (Notre logeuse avait décidé que nous serions ses derniers locataires, car elle voulait récupérer la chambre pour son fils.) Nous rangeâmes nos vêtements dans une valise, deux sacoches et un sac en papier avec une poignée en corde et, payant le fils de la couturière pour qu'il nous aide, nous partîmes à la gare. Avec ou sans permis de séjour, nous étions attirés par Moscou comme la phalène par une flamme. Mandelstam, qui dormait mal et demeurait abattu pendant la plus grande partie de ses heures de veille, parut ragaillardi à la seconde où le train s'éloigna de Voronej en direction du nord-ouest. Plus nous approchions de Moscou, plus il s'animait. Il ne composait plus de vers à cette époque, mais c'était presque comme si sa muse le talonnait.

Je peux vous dire que Moscou, que nous atteignîmes après un périple exténuant de deux jours et demi, avait bien changé depuis l'époque, pas si lointaine, où nous y vivions. Le long train chemina à travers des banlieues qui n'existaient pas avant – de larges boulevards poussiéreux bordés d'immeubles d'habitation en brique à différents stades de construction. La ville elle-même semblait avoir fait peau neuve. Les immeubles de l'époque tsariste avaient été ravalés et on voyait des structures massives s'élever derrière des échafaudages, avec d'imposantes façades de pierre, d'acier et de verre qui, à mes yeux de profane, paraissaient s'inspirer de ce que nos journaux appelaient le style ornemental américain décadent. Le climat social avait lui aussi changé, même si j'aurais eu du mal à dire qu'il avait changé pour le mieux. Depuis des mois, de récents arrivants à Voronej nous parlaient de l'apparition d'une classe de citoyens à Moscou qu'ils décrivaient comme des nouveaux riches (à quoi Mandelstam, dans un de ses rares traits d'esprit, avait répondu : *Mieux vaut nouveau que jamais*. Les jeunes gens semblaient avoir de l'argent à flamber. Les cadres obtenaient des promotions rapides (à mesure que leurs supérieurs hiérarchiques se faisaient arrêter). Le dernier chic était d'ouvrir un compte en banque. (Lorsque j'avais de l'argent, je le gardais épinglé dans mes sous-vêtements, comme Akhmatova.) On prétendait qu'il était plus facile de se procurer des appartements, des datchas, des meubles d'occasion, des gramophones et des disques de seconde main, et même des articles de luxe telles des glacières électriques, sans doute à cause de tous ces gens qui disparaissaient en prison ou en exil en abandonnant leurs biens derrière eux.

Dès que Mandelstam foula le sol de Moscou, je compris que, malgré le danger de ne pas avoir de permis de séjour, nous avions bien fait de revenir. J'ai peut-être l'air d'affabuler, mais j'aurais juré que la couleur de sa peau aussi s'était modifiée, passant du gris asphalte à – eh bien, à la couleur chair. Une indubitable lueur apparut dans ses yeux, presque comme si les images et les bruits d'une métropole lui avaient rafraîchi la mémoire, lui avaient rappelé la vie *avant* la mort. Il marchait même à une allure qui aurait laissé un escargot loin derrière. En voyant un sourire sur les lèvres de mon mari pour la première fois depuis des mois, j'ai esquissé mon premier sourire depuis des mois.

Avec la sensation d'être des juifs atteignant la terre promise après des années d'errance dans le désert, nous décidâmes sur-le-champ qu'il nous fallait absolument trouver le moyen de rester à Moscou. Le premier impératif était de dénicher un endroit où dormir. Arrêtant une automobile du parc ministériel dont les chauffeurs jouaient les taxis pour arrondir leurs fins de mois, nous prîmes la direction de la maison Herzen dans l'espoir que quelqu'un accepterait de nous héberger pendant une nuit ou deux.

En l'occurrence, nous dûmes nous contenter de coussins de canapé disposés sur le sol de linoléum du petit appartement d'un des jeunes poètes à qui Mandelstam lisait autrefois sa poésie. La femme, pâle et potelée, du jeune poète, qui était rédactrice en chef d'un mensuel littéraire, nous fit clairement savoir, en disposant les coussins sur des pages de journal, que nous étions les bienvenus pour un ou deux jours, ce qui signifiait qu'au-delà nous ne le serions plus. (Je ne lui en voulais pas. Ils couraient déjà un risque en accueillant sous leur toit des gens sans permis de séjour.) Mandelstam, submergé par la fatigue du voyage, sans parler de la mélancolie de se retrouver à Moscou, s'allongea sur les coussins et, baissant les oreillettes pour étouffer le raffut de la circulation dans la rue Nachtchokine, s'endormit aussitôt. Je le recouvris de son manteau jaune et m'étendis, tout habillée, à côté de lui.

Je me souviens de m'être réveillée à l'aube, ce premier matin à Moscou, avec un violent mal de tête. Mon mari dormait si profondément que je n'eus pas le cœur de le réveiller. J'allai dans le cabinet de toilette où je me rinçai le visage et la nuque avec l'eau froide et ferreuse du robinet. Je me sentis de nouveau humaine. Je décidai de descendre frapper à la porte de notre ancien appartement – lorsque, dans la panique, j'avais fait les bagages pour partir en exil avec Mandelstam, j'y avais laissé des livres que je pensais pouvoir peut-être récupérer maintenant. C'est ainsi que je trouvai le message punaisé à la porte de notre appartement : « Si quelqu'un cherche Zakonsky, je suis à la datcha jusqu'à la fin du mois. » Il avait ajouté un numéro de téléphone. Le nom de Zakonsky ne me disait rien, mais s'il avait une dat-cha *et* un téléphone, cela signifiait qu'il était publié, ce qui n'augurait rien de bon par les temps qui couraient ; les seuls écrivains publiés étaient ceux qui suivaient la ligne du Parti. J'allais rebrousser chemin quand je me rappelai la clé que j'avais cachée derrière la moulure près du téléphone collectif, au cas où Mandelstam aurait oublié la sienne. À mon grand étonnement, elle était encore là après toutes ces années. Je n'entendis personne marcher sur le plancher au moment où je me glissai à l'intérieur. La vue des murs familiers, le tic-tac de notre vieille horloge suisse dans la cuisine me firent monter les larmes aux yeux. Les livres que j'avais laissés occupaient le haut de notre vieille bibliothèque – des premières éditions de Derjavine, Iazykov, Joukovski, Baratynski, Fet, Polanski, ainsi que les auteurs italiens préférés de Mandelstam, Vasari, Boccace, Vico. Je les rassemblai et, me laissant tomber sur le sofa avachi où Zinaïda et moi avions écouté Mandelstam lire son épigramme sur le montagnard du Kremlin, je me mis à feuilleter les pages de titre. Et, si naïf que ça puisse sembler, j'eus une soudaine illumination : *Le meilleur moyen d'obtenir un permis de résidence était de possé-der une résidence.* L'explication qui me vint à l'esprit me parut suffisamment simple pour être comprise même par un apparatchik : le poète Mandelstam et moi nous étions vu attribuer cet appartement à la maison

Herzen, il avait été envoyé en exil « moins douze », où je l'avais accompagné, maintenant que cet exil était derrière nous, nous étions de retour à Moscou et voulions récupérer notre résidence. Vous n'allez pas le croire – j'ai moi-même du mal à y croire en racontant cet épisode – mais avec mon cerveau dérangé, ce raisonnement me paraissait tellement logique et simple que je partis aussitôt chercher le bureau de la milice du district. Imaginez la peur que je dus réprimer ne serait-ce qu'en franchissant la porte ! À ma grande surprise, l'officier de service, un homme d'un certain âge qui, à en juger par sa mine, espérait désespérément prendre sa retraite avant qu'on ne vienne l'arrêter, m'écouta puis haussa les épaules. Vous devez comprendre qu'en Russie soviétique, un haussement d'épaules ne voulait pas dire *non*. Ça voulait dire *peut-être* ; ça voulait dire *je ne suis pas assez haut placé dans la hiérarchie pour assumer la responsabilité d'une réponse définitive*. L'officier me suggéra d'essayer le poste central de la milice rue Petrovka. Je fis tout le trajet à pied, espérant que l'exercice me calmerait les nerfs et que ma voix aurait l'air fatiguée et non pas tendue. Une longue queue s'était déjà formée et je dus attendre pendant des heures avant d'atteindre le responsable de la milice dans le grand hall du poste de Petrovka. C'était un jeune homme au visage poupin – trop jeune pour la fonction qu'il occupait, ce qui laissait supposer qu'il avait pris la place d'un officier arrêté –, chaussé de lunettes toutes rondes cerclées d'acier. Il leva les yeux, mais pas la tête, pour me regarder par-dessus la monture. Je commençais à lui expliquer notre situation quand il m'interrompit.

– Impossible d'obtenir un logement sans permis de séjour. Permis de séjour refusé parce que vous avez fait l'objet d'une condamnation. Suivant.

– Je n'ai jamais été condamnée, m'écriai-je.

– Quoi que vous cherchiez, chère madame, me glissa à l'oreille la femme derrière moi, vous aurez plus de chances de l'obtenir si vous vous calmez.

Je sortis de mon sac le document officiel et le dépliai sur le bureau pour que le fonctionnaire puisse le lire. Une fois encore, il ne bougea pas la tête, seulement les yeux.

– Il est écrit ici que vous avez été condamnée, dit-il.

– Je n'ai jamais été condamnée. J'ai suivi volontairement mon mari en exil.

J'aurais aussi bien pu parler à un automate.

– C'est inscrit là, dit-il d'un ton impatient. Ossip Mandelstam, condamné.

– Ossip Mandelstam est un homme. Je suis une femme.

Je réussis à récupérer mon précieux document juste avant qu'il ne frappe du poing sur le bureau.

– Ossip Mandelstam est votre mari, n'est-ce pas ? D'après la loi soviétique, les individus arrêtés et leurs familles sont privés de permis de séjour à Moscou. Vous n'avez jamais entendu parler de l'article 58 ? Vous êtes coupable de ce dont votre mari est coupable. Je peux vous inculper pour activités antisoviétiques.

Je suis désolée d'admettre que, terrorisée, je m'enfuis du poste de la rue Petrovka. Après l'échec de ma tentative pathétique pour récupérer notre ancien appartement, nous vécûmes comme des oiseaux sur une branche. Nous finîmes par nous installer dans une pièce d'un appartement collectif de Kalinine, qui était suffisamment proche de Moscou pour que nous puissions y aller en train plusieurs fois par mois. La rumeur se répandit que Mandelstam était rentré vivant d'exil et les amis affluaient lorsqu'ils apprenaient, grâce au bouche à oreille, qu'il était en ville. Dans l'espoir de nous sauver d'une deuxième arrestation, mon mari donnait des lectures exaltées de sa récente *Ode à Staline* à quiconque voulait bien l'écouter. Nous ne manquions pas d'écrivains et de poètes qui nous proposaient des prêts pour nous « permettre de tenir » (« tenir quoi ? » se demandait Mandelstam, agité, lorsque nous étions seuls) ; parmi eux figurait le *maître du genre silencieux*, comme se qualifiait lui-même Isaac Babel qui, au cours d'une des quelques visites que nous lui rendîmes dans les pièces qu'il louait au deuxième étage d'une villa privée, nous dit d'un ton sinistre :

– Le silence ne me sauvera pas. Croyez-moi, ils viendront bientôt me chercher.

Un certain nombre d'amis proches acceptaient de nous donner refuge à Moscou, même si, pour leur propre sécurité, nous ne restions jamais plus de quelques jours dans le même appartement de peur que nos hôtes ne soient dénoncés à la police. Akhmatova laissa tomber ce qu'elle était en train de faire et vint à Moscou dès qu'elle apprit notre retour. Mandelstam et elle se jetèrent dans les bras l'un de l'autre. Me sentis-je exclue ? Non, ce n'est pas une question indiscrète. Ils n'avaient jamais été amants, bien que, d'une certaine façon, ils aient été plus intimes que des amants – j'entends par là qu'ils avaient atteint un degré d'intimité que l'amour physique ne peut qu'effleurer. Il arrivait parfois, je ne le nie pas, que j'aie la gorge nouée par ce que je reconnaissais comme de la jalousie. Chacun réveillait la jeunesse perdue qui sommeillait en l'autre. Utilisant une langue secrète qui, par sa nature même, excluait les autres de la conversation, ils pouvaient se faire rire jusqu'à saigner du nez. Les mains derrière la tête, les doigts entrelacés dans la nuque, Mandelstam arpentait la pièce en récitant des poèmes du cycle de Voronej. Puis Anna Andreïevna récita à son tour le poème qu'elle avait écrit après sa visite à Voronej l'année précédente, à propos de la terreur et de la muse qui se relayaient auprès d'un poète en disgrâce. (Pour autant que je le sache, ce poème n'a jamais été publié.) Nous allâmes une fois à Saint-Pétersbourg, ce qui, d'après moi, se révéla une erreur – mon mari fut saisi de tremblements d'émotion en flânant dans les rues qu'il avait fréquentées étant étudiant. Nous passâmes la nuit dans l'appartement d'Akhmatova, à porter des toasts à des poètes et à certains poèmes jusqu'à une heure avancée.

À un moment, le téléphone sonna dans le couloir. Un voisin glissa la tête dans l'embrasure de la porte.

– C'est pour vous, Anna Andreïevna.

Elle alla répondre, et revint tout de suite après, le visage livide.

– Qui était-ce ? demandai-je.

– Il n'y avait personne au bout du fil, répondit-elle.

Nous échangeâmes des regards tous les trois. Mandelstam et moi repartîmes le lendemain matin. Anna Andreïevna nous raccompagna à la gare. Je n'oublierai jamais les derniers mots que lui dit mon mari :

– Je suis prêt à mourir.

Une autre fois, nous passâmes un après-midi avec Pasternak dans sa datcha de Peredelkino, à une demi-heure de Moscou ; le village, qui avait autrefois fait partie du domaine Kolychev, était devenu un lieu de villégiature à la mode pour les écrivains à la mode à la fin des années vingt. (Jamais nous n'avions compris comment, durant l'été 1936, Boris, qui était bien ou mal en cour selon les années, avait réussi à glisser un pied dans cette porte.) Aucun de nous ne manqua de remarquer que sa nouvelle épouse (nouvelle pour nous, du moins) resta dans la cuisine le temps de notre visite pour éviter mon mari. Boris Leonidovitch et Mandelstam approchèrent des tabourets du poêle carrelé très décoré pour se réchauffer, tandis que je restai sur le sofa, les pieds enveloppés d'une courtepointe. Pasternak, qui nous apprit qu'il commençait à esquisser l'ébauche d'un roman « sur nous tous », nous montra les livres qu'il lisait sur la révolution française. Je me souviens que la conversation s'échauffa et que je fis signe à Boris Leonidovitch de calmer les choses de crainte que le pouls de Mandelstam ne s'accélère.

Pasternak soutenait qu'il était possible de survivre au règne de la terreur, mais mon mari secouait la tête en un désaccord obstiné.

– Si vous respirez l'air de la terreur, dit-il, vous êtes infecté. Tout le monde devient une victime – ceux qui ont la tête tranchée, les bourreaux qui tranchent les têtes, les masses dans les rues qui regardent, et même ceux qui ont la décence de détourner les yeux.

Plus tard à la gare, avec la dextérité d'un voleur à la tire, Pasternak glissa de l'argent dans la poche de Mandelstam au moment où ils s'étreignirent. Nous le découvrîmes quand, de retour à Kalinine, j'allai suspendre le manteau de cuir jaune de mon mari.

Ainsi passèrent les semaines et les mois, tandis que Mandelstam, regardant par les fenêtres mouillées de pluie à Kalinine, Moscou ou Saint-Pétersbourg, répétait les noms de ceux qui avaient disparu au goulag. Si je ferme les yeux, je peux reproduire sa voix dans mon oreille : « L'énigmatique Khardjiev avec sa tête disproportionnée, Hippolyte et son projet fou de séduire l'ange de la mort, Jenia aux ongles rongés jusqu'au sang, Vadik, dont les poèmes étaient si compliqués qu'il n'arrivait pas lui-même à les comprendre, Pacha avec sa folle théorie selon laquelle la Russie serait sauvée quand l'opium deviendrait la religion du peuple. »

Je dois dire ici que la disparition qui nous affecta le plus, et nous causa le plus d'angoisse, fut celle de notre ami et protecteur, Nikolaï Boukharine. Inutile de préciser que nous avions suivi son sort de près. Son nom, en tant que directeur des *Izvestia*, avait été retiré de l'ours durant l'hiver 1937, et son arrestation avait été annoncée peu après par haut-parleurs dans les rues principales de Voronej. (Mandelstam avait été particulièrement outré d'entendre les gens applaudir.) Des mois durant, on n'eut aucune nouvelle de Boukharine. Puis vint son procès, largement ouvert au public, pour haute trahison et complot visant à assassiner Staline. (De manière ironique, Genrikh Yagoda, l'ancien chef de la Tcheka qui avait personnellement signé l'acte d'accusation de Mandelstam lorsqu'il avait été arrêté en 1934, était coaccusé ; « nous ne verserons pas de larmes sur lui », commenta laconiquement mon mari en l'apprenant.) Le procès commença au début du mois de mars de cette année, dans la salle Octobre de la maison des Syndicats où, nous le savions, Nikolaï Ivanovitch avait demandé en mariage la jeune femme qui était ensuite devenue sa troisième épouse. Ses aveux, publiés dans la *Pravda*, devinrent le principal sujet de conversation (juste devant l'annexion de l'Autriche par Hitler) dans les cercles intellectuels, où Boukharine, malgré ses états de service bolcheviques, était considéré comme un homme cultivé et un humaniste. Certains répétaient le vieil adage *Il n'y a pas de fumée sans feu* – une autre façon de dire que, compte tenu des circonstances, le « sale petit Boukharine » (ainsi qu'on l'appelait dans les journaux) aurait été stupide de ne pas comploter contre Staline ; d'autres, dont nous faisions partie, supposaient qu'il était passé aux aveux pour sauver sa femme et son jeune fils.

Notre estimé Nikolaï Boukharine fut emmené dans la cave voûtée de la Loubianka, où il fut éliminé d'une balle dans la nuque, à en croire l'avis d'exécution parue dans la presse le 15 mars au matin. C'est-à-dire, curieusement, quelques jours après que nous eûmes croisé Vassili Stavski, le secrétaire général de l'Union des écrivains soviétiques. Laissez-moi vous expliquer. Nous avions pratiquement abandonné l'espoir d'obtenir un jour l'autorisation de vivre à Moscou ; l'espoir de pouvoir survivre à la nouvelle vague de terreur qui déferlait sur la Russie. En désespoir de cause, nous nous raccrochions à l'idée qu'en l'absence de Boukharine, Stavski pourrait peut-être plaider la cause de Mandelstam auprès de Staline ; qu'il lui donnerait le texte, que nous savions en circulation, de l'*Ode à Staline* (« Staline du regard a écarté au loin la montagne »). Mais nos tentatives répétées et désespérées pour obtenir un rendez-vous avec Stavski avaient échoué lamentablement. Nous avions campé pendant des heures sur les bancs inconfortables de son antichambre. Les secrétaires passaient devant nous à toute vitesse. Puis quelqu'un finissait par nous prendre en pitié. Une femme nous informait que le secrétaire général était en déplacement. Il participait à une conférence d'écrivains en Crimée. Il visitait des fermes collectives dans diverses républiques d'Union soviétique. Et ainsi de suite. Et puis un jour, si improbable que cela paraisse, nous tombâmes sur Stavski qui sortait de l'immeuble au moment où nous entrions. Ou plutôt, il tomba sur nous. Nous ne l'avions pas vu depuis des années et je doute qu'aucun de nous deux l'eût reconnu s'il ne s'était pas écrié :

– Ah, Mandelstam ! Je vous ai cherché partout.

Tout bronzé, portant un costume trois pièces en lin couleur café et des lunettes noires, Stavski se précipita vers nous et serra cordialement la main de mon mari.

– J'ai essayé de vous joindre, dit-il, mais personne ne semblait savoir où vous posez votre chapeau ces jours-ci.

Mandelstam, béni soit-il, songea seulement à répondre :

– Je pose mon chapeau à sa place habituelle, c'est-à-dire sur ma tête.

Stavski laissa tomber la main de mon mari.

– Vous allez bien ?

– Non.

– Ah ! Eh bien, j'ai de bonnes nouvelles pour vous, Mandelstam. Votre chance est en train de tourner pour le meilleur. D'abord, nous avons décidé de vous octroyer, à vous et à votre épouse, un bon pour une cure de deux mois dans l'un des sanatoriums pour écrivains en dehors de Moscou. Ce séjour vous fera le plus grand bien – nourriture saine, air de la campagne, beaucoup de sommeil, longues promenades dans les bois. Vous serez un homme neuf. Ensuite, nous nous occuperons de votre réhabilitation. La question d'un permis pour résider à Moscou et la nécessité de vous trouver un travail approprié seront débattues au plus haut niveau.

Stavski nous donna l'ordre de nous présenter au bureau du Fonds littéraire afin d'y retirer les billets de train pour Tcharousti, sur la ligne de Murom, et les bons pour la maison de repos de Samatikha, à vingt-cinq kilomètres de là. À notre arrivée à Tcharousti, un traîneau tiré par un cheval nous attendrait pour nous emmener à destination.

Le bonheur monta en Mandelstam telle la sève dans un arbre.

– Pince-moi, dit-il quand Stavski nous salua de la banquette arrière de sa limousine qui s'éloignait. Je dois être en train de rêver ce qui se passe.

Je me rappelle avoir répondu :

– Le problème est de savoir ce qui se passe exactement.

– Mais n'importe quel idiot peut le voir ! Mon Ode est arrivée aux oreilles de Staline. Et ordre a été donné d'en haut de prendre soin du poète Mandelstam.

Il se tourna vers moi avec colère.

– Pourquoi n'es-tu pas capable d'accepter les bonnes nouvelles ?

– J'ai peur.

– De quoi ?

– J'ai peur qu'il n'existe pas de bonnes nouvelles, seulement des mauvaises déguisées en bonnes. J'ai très peur qu'ils veuillent t'éloigner de tes amis. J'ai très peur qu'ils t'arrêtent une nouvelle fois.

– Quel autre choix avons-nous ?

– Nous pouvons trouver une maison isolée aux volets sculptés, nous pouvons faire pousser des pommes de terre, des choux, des concombres, des betteraves et des navets dans le jardin, nous pouvons élever des poules et une vache, et échanger les œufs et le lait contre du pain et des conserves de laitance.

Le visage de Mandelstam s'empourpra sous l'effet de l'agitation.

– Je vois clair dans ton jeu – tu veux que je publie de la poésie sous le nom *Anonyme*. Nadenka, tu ne comprends pas qu'ils vont me *réhabiliter*. Je vais retrouver ma muse, et peut-être même mon érection. Des poèmes vont revenir frapper comme des poings au carreau. Je vais faire l'amour, écrire de la poésie et publier sous le nom d'Ossip Mandelstam. Les éditeurs vont se précipiter à ma porte pour obtenir les droits de mes œuvres complètes.

Je le regardai au fond des yeux. Il voulait désespérément croire que nous avions dépassé un cap. Je suppose que je dus sourire car il dit :

– Je savais que tu te rangerais à mon avis.

Je crois avoir répondu :

– On n'a rien à perdre à essayer.

Et je crois avoir pensé : si ce n'est ce qu'il reste de nos vies.

Pourquoi insistez-vous pour avoir plus de détails ? Il n'y a plus qu'un seul détail qui compte à présent pour moi : dès l'instant où nous avions croisé Stavski, j'avais eu la sensation désagréable d'être sur une pente abrupte et glissante. Oui, les billets de train et les bons nous attendaient au bureau du Fonds littéraire. Oui, oui, il y avait un traîneau tiré par un cheval devant la gare de Tcharousti, dans lequel Mandelstam vit un nouveau signe que sa chance avait bel et bien tourné. Luxe suprême, une large couverture en peau de mouton était pliée sur la banquette. Nous la déployâmes et la coinçâmes sous nos aisselles. Le conducteur, un vieux moujik portant de hautes bottes en cuir à lacets et une chapka en peau de loup sur sa tête pointue, leva son fouet, et le cheval partit au trot pour couvrir les vingt-cinq kilomètres jusqu'à la maison de repos à Samatikha.

L'hiver avait persisté jusqu'au mois d'avril. Aussi loin que portait le regard, la campagne était couverte d'une neige fraîche d'un blanc aveuglant. Les branches des sapins ployaient sous le poids du givre. Le ciel était d'un bleu perlé et parsemé de lambeaux de nuages flottant à haute altitude. Des tourbillons de souffle glacé sortaient des narines frémissantes du cheval. Mandelstam improvisa une visière de paysan avec ses doigts gantés et ne perdit pas une miette du paysage, soupirant de temps à autre devant sa beauté. Deux heures plus tard environ, le moujik s'arrêta dans la cour d'une ferme collective et l'on nous emmena dans une pièce où du vin chaud et des biscuits étaient disposés sur une table, comme si nous étions attendus. Mandelstam n'arrêtait pas de me lancer des regards, un air de triomphe sur le visage. Nous atteignîmes le sanatorium à la nuit tombée. Le médecin résident, un vieux bolchevik qui (nous apprit-il plus tard) avait pris le poste dans cette maison de repos dans l'espoir de se faire oublier, nous accueillit à la porte. Il nous confia qu'il avait reçu un télégramme de Moscou lui ordonnant de traiter les Mandelstam comme des hôtes importants. Le médecin paraissait assez honnête – si c'était un piège pour nous arrêter, je sentais d'instinct qu'il n'était pas au courant. Mandelstam mentionna qu'il avait besoin de silence et de tranquillité. Le médecin nous dit qu'il y avait une maisonnette à la lisière de la forêt qui était utilisée comme salle de lecture par les pensionnaires. En très peu de temps, deux lits y furent installés et on nous en donna la clé. Nous répandîmes nos vêtements et nos livres sur l'un des vieux sofas et nous étendîmes sur les lits, tout habillés, les doigts croisés derrière la tête.

Dieu sait pourquoi, mais ce fut à ce moment-là que Mandelstam fut soudain submergé par le doute.

– Il se peut que tu aies raison, dit-il. Nous sommes peut-être tombés dans un piège. Si nous sommes arrêtés ici, Pasternak et Akhmatova ne le sauront pas avant des mois.

Quand le moral de mon mari flancha, je dus me sentir obligée d'être positive. Comment expliquer sinon ma réponse ?

– Non, non, le Fonds littéraire n'a-t-il pas payé le transport et deux mois de séjour ici ? Ils ne l'auraient jamais fait si une menace planait encore sur nous.

– Tu le penses vraiment ?

– Oui.

Mandelstam en fut rasséréné.

– Tu as sûrement raison, dit-il.

Avril passa. L'espoir s'enracina dans le sol dégelé de Samatikha. Nous partions pour de longues promenades dans les sentiers au milieu des bois, faisions la grasse matinée puis somnolions l'après-midi, des livres sortis des rayonnages de la salle de lecture ouverts sur nos genoux. Quand je me réveillais, je trouvais Mandelstam en train d'écouter de la musique avec un casque branché au poste de radio à ondes courtes de notre maisonnette. Nous prenions nos repas dans la salle à manger collective à proximité du bâtiment principal. Parfois, des écrivains et des poètes que nous connaissions ou dont nous avions entendu parler s'arrêtaient à notre table pour discuter avec Mandelstam. La femme d'un auteur de nouvelles, elle-même une traductrice, lui demanda un jour à quoi il travaillait.

– À rester en vie, répliqua-t-il du tac au tac.

– Tout le monde travaille à rester en vie, fit remarquer son mari avec un rire sec. Elle voulait dire artistiquement. Écrivez-vous en ce moment ?

Allez savoir pourquoi, tous deux firent ressortir la méchanceté de mon mari.

– Je n'écris jamais, dit Mandelstam innocemment. Je compose de la poésie dans ma tête et la dicte à Nadenka. C'est elle qui l'écrit.

La femme de l'écrivain était têtue.

– Et composez-vous dans votre tête, ici ?

L'un de ces fantomatiques sourires désabusés passa sur les lèvres de mon mari.

– Ici, je m'efforce surtout de balayer les toiles d'araignée dans ma tête. Quand nous retournerons à Moscou – quand on nous rendra notre appartement à la maison Herzen – je recommencerai à composer de la poésie.

Et puis... et puis un soir...

Merci, oui, je vais reprendre.

Et puis un soir, après le dîner, par la fenêtre de la salle de lecture à l'orée du bois, nous vîmes deux automobiles noires identiques, avec des pneus à flancs blancs, s'arrêter devant la maison principale. Les silhouettes, dans la voiture de tête, restèrent à l'intérieur. Deux hommes costauds sortirent du deuxième véhicule, l'un en tenue civile, le deuxième dans une espèce d'uniforme que je ne parvins pas à identifier.

– Tu as vu ça ? me demanda Mandelstam avec inquiétude.

Je distinguais ses yeux à la lumière déclinante. Ils étaient écarquillés de frayeur.

– Ils sont probablement venus inspecter la maison de repos, dis-je.

C'était le 1er mai, dix-neuf ans, jour pour jour, depuis que nos chemins s'étaient croisés dans ce cabaret bohème et un peu miteux de Kiev. Je le sais avec certitude parce que je garde le souvenir des pensionnaires groupés autour d'un poste de radio en fin d'après-midi, pour écouter le discours décousu de Staline. Quand on avait apporté un énorme gâteau en pain d'épice, orné de vingt et une bougies, à la table d'honneur après le souper, les gens avaient applaudi et tapé du pied par terre ; Mandelstam s'était penché vers moi et m'avait dit qu'ils applaudissaient le chef qui l'avait confectionné, pas le vingt et unième anniversaire du 1er mai bolchevique. Après le repas, les invités avaient fait cercle autour d'un piano pour boire du brandy et chanter des chansons populaires russes. Quatre heures après que nous fûmes retournés dans notre maisonnette, on les entendait encore brailler des chants patriotiques. Quand je réussis à m'endormir, je rêvai d'icônes, ce qui, comme chacun sait, est un mauvais présage. La mort rôde derrière les icônes. Je me rappelle m'être redressée brusquement, manquant d'air. Mon mari tenta de me calmer.

— Nous n'avons plus rien à craindre, dit-il. Le pire est derrière nous.

Je fus réveillée à l'aube par le pépiement des oiseaux dans les arbres autour de la maisonnette. Je vérifiai, comme je le faisais toujours, que Mandelstam respirait encore. J'entendis quelqu'un frapper. Enfilant une robe de chambre, je traversai la pièce, pieds nus, et ouvris la porte, pensant au reproche que j'allais adresser au pensionnaire venu emprunter un livre dans la salle de lecture à cette heure impossible. Je me retrouvai face au médecin, haletant comme s'il avait traversé un terrain de football en courant. Les deux hommes costauds se tenaient derrière lui. Celui qui portait des vêtements civils écarta le médecin d'un coup d'épaule.

— Nous cherchons Ossip Mandelstam.

Mandelstam apparut derrière moi.

— Je suis le poète Mandelstam.

Les deux hommes passèrent devant moi pour entrer dans la salle de lecture.

— Ossip Emilievitch Mandelstam, déclara le civil, vous êtes en état d'arrestation pour violation de l'article 58 du code pénal.

Je crois me souvenir qu'il montra le mandat à Mandelstam, mais je n'en suis pas absolument certaine.

Mon mari, qui était en sous-vêtements, hocha la tête. Il recouvra ses esprits puis alla jusqu'au sofa, enfila son pantalon gris et une chemise blanche sans col, dont il rentra les pans et ferma le bouton du haut. Tandis que les deux hommes l'observaient en silence, Mandelstam mit ses bretelles, sa veste de costume, ses chaussettes et ses chaussures. Il regarda autour de lui pour voir ce qu'il avait oublié, puis enfila son manteau de cuir jaune malgré la relative douceur de la saison. Il sortit de sous le lit le sac en papier avec la poignée en corde et se mit à fourrer des choses dedans – son volume de Pouchkine édité par Tomachevski, quelques chemises que j'avais repassées la veille, quelques sous-vêtements et chaussettes de rechange, l'écharpe de laine donnée par la femme d'un éditeur après sa première arrestation, un savon, un peigne, une petite boîte de poudre dentaire, une brosse à dents. Je resserrai ma robe de chambre contre mon corps anesthésié et m'assis sur le lit, comme paralysée. Mon mari vint vers moi.

– Accompagne-moi jusqu'à Tcharousti.

L'homme vêtu de l'uniforme que je n'avais pas su identifier dit :

– Ce n'est pas autorisé.

Mandelstam se pencha et m'embrassa sur les lèvres.

– Alors, adieu.

– Adieu, dis-je.

Je regardai les rayons de lumière transpercer les vitres de la fenêtre. Quand je me retournai, mon mari était parti. J'entendis les moteurs des voitures vrombir. La porte de la salle de lecture s'entrouvrit. Le médecin se tenait sur le seuil, la paume sur le cœur.

– Je n'ai pas de mots…, dit-il, accablé par ce qui venait de se passer.

Et lui aussi s'enfuit, laissant la porte ouverte derrière lui. Je ne pus trouver les muscles qui m'auraient permis de traverser la pièce pour aller la refermer. Je ne sais plus combien de temps je restai assise sur le lit. Des heures, peut-être. Mais je me rappelle avoir parlé toute seule. Je me rappelle avoir essayé d'accepter ma nouvelle identité en me la répétant, encore et encore.

– Je suis la veuve du poète Mandelstam. Je suis la veuve du poète Mandelstam. Je suis la veuve du poète Mandelstam. Je suis la veuve du poète Mandelstam. Je suis la veuve du poète Mandelstam.

19

Probablement Ossip Emilievitch
Mi- ou fin septembre 1938

[Une copie de la lettre reproduite ci-dessous a été généreusement donnée à l'auteur (en janvier 1965, le jour du vingt-cinquième anniversaire de la mort d'Isaac Babel, fusillé après avoir avoué, sous la torture, des activités d'espionnage) par Iekaterina Z., une femme vivant à Moscou, qui avait elle-même enduré trois ans de goulag et préférait rester anonyme. Elle et feu son mari, auteur d'une étude critique (non publiée, confisquée) sur la poésie russe avant la révolution bolchevique, étaient de bons amis des Mandelstam. Malgré les risques personnels encourus, ils les avaient hébergés plusieurs fois quand Ossip et Nadejda menaient une vie de bohème à Moscou après leur retour de Voronej. La lettre, postée d'Oulan-Bator, était arrivée dans une enveloppe fabriquée dans du grossier papier d'emballage brun et portait le nom et l'adresse d'Iekaterina Z. en grandes lettres majuscules écrites à l'encre. Il n'y avait pas d'adresse d'expéditeur. Non datée, non signée si l'on excepte la formule d'une ambiguïté désespérante (presque codée) à la fin, *Qui danse encore*, la missive elle-même avait été laborieusement rédigée au crayon, d'une écriture tremblée qui couvrait les deux côtés de la page de titre ainsi que les deux côtés d'une page vierge arrachée à un exemplaire du Pouchkine de Tomachevski. Elle commence par le nom d'Iekaterina Z. et son adresse moscovite, inscrits dans un cadre tracé à la main. Puis vient le mot Espérance qui, au féminin singulier, Наджеда en cyrillique, est le prénom de la femme de Mandelstam, Nadejda. Cela, ajouté à plusieurs références à Nadenka, étaye l'hypothèse que la lettre provient d'Ossip Mandelstam. Si, comme il semble, ce document peut réellement lui être attribué, il a probablement été écrit à la mi- ou la fin septembre 1938, alors que Mandelstam était en route vers un camp de transit en Sibérie après sa seconde arrestation. On peut supposer qu'il l'a *postée* de la manière habituelle pour les prisonniers, en la glissant à travers les lames du plancher du wagon à bestiaux quand le train qui l'emmenait vers l'est traversait une ville ou un village la nuit.]

Espérance : Ma deuxième arrestation (je les compte sur les doigts de la main gauche, il me reste encore trois arrestations à subir avant de passer à la main droite) fut extraordinairement ordinaire. Je sentais que les tchékistes effectuaient des gestes qu'ils avaient répétés des centaines, voire des milliers de fois, comme des ouvriers sur une chaîne de montage. Ils semblaient mourir d'ennui en reprenant la route vers Moscou, trois dans une automobile avec moi, un filant devant dans le second véhicule pour dégager la voie avec sa sirène quand elle était bloquée par des camions ou des vaches. Le tchékiste responsable, celui qui m'avait montré le mandat d'arrêt, m'offrit un gobelet de thé d'une Thermos. J'hésitai à accepter de peur que le thé soit empoisonné, si bien qu'il finit par le boire lui-même. Il ne m'offrit pas de deuxième tasse. À Tcharousti, nous nous arrêtâmes dans une cantine militaire pour déjeuner de [illisible] et de pain noir. J'étais assis entre les deux soldats presque comme si j'étais un invité et, m'étant servi dans le plat commun, je réussis à manger. Aucun des soldats aux autres tables ne me prêta la moindre attention. Quand nous reprîmes la route, je somnolai à l'arrière de la voiture, la tête contre ma sacoche que j'avais coincée entre le dossier de la banquette et la fenêtre. À l'approche de Moscou, je fus réveillé par [difficilement lisible ; peut-être *le grésillement*] de la radio. Une voix annonça un changement de programme. On ordonna aux tchékistes de conduire leur prisonnier à un poste de la milice dans les faubourgs de la ville. En entendant ça, je fus saisi de tremblements incontrôlables – je crus qu'on allait m'emmener dans un sous-sol pour me tirer une balle dans la tête sans préavis, ce qui m'était déjà arrivé une fois. Nous nous arrêtâmes devant le poste de la milice. Tremblant si fort que j'avais du mal à marcher, je fus escorté à l'intérieur, où un officier manifestement plus gradé que les autres – comme toi, Nadejda, je n'ai jamais été très doué pour identifier les grades à partir des galons d'or ou d'argent sur les épaulettes ou les cols – me guida à travers le hall principal jusqu'à une porte donnant sur une cour. Il me fit monter à l'arrière d'une Packard américaine rutilante garée en bas des marches, moteur ronflant, conduite par un soldat ouzbek. L'officier prit place à côté du conducteur et la Packard démarra, martelant les pavés en remontant à grande vitesse une avenue bordée d'immeubles de brique si neufs qu'il n'y avait pas encore de vitres aux fenêtres. (Des fenêtres méritent-elles vraiment le nom de fenêtres si elles ne reflètent pas la lumière ?) Me sentant sur le point de suffoquer, je voulus baisser la vitre de la voiture et découvris alors que le verre était aussi épais que mon pouce, c'est-à-dire qu'elle était de ce genre pare-balles dont on parle dans les journaux. J'en déduisis que le véhicule appartenait à quelqu'un d'important. Pendant ce qui me parut plusieurs minutes, bien que ma notion du temps m'eût abandonné en même temps que ma perception des couleurs et ma muse, la Packard fila le long de la voie express du Gouvernement. Nous passâmes devant un panneau d'affichage sur lequel un tchékiste aux moufles d'acier étranglait un serpent avec des têtes de Trotski et de Boukharine. Je ne sus dire s'il s'agissait d'une publicité pour un film de cinéma ou de la propagande. La Packard quitta la voie du Gouvernement à une barrière de chemin de fer qui fermait une étroite route pavée s'enfonçant dans la forêt. L'officier sur le siège avant montra un insigne à travers le pare-brise. Les gardes saluèrent et ouvrirent la barrière. Nous roulâmes pendant quelques minutes avant de prendre à gauche sur une route encore plus étroite. À un tournant, on nous fit signe de passer à un barrage surveillé par des soldats armés de pistolets mitrailleurs. Certains tenaient des chiens de garde au bout de courtes laisses. De chaque côté du barrage, un haut grillage métallique s'étendait à perte de vue, c'est-à-dire pas bien loin puisque nous étions au milieu d'une épaisse forêt de pins noirs et de bouleaux blancs. Et voici la chose étrange, Nadenka. Au détour d'un autre tournant, une énorme affiche en pied de Staline bloquait complètement la route. Elle avait la taille de ces panneaux d'affichage de cinéma, mais dressée dans le sens de la hauteur, et montrait Staline, les pieds légèrement écartés, le menton dressé et les yeux perdus au-dessus de la cime des arbres. Il portait une simple tunique militaire boutonnée jusqu'au col et un pantalon de flanelle rentré dans des bottines. À ma plus grande confusion, la Packard ne ralentit pas mais fonça droit sur le poster géant en travers de la route. Chère Nadenka, je distingue presque ta voix me murmurant à l'oreille *Calme-toi, mon chéri – tu es encore en train d'imaginer des choses.* Pour dire la vérité, je n'étais pas sûr que ce qui se passait était réel et non le fruit de mon imagination jusqu'à ce que je me retourne vers la petite fente de la lunette arrière et voie les bords déchirés de l'affiche battre dans le courant d'air créé par notre passage. (Tu es toujours là, Nadenka ? Je ne t'entends plus écouter.) Des mots familiers résonnaient dans ma tête – *La toile des distances déchirée* – alors que nous remontions une allée de gravier en courbe, dépassant les cages d'un chenil et un baraquement d'un étage devant lequel des Ouzbeks en treillis nettoyaient des armes, assis à des tables pliantes. La Packard s'arrêta dans la cour d'une villa qui était trop grande pour être une datcha et trop petite pour être un sanatorium, entourée sur trois côtés par des vérandas. Des Ouzbeks, pistolets mitrailleurs au poing, entourèrent l'automobile. L'un d'eux ouvrit la portière arrière. Quand je voulus prendre mon sac, l'officier à l'avant agita le doigt. *Vous le récupérerez après*, dit-il. *Après quoi ?* demandai-je. *Après* [illisible]. Serrant mon manteau de cuir jaune contre moi, je descendis de la Packard. Un homme corpulent, qui me parut vaguement familier, s'avança et me soumit à une fouille complète. Il m'enleva le manteau et le balança sur la portière ouverte. *Si vous cherchez une arme, je n'en ai pas*, dis-je. *Si j'en avais une, je ne saurais pas m'en servir*. À quoi il répondit : *Taisez-vous*. Quand il eut fini de palper mon pantalon et mes chevilles, il se redressa. *Vous ne me reconnaissez pas ?* demanda-t-il. Comme je ne répondais pas, il ajouta : *Vlassik. Je suis le garde du corps en chef du Kremlin. Nos chemins se sont croisés quand on vous a amené voir le patron il y a quelques années. Qui est le chef de famille, ici ?* demandai-je. *Le* khoziayin, *évidemment, pour reprendre l'expression géorgienne, même si la famille en question s'étend de la Baltique à la mer Noire, de la calotte glacière arctique à l'océan Pacifique.* Me faisant signe de le suivre, ce Vlassik tourna les talons et entra dans la maison. Il marcha suffisamment doucement pour que je puisse le suivre, en jetant des coups d'œil derrière lui pour s'assurer que j'étais toujours là. Nous traversâmes des pièces remplies d'un lourd mobilier. Dans l'une, une radio diffusait de la musique classique et une femme y passait une serpillière. Ah, ma très chère Nadejda, voici un détail qui te fera sourire : il n'y avait aucune œuvre d'art aux murs, pas de portraits de généraux comme j'en avais vu au Kremlin, seulement des pages arrachées dans des magazines illustrés – des paysages de campagne en hiver, le Kremlin sous différents angles, cette affreuse tour de Kiev, et une vue aérienne, en pleine page, de cette merveilleuse tour Eiffel, tirée d'une publication parisienne. Il y avait aussi quelques photos d'actrices de théâtre et de cinéma. (L'une ressemblait étonnamment à notre amie Zinaïda Zaitseva-Antonova. Je me suis parfois demandé ce qu'était devenue cette chère fille. Ne te méprends pas, Nadenka, je ne regrette pas le sexe, je regrette l'intimité née du fait de faire l'amour avec elle sous tes yeux. Pour moi, l'intimité a toujours été l'orgasme ultime.) Tournant au bout d'un long couloir, nous arrivâmes devant une porte en bois surmontée de ce que les Français appellent un *vasistas**. Avec un petit sourire, Vlassik ouvrit la porte et s'écarta. Je me retrouvai sur le seuil d'une salle à manger où se tenaient huit ou dix hommes, dont certains portaient des costumes sombres de coupe européenne et deux étaient en uniforme, avec des rangées de médailles sur la poitrine et de l'or sur leurs épaulettes. Je reconnus immédiatement plusieurs d'entre eux d'après des photographies que j'avais vues dans des journaux. Près d'un buffet, Kaganovitch entassait du caviar et de la crème sur un blini dans son assiette. Molotov, avec sa moustache reconnaissable, son teint cireux et son regard perçant, leva les yeux vers moi et, pour une raison inconnue, secoua la tête comme pour déloger une mouche posée sur le bout de son nez, avant de recommencer à manger. Nikita Khrouchtchev, rongeant à grand bruit un pilon, s'essuya le menton sur sa manche de chemise. Le *khoziayin*, Joseph Staline, était assis à une place d'écart du bout de la table. Il versa un doigt de vodka dans son vin et vida son verre. Un homme que je ne reconnus pas – un individu de petite taille, avec une peau d'une pâleur verdâtre d'alcoolique et un pince-nez qui étincelait en accrochant la lumière du lustre – m'aperçut et dit quelque chose en géorgien. Staline leva les yeux. *Ici, on parle uniquement russe, Lavrenti Pavlovitch*, répliqua-t-il, la mine renfrognée. Il me fit signe d'approcher avec son bras valide. *Venez, ne restez pas là-bas*, s'écria-t-il. *Beria ne va pas vous mordre*. Il désigna une chaise vide à table en face de lui. *Servez-vous à manger, puis nous parlerons*. Je m'approchai du buffet, posai des harengs et des oignons en saumure sur une assiette, remplis un verre d'eau minérale et me dirigeai vers la chaise qu'il m'avait indiquée.

Staline avait beaucoup changé depuis la dernière fois que je l'avais vu au Kremlin. Il avait pris au moins dix kilos – on devinait son ventre rebondi sous la tunique. Il avait vieilli et ça se voyait ; ses cheveux étaient clairsemés et les cicatrices de variole sur son visage étaient plus rouges. La main au bout de son bras difforme était glissée dans la poche de sa tunique. Il se balança sur sa chaise de sorte que son poids reposait sur les pieds arrière et m'inspecta. Il remarqua la raideur dans mon épaule et mon bras et me demanda ce qui s'était passé. Je lui expliquai être tombé du deuxième étage d'un hôpital et m'être déboîté l'épaule. *Les accidents, ça arrive*, fit-il remarquer en haussant sa mauvaise épaule.

Staline stabilisa sa chaise sur ses quatre pieds, se leva et s'approcha d'une énorme carte du monde occupant un mur entier de la salle à manger. *Comment se fait-il que des villes autour de Leningrad aient encore leur nom allemand de l'époque de Catherine ?* demanda-t-il. Il se tourna vers l'un des généraux en chef. *C'est une situation intolérable. Donnez-leur de vrais noms russes.* L'officier sortit un calepin de sa poche et griffonna quelque chose. Staline traversa la pièce pour venir se placer juste derrière moi. Imaginai-je sentir son haleine dans ma nuque ? Je l'entendis dire : *Vous me décevez, Mandelstam. J'ai lu votre soi-disant Ode. Elle est bien pire que cette première saloperie que vous avez écrite sur moi. Vous me prenez pour quoi, un paysan illettré ? Vous méprisez toujours Staline – vous ne pouvez pas vous résoudre à le glorifier. Vous l'avez traîné dans la boue une deuxième fois.* Il contourna la table et s'assit pesamment sur sa chaise. *Vous ne mangez pas ?* me demanda-t-il. *J'ai perdu l'appétit*, répondis-je. Cela le fit ricaner. *Et à juste raison.* Il se tourna vers les autres et cria : *Et à juste raison !* Plusieurs, autour de la table, hochèrent vigoureusement la tête. *Il y a une leçon à tirer de tout ça*, poursuivit Staline. *Je voulais un poème de lui à l'époque où il refusait d'en écrire un. Maintenant il l'a écrit, mais ce poème ne m'est d'aucune utilité parce qu'il n'est plus le poète qu'il était lorsqu'il refusait d'écrire pour moi.* Il continuait de parler aux autres, mais ses yeux jaunes furieux étaient braqués sur moi. *En surface, cette nouvelle Ode prétend vénérer Staline, mais de manière plus subtile, elle fait exactement l'inverse.* Je crois avoir marmonné *Je ne comprends pas* parce qu'il s'irrita encore davantage. *Bien sûr que vous comprenez. Vous êtes l'auteur de cette immondice. Comment pourriez-vous ne pas comprendre ?* Il se tourna vers ses invités. *Dehors, dehors, tout le monde dehors. Ce que j'ai à dire n'est destiné qu'aux oreilles du poète.* Les chatons, comme Staline passait pour appeler ses collègues du Kremlin, se dirigèrent vers la porte. Khrouchtchev s'éloigna en emportant son assiette. Staline saisit un morceau de papier dans sa poche de poitrine et, la voix suintante de sarcasme, se mit à débiter des vers de mon Ode. *Qu'est-ce que ça veut dire : Staline du regard a écarté au loin la montagne ? On ne peut qu'y voir un écho de cette perfide référence au montagnard du Kremlin de votre premier poème. Qu'est-ce que ça veut dire : Je voudrais le nommer – pas Staline : Djougachvili ! Pourquoi êtes-vous incapable de prononcer le nom de Staline, Mandelstam ? Pourquoi Djougachvili, si ce n'est pour attirer l'attention sur les origines non russes de Staline ? Qu'est-ce qu'on en a à foutre que j'aie des racines géorgiennes ? Napoléon était corse, pas français. Hitler est autrichien, pas allemand. Même ce connard de Winston Churchill, qui vous délestera d'un kopeck si vous ne l'avez pas à l'œil, est à moitié américain.* Crois-moi, Nadejda, quand je te dis que j'essayai de me défendre. *Vous vous méprenez sur ce que j'ai écrit*, commençai-je, mais il poursuivit avant que j'aie pu placer un mot. *Qu'est-ce que ça veut dire : Prends soin du combattant, artiste, aide celui qui avec toi espère, qui pense et qui sent ? Sous-entendez-vous que nous vivons dans un État policier, dans lequel Staline ou ses tchékistes sont toujours avec vous, regardent par-dessus votre épaule vingt-quatre heures sur vingt-quatre ?* Il frappa le papier du dos de la main. *Et ça, bon sang. Essayez donc de le justifier !* Il sourit comme quelqu'un qui moissonne. *Vous imaginez-vous une seconde que quiconque entend ça ne comprend pas la référence à la grande Faucheuse ? Ah, et ça ! Je ne l'avais même pas remarqué la première fois que j'ai lu votre torchon. Sur le mont-tribune –* et voilà que vous recommencez avec cette foutue montagne – *vers les tertres de têtes il s'est penché. Qu'est-ce que ça veut dire, Mandelstam, cette image que vous projetez de Staline penché sur des amas de têtes ? Ça revient dans la dernière strophe : Déjà les tertres de têtes vont s'éloignant. Je vois maintenant que j'aurais dû vous faire fusiller la première fois que vous avez pondu un truc pareil. Par pure bienveillance, je vous ai donné trois ans –* la mention à côté de votre nom, écrite de ma propre main, dit « isoler et préserver » – *et c'est comme ça que vous me remerciez ? Avec de la merde ! Avec une trahison ! Avec des références à des monceaux de têtes humaines au loin ! Vous auriez aussi bien pu planter une pancarte pointant vers l'est et disant : « Pour le goulag de Staline, c'est par là ! » Mon Dieu, quelle insolence !* Ses traits se relâchèrent et ses lèvres remuèrent à peine quand il dit : *Vous avez joué avec le feu, Mandelstam. Vous devez être brûlé.*

Plongeant la main dans la grande poche de sa tunique, il en sortit une balle usagée et un morceau de papier plié. Il me lança la balle à travers la table. Elle portait, en minuscules lettres encrées, un nom : Boukharine. *Oui, oui, je vois que vous saisissez,* déclara Staline. *C'est la balle qui a servi à exécuter le traître Boukharine. J'ai chargé un chirurgien de l'extraire de son crâne et de la nettoyer de la matière cérébrale. Votre mentor, Boukharine, m'a écrit pour me supplier de lui donner de la morphine afin de pouvoir se tuer plutôt que de finir avec une balle dans la tête, mais je n'ai pas daigné lui répondre. Cette lettre vous intéressera aussi. Boukharine l'a écrite juste avant l'exécution de la sentence du tribunal.* Chaussant une paire de lunettes, Staline déplia la feuille et lut. « *Koba, pourquoi as-tu besoin que je meure ?* » Je murmurai *Pourquoi l'avez-vous tué ?* Staline mélangea de nouveau vodka et vin et vida la moitié de son verre. *Vous oubliez où vous êtes, Mandelstam. Je n'ai pas tué Boukharine. La Tcheka a découvert qu'il était coupable de trahison. Les juges ont entendu la preuve et l'ont condamné à la peine capitale. Le bourreau l'a exécuté. Staline n'avait rien à voir là-dedans.* Le *khoziayin* rota dans sa manche. *Boukharchik était bossu intellectuellement,* reprit-il. *Mon père disait autrefois que seule la tombe redressait un bossu.* Je crois que je me levai à moitié de ma chaise. *Mais il était innocent,* m'exclamai-je. Staline ricana. *Innocent ! Personne n'est innocent. Je vais vous raconter une histoire. Le jour de mes onze ans, deux bandits ont été pendus sur la berge de la rivière à Gori. C'étaient de séduisants jeunes gens aux pantalons larges et aux moustaches hérissées. Traînant les fers qu'ils avaient aux pieds dans la poussière, ils se sont rendus à la potence en plaisantant avec les gendarmes* qui les escortaient. L'un des condamnés m'a fait un clin d'œil alors qu'on serrait le nœud coulant autour de son cou. Quand les corps sont tombés par les trappes et se sont balancés au bout des cordes, deux gros suppléants les ont tirés par les pieds pour accélérer la strangulation. Dans un état d'exaltation, j'ai couru tout du long jusqu'à la cabane aux murs calfatés avec de la paille et de la terre pour dire à ma sainte mère que j'avais découvert comment tromper la mort – en lui faisant un clin d'œil, en plaisantant avec elle, en ne la laissant pas voir qu'on est terrorisé de quitter la seule vie qui existe, c'est-à-dire, et contrairement à ce que prêchaient les prêtres orthodoxes, la vie avant la mort. Il se trouve que mon père, Vissarion, qui était employé dans une fabrique de chaussures à Tiflis, était arrivé ce matin-là pour sa visite mensuelle, l'haleine chargée de mauvais alcool, serrant une cruche en terre cuite contre sa poitrine. Besso le fou, comme l'appelaient ses copains de boisson, était un homme corpulent à la barbe broussailleuse. Il sortait d'une nuit de beuverie, comme il en passait généralement quand il avait de l'argent en poche. (Tu es toujours là, Nadejda ? Fais attention à tous les mots que je vais te raconter, ne les répète à personne, qu'ils t'accompagnent dans la tombe.) Vissarion, poursuivit Staline, ajoutant encore un peu de vodka à son vin et buvant jusqu'à ce que ses paupières prennent une teinte écarlate, a posé la cruche sur une étagère et a détaché la large ceinture de cuir des passants de son pantalon de toile. Sachant ce qui allait suivre, je me suis recroquevillé dans un coin. Mais qu'est-ce que Sosso a fait ? a demandé ma mère d'une voix suppliante. Elle a saisi son mari ivre par le bras. Il s'est retourné en grondant et lui a donné un coup de poing. J'ai vu du sang jaillir de son nez. Mon père s'est *penché sur moi. Avoue ! m'a-t-il jeté. Avouer quoi ? me suis-je exclamé. Je n'ai rien fait de mal. Vissarion a injurié Dieu le père, Jésus le fils et moi. Où est-il écrit que tu dois être pris sur le fait pour avouer ta faute ? m'a-t-il demandé. Ma mère l'a imploré. Pourquoi le bats-tu puisqu'il est innocent ? Et mon con de père a dit, Je le bats pour lui apprendre que l'innocence n'existe pas – il sait de quoi il est coupable, même si moi, je l'ignore. Et il s'est mis à fouetter le bras que j'avais levé pour me protéger la tête. Ce bras !* Staline leva son bras gauche atrophié. *Plus je protestais de mon innocence, plus fort il me battait. Il m'a battu jusqu'à ce que ma chemise soit en lambeaux et mon bras couvert de zébrures, de peau arrachée et de sang poisseux.* Respirant lourdement, Staline se tut. Je lui demandai si son père était encore en vie. *Il brûle en enfer*, répondit-il. *Les biographies qui me sont consacrées affirment qu'il est mort en héros. Ma sainte mère m'a dit un jour qu'il s'était soûlé jusqu'au carré des indigents. Elle ne m'a pas donné de détail. Je ne lui ai jamais posé de question. Qu'il aille au diable.* Au bout d'un moment, je rassemblai le courage de demander à Staline pourquoi il me parlait de son père. Sa réponse ne va pas te plaire, Nadenka. Il dit : *Je vous le raconte parce que je parle à un homme mort. Boukharine n'est plus là pour vous sauver une seconde fois. Écoutez, il va y avoir la guerre avec Hitler. Si je joue bien mes cartes, je réussirai peut-être à gagner du temps jusqu'en 1942 ou 1943. J'ai tiré les conclusions qui s'imposaient de la guerre d'Espagne, et plus particulièrement de la bataille de Madrid, quand l'infâme cinquième colonne des sympathisants de Franco s'est soulevée à l'intérieur de la ville pour soutenir la quatrième colonne des troupes nationalistes attaquant par l'extérieur. Avant que n'éclate la guerre avec l'Allemagne, je dois purifier le Parti, le débarrasser des faibles et des sceptiques. La purge d'un million de membres dans les rangs du Parti bolchevique, les différents procès publics et les milliers d'autres tribunaux moins publics, le châtiment adapté aux crimes que les saboteurs commettraient si on leur en laissait le loisir, doivent être vus comme une frappe préventive contre la cinquième colonne. Je dois éliminer les collaborateurs avant qu'ils ne se lèvent pour soutenir Hitler. Ma campagne contre les ennemis potentiels doit être guidée par le principe que l'innocence n'existe pas. Pas dans ce monde. Sur les cent cinquante millions de Russes, chacun jusqu'au dernier, à l'exception de ma sainte mère, est coupable de quelque chose. Lénine figure en haut de la liste. Ma propre Nadejda n'en est pas bien loin. Tous les vieux bolcheviks – Kamenev, Zinoviev, Trotski et les autres – y sont. Tout comme l'enfant chéri du parti, Boukharine. Et vous aussi, l'enfant chéri de la poésie, Mandelstam.*

Oh, Nadenka, toi qui partages mes soucis, je t'assure que j'écoutais Staline comme on écoute un fou. Et puis je me souvins de l'histoire de Tolstoï, à propos d'un homme qui, de loin, paraissait faire quelque chose laissant à penser qu'il était fou. En s'approchant, il s'apercevait que l'homme aiguisait un couteau. On peut dire que le *khoziayin* semblait fou mais en réalité aiguisait un couteau. Je repoussai ma chaise de la table et [illisible]. Staline parlait tout seul alors que je reculais vers la porte. Ses lèvres remuaient comme celle d'un vieillard qui rumine. Je l'entendis dire, *Plus on se rapproche du succès, plus votre ennemi s'active. Quand il est le plus actif et le plus destructeur, on devrait y voir un signe qu'on est au seuil de la victoire.*

Ce qui se passa ensuite, très chère Nadenka, est sans importance. On m'emmena à la Loubianka où je fus enregistré, mais jamais sérieusement interrogé. C'était comme si ma culpabilité avait déjà été établie. J'étais un ennemi du peuple, un saboteur, un agent de Boukharine, lui-même discrédité et exécuté. Il ne restait plus qu'à déterminer le châtiment approprié à mes crimes imaginaires. Coïncidence, je partageai un temps une cellule avec Kristoforovitch, le tchékiste qui m'avait interrogé après ma première arrestation. Tu te souviens sûrement de lui, Nadenka, même si tu ne l'aurais pas reconnu en le croisant dans la rue. Il était devenu cadavéreux. Il flottait dans son uniforme autrefois impeccable, il avait perdu presque tous ses cheveux et toute sa suffisance. Il ne se chercha pas d'excuses – il dit seulement que sa chute était inévitable dans le sens où les tchékistes gravissaient les échelons en accusant leur supérieur direct d'être un agent étranger, donc ceux qui étaient en dessous de lui l'auraient dénoncé tôt ou tard. Je lui demandai s'il avait avoué ses crimes. Il me répondit que les aveux étaient utiles en 1934, dans la mesure où des accusations contre un ennemi du peuple se devaient d'avoir une certaine crédibilité. Aujourd'hui, affirma-t-il, ils inventent des accusations sans aucun fondement – ils n'hésitent pas à accuser des juifs d'espionner pour le compte de Hitler – et les aveux sont jugés superflus puisque les Organes ne sont plus tenus d'établir la culpabilité du suspect mais que c'est à lui ou elle d'apporter la preuve de son innocence. Kristoforovitch fut condamné à vingt ans de travaux forcés sans droit de correspondance – il était bien placé pour savoir ce que ça voulait dire – et emmené dans un convoi avant moi. Je découvris qu'il était parti quand, en revenant un jour des toilettes, je trouvai la cellule vide et un message de lui disant : *Votre interrogatoire a été le couronnement de ma carrière. Je ne comprends pas pourquoi on ne vous a pas fusillé en 1934.* On finit par me présenter devant un tribunal et, en quelques minutes, je fus condamné à cinq ans de travaux forcés pour activités contre-révolutionnaires. Compte tenu de mon état physique, j'interprétai le verdict comme l'équivalent de la peine de mort. On me transféra à la prison des Boutyrki, où les prisonniers étaient rassemblés avant d'être déportés en Sibérie. Le 9 septembre, je fus embarqué avec des centaines d'autres dans des camions fermés et emmené à une gare de marchandises peu utilisée dans les environs de Moscou, où on nous poussa dans des wagons à bestiaux. Un gardien aimable m'informa qu'on nous emmenait dans le camp de transit de la Deuxième-Rivière, près de Vladivostok en Extrême-Orient soviétique, en attendant d'être envoyés dans un des goulags de la péninsule de Kamtchatka. Je te supplie, Nadejda, d'envoyer un colis au camp de transit de la Deuxième-Rivière avec des pulls, des gants et du savon. Je baise tes yeux, je baise les larmes qui en jaillissent, au cas où, par miracle, cette lettre te parviendrait. Qui danse encore.

20

Fikrit Shotman
Dimanche 8 janvier 1939

Le télégramme autorisant votre serviteur, *Zek* Sh
744239, à quitter le camp de transit de la Deuxième-
Rivière, où j'avais atterri à la fin de ma peine, pour rentrer à Moscou, précisait « par le premier moyen de
transport disponible », qui s'est trouvé être un de ces
vieux wagons de première classe d'avant la révolution.
C'est comme ça que j'ai fait le trajet vers l'ouest dans
un wagon de voyageurs du transsibérien plein d'officiers de l'Armée rouge repartant chez eux en permission. Les banquettes étaient garnies de coussins, cela
aurait bien fait rire ma femme du camp, Magda, si elle
avait été avec moi, ce qui, désolé de le dire, était pas le
cas. Il lui restait encore cinq ans à faire quand elle
m'avait dit adieu de la main au moment où la barge à
moteur s'était éloignée du quai de la Kolyma. (Je lui en
ai pas voulu de reluquer le nouveau contingent de prisonniers sur la colline, j'aurais fait pareil à sa place.) Le
train du retour a mis trois jours moins trois heures pour
arriver à Moscou, ce qui était un sacré progrès comparé
à mes dix-neuf jours en wagon à bestiaux à l'allée. Mes

compagnons de voyage étant des officiers, une cantine avait été installée dans une autre voiture et des cuistots distribuaient des plats chauds deux fois par jour – dans des assiettes en porcelaine, rien que ça. Vu que j'étais le seul civil du wagon, les officiers m'ont pris pour un important tchékiste et m'ont traité avec tous les égards. Je les ai laissés croire que j'étais aussi important qu'ils pensaient.

Deux tchékistes en uniforme – dont un vrai colonel ! – m'attendaient sur le quai quand mon train est arrivé à Moscou.

– Shotman, Fikrit ? a demandé le colonel, levant les yeux vers moi parce que je le dominais largement.

– Lui-même et en personne, ai-je dit.

Voilà ce qui s'est passé ensuite. Le colonel a lancé sa main à sa visière et j'ai eu droit au plus beau salut qu'on peut voir en Russie soviétique. Ça a d'ailleurs traversé mon cerveau épais qu'il saluait quelqu'un derrière moi, mais il y avait personne derrière. Pour pas avoir l'air malpoli, je l'ai salué aussi.

– Une voiture nous attend, a annoncé le colonel, me traitant avec beaucoup d'égards, comme les officiers dans le wagon de première classe.

Comme je voulais pas qu'il s'imagine que j'étais impressionné par toute cette attention, j'ai haussé les épaules d'un air indifférent et je l'ai suivi derrière le flot des passagers pour sortir de l'immense hall de la gare. Et là, tenez-vous bien, un caporal ouzbek attendait au garde-à-vous à côté de la portière ouverte d'une Packard américaine d'un bleu étincelant. Je me suis recroquevillé à l'arrière, les genoux remontés jusqu'au menton. Quand j'ai baissé la vitre pour avoir un peu d'air – les hivers à Moscou ressemblent à des étés par rapport aux hivers sibériens – j'ai vu que le verre était aussi épais que mon petit doigt. Je me suis dit que c'était comme ça que les Américains faisaient les voitures, même si je voyais pas l'avantage des vitres épaisses par rapport aux minces. À ma grande surprise, quatre miliciens à motocyclette bondissaient devant la Packard, bloquant la circulation aux croisements pour qu'on puisse brûler les feux rouges. J'ai bien rigolé en voyant les gens essayer de distinguer l'intérieur de l'auto pour apercevoir l'important apparatchik qui avait le pouvoir d'arrêter la circulation. Au bout de quelques minutes, j'ai repéré la muraille du Kremlin devant, en bas de la rue nommée d'après le défunt Maxime Gorki – je crois me souvenir qu'il a quelque chose à voir avec les livres, et je me rappelais que Magda avait lu l'annonce de sa mort dans la lettre d'informations hebdomadaire de la Kolyma à peu près deux ans plus tôt, c'est pour ça que je savais qu'il était défunt. Quand on a atteint la muraille, laissant la glorieuse place Rouge sur la gauche, la Packard a pris à droite, puis tourné à gauche pour traverser un petit pont et entrer par un portail du Kremlin dont je savais qu'il était pas ouvert au public.

Et pendant tout ce temps-là, je me demandais où on m'emmenait et pourquoi.

Dans l'enceinte du Kremlin, la voiture s'est arrêtée devant un bâtiment en brique bas. L'Ouzbek a jailli de son siège pour venir ouvrir la portière arrière de l'automobile. Le soleil se réverbérait sur le dôme en oignon d'une église et j'ai dû me protéger les yeux de la main. Le colonel a sûrement cru que je le saluais parce qu'il m'a resalué lui aussi. Se précipitant devant moi, l'Ouzbek a ouvert la porte du bâtiment. Le garde du corps en chef du camarade Staline, celui qui m'avait fouillé le jour où j'avais serré la main de Staline en 1932, je m'en

souvenais parce qu'il était presque aussi grand que moi
– j'ai oublié son nom, avec un peu de chance ça me
reviendra avant que vous ayez fini d'enregistrer mes
réponses à vos questions –, attendait dans le vestibule.
Sauf que cette fois il m'a pas fouillé. D'un mouvement
de tête, il m'a fait signe de le suivre au bas d'un escalier. On est arrivés devant une porte vitrée avec des
choses écrites dessus et, d'un autre mouvement de tête,
il m'a fait signe d'entrer. Ce que j'ai fait. Vous devine-
rez jamais où j'étais. J'étais dans un atelier de tailleur,
oui, un vrai atelier de tailleur avec quatre hommes cour-
bés sur des machines à coudre Singer (je connais la
marque parce qu'on avait les mêmes au cirque pour
repriser les costumes), qui actionnaient furieusement
les pédales. Pendus sur des cintres le long d'un mur, il y
avait plus de complets qu'on pouvait en compter. Des
casiers remplis de piles de chemises et des chaussures
occupaient tout un autre mur. Un tailleur israélite, un
homme voûté aux cheveux frisés, a commencé à prendre
mes mesures avec le mètre à ruban enroulé autour de
son cou. Marmonnant dans sa barbe, l'israélite a attrapé
un complet bleu foncé sur un cintre.

– Il va falloir rallonger les manches et le pantalon, a-
t-il dit au garde du corps.

– Ça prendra combien de temps ?

– Vingt minutes.

– Faites-le en dix.

Le tailleur a donné le pantalon à un de ses couturiers
et la veste à un autre, et tous deux ont laissé tomber ce
qu'ils étaient en train de faire pour se mettre au travail.
Pendant qu'ils rallongeaient les manches et le pantalon,
on m'a ordonné de me mettre en sous-vêtements. On
m'a donné une chemise blanche avec un col attaché et
des chaussures à lacets en cuir véritable qui étaient

pointues au bout et me comprimaient les doigts de pied.
Quand les couturiers ont eu fini de coudre, ils ont
repassé le nouvel ourlet et les manches avec un fer qui
avait l'air attaché par un cordon à une prise électrique.
Qu'est-ce qu'ils vont pas encore inventer ! J'ai essayé
le complet, boutonné la veste croisée et je me suis
regardé dans le miroir en pied. Si Magda m'avait vue,
elle se serait crue sous l'effet du *chaifir*. L'israélite m'a
proposé un assortiment de cravates mais, comme je
savais pas faire le nœud, je l'ai écarté d'un geste et j'ai
boutonné la chemise jusqu'au cou, à l'azerbaïdjanaise.
Mes vieux vêtements – le pantalon de toile et la chemise de flanelle qui avaient appartenu au mari suicidé
de Magda, les bottes en feutre aux semelles de liège
usées – ont été balancés dans un carton par terre. Quand
j'ai demandé si je pouvais les récupérer, ça a fait rire le
garde du corps. Les israélites aux machines à coudre se
sont mis à rire aussi. Pour pas rester en dehors du coup,
j'ai rigolé avec eux.

Avec mes nouvelles chaussures qui couinaient sous
mon poids et le col de la chemise amidonnée qui me
grattait le cou, j'ai suivi le garde du corps dans un long
passage sous-terrain éclairé tous les quelques mètres
par des ampoules au plafond. (Je savais que l'électricité
poussait pas dans les arbres. Je me suis demandé s'ils
éteignaient la nuit pour économiser de l'argent.) Au
bout du passage, on a monté un escalier en spirale
jusqu'à une porte fermée à clé trois étages plus haut. Le
garde du corps – ah, ça y est, son nom me revient. C'est
Vlassik. Agrippina disait que la cervelle, c'était pas
mon point fort, mais je m'en tire pas si mal, hein ? Ce
Vlassik a donc sorti un trousseau de clés, en a fourré
une dans la serrure, et la porte, qui était en fer, s'est
ouverte avec un clic. On a encore monté un étage et je

l'ai suivi dans un couloir jusqu'à une pièce avec des bancs polis le long des murs. Un homme chauve, avec de l'acné, était assis derrière un bureau sur lequel il y avait trois téléphones. Un portrait inspirant du camarade Lénine était accroché sur le mur derrière lui, sa main droite fendant l'air pendant qu'il parlait à une foule d'ouvriers d'une estrade de bois.

– Il est là, a dit le garde du corps du camarade Staline.

L'homme chauve au bureau a décroché un des téléphones et répété :

– Il est là.

Il a levé les yeux.

– Faites-le entrer.

J'ai retenu mon souffle en entrant dans la pièce – c'était la même pièce où le camarade Staline m'avait serré la main quand j'avais gagné la médaille d'argent à Vienne, en Autriche. Un petit homme portant une tunique militaire était debout devant une des fenêtres, en train de regarder l'église du Kremlin et le soleil qui se reflétait sur le dôme. Vlassik a toussé discrètement. La personne à la fenêtre s'est retournée lentement pour me faire face. C'était le camarade Staline en chair et en os, plus petit, plus vieux et plus fatigué que dans mon souvenir d'il y a six ans. Il a remonté son pantalon et, faisant le tour du bureau, m'a tendu une main toute douce.

– Staline, a-t-il dit.

Je lui ai serré la main en prenant garde à pas la broyer.

– Shotman, Fikrit, ai-je réussi à dire, même si j'avais le souffle court, de respirer le même air que la personne que j'admirais le plus au monde.

Le camarade Staline a pris une cigarette avec un long bout cartonné dans un étui en argent et me l'a offerte.

– Avant, je fumais des cigarettes roulées de *makhorka*, ai-je dit, mais j'ai arrêté, excellence.

– Je regrette de fumer, a-t-il dit en approchant la flamme d'un petit briquet du bout de la cigarette.

Il a soufflé une pleine bouffée.

– J'ai l'intention d'arrêter le jour où l'Amérique deviendra communiste.

Il a fait le tour du bureau, s'est assis sur une chaise ordinaire et a montré une autre chaise de mon côté. J'ai dû la regarder d'un air incertain parce que Vlassik a grondé :

– Asseyez-vous, bon sang.

Je me suis donc installé.

– Je me souviens très bien de vous, Shotman, a dit le camarade Staline. On n'oublie pas facilement les gens de votre gabarit. C'était vous, le champion d'haltéro-philie au genou blessé. Quand les médecins du Kremlin ont raté l'opération, Khrouchtchev a eu la brillante idée de faire de vous un hercule de cirque. Comment ça s'est passé pour vous, depuis ?

Ça m'a vraiment fait plaisir que le camarade Staline, avec le poids de l'État soviétique sur les épaules, sans parler du mouvement communiste mondial, se souvienne de quelqu'un d'aussi peu important que Fikrit Shotman. Bien sûr, je lui ai répondu la vérité.

– J'ai été accusé d'être un saboteur parce que j'avais une vignette de la tour Eiffel sur ma malle et des coupons d'emprunt tsariste dans ses tiroirs. J'ai fait quatre ans dans une mine d'or sur le fleuve Kolyma.

– Je suis au courant pour la Sibérie, a dit le camarade Staline. Pour parler sans détour, c'est la raison pour laquelle vous êtes ici.

Il a fouillé dans une pile de ce qui ressemblait à des télégrammes.

– Le commandant de la Deuxième-Rivière note que vous avez croisé le poète Mandelstam alors que vous attendiez d'être transféré à l'ouest après avoir purgé votre peine.

– Je vais avoir des ennuis à cause de Mandelstam ? ai-je lâché.

– Contentez-vous de répondre honnêtement aux questions du camarade Staline et tout ira bien pour vous, a dit Vlassik depuis le mur.

– Vous n'aurez aucun ennui, m'a assuré le camarade Staline. Prenez votre temps. Dites-moi ce que vous savez de ce Mandelstam.

– Quand je suis arrivé à la Deuxième-Rivière, vers la mi-octobre, le camp grouillait de prisonniers. Il y avait plus de lits libres, si bien que j'ai campé sous des toiles de tente fixées entre deux baraquements. Je me plains pas, je vous donne juste les informations, excellence. L'une des premières choses que j'ai vues, c'étaient des hommes tout nus, assis par terre devant les latrines, qui inspectaient leurs vêtements et s'examinaient mutuellement la tête pour chercher des poux qu'ils écrasaient entre leurs doigts quand ils en trouvaient. J'ai reconnu l'un des prisonniers. C'était Mandelstam.

– Comment avez-vous pu le reconnaître ? Vous l'aviez déjà rencontré ?

– J'ai partagé une cellule avec lui en 1934, quand il était interrogé à la Loubianka.

– Ah ! C'est donc ça, le lien.

Le camarade Staline a tiré sur sa cigarette et balayé la fumée avec sa paume pour pouvoir garder un œil sur moi.

– Comment était Mandelstam quand vous l'avez rencontré à la Loubianka ?

– Pour dire la vérité, excellence, il était un peu fou par moments. Il croyait qu'il était capable de traverser les murs. Il s'est vanté de vous avoir rencontré au Kremlin et m'a décrit le couloir qu'il avait traversé avec des peintures des généraux russes. Il faisait des mystères et disait que ce serait dangereux pour moi de savoir de quoi vous aviez parlé. À la fin, il se serait ouvert les veines avec un morceau de bol en porcelaine cassé si je l'en avais pas empêché.

Je voyais que le camarade Staline se renfrognait. Puis il a dit quelque chose que je comprends toujours pas.

– Je n'ai jamais rencontré Mandelstam au Kremlin. D'ailleurs je ne l'ai jamais rencontré à l'extérieur non plus.

– J'ai jamais cru à son histoire de rencontre avec vous, me suis-je dépêché de dire.

Ce qui n'était pas la pure vérité. Ossip Emilievitch m'avait raconté sa rencontre avec le camarade Staline avec tant de détails qu'il m'était jamais venu à l'idée qu'il l'inventait.

– Parlez-moi de Mandelstam à la Deuxième-Rivière.

Au vrai, si je fermais les paupières, je voyais le poète, comme tout le monde l'appelait au camp, aussi clairement que s'il était en face de moi. Je pouvais presque tendre la main pour le toucher.

– Il était maigre comme un épouvantail, excellence. Maigre et cassant comme les plaques de glace qui glissaient du toit du baraquement quand le soleil se levait. Il refusait de prendre les bols de *kacha* avec la graisse versée sur le gruau de blé noir qu'on nous distribuait deux fois par jour – il avait peur que les gardes veuillent l'empoisonner. Je faisais les poubelles derrière la cuisine, et il mangeait les croûtons de pain, les épluchures de patates et les os à moelle que je trouvais, même s'il avait plus beaucoup de dents dans la bouche et pouvait plus mâcher. Quand un convoi de prisonniers est parti pour les goulags du Kamtchatka, j'ai trouvé la couchette du haut d'un châlit vide dans la cabane numéro 11, celle de Mandelstam, et je suis plus ou moins devenu son protecteur. Je le portais sur mon dos pour l'emmener aux latrines et le ramener, je le portais à l'infirmerie quand il se plaignait d'avoir des crampes d'estomac, mal à la poitrine ou de voir double. En novembre, l'hiver sibérien a commencé à souffler des steppes. Quand on allait aux douches, ce qui arrivait une fois toutes les deux semaines, nos vêtements gelaient dans l'air humide de la baraque des douches – nos pantalons tenaient tout seuls contre le mur, comme s'il y avait quelqu'un dedans. Et Mandelstam tapait des mains et sautillait pour chasser l'engourdissement dans ses pieds. Son manteau de cuir jaune était en lambeaux et il tremblait sans arrêt. Je lui ai enroulé une de ses chemises de rechange autour du cou comme une écharpe, mais ça changeait rien. Un jour, un prisonnier du nom d'Arkhangelski – lui, c'était un vrai criminel, pas un article 58 comme nous – a demandé à Mandelstam de faire la lecture aux criminels qui vivaient dans le grenier sous le toit du baraquement. L'invitation a remonté le moral d'Ossip Emilievitch. Il s'est repeigné avec les doigts et a lissé les haillons qu'il portait avec ses paumes. Je l'ai aidé à monter à l'échelle jusqu'au grenier, qui était chauffé par un poêle à bois et éclairé par une lampe à pétrole. Sous la lumière jaune, sa peau jaune a paru encore plus jaune. J'ai hissé Mandelstam, qui devenait plus maigre et plus faible de jour en jour, sur un tabouret haut et il a commencé à lire un petit livre qu'il emportait partout dans sa poche pour pas se le faire voler. Par moments, il levait les yeux vers les criminels et finissait le poème sans avoir besoin de regarder la page. Il a récité d'autres poèmes écrits par quelqu'un qui s'appelait Voronej, je crois. Les criminels écoutaient avec beaucoup d'attention. De temps en temps, Arkhangelski ou un autre lui demandait de reréciter le même poème ou d'expliquer le sens d'un vers ou d'un mot. Moi qui l'écoutais en même temps que les criminels, je peux pas dire que je comprenais grand-chose à ce qu'il lisait, mais on voyait à quoi Ossip Emilievitch avait dû ressembler quand il était jeune, fort et pas malade de peur. Entre les poèmes, Arkhangelski ou un autre lui donnait des tranches de pain ou des champignons en saumure d'une boîte en fer-blanc et même des morceaux de sucre d'un bocal qui en était rempli. Mandelstam n'avait pas peur des criminels – il pensait pas qu'ils étaient là pour l'empoisonner – donc il acceptait. À la fin, il faisait la lecture aux criminels deux ou trois fois par semaine, jusqu'à ce que…

Le camarade Staline s'est penché en avant.

– Jusqu'à ce que quoi ?

– Jusqu'à ce que le typhus à poux frappe la Deuxième-Rivière. Les premiers cas ont été signalés à la mi-décembre. Il s'est répandu à toute vitesse. Quiconque avait de la fièvre était enfermé dans le baraquement de quarantaine. Personne y entrait ou en ressortait. Tous les matins, les prisonniers infectés vidaient les seaux hygiéniques par la fenêtre. Très vite, le bruit a couru que tout le monde était mort là-dedans. Ossip Emilievitch m'a supplié de pas les laisser l'emmener dans le baraquement de quarantaine. Il tremblait si fort que je l'ai installé sur ma couchette en haut parce qu'il y faisait plus chaud, et je l'ai couvert de sa couverture et de la mienne. Quand les infirmiers, la bouche couverte d'un masque, passaient le matin pour emmener les prisonniers qui avaient de la fièvre, je réussissais à cacher Ossip Emilievitch en m'allongeant sur la couchette à côté de lui. Et puis un jour, alors que c'était mon tour d'aller chercher la ration de *kacha*, les autres prisonniers l'ont découvert, frissonnant et suant sous les couvertures. Quand je suis revenu, ils m'ont dit qu'il avait la fièvre et ils ont menacé de nous dénoncer tous les deux si je l'emmenais pas sur-le-champ à la baraque de quarantaine. Je l'ai enveloppé dans les couvertures et l'ai porté à l'infirmerie du camp. Le médecin de l'infirmerie, un article 58 comme nous, a déshabillé Ossip Emilievitch et a lavé son corps, qui n'était plus que peau et os, avec une éponge et de l'eau chaude. Le médecin lui a passé le peigne fin dans les cheveux, la barbe et les poils, et l'a couché dans un lit de camp avec un vrai matelas de paille. Je suis resté le plus possible avec lui pendant les jours suivants. Son esprit s'égarait beaucoup. Une fois, il m'a fait promettre d'envoyer un télégramme à l'Union des écrivains pour les informer qu'il était mal fichu et ne pourrait pas faire de lecture dans leur auditorium ce soir-là. Une autre fois, il a prétendu qu'on lui avait injecté la rage. Tard dans l'après-midi, un jour à la fin décembre, j'ai dû m'endormir à côté de son lit. Quand je me suis réveillé, j'ai vu qu'il me regardait avec les yeux écarquillés d'un enfant, et je me suis dit, il est retourné dans le cocon de l'enfance avant de mourir.

– Vous m'entendez, Ossip Emilievitch ? ai-je murmuré.

Il a répondu si doucement que j'ai dû placer ma bonne oreille juste devant sa bouche pour l'entendre. Il a dit quelque chose à propos de la piqûre d'épingle de la dernière étoile qui disparaissait sans douleur. Je me suis répété ses mots jusqu'à les connaître par cœur, même si j'en comprenais pas le sens. (Avec ou sans douleur, je vois pas comment une étoile tout là-haut peut vous donner un coup d'épingle.) Puis il a glissé la main sous la couverture rêche et s'est mis à jouer avec son sexe, et là je me suis dit, il a quitté le cocon de l'enfance pour redevenir un petit bébé avant de mourir. J'ai pas honte d'avouer que j'ai détourné la tête pour pas qu'il voie les larmes dans mes yeux. Au bout d'un moment, je me suis repris et me suis retourné. Mandelstam me regardait toujours avec ses innocents yeux d'enfant, sauf qu'ils étaient figés et qu'il respirait plus. Je suis allé dans le couloir et j'ai fait signe au docteur au fond. Il a compris, il est venu en courant et il a sorti un miroir de poche qu'il a placé devant la bouche de Mandelstam, et quand il a vu qu'il y avait pas de nuage de vie dessus, il m'a regardé en secouant la tête. Et il a dit :

– La mort n'est pas triste quand ce qu'il y avait avant n'était pas la vie.

Il a inscrit le nom d'Ossip Emilievitch et la date – le 27 décembre 1938 – sur une étiquette et l'a attachée au gros orteil du poète avec du fil de fer. J'ai enveloppé son corps dans une chute de toile réservée à cet usage et je l'ai porté jusqu'à la fosse derrière le dernier baraquement, qui était déjà pleine de cadavres après la vague de typhus. Un bulldozer était garé à proximité, attendant de recouvrir la fosse de terre quand il y aurait plus de place dedans. J'ai sauté dans la fosse, soulevé Ossip Emilievitch et l'ai déposé sur le sol gelé et, ouvrant les pans de la toile, j'ai placé deux petits cailloux plats, de ceux qu'on trouve dans l'eau, sur ses yeux, comme on fait quand on enterre un notable en Azerbaïdjan. Et j'ai pensé, Seigneur, quelqu'un devrait dire une espèce de prière, vu qu'il est mort, alors j'ai dit *Dieu des juifs, n'attachez pas trop d'importance aux accusations contre le poète Mandelstam, c'est pas sa faute s'il était pas utile à la société.* Quand Arkhangelski m'a vu ce soir-là, il m'a demandé si le poète se sentait assez bien pour monter faire la lecture aux criminels. J'ai dit non, il se sentait pas assez bien pour lire, en fait, il lirait plus jamais, il était mort.

Quand j'ai eu fini de décrire la mort de Mandelstam, j'entendais le camarade Staline respirer par le nez. Il tenait toujours sa cigarette, mais il fumait plus. Il a pris un autre télégramme dans la pile sur son bureau et a dit :

– Le commandant du camp a attribué la mort au typhus.

J'ai dû hausser les épaules, parce que le camarade Staline s'est écrié :

– C'était bien le typhus, non ?

– Je suis pas docteur, excellence. Qui peut dire de quoi une personne meurt ? Dans le cas d'Ossip Emilievitch, il aurait pu mourir de faim, puisqu'il avait peur de manger sa ration. Il aurait pu mourir par manque de sommeil, puisqu'il passait ses nuits à remuer et à frissonner sur son lit. À la Deuxième-Rivière, les prisonniers mouraient parfois subitement quand ils perdaient espoir, c'est Mandelstam qui l'a dit lui-même quelques jours avant de mourir.

– Mandelstam est donc bien mort, a dit le camarade Staline. Vous êtes certain que c'est lui que vous avez enterré ?

J'ai hoché la tête.

Le camarade Staline a écrasé sa cigarette dans un cendrier alors qu'elle était même pas fumée jusqu'au bout. (À la Kolyma, les prisonniers seraient prêts à tuer pour une cigarette à moitié fumée.) Se levant, il s'est tourné pour regarder par la fenêtre. Je distinguais les lumières qui s'allumaient dans les arcades des bureaux du GOUM de l'autre côté de la place Rouge. Quand le camarade Staline a repris la parole, j'ai bien vu qu'il était furieux.

– Si cet imbécile m'avait donné le poème quand je le voulais, rien de tout ça ne serait arrivé. Eh bien, qu'il aille se faire foutre. Il s'est tué lui-même avec son entêtement. Je n'ai rien à voir là-dedans.

Et alors, le tsar de Russie soviétique a fait quelque chose qui m'a fichu une sacrée trouille – il s'est mis à frapper du poing au carreau de la fenêtre, doucement d'abord, puis plus en plus fort, et j'étais sûr que le verre allait finir par se briser, avant de penser qu'il devait être aussi épais que la vitre de la Packard. Et il a hurlé d'une voix que j'ai pas reconnue :

– Le con ! Qu'est-ce que je vais faire, maintenant ?

Vlassik a voulu s'approcher, mais le camarade Staline, le front collé à la vitre, l'a écarté d'un geste. J'ai senti que le garde du corps me saisissait le bras, celui avec le visage de Staline presque complètement effacé tatoué dessus. J'ai suivi Vlassik dans l'antichambre puis dans le couloir. Se tournant vers moi, il m'a mis en garde :

– Ne parlez à personne de ce que vous avez vu ici.

– Le camarade Staline est mon grand héros, ai-je dit. J'ai rien vu de spécial.

Vlassik a ouvert d'un coup de pied une porte donnant sur des toilettes. Il y avait un carton par terre. Dedans, j'ai vu le pantalon de toile et la chemise en flanelle qui avaient appartenu au mari suicidé de Magda et mes bottes en feutre à la semelle en liège usée.

– Le tailleur vous avait seulement prêté le complet, la chemise et les chaussures, a dit Vlassik.

J'étais pas mécontent de récupérer mes propres affaires. Quelque chose me disait qu'Agrippina, que j'avais l'intention de retrouver, n'aurait pas aimé le costume sur mesure et la veste croisée sur moi.

21

Anna Andreïevna
Vendredi 4 juin 1965

Non, non, je ne crois pas que je puisse recommencer, même pour faire plaisir à Nadejda. Plus maintenant, plus jamais. Aujourd'hui, quand j'évoque des souvenirs d'Ossip Mandelstam, une certaine quantité de souffrance pure remonte avec eux et, franchement, j'ai assez souffert pour ma vie entière – l'exécution de mon premier mari, l'arrestation de mon troisième mari et sa mort au goulag, mon fils qui a moisi en prison pendant des années, comme otage de ma « bonne » conduite. Quand le poète américain Robert Frost, un vieux monsieur au visage rouge et aux cheveux blancs, m'a rendu visite en 1962 (les autorités ont insisté pour que la rencontre ait lieu dans une des plus somptueuses datchas de Komarovo plutôt que dans mon modeste pavillon ; ils ne voulaient pas lui montrer, je suppose, dans quelle boue ils m'avaient enfoncée), je lui ai dit que j'avais tout connu – la pauvreté, les files d'attente devant les prisons, la peur, les poèmes retenus seulement de mémoire, les poèmes brûlés. Et l'humiliation et la douleur. Une humiliation sans fin, une douleur sans fin.

Frost était un homme bienveillant, qui ne pensait pas à mal, mais quand j'ai compris qu'il voulait me faire parler d'Ossip Mandelstam, les mots ont jailli de mes lèvres avant que le lobe du cerveau d'où provient le langage ait pu formuler une phrase. Je me suis entendue dire ceci :

– Vous ne savez rien de tout cela. Vous ne seriez pas capable de comprendre si je vous racontais.

La Russie, ce chaos que nous connaissons, détestons, adorons, craignons, est réservée aux Russes. En réalité, ce n'est pas très compliqué : mon corps est ici, en Angleterre, pour y être fait docteur honoris causa, mais ma tête, mon cœur, mon âme, mes tripes sont restés en Russie. Même si, par quelque miracle, on arrive à en sortir nos corps, nous, les Russes, ne pouvons quitter la Russie. Et les gens bien intentionnés comme Frost ne peuvent y entrer simplement parce que leur passeport porte un visa soviétique. Il faut avoir vécu les années trente pour comprendre, et même dans ce cas, on ne comprend pas.

Si vous y réfléchissez, vous verrez que je vous ai dit tout ce que je sais sur ce cher, très cher Ossip, et sur ce qui a sûrement été l'un des chapitres les plus abominables des mille ans d'histoire russe.

ÉPILOGUE

Robert Littell
Dimanche 23 décembre 1979

J'appelai Mme Mandelstam dès mon arrivée à Moscou. Quelques années plus tôt, après avoir vécu une existence nomade pendant des décennies, elle avait obtenu un permis de séjour et s'était installée dans la capitale. Elle nous invita, ma compagne et moi, pour le thé. Avec sous le bras la plus grosse boîte de chocolats que j'aie pu trouver dans le magasin de devises de l'hôtel, j'arrêtai un taxi. Il nous conduisit jusqu'à un immeuble morne dans une lointaine banlieue hérissée de bâtiments de brique de six étages qui paraissaient être nés délabrés et n'avoir cessé de se dégrader depuis. Lorsque la porte de l'appartement du rez-de-chaussée s'ouvrit, nous nous retrouvâmes devant une petite dame fatiguée, très vieille alors qu'elle aurait seulement dû être âgée. De jeunes poètes se relayaient pour s'occuper de la veuve du poète Mandelstam. À notre arrivée, l'un d'eux préparait du thé et des gâteaux dans la petite cuisine. Mme Mandelstam se tint adossée au canapé pendant presque toute la durée de notre visite, choisissant par moments, après réflexion, un chocolat dans la boîte posée sur ses genoux.

– Je n'ai jamais été douée pour prédire le goût de quelque chose d'après sa forme, dit-elle d'un ton absent.

L'étroit appartement était affreusement surchauffé. Elle portait une robe droite blanche sans manches. Ses coudes saillaient et la peau de ses bras pendait en doux plis sur les os. La conversation se fit en anglais, qu'elle parlait couramment – elle s'en était servie pour faire des traductions dans les années où le poète Mandelstam n'était pas publié et n'avait pas de revenu. Lorsque je commençai à enregistrer la conversation, elle dit :

– Que de temps passé depuis que vous êtes venu avec votre magnétophone infernal qui tenait dans une petite valise. Le jour où vous avez interviewé Mandelstam, je crois me souvenir que vous deviez changer les bandes toutes les demi-heures – après votre départ, il s'est plaint que la vue de la bobine qui tournait lui donnait le vertige. Aujourd'hui, vous arrivez avec un appareil pas beaucoup plus grand qu'un paquet de cigarettes.

– Dans l'avenir, ils deviendront encore plus petits, dis-je.

Souriant légèrement, Mme Mandelstam détourna le regard.

– Quand j'ai été autorisée à aller le voir à la Loubianka, Mandelstam m'a demandé si l'avenir était devant ou derrière nous.

– Qu'avez-vous répondu ?

– Enfin, Robert, comment voulez-vous que je me rappelle ce que j'ai dit en 1934 ? C'est pour ça que vous enregistrez ces conversations. C'est à vous de me dire ce que j'ai répondu.

– Beaucoup d'eau a coulé sous les ponts depuis, fis-je remarquer. Je vais devoir me replonger dans mes notes.

Elle rit sous cape.

– Ma grande amie Anna Akhmatova prétendait que ce qui coule sous les ponts, ce sont les regrets. Elle avait sûrement raison. Quand elle est morte, peu après son retour d'Oxford, je me suis dit qu'elle s'était peut-être noyée dans le flot des regrets.

En réponse à une question, Mme Mandelstam se mit à parler de son mari.

– C'était un jeune homme tout fou, très gai, même quand les choses sont devenues difficiles pour lui en tant que poète dans les années vingt. Il a toujours été *jizneradostnyi*, ce que l'on peut traduire par *joyeux* ou, mieux encore, *joyeux vivant*. Dans les années trente, quand nous étions particulièrement pauvres – nous avons connu la faim, l'absence de logement, la peur, la crasse, la misère noire –, Mandelstam me demandait : *Où est-il écrit que l'on doive être heureux ?*

Les yeux dans le vague, Mme Mandelstam semblait renouer le fil d'une conversation avec son mari qui avait été interrompue quarante et un ans plus tôt.

– Je n'ai jamais perdu mes illusions, mon cher, parce que je n'ai jamais connu le luxe d'en avoir.

Nous sirotâmes notre thé. Mon magnéto enregistra des minutes de silence. Au bout d'un moment, je demandai à Mme Mandelstam si, d'après elle, son mari avait vraiment rencontré Staline en tête à tête.

– Mandelstam n'était pas le seul intellectuel de l'époque fasciné par Staline. Il se demandait quelles énigmes se cachaient derrière ces yeux, il était curieux de savoir ce qui avait transformé le paysan du Caucase qu'était Djougachvili en cet assassin de paysans qu'était le Staline du Kremlin, c'est-à-dire un paranoïaque actif.

– Mais vous n'avez pas répondu à ma question.

Elle réfléchit un instant avant de trouver une réponse qui lui convienne.

– Mandelstam a rencontré Staline, dit-elle en pesant ses mots. À vous de décider si ces rencontres ont eu lieu au Kremlin, dans une datcha ou dans la tête du poète.

En réponse à une autre question, elle me dit qu'elle ignorait pourquoi elle n'avait pas été arrêtée en même temps que son mari. Lors des deux arrestations, ils auraient pu l'emmener aussi facilement qu'ils l'avaient emmené, lui.

– Après la deuxième arrestation, j'ai suivi le conseil de Pouchkine. *Essayez de vous faire oublier.* J'ai eu tellement d'emplois, et dans tant de lieux différents, que j'ai perdu le compte. J'ai été enseignante, traductrice, j'ai même fait le ménage dans des immeubles de l'administration. Je n'ai jamais vécu longtemps dans la même ville. J'avais entendu dire que des mandats d'arrêt avaient été délivrés contre moi, mais je déménageais sans cesse et j'ai toujours réussi à avoir une longueur d'avance sur les tchékistes. J'étais bien obligée, si je voulais que l'œuvre de Mandelstam – dont une partie n'existait et n'existe toujours que dans ma tête – survive.

– En définitive, vous contraindre à apprendre par cœur ses poèmes vous a sauvé la vie.

– Vous vous trompez si vous pensez qu'il m'y a contrainte, Robert. J'ai appris ses poèmes par cœur parce que je voulais les avoir sur le bout de la langue. Plus tard seulement, il nous est apparu à tous deux que mémoriser son œuvre me donnerait une raison de survivre si quelque chose devait lui arriver.

Mme Mandelstam ferma les yeux un instant.

– Eh bien, contre toute attente, j'ai survécu. Et me voilà de retour à Moscou, si on peut appeler ça Moscou...

D'un geste las, elle désigna la fenêtre qui donnait sur un autre immeuble de sa lointaine banlieue.

– Je suis une vieille dame maintenant. Je ne les intéresse plus.

Je lui demandai de décrire les derniers mois avant la seconde arrestation de Mandelstam.

– Vous devez comprendre qu'il n'a plus jamais été le même après sa première arrestation. Un jour, il m'a raconté qu'au cours de son tout premier interrogatoire, Kristoforovitch lui avait promis qu'il ferait l'expérience de la peur dans sa pleine mesure, et ç'a été le cas. Ce qui s'est passé à la Loubianka a annihilé sa gaieté. En plusieurs occasions, il a laissé échapper des allusions à son exécution, mais il n'a jamais fourni de détails et je n'ai pas posé de question de peur de rouvrir la blessure. Pendant des mois d'affilée, en exil et après l'exil, Mandelstam semblait avoir peur de son ombre. Il avait peur de rester seul. Il avait peur de manger si ce n'était pas moi qui lui préparais sa nourriture, ou s'il ne pouvait pas se servir avec d'autres dans un plat commun. À Voronej, et plus tard à Kalinine, il ne fermait pas l'œil de la nuit, guettant le bruit des automobiles qui freinaient, des pas qui s'approchaient dans la rue ou des portes qui s'ouvraient dans l'immeuble. Comme des millions d'autres Russes, il ne parvenait à s'endormir qu'à l'aube. Quand j'y repense, je me rends compte que, pendant de longues périodes, Mandelstam trouvait refuge dans la folie pour échapper à la terreur. Ce n'était pas ce que je considère comme de la folie créative – non, c'était de la folie pure, peuplée d'hallucinations auditives et de démons capables de pousser quelqu'un à sauter dans le noir du deuxième étage d'un hôpital. Et puis il y avait aussi des périodes où il parvenait à s'agripper à un semblant de raison. C'est dans ces moments de répit qu'il a composé les poèmes magnifiquement nostalgiques de son cycle de Voronej. *Dans une fastueuse misère, une royale indigence, je vis seul – paisible et résigné.*

Mme Mandelstam secoua la tête comme pour se remettre les idées en place.

– C'est dans un de ces moments de répit qu'il a envoyé une dernière lettre, écrite sur des pages arrachées de son exemplaire de Pouchkine, me demandant de lui faire parvenir des vêtements chauds et du savon à la *Vtoraïa Retchka*, que vous appelez la Deuxième-Rivière. Nous avons appris la mort de Mandelstam par son frère Alexandre – il a reçu une lettre officielle l'informant que Mandelstam était mort d'un arrêt cardiaque le 27 décembre 1938. À cette époque, tous ceux qui décédaient, que ce soit dans les sous-sols de la Loubianka, dans les wagons à bestiaux en route pour l'est ou les camps du goulag, étaient déclarés morts d'un arrêt cardiaque par les autorités, donc la version officielle n'avait pour nous aucune valeur, sauf peut-être pour ce qui était de la date. Akhmatova est arrivée de Leningrad peu de temps après. Je ne savais pas comment lui apprendre la nouvelle sans m'effondrer avant d'avoir fini ma phrase, si bien que j'ai dit : *Je suis la veuve du poète Mandelstam.* Nous sommes tombées dans les bras l'une de l'autre et nous avons pleuré jusqu'à avoir versé une vie entière de larmes.

Je lui dis que je connaissais la dernière lettre du poète et lui demandai comment elle interprétait la signature.

– Vous n'êtes pas le premier à être intrigué par le *Qui danse encore* de Mandelstam, Robert. On peut attribuer plusieurs sens à cet *encore* suivant le *qui danse*. À un certain niveau, il signalait sûrement, avec cette bravoure caractéristique, qu'en dépit de tout, il continuait à danser – un clin d'œil à vos Années folles, quand il postait des guetteurs à la porte afin que nous ne soyons pas dénoncés pour avoir dansé le charleston. Mais je crois plutôt que, comme toujours, Mandelstam se montrait plus précis. Le wagon à bestiaux se rapprochant de la Sibérie, il dansait sur place, comme les étoiles dans l'étonnant poème de Philip Sidney, pour empêcher ses pieds de geler, en prévision du jour où il pourrait retourner auprès de sa meilleure amie, sa sœur d'arme et épouse légitime.

– Donc, *Qui danse encore* suggère l'espoir ?

– Plutôt *l'espoir contre tout espoir*. Mais l'espoir tout de même. Absolument.

Je dis à Mme Mandelstam à quel point j'admirais les deux livres qu'elle avait écrits et qui étaient sortis clandestinement de Russie, avant d'être publiés à l'Ouest sous le titre *Contre tout espoir* ; pour moi comme pour beaucoup, ces deux livres étaient les meilleurs de toute la littérature russe, Soljenitsyne compris, sur la période stalinienne barbare qui avait coûté la vie à des millions de personnes, parmi lesquelles le poète Mandelstam. Je lui demandai si, à son avis, les choses s'étaient améliorées. Elle me répondit qu'elle l'espérait, contre tout espoir, mais qu'on ne pouvait jamais être sûr ; qu'à l'instar du juif assis sur le dernier banc de la synagogue du temps des pogroms, on devait sans cesse regarder par-dessus son épaule pendant la prière si on voulait survivre.

Quand j'estimai que nous avions assez abusé de son hospitalité, je remerciai Mme Mandelstam de nous avoir reçus. Elle se leva avec difficulté et nous raccompagna à la porte. Avant de l'ouvrir, elle dit une phrase qui n'a pas cessé de me hanter depuis :

Ne parlez pas anglais dans le couloir...

RÉFÉRENCES

Le poème de Boris Pasternak, *Hamlet*, cité en exergue, est traduit par Michel Acouturier (La Pléiade, éditions Gallimard, 1990.)

Le poème *Artisane des regards coupables*, cité p. 15, a été traduit par Henri Abril dans *Ossip Mandelstam, Les Poèmes de Moscou (1930-1934)* (éditions Circé, 2001). Les citations suivantes sont extraites du même recueil : « Oh, j'aimerais tant entrer dans la danse… » (p. 17), « C'est le siècle chien-loup qui sur moi s'est jeté » (p. 63), « Aide-moi, Seigneur, à franchir cette nuit » (p. 121), « Sur un sol feutré… » (p. 142).

Le poème *Le Siècle*, dont un extrait est cité p. 69, est traduit par Henri Abril dans *Ossip Mandelstam, Le Deuxième Livre (1916-1925)* (éditions Circé, 2002). Les citations suivantes sont extraites du même recueil : « Dans le velours noir de la nuit soviétique » (p. 141), « Qui d'autre vas-tu tuer… » (p. 141) et « La science des adieux… » (p. 124-125).

La traduction du poème « Je suis né dans la nuit du 2 au 3 janvier… », citée p. 132, est parue dans *Ossip Mandelstam, Soixante-seize poèmes* (traduction de

Philippe Jaccottet, Louis Martinez et Jean-Claude Schneider) dans *La Revue des Belles Lettres*.

La citation de l'*Entretien sur Dante*, d'Ossip Mandelstam, citée p. 141, est traduite par Louis Martinez (éditions l'Âge d'Homme, 1977).

L'*Épigramme contre Staline*, citée p. 98-99, est traduite en français par l'auteur et sa muse Stella, à partir de l'original russe et en s'inspirant de la percutante traduction anglaise de Max Haywood dans les magnifiques Mémoires de Nadejda Mandelstam, *Hope against Hope* (Simon & Schuster, 1970).

L'*Ode à Staline*, dont les vers sont cités p. 269, est traduite par Henri Abril dans *Ossip Mandelstam, Les Cahiers de Voronej* (1935-1937) (éditions Circé, 1999), de même que les poèmes dont sont extraits les vers : « Et, alors chez lui, sans laissez-passer… » (p. 161) et « Ô, s'il pouvait également se faire… » (p. 268).

Les deux citations de *Hamlet*, de Shakespeare, p. 65 et p. 68, sont traduites par Jean-Michel Déprats (La Pléiade, éditions Gallimard, 2002).

Le poème d'Anna Akhmatova cité p. 280 est traduit par Jean-Louis Backès dans *Requiem, Poème sans héros et autres poèmes* (Poésie Gallimard, éditions Gallimard, 2007).

La Boucle

Presses de la Cité, 1973
et « 10/18 », n° 1541
repris sous le titre
La Défection d'A.J. Lewinter
« J'ai lu », n° 8131

Coup de barre

Presses de la Cité, 1974
et « 10/18 », n° 1902

Le Cercle Octobre

Presse de la Cité, 1975
et « 10/18 », n° 1727

Mère Russie

Presses de la Cité, 1978
et « 10/18 », n° 1728

Le Transfuge

Presses de la Cité, 1980
« 10/18 », n° 1900
et « Points Policier », n° P2333

L'Amateur

Presses de la Cité, 1981
et « J'ai lu », n° 7770

Les Sœurs

Presses de la Cité, 1985

Les Larmes des choses

Julliard, 1989

Un espion d'hier et de demain

Julliard, 1991

Ombres rouges
Denoël, 1992
et Gallimard, « Folio Policiers », n° 143

Le Sphinx de Sibérie
Denoël, 1994
et Gallimard, « Folio », n° 2877

Les Enfants d'Abraham
Denoël, 1996
et Gallimard, « Folio Policiers », n° 157

Conversations avec Shimon Peres
Denoël, 1997
et Gallimard, « Folio Actuels », n° 58

Le Fil rouge
Denoël, 1998
et Gallimard, « Folio Policiers », n° 200

La Compagnie : le grand roman de la CIA
Buchet-Chastel, 2003
et « Points », n° P1227

Légendes : le roman de la dissimulation
Flammarion, 2005
et « J'ai lu », n° 8329

COMPOSITION : NORD COMPO MULTIMÉDIA
7 RUE DE FIVES - 59650 VILLENEUVE-D'ASCQ

Cet ouvrage a été imprimé en France par
CPI Bussière
à Saint-Amand-Montrond (Cher)
en février 2010.
N° d'édition : 101171. - N° d'impression : 100032.
Dépôt légal : mars 2010.